George Orwell

1984

Tradução de
Debora Fleck

Ilustrações de
Eduardo de Amorim Nunes

LeYa

Copyright © 2021, Casa dos Mundos/LeYa Brasil
Título original: *1984*
Texto originalmente publicado em 1949.

Todos os direitos reservados e protegidos pela Lei 9.610, de 19.02.1998.
É proibida a reprodução total ou parcial sem a expressa anuência da editora.

Projeto editorial
Leila Name

Editora executiva
Izabel Aleixo

Produção editorial
Carolina Vaz
Emanoelle Veloso

Preparação
Victor de Almeida

Revisão
Flora Pinheiro

Diagramação e capa
Filigrana

Ilustração de capa
© Eduardo de Amorim Nunes

Dados Internacionais de Catalogação na Publicação (CIP)
Angélica Ilacqua CRB-8/7057

Orwell, George, 1903-1950
   1984 / George Orwell; ilustrações de Eduardo de Amorim Nunes;
tradução de Debora Fleck. — São Paulo: LeYa Brasil, 2021.
   320 p.: il.

ISBN 978-65-5643-030-0
Título: 1984

1. Ficção inglesa 2. Distopia I. Título II. Nunes, Eduardo de Amorim III. Fleck, Debora

21-0448   CDD 823

Índices para catálogo sistemático:
1. Ficção inglesa

LeYa Brasil é um selo editorial da empresa Casa dos Mundos.

Todos os direitos reservados à
CASA DOS MUNDOS PRODUÇÃO EDITORIAL E GAMES LTDA.
Rua Avanhandava, 133 | Cj. 21 – Bela Vista
01306-001 – São Paulo – SP
www.leyabrasil.com.br

SUMÁRIO

Por que se fazer uma nova edição de *1984*?..7
Breves notas sobre a tradução, por Debora Fleck...............................11
Em preto, cinza e branco, por Eduardo de Amorim Nunes...............15

1984
Parte I...19
Parte II...117
Parte III 237
Apêndice 306

George Orwell: uma vida em livros 317

POR QUE SE FAZER UMA NOVA EDIÇÃO DE *1984*?

A resposta a essa pergunta, cara leitora e caro leitor, pode parecer bastante óbvia, mas como, às vezes, justamente o que é mais óbvio passa despercebido por nós, vamos insistir em dá-la: porque a matéria-prima de um livro é essencialmente sua língua, tanto aquela em que foi originalmente escrito quanto as em que pode ser traduzido, e esta nova edição de *1984* foi concebida como uma homenagem não só à língua que falamos nos mais de oito milhões de quilômetros quadrados de extensão territorial do nosso país, mas também ao processo de produção dos livros em si, como este aqui e tantos outros que você pode ter em mãos.

Escrito durante os anos de 1947 e 1948, enquanto George Orwell convalescia de uma tuberculose aguda na ilha de Jura, na Escócia, e publicado pela primeira vez em 8 de junho de 1949, *1984* é um romance que fez história: a projeção de um futuro sem dissonâncias e desolador repercutiu de forma intensa e fez com que a saga de Winston Smith fosse traduzida para 65 idiomas, marca que nenhum outro livro jamais alcançou. Mesmo que tenhamos deixado o fatídico ano para trás, *1984* inspirou e continua inspirando outros romances, filmes, séries de tevê, peças teatrais, óperas, músicas e, à medida que novas manifestações culturais surgem, videogames, *reality shows* e até mesmo posts nas redes sociais.

O momento histórico em que *1984* foi escrito embasou sua trama, visto que toda a literatura de Orwell é voltada para a observação da realidade. Mesmo quando compõe uma fábula ou uma ficção científica, é do mundo do final da década de 1940 e seu futuro projetado que ele está falando. Após o término da Segunda Guerra Mundial, o grupo dos antigos aliados contra as forças nazifascistas se dividiu em dois blocos de influência: o capitalista, liderado pelos emergentes Estados Unidos, e o socialista, liderado pela antiga União Soviética. Nesse contexto, a polarização era a ordem do dia: não havia meio-termo possível, não havia diálogos verdadeiros, o mundo vivia a conjuntura do "nós contra eles" elevada à máxima potência, e se isso lhe soa familiar é porque infelizmente a história da humanidade se repete em ciclos e falhamos de forma consistente em aprender com o passado.

As imagens de *1984* arrebataram leitores em todos os países. A previsão do livro era que, em poucas décadas, viveríamos num mundo padronizado e uniformizado, áspero, sem vida, nivelado por baixo, em que todos teriam direito apenas a porções controladas de suprimentos, em que o sexo sem o objetivo da reprodução seria considerado crime, em que toda e qualquer oposição seria aniquilada, em que todos os pensamentos divergentes seriam vigiados, convertidos ou banidos para sempre. Os termos "Grande Irmão" e "lavagem cerebral" entraram de vez no nosso imaginário e vocabulário. E a teletela, o dispositivo que vigiava os indivíduos 24 horas por dia, passou a fazer parte dos nossos piores pesadelos (antes que nos acostumássemos à ideia, a víssemos como um signo de modernidade e progresso e a convidássemos para nossas casas ou para a palma de nossas mãos).

Esses ícones ameaçadores e, ao mesmo tempo, fascinantes repercutiram tanto que fizeram com que nos distraíssemos de uma das mais importantes mensagens do livro: um dos principais alicerces de uma sociedade totalitária e manipuladora é uma língua empobrecida e mutilada. Não à toa a neolíngua – a língua oficial em construção na Oceânia – é personagem central do romance tanto quanto Winston, Julia e O'Brien, merecendo até um apêndice para esclarecer suas características e objetivos. Uma dessas características – mais assustadora do que a sala 101 ou as torturas sofridas por Winston – é fazer ideias diametralmente opostas serem compreendidas como a mesma coisa. E se a neolíngua ainda está em construção, enquanto isso vamos tornando as palavras em uso tão vazias e escorregadias quanto possível. O Ministério da Verdade só mente; o da Paz se incumbe da guerra; o da Fartura esconde a pobreza cada vez maior da população (e diminui porções mensais alardeando progresso); e por fim, o Ministério do Amor é aquele que espiona, trai, controla ou mata aqueles que não se enquadram. Tudo apenas parece ser; nada realmente é.

Nessa disputa acirrada, abre-se uma ferida na própria essência humana. Somos os únicos seres na face da Terra com capacidade de falar e de estruturar o pensamento por meio de uma língua. Antes de sermos "animais racionais", somos animais que falam, que usam as palavras para pensar: essa é a tradução mais exata para a expressão que define nossa espécie. Sim, no nosso princípio estava o *lógos*, a palavra. Enquanto nos deixávamos seduzir pela teletela, uma mensagem acabou ficando em segundo plano, e ainda hoje não prestamos a devida atenção ao alerta de Orwell: é pelo controle e o cerceamento da língua que os totalitarismos de toda ordem sem impõem. Mudar a estrutura de uma língua é mudar a maneira de pensar ou impor a impossibilidade do pensamento, um golpe certeiro na nossa humanidade e talvez por isso um novo pesadelo tenha surgido: o da nossa superação irreversível pelas máquinas. Essa seria também uma realidade ainda sem tempo e lugar como algumas das previsões de *1984*? Nem as telas por toda a parte nem uma língua burocrática, reduzida e utilitária ficaram apenas na imaginação de Orwell.

No início do livro, na fila do refeitório do Ministério da Verdade, com o cheiro de ensopado e de gim empesteando tudo e todos, em meio a uma prosaica conversa sobre a dificuldade de se conseguir uma simples lâmina de barbear, uma revelação é feita corriqueiramente por um dos filólogos da equipe responsável pela nova edição do dicionário da neolíngua: "Você certamente acha que a nossa principal tarefa é inventar novas palavras. Mas não é nada disso! Estamos destruindo palavras: aos montes, às centenas, todos os dias". A ideia por trás desse projeto fica evidente: criar um mundo sem nuances possíveis. Com menos palavras perdemos as filigranas, as especificidades, e antes delas, perdemos a beleza de uma língua e sua poesia possível. Com cada vez menos palavras, uma língua vai perdendo sua capacidade de dizer não só o que vemos, mas principalmente o que sentimos e pensamos e todas as possíveis e infinitas diferenças tão caras à liberdade.

Pesquisas em todo o mundo indicam que, a cada ano, aqueles que ingressam num curso superior dispõem não só de um vocabulário menor (devastado nos últimos trinta anos numa rapidez tão assustadora quanto a do derretimento das calotas polares), como confundem significados de palavras, conhecem menos regras gramaticais, utilizam mal a pontuação, têm dificuldade para ler e escrever textos mais elaborados. Ainda não tivemos coragem, mas se computássemos as palavras realmente em uso, as novas edições dos dicionários das mais variadas línguas do mundo ficariam cada vez menores e não ostentariam a famosa frase "edição revista e ampliada". Agora chegamos também à época em que a sugestão de se trocar uma palavra por outra mais precisa ou de se corrigir um erro gramatical pode ser rebatida com "ninguém mais fala assim" ou "ninguém mais sabe isso", algo que só chancela a ignorância e reforça a amplitude do indefinido e irresponsável pronome "ninguém".

Esse é um fenômeno global, como quase todos são hoje em dia, mas dentro das fronteiras do Brasil, ele tem o efeito deletério de um vírus para o qual não possuímos anticorpos suficientes. Falta de conhecimento, modismos elevados a norma, supremacia desenraizante de termos e estruturas copiados diretamente de outra língua atestam a vitória impiedosa da nossa incapacidade de ensinar e aprender, algo bem mais profundo do que os problemas da educação que vemos nas manchetes de jornal. E não estamos limando só palavras: modos verbais inteiros, partículas em que nos refletimos e preposições desaparecem e levam com eles não só um pouco da nossa história, mas principalmente um pouco da possibilidade de cada um de nós.

Não se trata de propor um engessamento formal e paralisante, mas, sim, uma reflexão. Neologismos, gírias, corrupções de regras e estilos e até mesmo carinhas amarelas no lugar de palavras podem ser bem-vindos e trazer novos ares, mas em si precisam querer dizer alguma coisa. Não podemos nivelar a nossa comunicação por eles nem torná-los a nossa "língua-padrão". Na era do reconhecimento das diferenças, caminhamos a passos largos para uma homogeneização indistinta da língua brasileira quando não conhecemos sua história, regras e variantes.

Uma nova edição de *1984*, em pleno século XXI, é uma oportunidade de refletirmos sobre as línguas – a nossa e todas elas – e os livros – este clássico da literatura universal e todos os outros, cada um com suas peculiaridades a serem preservadas. Os livros desafiam a modernidade e, mesmo com toda a tecnologia disponível hoje em dia, ainda exigem um cuidado artesanal na sua produção. A cada pesquisa em edições antigas e estrangeiras e a cada escolha de palavras feitas pela tradutora; a cada uma das imagens desenhadas pelo ilustrador que compõem uma narrativa (e também a ideia de chamar tradutora e ilustrador para registrarem por escrito, nesta edição, um pouco do seu trabalho); a cada revisão do texto, avaliação de emendas e sugestão de alterações; a cada nova prova de miolo e capa com seus ajustes substanciais ou milimétricos; a cada versão deste texto de apresentação que você, cara leitora e caro leitor, agora lê; a cada exemplar que sairá da gráfica e seguirá para as livrarias físicas e virtuais de todo o país; e a cada um dos outros trabalhos fundamentais, que integram o processo de produção e comercialização dos livros no Brasil, esperamos ter contado mais uma vez e continuar recontando infinitamente a nossa história e a história de *1984*.

Boa leitura.

Equipe LeYa Brasil

BREVES NOTAS SOBRE A TRADUÇÃO

Quando recebi o convite da editora LeYa Brasil, em junho de 2020, para traduzir o *1984*, fui tomada por uma mistura de sensações: traduzir um clássico dessa magnitude, em plena pandemia, me pareceu uma tarefa quase tão monumental quanto o prédio do Ministério da Verdade, onde trabalha o protagonista do livro, Winston Smith. Contudo, passado o primeiro impacto, era o tipo de convite irrecusável. Agradeço a toda a equipe da LeYa Brasil pelo presente.

Algumas questões se impuseram desde o primeiro momento. Diante de um clássico desses, que estratégia adotar? Como lidar com as traduções para o português que vieram antes? Uma pergunta legítima, que ouvi bastante, foi: mais uma tradução do *1984*? Mas o livro já não foi traduzido? Em geral, essa pergunta implica uma visão específica sobre o que seria o trabalho de tradução: a ideia de que existiria *uma* tradução definitiva e que essa tradução bastaria. Assim, uma vez traduzido determinado livro, estaria cumprida a missão de torná-lo acessível a determinada comunidade de leitores, de modo que não faria sentido traduzi-lo mais uma vez; seria uma espécie de "retrabalho". Ora, quem já encarou a tarefa de traduzir algum texto, ainda que curto, sabe muito bem que é preciso tomar várias decisões a cada página – ou seja, a subjetividade do tradutor atua o tempo todo. Portanto, se uma única frase pode ser traduzida de diversas maneiras – faça um teste, por exemplo, com a famosa legenda do cartaz do Grande Irmão: *Big Brother is watching you* –, imagine o que não acontece num livro de trezentas páginas.

No Brasil, a primeira tradução do *1984* (publicado originalmente na Inglaterra em junho de 1949) foi assinada por Wilson Velloso e publicada pela Companhia

Editora Nacional, em 1954. Por muitas décadas, Velloso reinou absoluto. Foi apenas em 2009 que surgiu no mercado brasileiro uma nova tradução, assinada pela Heloísa Jahn e pelo Alexandre Hubner e publicada pela Companhia das Letras. Ambas são excelentes e bastante diferentes, é claro, pois pelo menos cinco décadas separam uma da outra. Trata-se de um ótimo exemplo para ilustrar a importância da retradução dos clássicos. Sim, as traduções podem ficar datadas, envelhecer, mas nem por isso merecem ser descartadas. E claro que algumas envelhecem melhor do que outras. O mais rico é perceber que existe espaço para que diversas traduções, de diferentes épocas, convivam, o que só faz enriquecer o original. Agora em 2021, após entrar em domínio público, o livro vem ganhando várias novas traduções, além dessas duas que desbravaram o caminho. A notícia me parece ótima para os leitores, que terão um cardápio variadíssimo de possibilidades de entrada na obra.

Neste ponto, convoco uma de minhas autoras preferidas, a norte-americana Lydia Davis, que é também tradutora e ensaísta. Num artigo de 2011 para a *Paris Review*, Lydia escreve um belo ensaio sobre seu processo de traduzir *Madame Bovary*. Segundo ela, na época em que estava traduzindo o romance de Flaubert, a obra já somava pelo menos quatorze traduções para o inglês. Depois de já ter concluído uma primeira versão do texto, ela decidiu analisar essas traduções que a precederam e chegou a algumas conclusões: "(...) como eu me sentia cercada por uma espécie de grupo, passei a achar que um esforço coletivo talvez fosse interessante. Este tradutor sabe mais do que eu sobre história da França (...); aquele ali é muito bom nos diálogos; aquele outro parece ter um vocabulário naturalmente rico; há outro que é um respeitável escritor e pode fazer uma boa crítica sobre o estilo da minha tradução: juntos, produziríamos uma excelente tradução". Pensando nesse seleto grupo, ela explica que o primeiro tradutor viveu nos anos 1880 e que, dos outros, a maioria já tinha morrido. Se a missão não era factível, pelo menos não com esses atores, o exercício de imaginação de Lydia nos ajuda a enxergar por que ainda traduzimos George Orwell, apesar dos que vieram antes e dos que virão depois.

No caso do meu processo de tradução do *1984*, achei valioso consultar, além das traduções anteriores para o português, as traduções para o espanhol e o francês. Claro que isso precisa ser feito com muito critério e como trabalho posterior, senão nosso texto acaba "contaminado" pelo que lemos, ainda que de forma inconsciente. Entender como os tradutores se saíram nos pontos mais complicados do romance, como impuseram o ritmo do texto, a pontuação, como recriaram os diálogos – tudo isso enriquece nosso trabalho. Ao fim, podemos dizer que cada tradução tem também seu estilo, e não quer dizer que uma seja melhor do que a outra, mas que são necessariamente diferentes, *bastante* diferentes. Sim, estamos o tempo todo caminhando juntinho do original, de mãos dadas – diferente de muitas traduções do passado que acabavam sendo quase adaptações, de tanta liberdade que se tomava –, mas nossas escolhas de vocabulário e de estratégia são totalmente influenciadas por quem nós somos, o que produz resultados ímpares. Caminhar de mãos dadas com a editora também foi uma sorte enorme. Quando uma equipe valoriza o trabalho de tradução e está sempre aberta a uma escuta verdadeira, o processo como um todo flui muito melhor. O leitor nem sempre se dá conta, mas um texto traduzido percorre um longo caminho até se transformar em livro, em sua versão final: são muitas as mãos envolvidas nesse percurso, de modo que contar com mãos delicadas fez toda a diferença. *Faz* toda a diferença.

Outra parte importante do meu processo de tradução foi o debate com alguns colegas tradutores, em pontos específicos de "engasgue". Conto com excelentes e generosos interlocutores, que tornam o trabalho menos solitário por meio dessa troca. Imagino que não se acredite mais na ideia de que bastaria ao tradutor conhecer a língua de partida e ter em mãos um bom dicionário para produzir uma boa tradução. Convido mais uma vez a Lydia Davis, agora para nos ajudar a mapear, afinal, o que seria uma boa tradução. O questionamento daria um curso inteiro, mas vale a pena lançar aqui essas breves pistas, ainda que o exemplo dela trate de uma suposta tradução do francês para o inglês: "A qualidade e natureza de uma tradução (do francês, digamos) depende de pelo menos três fatores: do conhecimento que o tradutor tem da língua, da história e da cultura francesas; de sua concepção sobre a tarefa de traduzir e de sua habilidade para escrever bem em inglês. Essas três variáveis se combinam das mais infinitas formas, o que explica por que uma mesma obra pode ter traduções tão díspares. Para selecionar um tradutor, os editores parecem presumir que o predicado mais importante é o primeiro. 'Vamos oferecer a tradução ao professor X, chefe do departamento de francês de tal universidade!' Muitas vezes, eles ignoram completamente o segundo fator – como será a abordagem do professor X diante da tarefa de traduzir? – e certamente ignoram o último – como será o estilo de escrita do professor X? Os três fatores são fundamentais, mas se tivéssemos de classificá-los, o terceiro – que envolve a qualidade do texto do tradutor – talvez fosse o mais importante, seguido de perto ou no mesmo grau de importância do segundo – como é a abordagem dele ou dela sobre a tarefa de traduzir – e o primeiro viria em último lugar, pois pequenos lapsos no conhecimento linguístico, histórico e cultural podem resultar em erros que, numa versão bem escrita e fiel em termos gerais, são facilmente corrigíveis, ao passo que uma concepção equivocada sobre a tarefa do tradutor e, pior, a incapacidade de escrever bem têm o poder de condenar um livro inteiro, frase a frase". Peço perdão pela citação um tanto longa, mas a meu ver, com essas balizas em mente, partimos de um bom norte para realizar nosso trabalho – que não é fácil, mas tem o potencial de proporcionar grandes prazeres.

Por fim, gosto de pensar que o tradutor é um equilibrista: está sempre na corda bamba. Como o francês Phillipe Petit, que cruzou num cabo de aço, a mais de quatrocentos metros de altura, as Torres do World Trade Center em 1974, precisamos, em nosso ofício, lançar mão de muita técnica, mas há também diversos elementos artísticos, criativos e até poéticos envolvidos em nosso fazer. É preciso equilibrar muita coisa ao mesmo tempo, diversos pratinhos. Um ou outro fatalmente ficará pelo caminho, caído, mas eu diria que uma boa meta é que o saldo final seja positivo – que a gente cruze a corda não só sem se esborrachar lá embaixo, mas também com a maior leveza possível.

DEBORA FLECK

EM PRETO, CINZA E BRANCO

Komorebi, aprendi dia desses, é uma palavra japonesa que se refere à luz do sol filtrada pelas folhas das árvores.

Sol, silêncio, e também um pouco de sombra, atenuando o calor da luz. Não é uma sensação comum na vida de Winston Smith, o protagonista deste livro, acostumado à vigilância constante da luz fria das teletelas e à incômoda presença daquele ruído de fundo, que vaza das máquinas e inunda a mente.

Publicado pela primeira vez em 1949, *1984* é amplamente considerado um dos livros mais importantes e influentes do século XX. Ilustrá-lo no ano em que a sensação de distopia pareceu escapar perigosamente das prateleiras de ficção foi uma responsabilidade desafiadora, instigante, e também um tanto catártica, provocadora de reflexões.

O processo criativo das ilustrações nem sempre é fácil quando se trata de um livro tão rico em conteúdo e possibilidades de interpretação. Nas primeiras conversas com a editora, Izabel Aleixo, me foram dadas algumas sugestões: seria interessante que o rosto dos personagens nunca aparecesse muito claramente, facilitando que qualquer pessoa pudesse se identificar com eles, evitando uma definição muito nítida de seus tipos físicos. Outra ideia seria trabalhar a desproporção entre os personagens, sempre diminutos, e os ambientes, sempre muito maiores e opressores. Passaram pela minha cabeça algumas pinturas de Edward Hopper, com seus espaços vazios e personagens distantes, solitários. Pareceu-me apropriado para *1984*, não muito longe de nosso século XXI.

Enquanto elaborava os esboços, recebi a visita de outra palavra japonesa, *Ma*, que pode significar "intervalo", "espaço negativo", "tempo" ou "distância entre duas partes estruturais". Novamente a ausência e o vazio, que talvez pudessem fazer um contraponto com a presença constante do Grande Irmão, da mão pesada do poder e do Partido.

Muita coisa acontece em *1984*, e seria prudente resistir à tentação de querer contemplar absolutamente tudo nas ilustrações. Não sei se foi influência de uma dessas palavras japonesas que me visitaram, mas uma das ideias chave que escolhi usar para criar os desenhos foi a síntese, um certo minimalismo, o foco em um ou poucos elementos em cada página ilustrada. Elementos estes que, além de aparecerem de maneira literal na história, surgem também como símbolos, metáforas, como parte pelo todo.

A ideia de "fechar a câmera" nesses elementos, muitas vezes nos detalhes, guiou bastante meu trabalho, e uma imagem foi puxando a outra, num processo bem motivador de descoberta. A cada esboço pensado, a cada ilustração finalizada, me perguntava qual seria o elemento chave para o próximo capítulo. Onde estaria a essência visual daqueles acontecimentos específicos?

Na primeira parte do livro, a resposta é dada com uma série de objetos carregados de simbologia. Do diário em que Winston escreve secretamente até um par de copos de cerveja que testemunham uma conversa de bar, passando por uma colher, uma lamparina, um par de óculos, ou mesmo uma pia a ser consertada.

Em dado momento da segunda parte, enquanto o protagonista e Julia aparecem diminutos, como se fossem coadjuvantes ou até figurantes, foi o voo do tordo que escolhi destacar. Um raro momento em que as asas, não apenas do tordo, podem se abrir um pouco mais. Um breve momento em que a frieza ruidosa das teletelas cede espaço à luz do sol, filtrada através das folhas das árvores. *Komorebi*. A luz quente do sol, o silêncio, um pouco de paz e respiro. Sensações incomuns na vida de Winston Smith. Mas… estaria o tordo a nos observar?

Além de objetos e animais, o corpo humano também apareceu bastante como símbolo. Dentes, ou mais precisamente uma dentadura, coração, olho, um pé vestindo uma bota bastante pesada, e principalmente mãos, muitas delas.

Se a mão pesada da tirania manipula, oprime e instrumentaliza as pessoas como peões numa partida de xadrez, a mão de Winston revela sua hesitação antes de mover cada peça no tabuleiro de seu próprio jogo, com tão pouca margem para escolha. A hesitação se revela em especial quando sua mão se aproxima da de Julia, na iminência de um contato desejado, mas sob a sombra dos muitos riscos presentes na trama de *1984*. Com alguns reflexos em nosso presente.

Temos ainda a mão de outro personagem, que se torna especialmente pesada e ameaçadora conforme a história avança e aumentam as ambiguidades. "Quantos dedos, Winston?"

Uma etapa particularmente satisfatória foi a criação das três páginas duplas de abertura, para cada parte da obra. Todas as ilustrações do livro foram pensadas em preto, branco e cinza, mas o uso que fizemos desses tons nas páginas de abertura tem um significado especial.

Para a abertura da Parte I, predomina o uso do preto. Winston apertado em seu apartamento, no canto da imagem, visto através da janela. Oprimido pela cidade lá fora, vasta, pesada, mergulhada em decadência e escuridão.

Na Parte II, destaco as nuances de cinza, os meios-tons. Momento de relativa paz e relativo respiro, em que Winston e Julia se permitem escapar um pouco do radicalismo, do mundo em preto e branco do extremismo e da tirania. Na abertura da última parte, vemos finalmente o lugar onde não há escuridão. Predomina o branco, com nosso protagonista acuado no canto da página. As nuances desapareceram, a luz fria invadiu tudo, restando apenas o preto do personagem, e o branco ofuscando tudo o que há em volta.

As aberturas de cada parte se tornam, portanto, mais e mais claras conforme nos aproximamos de um desfecho potencialmente sombrio. Invertendo de certo modo a ideia habitual em muitas histórias, em que partimos dos momentos mais tranquilos e iluminados do início e rumamos para as trevas nos momentos decisivos de conflito, "no castelo do grande vilão no topo da montanha".

O maior horror, porém, talvez não esteja na escuridão, mas onde ela foi erradicada. A luz fria invade e "corrige" até mesmo a intimidade dos pensamentos, anulando nuances, plantando certeza onde havia dúvida, e dúvida onde havia certeza.

Espero que você, cara leitora e caro leitor, encontre neste livro a mesma satisfação e desafio que encontrei ao conceber cada desenho. Que possa descobrir muito mais do que as ilustrações revelam, muito do que se esconde nos espaços vazios, onde talvez nem mesmo a teletela alcance.

Desejo uma ótima leitura, boa imersão, e um tanto de paz, silêncio e luz do sol, filtrada pelas folhas das árvores.

EDUARDO DE AMORIM NUNES

1.

Era um dia frio e claro de abril, e os relógios soavam treze horas. Winston Smith, de queixo aninhado ao peito num esforço para escapar do vento abjeto, passou furtivo pelas portas de vidro do Residencial da Vitória, embora não tão rápido a ponto de evitar que um redemoinho de poeira arenosa entrasse atrás dele.

O saguão cheirava a repolho cozido e trapos velhos. Na parede do fundo, havia um cartaz colorido, grande demais para ser exibido num espaço fechado. Retratava apenas um enorme rosto, com mais de um metro de largura: o rosto de um homem de uns quarenta e cinco anos, farto bigode preto e traços fortes e esbeltos. Winston caminhou em direção à escada. Era inútil tentar subir pelo elevador. Mesmo em épocas melhores, ele raramente funcionava, e agora não havia mais eletricidade durante o dia. Fazia parte da campanha de economia, nos preparativos para a Semana do Ódio. O apartamento ficava a sete lances de escada e Winston, com seus trinta e nove anos e uma úlcera varicosa acima do tornozelo direito, subiu devagar, parando para descansar várias vezes. A cada andar, o cartaz com o enorme rosto o encarava da parede em frente à porta do elevador. Era uma dessas imagens concebidas para dar a impressão de que os olhos estão sempre seguindo a todos, passo a passo. O GRANDE IRMÃO ESTÁ VIGIANDO VOCÊ, dizia a legenda logo abaixo.

Dentro do apartamento, uma voz melodiosa lia uma lista de números que de alguma forma estavam relacionados com a produção de ferro-gusa. A voz vinha de uma placa metálica retangular, feito um espelho opaco, que ocupava parte da parede do lado direito. Winston girou um botão e a voz ficou mais baixa, embora as palavras continuassem discerníveis. O aparelho (a teletela, como era chamada) podia até ser regulado, mas era impossível desligá-lo. Winston foi até a janela: um vulto frágil e apequenado, a magreza do corpo acentuada pelo macacão azul que servia de uniforme do Partido. Seu cabelo era muito louro, o rosto era naturalmente sanguíneo e a pele estava ressecada por conta do sabonete áspero, das lâminas de barbear cegas e do frio do inverno que havia pouco chegara ao fim.

Do lado de fora, mesmo através da janela fechada, o mundo parecia frio. Na rua, torvelinhos de vento criavam espirais de poeira e papel picado, e embora o sol brilhasse e o céu estivesse muito azul, a impressão era de que nada tinha cor, exceto os cartazes espalhados por todo canto. De pontos privilegiados, o rosto de farto bigode preto espiava tudo. Havia um deles na fachada logo em frente. O GRANDE IRMÃO ESTÁ VIGIANDO VOCÊ, dizia a legenda, enquanto aqueles olhos escuros penetravam fundo os olhos de Winston. No nível da rua, outro cartaz tremulava intermitente com o vento. Rasgado num dos cantos, ora cobria, ora revelava a palavra SOCING. Ao longe, um helicóptero sobrevoou rente aos telhados, pairando por alguns instantes feito uma mosca-varejeira, e depois partiu ligeiro, numa fuga rápida e sinuosa. Era a Patrulha Policial, que bisbilhotava as janelas das pessoas. Porém, as patrulhas não eram grande coisa. A grande questão mesmo era a Polícia do Pensamento.

Atrás de Winston, a voz da teletela continuava balbuciando sobre o ferro--gusa e a superação das metas do Nono Plano Trienal. A teletela recebia e transmitia informação ao mesmo tempo. Qualquer som que Winston emitisse, para além de um sussurro baixíssimo, era captado pelo aparelho; e enquanto permanecesse dentro do campo de visão controlado pela placa de metal, podia ser visto e ouvido. Ninguém sabia, é claro, quando estava sendo vigiado. Também não se sabia ao certo com que frequência a Polícia do Pensamento se conectava a um aparelho específico, nem como funcionava esse sistema. Era possível, inclusive, que vigiassem a todos o tempo todo. De um jeito ou de outro, podiam se conectar a qualquer aparelho quando bem quisessem. As pessoas tinham que viver – e viviam, primeiro por hábito e depois por instinto – sob a hipótese de que todo som emitido era ouvido e de que, exceto no escuro, todo movimento era perscrutado.

Winston continuou de costas para a teletela. Era mais seguro assim; no entanto, como ele bem sabia, até as costas podiam ser reveladoras. A um quilômetro de distância, o Ministério da Verdade, seu local de trabalho, destacava-se pelo tamanho e pela alvura que contrastavam com a paisagem encardida. Aquela, pensou ele com certa aversão, aquela era Londres, principal cidade da Primeira Base Aérea, que vinha a ser a terceira província mais populosa da Oceânia. Tentou espremer das lembranças de infância a confirmação de que Londres sempre fora assim. Sempre estivera lá aquele cenário de casas do século XIX em ruínas, com as laterais escoradas em vigas de madeira, as janelas remendadas com papelão e os telhados com aço corrugado, além dos muros dos jardins que tombavam em todas as direções? Sem falar nos terrenos bombardeados, onde a poeira de reboco rodopiava no ar e a relva encobria as pilhas de escombros; e também as áreas onde as bombas tinham aberto enormes clareiras, dando lugar a sórdidas colônias de barracões de madeira que mais pareciam galinheiros. Mas de nada adiantava, ele não tinha recordações; de sua infância, só restavam algumas cenas muito vívidas, mas indecifráveis e fora de contexto.

O Ministério da Verdade – Miniver, em neolíngua* – era espantosamente diferente de qualquer outro elemento do entorno. Sua enorme estrutura piramidal de concreto branco e reluzente se alçava, terraço após terraço, a trezentos metros de altura. De onde estava, Winston conseguia ler na fachada alva os três lemas do partido, realçados numa caligrafia elegante:

GUERRA É PAZ
LIBERDADE É ESCRAVIDÃO
IGNORÂNCIA É FORÇA

O Ministério da Verdade, segundo diziam, compreendia três mil salas acima do nível do solo e ramificações correspondentes para baixo da terra. Espalhados por Londres, havia apenas três outros prédios de aparência e tamanho similares. Eles apequenavam de tal forma a arquitetura ao redor, que do topo do Residencial da Vitória era possível ver todos os quatro ao mesmo tempo. Serviam de sede aos quatro ministérios do aparato governamental: o Ministério da Verdade, que cuidava das notícias, do entretenimento, da educação e das belas-artes; o Ministério da Paz, que cuidava da guerra; o Ministério do Amor, que mantinha a lei e a ordem; e o Ministério da Fartura, responsável pelos assuntos econômicos. Seus nomes, em neolíngua, eram: Miniver, Minipax, Miniamor e Minifar.

---

* Neolíngua era a língua oficial da Oceânia. Para entender sua estrutura e etimologia, ver Apêndice.

O Ministério do Amor era o mais assustador de todos. Não tinha uma janela sequer. Winston nunca pusera os pés ali dentro, nem sequer havia chegado a quinhentos metros de distância. Só entrava no edifício quem ia tratar de negócios oficiais, e era preciso atravessar um emaranhado labiríntico de arame farpado, portas de aço e atiradores posicionados em lugares estratégicos. Até as ruas que conduziam às barreiras externas do prédio eram patrulhadas por guardas com cara de gorila, trajados de preto e armados com cassetetes articulados.

Winston se virou de repente. Tinha assumido a expressão de otimismo sereno, a mais aconselhada a se adotar diante da teletela. Cruzou a sala e foi até a minúscula cozinha. Ao deixar o ministério àquela hora do dia, tinha sacrificado o almoço na cantina e sabia que em sua casa só havia um naco de pão escuro, que precisava ser poupado para o café da manhã do dia seguinte. Pegou na prateleira uma garrafa de um líquido incolor, com um rótulo branco que dizia apenas GIM DA VITÓRIA. O cheiro enjoativo e gorduroso lembrava uma aguardente de arroz chinesa. Winston encheu quase uma xícara inteira, se preparou para o baque e engoliu a bebida como se fosse remédio.

Na mesma hora, seu rosto assumiu um tom escarlate e os olhos começaram a lacrimejar. O gim era como ácido nítrico e, ao ingeri-lo, a pessoa tinha a sensação de que estava recebendo um golpe de cassetete na nuca. No momento seguinte, contudo, o ardor em seu estômago se acalmou e o mundo ganhou contornos mais alegres. Ele pegou um cigarro do maço amassado que dizia CIGARROS DA VITÓRIA e, por descuido, o segurou na vertical, derrubando o tabaco no chão. Com o cigarro seguinte, saiu-se melhor. Voltou para a sala e se sentou a uma mesinha que ficava à esquerda da teletela. Da gaveta, tirou um porta-penas, um tinteiro e um grosso caderno em formato *in-quarto*, todo em branco, com o verso em vermelho e a capa marmorizada.

Por algum motivo, a teletela da sala ficava numa posição inusitada. Em vez de ficar, como de hábito, na parede do fundo, de onde conseguiria controlar todo o ambiente, estava na parede maior, em frente à janela. De um dos lados do aparelho, havia um pequeno vão onde Winston estava agora sentado e que, quando os apartamentos foram construídos, provavelmente tinha sido pensado para abrigar estantes de livros. Ao se sentar no vão e ficar bem para trás, Winston conseguia permanecer fora do campo de visão da teletela. Podiam ouvi-lo, é claro, mas, enquanto continuasse naquela posição, não podiam vê-lo. Em certa medida, foi a geografia atípica do cômodo que lhe serviu de inspiração para o que estava prestes a fazer.

Mas a inspiração tinha vindo também do caderno recém-tirado da gaveta. Era de uma beleza ímpar: com seu papel cor de creme, acetinado, um pouco amarelado pela idade, era do tipo que já não se produzia havia pelo menos quarenta anos. Ele imaginava, contudo, que fosse muito mais antigo. Vira-o exposto na vitrine de uma loja chinfrim de quinquilharia num bairro decadente da cidade (em que bairro exatamente, já não lembrava) e na mesma hora foi tomado pelo desejo incontrolável de possuí-lo. Os membros do Partido não podiam frequentar lojas comuns ("fazer negócios no mercado livre", como se dizia), mas a regra não era mantida com rigor, porque havia vários produtos, como cadarços e lâminas de barbear, que não podiam ser adquiridos de outra forma. Depois de uma rápida olhada para os dois lados da rua, ele entrou sorrateiramente na loja e comprou o caderno por dois dólares e cinquenta. Naquele momento, ainda não tinha consciência de desejá-lo para algum propósito específico. Cheio de culpa, guardou o caderno dentro da pasta e o levou para casa. Mesmo sem nada escrito, era um objeto comprometedor.

O que estava prestes a fazer era começar um diário. Não se tratava de uma atividade ilegal (nada era ilegal, uma vez que as leis eram coisa do passado), mas, caso fosse descoberto, muito provavelmente seria punido com a morte, ou pelo menos com uma condenação de vinte e cinco anos num campo de trabalhos forçados. Winston colocou uma pena no porta-penas e a sugou, para tirar a graxa. A pena era um instrumento arcaico, raramente usado até para assinaturas, mas tinha dado um jeito de consegui-la, às escondidas e com certa dificuldade, porque sentia que aquele lindo papel creme merecia ser marcado por uma pena de verdade, e não por uma caneta-tinteiro. O fato é que não estava acostumado a escrever à mão. Exceto por brevíssimas anotações, acabava ditando tudo para o falescreve, o que era evidentemente impossível nesse caso. Molhou a pena na tinta e hesitou por um instante. Sentiu um tremor percorrer suas entranhas. Marcar o papel era o ato definitivo. Com uma letra pequena e desajeitada, escreveu:

4 de abril de 1984

Recostou-se. Foi tomado por uma sensação de completa impotência. Em primeiro lugar, não sabia se o ano era *mesmo* 1984. Devia ser por aí, pois tinha quase certeza de que estava com trinta e nove anos e acreditava ter nascido em 1944 ou 1945. Àquela altura, porém, era impossível precisar qualquer data sem uma margem de erro de um ou dois anos.

Ocorreu-lhe de repente uma questão: para quem estaria escrevendo aquele diário? Para o futuro, para os não nascidos. Sua mente se deteve por um instante na data incerta sobre a página, então, num solavanco, saltou para uma palavra em neolíngua: *duplipensar*. Pela primeira vez, se deu conta da magnitude daquela empreitada. Como poderia se comunicar com o futuro? Por natureza, era uma tarefa impossível. Das duas, uma: ou o futuro se assemelharia ao presente, e nesse caso não lhe daria ouvidos, ou seria diferente, de modo que suas agruras não fariam o menor sentido.

Atordoado, Winston ficou um tempo contemplando o papel. A teletela agora emitia estridentes canções militares. Era estranho: parecia não só ter perdido a capacidade de se expressar, mas também ter esquecido o que pretendia escrever. Fazia algumas semanas que vinha se preparando para aquele momento, e nunca tinha passado por sua cabeça que precisaria de algo além de coragem. A escrita em si seria fácil. Bastava transferir para o papel o interminável monólogo agitado que lhe ocupava a mente havia muitos anos. Naquele instante, contudo, até o monólogo emudecera. Para piorar, a úlcera varicosa tinha voltado a perturbá--lo. Não se atreveu a coçar. Sempre acabava inflamando quando fazia isso. Os segundos se sucediam. Só tinha consciência da página em branco à sua frente, da coceira acima do tornozelo, da estridência da música e de uma leve embriaguez causada pelo gim.

De repente, começou a escrever sob um pânico absoluto, sem uma ideia muito clara do que estava botando no papel. A caligrafia pequena e infantil se espalhou desordenadamente pela página, despojando-se primeiro das maiúsculas, depois até dos pontos finais:

4 de abril de 1984. Ontem à noite, cinema. Só filme de guerra. Um muito bom sobre o bombardeio de um navio cheio de refugiados em algum ponto do Mediterrâneo. Plateia se diverte com a cena de um gordão que tenta escapar a nado de um helicóptero que o persegue. primeiro aparece ele chafurdando na água feito um golfinho, depois vemos ele pela mira do helicóptero, depois ele está todo furado e o mar à sua volta fica cor-de-rosa e ele afunda como se os furos tivessem deixado entrar água. plateia grita e dá gargalhadas quando ele afunda. aí vemos um bote salva-vidas cheio de crianças e um helicóptero pairando acima. tem uma mulher de meia-idade talvez judia sentada na proa com um garotinho de uns três anos no colo. o garotinho grita de medo e esconde a cabeça junto ao peito dela como se tentasse se enterrar ali e a mulher o envolve com os braços e o conforta embora ela mesma esteja morta de medo, todo o tempo cobrindo ele o máximo possível como se achasse que seus braços pudessem protegê-lo das balas. então o helicóptero acerta uma bomba de vinte quilos bem no meio deles clarão terrível e o bote vira pó. e vem uma incrível cena do braço de uma criança voando pelos ares um helicóptero com uma câmera deve ter seguido o braço e o público aplaude muito nos assentos do partido mas uma mulher lá na parte dos proles de repente começa a se revoltar gritando que não deviam mostrar isso não na frente das crianças não deviam não está certo não na frente das crianças não está até que a polícia vai lá vai lá e expulsa ela eu não acho que aconteceu nada com ela ninguém se importa com o que os proles falam reação típica dos proles eles nunca...

Winston parou de escrever, em parte porque começou a sentir cãibra. Não sabia o que o levara a verter aquele jorro de disparates. Mas o curioso é que, enquanto escrevia, teve uma lembrança completamente diferente, muito nítida, a ponto de quase se sentir capaz de anotá-la. Agora se dava conta: fora por causa desse outro incidente que tinha decidido, de súbito, voltar para casa e começar a escrever o diário.

O fato se dera naquela manhã, no ministério, se é que podia chamar de "fato" algo tão nebuloso.

Eram quase onze horas e, no Departamento de Arquivos, onde Winston trabalhava, as cadeiras estavam sendo arrastadas para fora das baias e agrupadas no meio do salão, em frente à grande teletela, nos preparativos para os Dois Minutos de Ódio. No momento em que Winston pegava um lugar numa das fileiras do meio, surgiram duas pessoas que conhecia de vista, mas com quem nunca tinha trocado uma palavra. A primeira era uma garota com quem costumava cruzar nos corredores. Apesar de não saber o nome dela, sabia que trabalhava no Departamento de Ficção. Supunha – por já tê-la flagrado com as mãos cheias de óleo e carregando uma chave inglesa – que exercesse algum trabalho mecânico numa das máquinas que escreviam romances. De aparência arrojada, devia ter uns vinte e sete anos, tinha um cabelo grosso e escuro e um rosto sardento, e seus movimentos eram ligeiros e atléticos. Amarrada em sua cintura, por cima do macacão, a estreita faixa escarlate que era o símbolo da Liga Juvenil Antissexo realçava a bela forma de seus quadris. Winston não sentira a menor simpatia por ela desde o primeiro momento. E sabia por quê: a moça trazia consigo uma atmosfera de quadras de hóquei, banhos frios, caminhadas comunitárias e pureza mental. Winston não simpatizava com quase nenhuma mulher, especialmente as jovens e belas. Eram as mulheres, sobretudo as mais novas, que seguiam o Partido com maior fanatismo, que engoliam toda a propaganda, espiãs amadoras prontas a farejar qualquer desvio da ortodoxia. Mas aquela garota em particular lhe dava a impressão de ser ainda mais perigosa do que a maioria. Certa vez, ao se cruzarem no corredor, ela lhe lançou um rápido olhar de soslaio, que mais parecia tê-lo perfurado, aterrorizando-o por um instante. Chegou a cogitar que ela podia ser uma agente da Polícia do Pensamento, mas isso era bastante improvável. De todo modo, sentia um estranho mal-estar, mistura de medo e hostilidade, sempre que ela estava por perto.

A outra pessoa era um sujeito chamado O'Brien, membro do Partido Interno. Ocupava um posto tão importante e misterioso que Winston só fazia uma vaga ideia de sua natureza. Assim que viram o homem com o macacão preto do Partido Interno se aproximar, as pessoas em volta das cadeiras ficaram em silêncio. O'Brien era um homem grande, robusto, de pescoço largo e rosto de aspecto cômico, rude e brutal. Apesar da aparência imponente, seus modos eram encantadores. Tinha o costume de ajeitar os óculos sobre o nariz, o que curiosamente desarmava as pessoas – de modo indefinível, era um gesto civilizado. Um gesto que, se alguém ainda pensasse nesses termos, fazia lembrar um aristocrata do século XVIII ofertando sua caixa de rapé. Winston já tinha visto O'Brien talvez uma dezena de vezes, ao longo de uma década. Sentia uma profunda curiosidade por ele, não só porque o intrigava o contraste entre os modos refinados e o físico de boxeador, mas muito mais porque acalentava secretamente a convicção – ou talvez não chegasse a ser convicção, mas apenas esperança – de que a ortodoxia política de O'Brien não fosse perfeita. Algo em seu rosto sugeria isso com toda força. Ou, ainda, talvez não fosse desvio de ortodoxia o que estava escrito em seu rosto, mas simples inteligência. Seja como for, aparentava ser alguém com quem se podia conversar, se fosse possível de alguma forma driblar a teletela e encontrá-lo a sós. Winston nunca fizera o mínimo esforço para confirmar sua suposição. Não havia como fazê-lo, na verdade. Naquele instante, O'Brien checou o relógio de pulso. Eram quase onze horas e, por certo, decidiu permanecer no Departamento de Arquivos até que acabassem os Dois Minutos de Ódio. Pegou uma cadeira na mesma fila de Winston, a dois lugares de distância. Entre eles, estava uma mulher baixa e ruiva, que trabalhava na baia ao lado de Winston. A garota do cabelo escuro tinha se sentado logo atrás.

Na sequência, um som terrível e estridente, como o de uma monstruosa máquina mal lubrificada, irrompeu da grande teletela ao fundo do salão. Era um ruído de fazer trincar os dentes e arrepiar o cabelo da nuca. O Ódio havia começado.

Como de costume, o rosto de Emmanuel Goldstein, o Inimigo do Povo, tinha aparecido na tela. Na plateia, houve vaias aqui e ali. A ruiva soltou um gritinho de medo misturado com asco. Goldstein era o rebelde infrator que, no passado (ninguém lembrava ao certo quando), tinha sido um dos maiores líderes do Partido, quase do mesmo nível do próprio Grande Irmão, mas que depois se envolveu em atividades contrarrevolucionárias, foi condenado à morte e acabou escapando e desaparecendo misteriosamente. A agenda dos Dois Minutos de Ódio variava a cada dia, mas Goldstein era sempre o protagonista. Era o traidor original, o primeiro a profanar a pureza do Partido. Todos os subsequentes crimes contra o Partido, as traições, os atos de sabotagem, as heresias e os desvios derivavam de seus ensinamentos. De onde quer que fosse, ele continuava tramando suas conspirações: talvez estivesse refugiado além-mar, sob a proteção de patronos estrangeiros; ou, quem sabe – conforme alguns rumores –, pudesse estar em algum esconderijo na própria Oceânia.

Winston estava com o diafragma contraído. Sempre que via o rosto de Goldstein, experimentava uma dolorosa mistura de sensações. Era um rosto magro de judeu, com uma auréola desgrenhada de cabelo branco e uma barbichinha. Um rosto ao mesmo tempo astuto e inerentemente desprezível, com uma espécie de sandice senil no nariz alongado e fino em cuja extremidade repousava um par de óculos. Lembrava o rosto de um carneiro, e a voz também era de natureza ovina. Goldstein proferia seu habitual ataque virulento contra as doutrinas do Partido – um ataque tão exagerado e perverso que até uma criança seria capaz de enxergar a verdade por detrás. Ainda assim, era um ataque plausível o suficiente para dar a alguns a sensação alarmante de que outras pessoas, menos lúcidas, poderiam se deixar levar por ele. Goldstein agredia o Grande Irmão, denunciava a ditadura do Partido e exigia a conclusão imediata do processo de paz com a Eurásia. Defendia a liberdade de expressão, liberdade de imprensa, liberdade de associação e liberdade de pensamento e gritava histericamente que a revolução tinha sido traída – tudo isso num ligeiro discurso polissilábico, fazendo certa paródia do estilo costumeiro dos oradores do Partido. Chegava a usar algumas palavras em neolíngua, até mais do que os próprios membros do Partido costumavam usar no dia a dia. Ao mesmo tempo, para que ninguém duvidasse da realidade encoberta por sua verborragia enganosa, atrás dele, na teletela, marchavam as colunas intermináveis do exército eurasiano – fileiras e fileiras de homens robustos, com rostos asiáticos sem expressão, que emergiam à superfície da tela e logo desapareciam, sendo substituídos por outros de mesma cepa. O caminhar pesado e monótono das botas dos soldados servia de pano de fundo para os balidos de Goldstein.

Antes mesmo de o Ódio atingir os trinta segundos, metade das pessoas ali presentes já tinha explodido em incontroláveis exclamações de fúria. Aquele rosto caprino, cheio de si, e o poder aterrorizante do exército da Eurásia atrás dele eram da ordem do intolerável. Além disso, só de pôr os olhos ou pensar em Goldstein, a plateia era tomada por uma sensação automática de medo e raiva. Ele era um objeto de ódio mais constante do que a Eurásia ou a Lestásia. Afinal de contas, quando a Oceânia estava em guerra contra uma delas, geralmente estava em paz com a outra. Mas o curioso era que, embora Goldstein fosse odiado e desprezado por todo mundo, embora suas teorias fossem refutadas, destruídas, ridicularizadas, expostas para contemplação geral como o lixo deplorável que eram, todos os dias, e milhares de vezes por dia, nas tribunas, na teletela, nos jornais e nos livros, a influência dele nunca parecia arrefecer. Havia sempre novos trouxas prontos a se deixar seduzir. Não passava um dia sem que espiões ou sabotadores agindo sob suas ordens não fossem desmascarados pela Polícia do Pensamento. Goldstein comandava um vasto exército obscuro, uma rede clandestina de conspiradores dedicada a destruir o Estado, supostamente chamada de Irmandade. Havia também histórias sobre um livro terrível de autoria de Goldstein, um compêndio de todas as heresias, que circulava clandestinamente. Era um livro sem título. As pessoas se referiam a ele, se é que o faziam, apenas como *o livro*. Mas só se sabia dessas coisas por meio de vagos rumores. Sempre que possível, os membros comuns do Partido evitavam mencionar a Irmandade ou *o livro*.

No segundo minuto, o Ódio se transformou em verdadeiro furor. As pessoas saltavam em seus lugares e gritavam a plenos pulmões, num esforço para abafar o exasperante balido que vinha da tela. A mulher ruiva tinha ficado muito ruborizada e sua boca abria e fechava feito um peixe recém-tirado da água. Até o rosto carrancudo de O'Brien estava enrubescido. Ele continuava sentado na cadeira, bem aprumado, e seu peitoral imponente inflava e estremecia, como se encarasse a investida de uma onda. A garota do cabelo escuro atrás de Winston tinha começado a gritar: "Porco! Porco! Porco!" De repente, pegou um pesado dicionário de neolíngua e o arremessou em direção à tela. O volume atingiu o nariz de Goldstein e quicou no chão. A voz, no entanto, continuava inabalável. Num momento de lucidez, Winston percebeu que estava gritando junto com os demais, chutando com violência a cadeira da frente. O aspecto mais terrível dos Dois Minutos de Ódio não era que a pessoa fosse obrigada a participar, mas que era impossível deixar de fazê-lo. Em trinta segundos, qualquer pretexto se fazia desnecessário. Um terrível êxtase decorrente de medo e sede de vingança, um desejo de matar, torturar, estraçalhar rostos a marretadas, parecia percorrer todo o grupo, como uma corrente elétrica, transformando aquelas pessoas, mesmo contra a própria vontade, em lunáticos histéricos. Contudo, a fúria que cada um sentia era um sentimento abstrato, sem alvo específico, passível de ser transferido de um objeto a outro, à semelhança da chama de um maçarico. Assim, num determinado momento, o ódio de Winston não se voltava de modo algum contra Goldstein, e sim contra o Grande Irmão, o Partido e a Polícia do Pensamento. Nesses momentos, seu coração se compadecia do escarnecido herege solitário na tela, único guardião da verdade e da sanidade num mundo de mentiras. Mas, no instante seguinte, ele estava de novo em sintonia com as pessoas ao redor, e tudo que era dito sobre Goldstein lhe parecia verdade. Era quando sua aversão secreta pelo Grande Irmão se transformava em idolatria, e o Grande Irmão se agigantava, um defensor imbatível, destemido, verdadeira rocha contra as hordas vindas da Ásia, e Goldstein, apesar do isolamento, da impotência e das dúvidas que pairavam sobre sua existência, ganhava contornos de bruxo macabro, capaz de, pelo simples poder da voz, abalar as estruturas da civilização.

Era possível, inclusive, substituir de um modo ou de outro o próprio ódio, por meio de um ato voluntário. De repente, com um violento esforço similar àquele usado quando arrancamos a cabeça do travesseiro diante de um pesadelo, Winston conseguiu transferir seu ódio pelo rosto na tela para a garota do cabelo escuro da fileira de trás. Por sua mente, transcorreram belas e nítidas alucinações. Agrediria a garota até a morte, usando um cassetete. Amarraria seu corpo nu junto a um poste e atiraria um sem número de flechas, à la são Sebastião. Violaria seu sexo e, no momento do clímax, cortaria sua garganta. Percebia agora *por que* a odiava. Porque era jovem, bonita e assexuada, porque queria ir para a cama com ela, mas nunca o faria, porque em volta de sua cintura tenra e delicada, que parecia pedir para ser envolvida com os braços, só havia a abominável faixa escarlate, o opressivo símbolo de castidade.

O Ódio atingiu seu auge. A voz de Goldstein tinha se transformado num balido de verdade e, por um instante, seu rosto se converteu no rosto de um carneiro. Em seguida, o rosto do carneiro se dissolveu na figura de um soldado da Eurásia que parecia avançar, enorme e terrível, com os rugidos de sua submetralhadora, como se fosse saltar da tela, de modo que algumas pessoas da fileira da frente de fato se encolheram. No mesmo instante, porém, extraindo um profundo suspiro aliviado de todos, a figura hostil se dissolveu no rosto do Grande Irmão, com seu cabelo e bigode pretos, todo poderoso e misteriosamente calmo, de uma imensidão que quase preencheu a tela inteira. Ninguém dava ouvidos ao que o Grande Irmão dizia. Eram apenas palavras de incentivo, daquelas que são pronunciadas em meio ao alvoroço da batalha, indiscerníveis individualmente, mas capazes de restaurar a confiança pelo simples fato de serem proferidas. Na sequência, o rosto do Grande Irmão se esvaiu de novo, e em seu lugar surgiram os três lemas do Partido, em letras maiúsculas e negrito:

GUERRA É PAZ
LIBERDADE É ESCRAVIDÃO
IGNORÂNCIA É FORÇA

Porém, o rosto do Grande Irmão ainda pareceu persistir por alguns segundos na tela, como se o impacto causado na retina dos presentes tivesse sido intenso demais para se dissipar de imediato. A mulher ruiva havia se atirado no encosto da cadeira à frente. Com um murmúrio trêmulo, pareceu dizer "Meu Salvador!" e estendeu os braços em direção à tela. Em seguida, enterrou o rosto entre as mãos. Dava para ver que fazia uma reza.

Foi então que todo o grupo começou a entoar um cântico intenso, lento e ritmado: "G-I!…! G-I!…!G-I!". Ficavam repetindo bem devagar, fazendo uma longa pausa entre o G e o I. Era um som murmurante e grave, curiosamente selvagem. Ao fundo, era como se desse para ouvir a batida de pés descalços e a vibração de tambores. Continuaram por cerca de trinta segundos. Aquele refrão costumava ser ouvido em momentos de emoção arrebatadora. Em parte, servia como uma espécie de hino à sabedoria e à majestade do Grande Irmão, mas tratava-se, principalmente, de um ato de auto-hipnose, um afrouxamento deliberado da consciência por meio de um som ritmado. Winston sentiu como se suas entranhas congelassem. Nos Dois Minutos de Ódio, ele não conseguia deixar de participar do delírio geral, mas aquele cântico animalesco, "G-I!... G-I!", sempre o apavorava. Claro que ele cantou junto: não tinha como ser diferente. Era instintivo dissimular os próprios sentimentos, controlar a expressão facial e agir como todos os demais. Mas houve um intervalo de dois segundos em que seu olhar talvez o tenha denunciado. E foi justo nesse momento que o fato importante aconteceu – se é que aconteceu mesmo.

Por um breve instante, seus olhos encontraram os de O'Brien. Ele tinha se levantado, tirado os óculos e agora os reposicionava no nariz, com seu gesto característico. Mas houve uma fração de segundo em que os olhares dos dois se cruzaram e Winston teve certeza – sim, *certeza*! – de que O'Brien estava pensando o mesmo que ele. Trocaram uma mensagem inconfundível. Foi como se o cérebro deles se abrisse e os pensamentos fluíssem de um para o outro. "Estou com você", era o que O'Brien parecia lhe dizer. "Sei exatamente o que está sentindo. Entendo perfeitamente seu desprezo, seu ódio, sua repulsa. Mas não se preocupe: estou do seu lado!" Logo em seguida, a centelha de entendimento se dissipou, e o rosto de O'Brien retomou a mesma natureza impenetrável dos demais rostos.

Foi só isso, e ele já não sabia ao certo se havia acontecido ou não. Esses episódios nunca tinham continuidade. De todo modo, mantinham viva sua convicção, ou esperança, de que outras pessoas também fossem inimigas do Partido. Talvez, no fim das contas, os rumores sobre amplas conspirações clandestinas fossem verdadeiros. Talvez a Irmandade de fato existisse! Apesar das intermináveis prisões, confissões e execuções, como ter certeza de que a Irmandade não era uma lenda? Ora ele acreditava em sua existência, ora duvidava dela. Não havia qualquer evidência, apenas olhares fugazes que podiam significar tudo ou nada: fragmentos de conversas entreouvidas, rabiscos esmaecidos na parede de um banheiro... Uma vez, inclusive, quando viu dois estranhos se encontrarem, um simples gesto das mãos lhe pareceu um sinal de reconhecimento. Tudo suposição: provavelmente tinha imaginado todas aquelas coisas. Winston voltou à baia sem olhar para O'Brien de novo. A ideia de dar continuidade àquele contato momentâneo mal passou por sua cabeça. Seria perigosíssimo, mesmo se ele soubesse como proceder. Por um segundo ou dois, haviam trocado um olhar ambíguo, e fim de história. Mas só isso já era um acontecimento memorável, considerando a sufocante solidão em que as pessoas eram obrigadas a viver.

Winston despertou de seu devaneio e endireitou a postura. Deixou escapar um arroto. O gim lhe ardia o estômago.

Seus olhos voltaram a focalizar a página. Descobriu que, enquanto divagava, havia também escrito umas palavras, como num gesto automático. E não era mais a caligrafia constrita e desajeitada de antes. A pena deslizara com volúpia sobre a maciez do papel, gravando de forma ordenada grandes letras maiúsculas:

ABAIXO O GRANDE IRMÃO
ABAIXO O GRANDE IRMÃO
ABAIXO O GRANDE IRMÃO
ABAIXO O GRANDE IRMÃO
ABAIXO O GRANDE IRMÃO

Eram linhas e mais linhas, chegando à metade da página.

Não conseguiu conter uma pontada de pânico. Mas não fazia sentido, uma vez que o ato de escrever aquelas palavras específicas era tão arriscado quanto o gesto inicial de ter começado o diário. Por um momento, sentiu o impulso de arrancar aquelas páginas corrompidas e abandonar a iniciativa como um todo.

Porém, acabou desistindo, pois sabia que era inútil. Tanto fazia escrever ou deixar de escrever ABAIXO O GRANDE IRMÃO. Tanto fazia prosseguir ou não com o diário. A Polícia do Pensamento o pegaria de um jeito ou de outro. Havia cometido – e teria cometido de qualquer forma, mesmo sem chegar a pôr a pena sobre o papel – o crime básico, aquele que continha todos os outros dentro de si: *neurocrime*, como chamavam. O neurocrime não era algo que se pudesse esconder para sempre. Talvez fosse possível se esquivar durante um tempo, até por alguns anos, mas cedo ou tarde a pessoa era descoberta.

Era sempre à noite – as prisões invariavelmente aconteciam à noite. O sobressalto no meio do sono, a mão violenta sacudindo o ombro, a luz que ofuscava os olhos, o círculo de rostos rígidos em volta da cama. Na ampla maioria dos casos, não havia processo ou qualquer registro da prisão. As pessoas apenas desapareciam, sempre durante a noite. O nome delas era removido dos arquivos, os registros de tudo que já tinham feito eram destruídos, e sua existência pregressa era negada, para depois ser esquecida. As pessoas eram abolidas, aniquiladas: *vaporizadas*, para usar o termo habitual.

Winston foi tomado por uma espécie de histeria. Começou a pôr no papel uns rabiscos apressados, desordenados:

vao me dar um tiro pouco me importa vao me dar um tiro no meio da nuca pouco me importa abaixo o grande irmao eles sempre atiram no meio da nuca pouco me importa abaixo o grande irmao...

Recostou-se na cadeira, meio envergonhado, e largou a pena. Logo depois, tomou um susto violento: estavam batendo à porta.

Mas já?! Ficou paralisado, imóvel, na vã esperança de que quem estivesse do outro lado fosse embora depois de uma única tentativa. Ledo engano; voltaram a bater. A pior coisa seria demorar demais. Seu coração palpitava acelerado feito um tambor, mas o rosto devia estar impassível, por força do hábito. Levantou-se e foi até a porta arrastando os pés.

2.

Assim que pôs a mão na maçaneta, Winston viu que tinha deixado o diário aberto sobre a mesa. A frase ABAIXO O GRANDE IRMÃO estava por toda a página, em letras tão grandes que seriam quase legíveis do outro lado do cômodo. Era inacreditável que tivesse cometido tamanha estupidez. No entanto, percebeu ele, mesmo diante do pânico tivera o cuidado de não fechar o diário antes que a tinta secasse, para não borrar o papel creme.

Respirou fundo e abriu a porta. No mesmo instante, uma alentadora onda de alívio percorreu seu corpo. Parada à sua frente estava uma mulher pálida e sem graça, de cabelo ralo e rosto enrugado.

– Ah, camarada… – disse ela, numa voz monótona e lamuriosa. – Acho que ouvi quando você chegou. Será que poderia vir aqui dar uma olhadinha na pia da minha cozinha? Ela está entupida e…

Era a sra. Parsons, mulher de um vizinho do mesmo andar. ("Sra." era uma palavra de certa forma condenada pelo Partido – todo mundo devia ser chamado de "camarada" –, mas era instintivo usar esse tratamento para algumas mulheres.) Ela devia ter uns trinta anos, mas aparentava muito mais. Passava a impressão de que havia poeira nos vincos de seu rosto. Winston a seguiu pelo corredor. Esses pequenos reparos eram uma chateação quase diária. Os apartamentos do Residencial da Vitória eram antigos, tinham sido construídos em torno de 1930 e estavam caindo aos pedaços. O reboco do teto e das paredes estava sempre descascando em algum ponto e os canos estouravam a cada geada forte. Quando nevava, surgiam vazamentos no telhado e o sistema de calefação em geral só funcionava à meia capacidade, isso quando não estava completamente desligado, por questões de economia. Os reparos, exceto aqueles que a própria pessoa podia executar, tinham de ser aprovados por comitês obscuros, capazes de fazer com que o simples conserto dos vidros de uma janela levasse dois anos.

– Claro que é só porque o Tom não está em casa – disse a sra. Parsons, sem maiores explicações.

O apartamento deles era maior que o de Winston, e lúgubre de uma maneira diferente. Tudo parecia surrado e desorganizado, como se tivessem acabado de receber a visita de um bicho enorme e violento. Apetrechos esportivos – bastões de hóquei, luvas de boxe, uma bola de futebol furada e um short suado virado do avesso – estavam espalhados pelo chão. Na mesa, havia uma pilha de pratos sujos e cadernos de exercícios cheios de páginas marcadas. Na parede, bandeiras vermelhas da Liga Juvenil e dos Espiões e um cartaz do Grande Irmão, em tamanho padrão. Pairava também no ar o cheiro de repolho cozido comum a todo o prédio, mas que ali ficava misturado à forte morrinha de suor, cujo dono – já se percebia de imediato, embora fosse difícil explicar como – não estava presente naquele momento. Em outro cômodo, alguém com um pente e um pedaço de papel higiênico tentava acompanhar o ritmo das canções militares que continuavam emanando da teletela.

– São as crianças – explicou a sra. Parsons, dando uma olhadinha meio apreensiva em direção à porta. – Elas estão presas em casa o dia todo. E é claro que…

A mulher tinha a mania de interromper as frases pela metade. A pia da cozinha estava a ponto de transbordar, tomada por uma água imunda e esverdeada, e o cheiro fétido de repolho era insuportável. Winston se ajoelhou para verificar o encanamento. Detestava quando tinha que usar as mãos e se agachar, o que muitas vezes o fazia tossir. A sra. Parsons ficou só assistindo.

– É claro que, se o Tom estivesse em casa, ajeitaria isso em dois tempos – disse ela. – Ele adora essas coisas. O Tom é perito nessas atividades manuais.

O marido dela trabalhava com Winston no Ministério da Verdade. Era um homem gorducho, porém ativo, de uma estupidez paralisante, uma massa de entusiasmos imbecis – um desses burros de carga dedicados, que não questionavam nada e garantiam, mais até do que a própria Polícia do Pensamento, a estabilidade do Partido. Aos trinta e cinco anos, tinha acabado de ser posto para fora da Liga Juvenil, a contragosto. Antes de ingressar na Liga Juvenil, dera um jeito de ficar nos Espiões por mais um ano além da idade máxima permitida pelo estatuto. No ministério, ocupava um cargo subalterno, para o qual não se exigia inteligência alguma. No entanto, era uma figura de destaque no Comitê Esportivo e em todos os demais comitês envolvidos na organização de caminhadas comunitárias, manifestações espontâneas, campanhas de arrecadação e atividades voluntárias em geral. Informava com orgulho contido, entre uma baforada e outra em seu cachimbo, que tinha marcado presença todas as noites no Centro Comunitário, nos quatro anos anteriores. Um cheiro acachapante de suor, espécie de testemunho inconsciente de sua vida extenuante, acompanhava-o para onde quer que fosse, e inclusive persistia no ar tempos depois de ele já ter ido embora.

– Você tem uma chave inglesa? – perguntou Winston, enquanto remexia a porca do parafuso.

– Chave inglesa... – repetiu ela, hesitante. – Não sei, não tenho certeza. Talvez as crianças...

Ouviu-se um pisotear de botas e mais um sopro do pente contra o papel, então as crianças entraram correndo na sala. A sra. Parsons trouxe a chave inglesa. Winston deixou a água correr e removeu, enojado, o chumaço de cabelo que estava bloqueando a tubulação. Limpou os dedos com diligência na água fria da torneira e voltou para o outro cômodo.

– Mãos ao alto! – gritou uma voz furiosa.

Um garotinho de nove anos, bonito e com cara de valentão, tinha saltado detrás da mesa, com uma expressão cruel, e ameaçava Winston com uma pistola automática de brinquedo, enquanto sua irmã menor, uns dois anos mais nova, fazia o mesmo gesto com um pedaço de madeira. Os dois usavam o uniforme dos Espiões: bermuda azul, camisa cinza e lenço vermelho. Winston ergueu as mãos acima da cabeça, com a desconfortável sensação, diante daquela atitude tão agressiva do menino, de que não se tratava exatamente de uma brincadeira.

– Você é um traidor! – gritou o menino. – Você é um neurocriminoso! Um espião da Eurásia! Vou vaporizar você! Vou mandar você para as minas de sal!

De repente, estavam as duas crianças pulando em volta dele, aos berros de "traidor" e "neurocriminoso", e a garotinha imitava todos os gestos do irmão. Era meio assustador ver aquilo, feito as cambalhotas de filhotes de tigre que, em pouco tempo, vão crescer e se tornar devoradores de carne humana. Havia uma espécie de ferocidade calculada no olhar do menino, um desejo bem evidente de bater em Winston, ou chutá-lo, e a consciência de estar quase do tamanho certo para isso. Que bom que não estava segurando uma pistola de verdade, pensou Winston.

Os olhos da sra. Parsons iam, nervosos, de Winston para as crianças, e depois de volta para ele. Como a sala estava mais iluminada, ele percebeu que, de fato, *havia* poeira nos vincos do rosto dela.

– Eles fazem tanto barulho – comentou ela. – Estão chateados porque não puderam sair para ver o enforcamento. Mas estou ocupada demais para levar os dois e o Tom não vai chegar do trabalho a tempo.

– Por que é que a gente não pode ir ver o enforcamento? – rugiu o garoto, com sua voz grave.

– Enforcamento! Enforcamento! – cantarolou a garotinha, sem abandonar suas cabriolices.

Winston lembrou que alguns prisioneiros da Eurásia, culpados de crimes de guerra, seriam enforcados no Parque aquela noite. Os enforcamentos aconteciam em média uma vez por mês e atraíam muita gente. As crianças sempre imploravam que as levassem para assistir. Winston se despediu da sra. Parsons e se dirigiu à porta. Não chegou a dar seis passos no corredor quando foi atingido na nuca, por um golpe extremamente doloroso. Foi como se tivessem lhe cravado um fio incandescente. Virou para trás bem a tempo de ver a sra. Parsons arrastando o filho para dentro de casa, enquanto ele guardava um estilingue no bolso.

– Goldstein! – berrou o menino, no instante em que a porta se fechava.

No entanto, o que mais impressionou Winston foi o olhar de pavor e impotência no rosto acinzentado da mulher.

De volta a seu apartamento, ele passou rápido pela teletela e se sentou de novo à mesa, ainda massageando a nuca. A música que vinha da teletela fora interrompida. Em seu lugar, uma voz militar, curta e grossa, lia com certo gozo brutal uma descrição dos armamentos da nova Fortaleza Flutuante recém-ancorada entre a Islândia e as Ilhas Faroé.

Com uns filhos daqueles, pensou Winston, a pobre mulher devia levar uma vida de cão. Mais um ano ou dois e eles começariam a vigiá-la dia e noite, atrás de sinais de heterodoxia. Quase todas as crianças agora eram terríveis. O pior de tudo era que, com a ajuda de organizações como a dos Espiões, elas se convertiam sistematicamente em pequenos selvagens ingovernáveis, sem que isso produzisse nelas qualquer tendência de se rebelar contra a disciplina do Partido. Pelo contrário, veneravam o Partido e tudo relacionado a ele: as canções, os desfiles, as bandeiras e caminhadas, os treinamentos com rifles de mentira, a vociferação dos lemas, o culto ao Grande Irmão… Encaravam tudo como uma espécie de grande jogo. Toda a violência delas se voltava para fora, contra os inimigos do Estado, contra os estrangeiros, traidores, sabotadores e neurocriminosos. Chegava a ser quase normal que as pessoas acima dos trinta tivessem medo dos próprios filhos. E com razão, porque era raro passar uma semana sem que o *Times* não trouxesse um parágrafo descrevendo como algum pequeno dedo-duro – "herói-mirim" era o termo mais usado – teria entreouvido um comentário comprometedor e denunciado os pais à Polícia do Pensamento.

A ardência provocada pelo disparo do estilingue tinha melhorado. Sem muito entusiasmo, Winston pegou a pena e se pôs a refletir se teria mais alguma coisa a escrever no diário. De repente, tornou a pensar em O'Brien.

Alguns anos antes – quantos? Sete, talvez? –, sonhara que estava num ambiente imerso num breu absoluto. Enquanto caminhava, alguém a seu lado lhe dissera:

– Um dia vamos nos encontrar onde não há escuridão.

Foi uma voz muito baixa, num tom quase casual – uma afirmação, não uma ordem. Ele tinha seguido em frente, sem se deter. O curioso é que, na época, no sonho, aquelas palavras não lhe causaram muito impacto. Foi só depois, e gradualmente, que foram ganhando importância. Já não conseguia se lembrar se tinha visto O'Brien pela primeira vez antes ou depois do sonho; tampouco lembrava quando foi que reconheceu que aquela voz era dele. Em todo caso, houve esse reconhecimento. Era O'Brien quem tinha falado com ele no meio daquele breu.

Winston não sabia ao certo – nem depois da troca de olhares daquela manhã dava para ter certeza – se O'Brien era amigo ou inimigo. E isso nunca pareceu ter muita relevância. Havia um elo de entendimento entre os dois, mais importante que afeição ou sectarismo. "Um dia vamos nos encontrar onde não há escuridão", dissera ele. Winston não sabia o que aquilo queria dizer, mas sabia que, de uma forma ou de outra, iria se concretizar.

A voz da teletela fez uma pausa. Um chamado de trombeta, límpido e belo, pairou sobre o ar estagnado. A voz então prosseguiu, ríspida:

– Atenção! Atenção, por favor! Uma notícia de última hora acaba de chegar do fronte em Malabar. Nossas tropas no sul da Índia conquistaram uma gloriosa vitória. Podemos dizer que essa ação tem grandes chances de pôr fim à guerra em pouco tempo. Eis o relato…

Lá vem má notícia, pensou Winston. De fato, depois da descrição sangrenta da aniquilação de um dos exércitos eurasianos, com imagens assombrosas de

42 1984

mortos e prisioneiros, veio o anúncio de que, a partir da semana seguinte, a ração de chocolate seria reduzida de trinta para vinte gramas.

Winston arrotou de novo. Estava passando o efeito do gim, restando em seu lugar apenas uma sensação de desalento. A teletela – talvez para celebrar a vitória, talvez para abafar a lembrança do chocolate perdido – lançou um "Por ti, Oceânia". Todos deviam ficar em posição de sentido. Porém, no canto onde ele estava, ninguém conseguia vê-lo.

"Por ti, Oceânia" cedeu lugar a uma música mais leve. Winston foi até a janela, mantendo-se de costas para a teletela. O dia continuava frio e claro. Em algum lugar ao longe, uma bomba-foguete explodiu, provocando um estrondo abafado e reverberante. Naquele período, caíam cerca de vinte ou trinta delas por semana sobre Londres.

Na rua, o vento fazia tremular o cartaz rasgado, num vaivém intermitente, e a palavra SOCING ora aparecia, ora desaparecia. Socing. Os princípios sagrados do Socing. Neolíngua, *duplipensar*, a mutabilidade do passado. A sensação de Winston era de estar vagando pelas florestas do fundo do mar, perdido num mundo monstruoso em que ele era o próprio monstro. Estava sozinho. O passado tinha morrido, e o futuro era imprevisível. Que certeza poderia ter de que havia alguma criatura humana, umazinha que fosse, do seu lado? E como saber se o reinado do Partido não duraria *para sempre*? Como resposta, ressurgiram diante dele os três lemas na fachada branca do Ministério da Verdade:

GUERRA É PAZ
LIBERDADE É ESCRAVIDÃO
IGNORÂNCIA É FORÇA

Winston tirou do bolso uma moeda de vinte e cinco centavos. Os mesmos lemas estavam estampados nela, em letras miúdas e nítidas, e a outra face trazia o busto do Grande Irmão. Até na moeda aqueles olhos seguiam a todos. Nas moedas, nos selos, nas capas dos livros, em bandeiras, cartazes, nos maços de cigarro – em tudo que era canto. Sempre aqueles olhos vigiando as pessoas, e aquela voz onipresente. Estivessem dormindo ou acordadas, trabalhando ou comendo, do lado de dentro ou de fora, no banho ou na cama – não havia escapatória. Nada pertencia ao indivíduo, a não ser os poucos centímetros cúbicos dentro de seu crânio.

O sol tinha mudado de posição, e a miríade de janelas do Ministério da Verdade, agora sem a incidência da luz, trazia o aspecto sombrio das seteiras de uma fortaleza. O coração de Winston estremeceu diante daquela enorme figura piramidal. Era sólida demais, imbatível. Nem mil bombas-foguete conseguiriam botá-la abaixo. Voltou a se perguntar para quem estaria escrevendo o diário. Para o futuro, para o passado – para uma época quem sabe imaginária. E diante dele não estava a morte, e sim a aniquilação. O diário seria reduzido a pó, e ele, a simples vapor. Apenas a Polícia do Pensamento leria os seus escritos, antes de varrê-los da existência e da memória. Como lançar um apelo ao futuro se nem um traço individual sequer, nem mesmo uma palavra anônima rabiscada num pedaço de papel, conseguiria sobreviver?

A teletela soou quatorze horas. Precisaria sair em dez minutos. Tinha que estar de volta ao trabalho às quatorze e trinta.

Curiosamente, o repique das horas lhe renovou um pouco o ânimo. Era um fantasma solitário proferindo uma verdade que ninguém jamais escutaria. Mas, enquanto a proferisse, por mais obscuro que isso soasse, a continuidade não seria quebrada. Não era se fazendo ouvir que o sujeito passava adiante o legado da humanidade, mas se mantendo são. Voltou para a mesa, molhou a pena e escreveu:

> *Para o futuro e o passado, para uma era em que o pensamento seja livre, em que os homens sejam diferentes uns dos outros e não vivam sozinhos – para uma era em que a verdade exista e o que está feito não possa ser desfeito:*
>
> *Da era da uniformidade, da era da solidão, da era do Grande Irmão, da era do duplipensar – saudações!*

Ele já estava morto, refletiu. Parecia-lhe que só agora, quando finalmente conseguia formular seus pensamentos, tomava o passo decisivo. As consequências de cada ato estão contidas no próprio ato. Então escreveu:

> *O neurocrime não leva à morte: o neurocrime É a morte.*

Agora que se reconhecia como um homem morto, era importante continuar vivo pelo maior tempo possível. Dois dedos de sua mão direita estavam manchados de tinta. Era justamente o tipo de detalhe capaz de denunciá-lo. Algum farejador fanático do ministério (provavelmente uma mulher; alguém como a ruiva ou a garota do cabelo escuro do Departamento de Ficção) poderia se perguntar por que ele havia ficado escrevendo durante o intervalo de almoço, por que teria usado uma caneta antiquada, *o que* teria escrito – e, daí, levantar a suspeita certa no lugar certo. Winston foi até o banheiro e esfregou os dedos com todo o cuidado, usando o áspero sabonete marrom-escuro que mais parecia uma lixa, de tanto que irritava a pele, e portanto era perfeito para aquele propósito.

Guardou o diário na gaveta. Não adiantava muito tentar escondê-lo, mas pelo menos podia arranjar uma forma de saber quando sua existência fosse descoberta. Um fio de cabelo atravessado entre as páginas era óbvio demais. Com a ponta do dedo, pegou um grãozinho de poeira esbranquiçada e o colocou num canto da capa, de onde cairia caso alguém mexesse no diário.

3.

Winston sonhava com a mãe.

Ele devia ter dez ou onze anos quando ela desapareceu. Era alta, belíssima e um tanto calada, dona de movimentos lentos e de uma deslumbrante cabeleira loura. Do pai, lembrava-se com menos precisão: um sujeito moreno e magro, sempre de óculos e com roupas escuras e aprumadas (Winston se lembrava em particular do solado finíssimo de seus sapatos). Os dois muito provavelmente tinham sido tragados num dos primeiros grandes expurgos dos anos 1950.

Na cena do sonho, a mãe estava num lugar muito profundo, bem abaixo dele, com sua irmãzinha nos braços. A única lembrança que guardava da irmã mais nova era de um bebê miudinho e frágil, sempre quieto e com olhos enormes e atentos. As duas olhavam lá de baixo. Estavam num lugar subterrâneo – o fundo de um poço, talvez, ou uma cova profunda –, que, mesmo já muito abaixo dele, continuava se afastando ainda mais, num movimento descendente e constante. Estavam no salão de um navio que naufragava, olhando para ele através da água cada vez mais turva. Ainda havia ar no salão, ainda conseguiam vê-lo e ele a elas, mas continuavam afundando, afundando, no verde daquelas águas que em breve o fariam perdê-las de vista para sempre. Ele estava cercado de luz e ar, enquanto as duas eram tragadas para a morte. E se a mãe e a irmã estavam lá embaixo era *porque* ele estava em cima. Sabia disso e elas também sabiam – dava para ver esse entendimento no olhar das duas. Mas não havia censura no rosto nem no coração delas, apenas a certeza de que deveriam morrer para que ele continuasse vivo e que isso fazia parte da ordem inexorável das coisas.

Ele não conseguia lembrar o que acontecera, mas, no sonho, sabia que a vida da mãe e da irmã tinham sido sacrificadas em prol da sua. Era um daqueles sonhos que, embora conservasse a típica paisagem onírica, representava a continuação da vida intelectual do indivíduo, um sonho no qual ele fica ciente de fatos e ideias que continuam lhe parecendo novos e válidos depois de despertar. De repente, Winston se deu conta de que a morte da mãe, quase trinta anos antes, tinha sido de uma tragédia e tristeza que já não eram mais possíveis. Uma tragédia que pertencia a uma época remota, a uma época em que ainda havia privacidade, amor e amizade, em que os membros de uma família apoiavam uns aos outros sem precisar de justificativas. A lembrança da mãe lhe despedaçava o coração, pois ela morrera amando-o, ao passo que Winston era novo e egoísta demais para retribuir seu amor, e de alguma forma, que não lembrava como, ela havia se sacrificado por uma concepção particular e inalterável de lealdade. Esse tipo de coisa não tinha mais espaço para acontecer. Agora só havia lugar para o medo, o ódio e a dor, não para emoções dignas nem sofrimentos profundos e complexos. Tinha a impressão de enxergar tudo isso nos grandes olhos da mãe e da irmã, que o contemplavam lá de baixo, daquelas águas verdes, a centenas de braças de profundidade, num naufragar sem fim.

De súbito, se viu de pé sobre uma relva curta e macia, num fim de tarde de verão em que os raios oblíquos do sol douravam a terra. Aquela paisagem era tão recorrente em seus sonhos, que nunca sabia dizer ao certo se já estivera ali no mundo real. Quando desperto, dava-lhe o nome de País Dourado. O antigo pasto carcomido pelos coelhos era atravessado por uma trilha e permeado por montículos de terra escavados por toupeiras. Do outro lado do pasto, na sebe mal cuidada, os galhos dos olmos dançavam bem de leve ao ritmo da brisa, e as folhas se agitavam em densas massas, fazendo lembrar o cabelo de uma mulher. Em algum lugar perto dali, para além do campo de visão, corria um riacho calmo e límpido, onde leuciscos nadavam nas poças sob os salgueiros.

A garota do cabelo escuro vinha em sua direção, cruzando o pasto. Com o que pareceu um único movimento, arrancou a roupa, atirando-a com desdém para o lado. Seu corpo era alvo e liso, mas não despertou qualquer desejo nele; na verdade, Winston mal olhou para aquele corpo. O que o espantou mesmo foi o gesto dela de atirar a roupa ao chão. Com graciosidade e displicência, parecia aniquilar toda uma cultura, todo um sistema de pensamento, como se o Grande Irmão, o Partido e a Polícia do Pensamento pudessem todos ser reduzidos a pó por um singelo e majestoso movimento do braço. Também era um gesto que pertencia a eras passadas. Winston despertou com o nome "Shakespeare" entre os lábios.

A teletela começou a emitir um assobio ensurdecedor que insistiu na mesma nota por trinta segundos. Eram sete e quinze, hora de os funcionários de escritório despertarem. Winston se desvencilhou da cama com esforço – nu, porque os membros do Partido Externo só recebiam três mil cupons para roupa por ano, e um pijama custava seiscentos – e alcançou uma camiseta encardida e um short que estavam sobre a cadeira. Os Exercícios Físicos começariam em três minutos. No momento seguinte, foi tomado por um violento acesso de tosse que costumava atacá-lo assim que acordava. Seus pulmões foram de tal modo esvaziados, que só conseguiu retomar a respiração depois de deitar-se de costas e engatar uma série de suspiros profundos. Suas veias incharam por conta do esforço provocado pela tosse, e a úlcera varicosa começou a coçar.

– Grupo de trinta a quarenta! – ladrou uma voz aguda de mulher. – Grupo de trinta a quarenta! Em seus lugares, por favor. Faixa dos trinta aos quarenta!

Winston ficou em posição de sentido em frente à teletela, que já exibia a imagem de uma moça jovem, esquálida, mas de músculos definidos, vestindo uma túnica e sapatos de ginástica.

– Flexionem e estiquem os braços! – ordenou ela, com rispidez. – Contem comigo. *Um*, dois, três, quatro! *Um*, dois, três, quatro! Vamos, camaradas, quero ver mais energia! *Um*, dois, três, quatro! *Um*, dois, três, quatro!...

A dor provocada pelo acesso de tosse não chegara a afastar da cabeça de Winston o impacto causado pelo sonho, e os movimentos ritmados dos exercícios acabaram, de certa forma, o ajudando a recordar. Conforme estendia os braços mecanicamente, para a frente e para trás, mantendo no rosto a expressão de prazer contido, considerada apropriada aos Exercícios Físicos, fazia um esforço para se lembrar do turvo período de sua primeira infância. Era extremamente difícil. Do final dos anos 1950 para trás, era tudo um imenso borrão. Quando não havia registros a que se pudesse recorrer, até os contornos da própria vida perdiam a nitidez. A pessoa se lembrava de episódios fundamentais que provavelmente nunca tinham ocorrido, recordava os detalhes de alguns acontecimentos, mas não conseguia recapturar sua atmosfera, e havia longos períodos em branco, aos quais não conseguia atribuir nada. Antes tudo era diferente. Até os nomes dos países, seus contornos nos mapas. A Primeira Base Aérea, por exemplo, não se chamava assim naquela época: era Inglaterra ou Grã-Bretanha, embora Londres sempre tivesse sido Londres. Disso ele estava convicto.

Winston não conseguia se lembrar com clareza de um período em que seu país não estivesse em guerra, mas era evidente que houvera um longo intervalo de paz durante sua infância, porque uma de suas primeiras recordações era de um ataque aéreo que havia pegado todo mundo de surpresa. Talvez tenha sido quando a bomba atômica caiu em Colchester. Não se lembrava do ataque em si, mas lembrava-se da mão do pai agarrando a sua enquanto desciam correndo para um abrigo subterrâneo, cada vez mais profundo, e continuavam descendo e descendo uma escada em espiral, que rangia a seus pés e lhe cansou tanto as pernas que ele começou a reclamar e os dois tiveram de parar e descansar um pouco. A mãe, com seu jeito aéreo e lento, vinha muito atrás deles. Carregava a filha bebê no colo – ou talvez carregasse apenas um amontoado de cobertores... Winston não tinha certeza se a irmã já havia nascido naquela ocasião. Por fim, acabaram chegando a um lugar barulhento e cheio de gente, e ele se deu conta de que estavam numa estação de metrô.

Havia pessoas espalhadas por todo o chão de pedra, e outras tantas, espremidas, estavam sentadas em beliches de metal, amontoadas umas sobre as outras. Winston, a mãe e o pai encontraram um lugar no chão, perto de um casal de velhos que ocupavam uma dessas beliches. O homem vestia um elegante terno escuro e usava um gorro preto de pano que cobria seu cabelo muito branco; seu rosto estava vermelho e os olhos azuis derramavam lágrimas. Fedia a gim. A bebida parecia exalar de sua pele, em vez de suor, e dava até para imaginar que as lágrimas que jorravam de seus olhos eram gim puro. Embora estivesse ligeiramente embriagado, seu sofrimento era genuíno e insuportável. A seu modo infantil, Winston entendeu que algo terrível, imperdoável e irremediável acabara de acontecer. Parecia-lhe também que sabia do que se tratava. Tinham matado alguém que o velho amava, talvez uma neta pequena. A breves intervalos, o velho repetia:

– Não era pra ter confiado neles. Eu bem que falei, mãe, não falei? É nisso que dá confiar naquela gente. Não foi falta de aviso. A gente não tinha nada que ter confiado naquele bando de cretino.

Mas agora Winston não conseguia lembrar a que cretinos ele se referia.

A partir daquela época, mais ou menos, a guerra passou a ser algo contínuo, embora não se pudesse dizer que fosse sempre a mesma guerra. Por muitos meses durante sua infância, houve combates turbulentos nas ruas de Londres, alguns dos quais ele se lembrava com muita clareza. No entanto, traçar a história de todo aquele período, dizer quem estava lutando contra quem num determinado momento, teria sido uma tarefa impossível, pois não havia qualquer registro ou palavra que mencionasse um alinhamento diferente do atual. Naquele momento, por exemplo, em 1984 (se é que era mesmo 1984), a Oceânia estava em guerra contra a Eurásia e era aliada da Lestásia. Nenhuma declaração pública ou privada admitia que as três potências teriam, em algum momento, composto uma configuração diferente. A verdade, como Winston sabia muito bem, era que só fazia quatro anos desde que a Oceânia estivera em guerra contra a Lestásia e em aliança com a Eurásia. Mas isso não passava de um fragmento de conhecimento furtivo que ele só chegava a ter porque sua memória não estava completamente subjugada. Em termos oficiais, a troca de aliados nunca acontecera. A Oceânia estava em guerra contra a Eurásia: portanto, a Oceânia sempre estivera em guerra contra a Eurásia. O inimigo do momento sempre representava o mal absoluto, e decorria daí que qualquer acordo passado ou futuro com esse inimigo era uma impossibilidade.

O mais assustador, refletiu ele pela enésima vez, enquanto sofria para forçar os ombros para trás (com as mãos nos quadris, eles giravam o corpo da cintura para cima, um exercício supostamente bom para os músculos da coluna), é que aquilo tudo era capaz de ser verdade. Se o Partido podia meter a mão no passado e afirmar que este ou aquele episódio *nunca acontecera*, isso já era mais aterrorizante do que a simples tortura ou a morte.

O Partido dizia que a Oceânia nunca tinha sido aliada da Eurásia. Ele, Winston Smith, sabia que a aliança entre a Oceânia e a Eurásia se desfizera havia apenas quatro anos. Mas onde estava esse conhecimento? Apenas na consciência dele, que de todo modo seria aniquilada em breve. E se todos os demais aceitavam a mentira imposta pelo Partido – se todos os registros contavam a mesma narrativa –, a mentira então se transformava em história, tornava-se verdade. Um dos lemas do Partido dizia: "Quem controla o passado controla o futuro. E quem controla o presente controla o passado". Porém, o passado, apesar de sua natureza alterável, nunca fora alterado. A verdade de agora era verdade desde sempre e para todo o sempre. Bem simples. Bastava uma série interminável de vitórias sobre a própria memória. "Controle da realidade", como chamavam. Em neolíngua, *duplipensar*.

– Relaxem! – ladrou a instrutora, um pouco mais cordial.

Winston soltou os braços nas laterais do corpo e, aos poucos, reabasteceu os pulmões de ar. Sua mente deslizou para o mundo labiríntico do *duplipensar*.

Saber e não saber, ter consciência de uma autenticidade absoluta enquanto conta mentiras cuidadosamente construídas, ter duas opiniões mutuamente excludentes, sabendo que são contraditórias, e acreditar em ambas, usar a lógica contra a lógica, repudiar os bons costumes e, ao mesmo tempo, reivindicá-los, acreditar que a democracia é impossível e que o Partido é o guardião da democracia, esquecer o que for preciso esquecer, mas depois trazer de volta à memória quando for necessário, para logo esquecer de novo e, acima de tudo, aplicar o mesmo processo ao próprio processo. Eis a sutileza máxima: induzir conscientemente à falta de consciência e depois, mais uma vez, tornar-se inconsciente sobre o ato de hipnose recém-praticado. Até para entender a palavra *duplipensar* era preciso usar o *duplipensar*.

A instrutora tinha voltado a pedir que ficassem em posição de sentido.

– Agora quero ver quem consegue encostar nos dedos dos pés! – disse, com entusiasmo. – Descendo a partir dos quadris, por favor, camaradas. *Um*-dois! *Um*-dois!

Winston detestava aquele exercício, pois lhe causava dores que irradiavam dos calcanhares até as nádegas e, muitas vezes, acabavam por lhe provocar mais um acesso de tosse. O caráter relativamente agradável de suas reflexões foi por água abaixo. O passado, refletiu ele, não tinha sido apenas alterado; na verdade, fora destruído. Como demonstrar até o fato mais óbvio se não havia registro fora da memória? Tentou lembrar em que ano ouvira falar pela primeira vez do Grande Irmão. Era provável que tivesse sido em algum momento dos anos 1960, pensou, mas era impossível ter certeza. Nos históricos do Partido, é claro, o Grande Irmão figurava como líder e guardião da Revolução desde seus primórdios. Suas façanhas foram sendo aos poucos recuadas no tempo, remontando inclusive ao fabuloso mundo dos anos 1930 e 1940, quando os capitalistas, com seus estranhos chapéus cilíndricos, ainda circulavam pelas ruas de Londres em carros grandes e reluzentes ou em carruagens puxadas a cavalos, com laterais de vidro. Não havia como saber o quanto disso era verdade e o quanto era inventado. Winston tampouco conseguia recordar a data de fundação do Partido. Não acreditava ter ouvido falar na palavra Socing antes de 1960, mas era possível que, em sua forma em protolíngua – ou seja, "Socialismo inglês" –, já fosse um termo corrente antes disso. Tudo se fundia numa grande névoa. Às vezes, dava para identificar uma mentira específica. Não era verdade, por exemplo, como constava nos livros de história do Partido, que o Partido inventara o avião. Winston se lembrava de ver aviões quando ainda era bem novinho. Mas não podia provar coisa alguma. Nunca havia qualquer evidência de nada. Só uma vez na vida ele teve nas mãos uma prova documental irrefutável da adulteração de um fato histórico. E naquele dia...

– Smith! – gritou a voz rabugenta, na teletela. – 6079 Smith W.! Isso, *você*! Incline-se mais, por favor! Você consegue fazer melhor do que isso. Não está se esforçando. Incline-se, por favor! *Bem* melhor, camarada! Agora todos relaxem. Olhem para mim.

Uma súbita onda de suor quente percorreu o corpo de Winston. Seu rosto continuava totalmente impenetrável. Nunca mostre desânimo! Nunca mostre indignação! Um simples tremular de olhos era capaz de entregar a pessoa. Ele ficou parado, observando a instrutora erguer os braços acima da cabeça – embora não se pudesse dizer que com graciosidade, mas com notável habilidade e eficiência –, depois se inclinar à frente e pôr a ponta dos dedos da mão debaixo dos dedos dos pés.

– *Assim*, camaradas! É *assim* que eu quero ver vocês fazendo. Observem de novo. Tenho trinta e nove anos e quatro filhos. Apenas observem – disse ela, inclinando-se mais uma vez. – Percebam que os meus joelhos não estão dobrados. Todos vocês conseguem, basta querer – acrescentou, endireitando o corpo. – Qualquer pessoa abaixo dos quarenta e cinco anos é plenamente capaz de tocar os dedos dos pés. Nem todos temos o privilégio de lutar na linha de frente, mas pelo menos podemos nos manter em forma. Lembrem-se dos nossos rapazes no fronte em Malabar! E dos marinheiros nas Fortalezas Flutuantes! Pensem no que *eles* precisam suportar. Agora tentem de novo. Melhor, camarada, *bem* melhor – elogiou ela, num tom encorajador, enquanto Winston, com um tranco violento, conseguia pela primeira vez em muitos anos tocar os dedos dos pés sem dobrar os joelhos.

4.

Com um suspiro profundo e inconsciente, que nem mesmo a proximidade da teletela o inibia de soltar quando seu expediente de trabalho começava, Winston aproximou de si o falescreve, soprou a poeira do bocal e pôs os óculos. Depois, desenrolou e prendeu com um clipe quatro pequenos rolos de papel que tinham acabado de sair do tubo pneumático à direita de sua mesa.

Nas paredes da baia havia três orifícios. À direita do falescreve, um pequeno tubo pneumático para mensagens escritas; à esquerda, um tubo maior, para jornais; e na parede lateral, ao alcance do braço de Winston, um grande buraco oblongo protegido por uma grade de ferro, para o descarte dos resíduos de papel. Eram milhares ou dezenas de milhares de buracos como aquele pelo edifício inteiro, não apenas em cada sala, mas também a curtos intervalos em todos os corredores. Por algum motivo, eram chamados de buracos da memória. Quando alguém sabia que um documento precisava ser destruído, ou mesmo quando encontrava um pedaço de papel sem destino, o gesto automático era levantar a tampa do buraco da memória mais próximo e jogá-lo lá dentro, onde seria tragado por uma corrente de ar quente rumo às enormes fornalhas escondidas nos recônditos do edifício.

Winston examinou os quatro pedaços de papel que tinha desenrolado. Cada um continha uma mensagem de apenas uma ou duas linhas, no jargão abreviado – não exatamente em neolíngua, mas composto sobretudo de palavras em neolíngua – que o ministério adotava para questões internas. Assim diziam:

times 17.3.84 discurso gi erro inf africa retifica
times 19.12.83 prev 3 pt 4º tri 83 erro imp verifica ed atual
times 14.2.84 minifar erro cit chocolate retifica
times 3.12.83 relato ordemdia gi duplomaisdesbom refs despessoas reescreve absolumente subsup antearq

Com uma leve satisfação, Winston deixou a quarta mensagem de lado. Era uma tarefa complicada e importante, de modo que o melhor seria fazê-la por último. As outras três envolviam questões de rotina, embora a segunda talvez o obrigasse a examinar entediantes listas de números.

Winston discou na teletela a opção "números passados", solicitando as respectivas edições do *Times*, que saíram do tubo pneumático em poucos minutos. As mensagens que recebera se referiam a artigos ou notícias que, por um motivo ou outro, deviam ser alteradas ou, como dizia o termo oficial, retificadas. Na edição de 17 de março, por exemplo, saiu uma notícia de que o Grande Irmão, no discurso da véspera, tinha previsto que o fronte do sul da Índia permaneceria sem intercorrências, mas que uma ofensiva eurasiana seria lançada em pouco tempo no norte da África. Porém, o que acabou acontecendo é que o Alto Comando da Eurásia lançou sua ofensiva no sul da Índia, deixando de lado o norte da África. Portanto, era preciso reescrever um dos parágrafos do discurso do Grande Irmão, de forma que ele previsse o que de fato aconteceu. Outro exemplo vinha do *Times* de 19 de dezembro, que tinha publicado as previsões oficiais da produção de várias categorias de bens de consumo para o quarto trimestre de 1983, equivalente ao sexto trimestre do Nono Plano Trienal. A edição do dia trazia os números da produção real, mostrando que as previsões estavam redondamente enganadas em todos os casos. A tarefa de Winston era retificar os números originais, fazendo com que coincidissem com os do presente. Já a terceira mensagem se referia a um erro bem simples, que poderia ser corrigido em questão de minutos. No mês de fevereiro, portanto pouquíssimo tempo antes, o Ministério da Fartura assumira a promessa (um "compromisso categórico", segundo os termos oficiais) de que não haveria redução na ração de chocolate em 1984. Porém, como Winston sabia, a ração seria reduzida de trinta para vinte gramas no final daquela semana. Bastava, então, substituir a promessa original por um aviso de que provavelmente seria necessário reduzir a ração em algum momento do mês de abril.

Assim que deu cabo das mensagens, Winston juntou às respectivas cópias do *Times* as correções que fizera pelo falescreve, encaminhando-as para o tubo pneumático. Depois, com um gesto de certa forma inconsciente, amassou as mensagens originais e as notas que tinha feito e jogou todos os papéis no buraco da memória, para que fossem devorados pelas chamas.

Não sabia em detalhes o que acontecia no labirinto secreto para onde os tubos pneumáticos se dirigiam. Quando as correções necessárias a uma determinada edição do *Times* eram reunidas e ordenadas, a edição era reimpressa, destruíam a cópia original e essa edição corrigida entrava em seu lugar nos arquivos. Aplica-va-se esse processo de alteração contínua não somente aos jornais, mas também a livros, periódicos, panfletos, cartazes, folhetos, filmes, trilhas sonoras, tirinhas e fotografias – a qualquer tipo de literatura ou documentação capaz de conter algum significado político ou ideológico. Dia após dia, minuto após minuto, o passado era atualizado. Assim, qualquer previsão feita pelo Partido podia se provar correta por meio de evidências documentais; além disso, notícias ou opiniões que confli-tassem com os imperativos do momento não eram autorizadas a permanecer nos arquivos. A história como um todo era um grande palimpsesto, raspado e reescrito sempre que necessário. Nunca era possível, uma vez concluído o feito, provar a existência de qualquer adulteração. O maior setor dentro do Departamento de Arquivos, muito maior do que o setor de Winston, era constituído simplesmente de pessoas responsáveis por rastrear e reunir todas as cópias de livros, jornais e outros documentos que haviam sido substituídos e precisavam ser destruídos. Edi-ções do *Times* reescritas dezenas de vezes, por conta de mudanças no alinhamento político ou devido a profecias equivocadas do Grande Irmão, ainda ostentavam nos arquivos as datas originais, e não havia outra cópia para contradizê-las. Livros também eram recolhidos e reescritos à exaustão, e uma vez reimpressos, não se fazia qualquer alusão às alterações. As próprias instruções por escrito que Wins-ton recebia, e das quais se livrava assim que terminava o trabalho, não deixavam claro que seria cometido um ato de falsificação; falava-se sempre em deslizes, erros de informação, de impressão ou citação que precisavam ser corrigidos por uma questão de rigor.

Na verdade, pensou ele enquanto reajustava os números do Ministério da Fartura, não se tratava de falsificação. Era apenas a substituição de um disparate por outro. A maior parte do material com que precisava lidar não guardava qualquer relação com o mundo real, nem mesmo o tipo de conexão que existe no caso de uma mentira deslavada. As estatísticas eram tão fantasiosas na versão original quanto na versão retificada. Boa parte do tempo, esperava-se que fossem simplesmente inventadas. O Ministério da Fartura, por exemplo, tinha estimado que a produção de botas no trimestre seria de cento e quarenta e cinco milhões de pares. A produção real informada foi de sessenta e dois milhões. No entanto, ao reescrever a projeção, Winston baixou o número para cinquenta e sete milhões de pares, viabilizando assim a alegação habitual de que a meta havia sido alcançada com folga. De todo modo, sessenta e dois milhões não estavam mais perto da verdade do que cinquenta e sete milhões ou cento e quarenta e cinco milhões. Era provável que não tivessem produzido um par de botas sequer. Mais provável ainda que ninguém soubesse o número certo, muito menos se importasse com isso. Só o que se sabia era que a cada trimestre eram produzidos números astronômicos de botas no papel, enquanto talvez metade da população da Oceânia andasse descalça. E assim acontecia com todos os dados que eram arquivados, fossem eles grandes ou pequenos. Tudo se esvaía num mundo de sombras onde, por fim, até a data do ano já não era uma informação confiável.

Winston lançou um olhar para o corredor. Na baia em frente à sua, um sujeito pequeno chamado Tillotson, de aparência minuciosa e barba por fazer, trabalhava na maior diligência, com um jornal dobrado sobre o joelho e a boca bem perto do bocal do falescreve. Parecia tentar manter em segredo o que estava dizendo, para que ficasse apenas entre ele e a teletela. Ergueu os olhos e seus óculos lançaram um clarão hostil na direção de Winston.

Winston mal conhecia Tillotson e não fazia ideia de suas atribuições. Os funcionários do Departamento de Arquivos nunca abriam a boca para falar de seus trabalhos. No extenso salão sem janelas, com suas duas fileiras de baias e seu eterno farfalhar de papéis e sussurros de vozes nos falescreve, havia uma dezena de pessoas que Winston nem conhecia pelo nome, embora as visse todos os dias, correndo de lá para cá nos corredores ou gesticulando nos Dois Minutos de Ódio. Sabia que a mulher baixa de cabelo ruivo dava um duro danado na baia ao lado, dia após dia, rastreando e tirando dos jornais os nomes das pessoas que tinham sido vaporizadas e que, portanto, era como se nunca tivessem existido. Era de certa forma conveniente, uma vez que o marido dela fora vaporizado poucos anos antes. Algumas baias mais adiante, um sujeito calmo, inoperante e aéreo chamado Ampleforth, com orelhas peludas e um talento surpreendente para manipular rimas e métricas, estava compenetrado na produção de versões truncadas – "textos definitivos", como eram chamados – para poemas que haviam se tornado ideologicamente ofensivos, mas que, por uma razão ou outra, precisavam ser mantidos nas antologias. E aquele salão, com seus cerca de cinquenta funcionários, era apenas uma subseção, uma única célula, por assim dizer, dentro da enorme complexidade do Departamento de Arquivos. Para além dele, acima e abaixo, massas e massas de trabalhadores se dedicavam a uma profusão inimaginável de tarefas. Havia as enormes gráficas, com seus subeditores, seus especialistas em tipografia e estúdios equipadíssimos para empreender a adulteração de fotografias. Havia também a seção de teleprogramas, com seus engenheiros, produtores e atores especialmente escolhidos por seu talento para imitar vozes. Os exércitos de escreventes tinham a simples atribuição de elaborar listas de livros e periódicos que precisavam ser recolhidos. Havia os vastos repositórios onde os documentos corrigidos eram armazenados, e as fornalhas secretas para onde iam as cópias originais a serem destruídas. E em algum canto, um tanto anônimos, ficavam os cérebros no comando de toda aquela operação, que definiam as diretrizes para determinar quais fragmentos do passado deveriam ser preservados, quais deveriam ser adulterados e quais precisavam ser varridos do mapa para sempre.

O Departamento de Arquivos, por sua vez, era apenas um dos braços do Ministério da Verdade, cuja missão principal não era reconstruir o passado, e sim fornecer aos cidadãos da Oceânia um arsenal completo de jornais, filmes, manuais, programas de teletela, peças e romances – ou seja, todo tipo de informação, instrução ou entretenimento, de uma estátua a um lema, de um poema lírico a um tratado de biologia, de uma cartilha infantil a um dicionário de neolíngua. E o ministério precisava não só suprir as diversas necessidades do Partido, como também reproduzir toda a operação num nível inferior, em benefício do proletariado. Havia toda uma cadeia de departamentos separados cujo foco era criar literatura, música, teatro e entretenimento em geral para os proletários. Ali, produziam-se jornais de péssima qualidade, compostos basicamente de seções de esporte, crime e astrologia, novelinhas sensacionalistas, filmes que transbordavam sexo e canções sentimentais criadas de cabo a rabo por meios mecânicos, num tipo específico de caleidoscópio conhecido como versificador. Havia, ainda, toda uma subseção – *Pornosec*, em neolíngua – responsável por produzir uma pornografia de baixíssimo nível, que era despachada em embalagens lacradas e que nenhum membro do Partido estava autorizado a ver, exceto o pessoal daquele setor.

60   1984

Enquanto Winston trabalhava, outras três mensagens saíram do tubo pneumático, mas eram questões simples, de modo que conseguiu se livrar delas antes de ser interrompido pelos Dois Minutos de Ódio. Terminado o Ódio, voltou à baia, tirou o dicionário de neolíngua da prateleira, afastou o falescreve, limpou os óculos e se preparou para sua principal tarefa daquela manhã.

O maior prazer da vida de Winston estava no trabalho. Na maior parte do tempo, sua rotina era puro tédio, mas às vezes surgiam tarefas difíceis e sofisticadas nas quais podia se perder, como se mergulhasse nas profundezas de um problema matemático. Eram delicados serviços de falsificação para os quais não existia nada que o guiasse, exceto seus conhecimentos sobre os princípios do Socing e suas hipóteses sobre o que o Partido queria que fosse feito. Winston tinha talento para a coisa. De tempos em tempos, recebia inclusive a incumbência de retificar os artigos principais do *Times*, escritos do começo ao fim em neolíngua. Desenrolou a mensagem que havia deixado de lado mais cedo. Dizia assim:

> times 3.12.83 relato ordemdia gi duplomaisdesbom refs despessoas reescreve complet subsup antearq.

Em protolíngua (ou inglês padrão), podia ser traduzida para:

> O relato sobre a Ordem do Dia do Grande Irmão no *Times* de 3 de dezembro de 1983 é extremamente insatisfatório e faz referências a pessoas inexistentes. Reescrever por completo e submeter sua versão à autoridade superior antes de arquivá-lo.

Winston leu com atenção o artigo impróprio. A Ordem do Dia do Grande Irmão, pelo visto, dedicava-se principalmente a elogiar o trabalho de uma organização conhecida como FFCC, que fornecia cigarros e outros artigos para os marinheiros das Fortalezas Flutuantes. Um certo camarada Withers, eminente membro do Partido Interno, fora escolhido para uma menção especial e recebeu uma condecoração, a Ordem do Mérito Conspícuo, Segunda Classe.

Três meses depois, a FFCC foi dissolvida de repente, sem qualquer explicação. Logo, Withers e seus colaboradores provavelmente tinham caído em desgraça, mas não houve repercussão nos jornais nem na teletela. Ora, já era mesmo de se esperar, pois os transgressores políticos não costumavam ser denunciados publicamente nem eram levados a julgamento. Os grandes expurgos envolvendo milhares de pessoas, com julgamentos públicos de traidores e neurocriminosos que confessavam seus crimes de forma subserviente e eram sumariamente executados, só ocorriam cerca de uma vez a cada dois anos, configurando verdadeiros espetáculos. Em geral, as pessoas que desagradavam o Partido simplesmente desapareciam e nunca mais se ouvia falar delas. Ninguém fazia a menor ideia do que lhes acontecia. Em alguns casos, talvez nem estivessem mortas. Uns trinta conhecidos de Winston, sem contar seus pais, já haviam desaparecido dessa forma.

Ele esfregou de leve o nariz com um clipe. Na baia em frente, o camarada Tillotson continuava debruçado sobre o falescreve, no maior sigilo. Ergueu a cabeça por um momento: de novo, o clarão hostil de seus óculos. Winston ponderou se não estariam envolvidos no mesmo trabalho. Era perfeitamente possível. Uma tarefa tão ardilosa jamais seria confiada apenas a uma pessoa; por outro lado, delegá-la a um comitê seria admitir abertamente que um ato de manipulação estava em curso. Era bem provável que naquele momento umas dez pessoas estivessem dedicadas a produzir versões antagônicas sobre o que o Grande Irmão de fato havia falado. Logo depois, algum grande cérebro do Partido Interno selecionaria esta ou aquela versão, reeditando-a, para então pôr em marcha os complexos processos necessários de referência cruzada, de modo que a mentira escolhida passasse aos arquivos permanentes, tornando-se verdade.

Winston não sabia por que Withers tinha caído em desgraça. Corrupção, incompetência? Estaria o Grande Irmão apenas se livrando de um subordinado popular demais? Talvez Withers, ou alguém próximo a ele, tenha sido suspeito de tendências heréticas. Ou – o que era mais provável – a coisa simplesmente aconteceu porque expurgos e vaporizações faziam parte da mecânica governamental. A única pista verdadeira estava nas palavras "refs despessoas", indicando que Withers já estava morto. Nem sempre era o que acontecia quando as pessoas iam presas. Às vezes, elas eram soltas e podiam ficar em liberdade por um ou dois anos antes da execução. De tempos em tempos, alguém que supostamente teria morrido havia muito tempo fazia uma reaparição fantasmagórica num julgamento público, incriminando centenas de outras pessoas por seu testemunho antes de desaparecer, dessa vez para sempre. Withers, no entanto, já era uma *despessoa*. Não existia, nunca tinha existido. Winston concluiu que não bastava apenas inverter a lógica do discurso do Grande Irmão. O ideal era fazê-lo versar sobre algo totalmente desconectado do assunto original.

Podia transformar o discurso na habitual denúncia a traidores e neurocriminosos, mas isso era um pouco óbvio demais, ao passo que inventar uma vitória no fronte ou uma conquista de superprodução no Nono Plano Trienal talvez complicasse muito os arquivos. Precisava ser uma peça totalmente fantasiosa. De repente, brotou em sua mente, já pronta e acabada, a imagem de um tal camarada Ogilvy, que teria morrido havia pouco numa batalha, em circunstâncias heroicas. Em certas ocasiões, o Grande Irmão dedicava sua Ordem do Dia a homenagear um humilde membro das bases do Partido, cuja vida e morte exaltava como exemplo a ser seguido. Agora seria a vez de homenagear o camarada Ogilvy. Verdade que o tal camarada Ogilvy não existia, mas algumas linhas impressas e umas duas fotografias falsas logo lhe dariam vida.

Winston pensou um pouco, depois puxou o falescreve para si e começou a ditar ao estilo do Grande Irmão: um estilo ao mesmo tempo militar, pedante e fácil de reproduzir, graças ao recurso de fazer perguntas e logo em seguida respondê-las ("Que lições podemos extrair daí, camaradas? As lições X, Y e Z, que também são princípios fundamentais do Socing etc. etc.").

Aos três anos, o camarada Ogilvy já tinha recusado tudo quanto era brinquedo, exceto um tambor, uma submetralhadora e uma miniatura de helicóptero. Aos seis – um ano mais cedo, por uma flexibilização especial das regras –, ingressou nos Espiões; aos nove, já era líder de tropa. Aos onze, denunciou o tio à Polícia do Pensamento depois de entreouvir uma conversa de tendências supostamente criminosas. Aos dezessete, era coordenador distrital da Liga Juvenil Antissexo. Aos dezenove, projetou uma granada de mão que foi adotada pelo Ministério da Paz e que, no primeiro teste, matou trinta e um prisioneiros eurasianos numa única explosão. Aos vinte e três, Ogilvy acabou sendo morto em ação. Perseguido por jatos inimigos enquanto sobrevoava o oceano Índico com importantes despachos, amarrou a metralhadora no corpo e saltou do helicóptero, mergulhando naquelas águas profundas, com despachos, com tudo – um fim de causar inveja, segundo o Grande Irmão. O Grande Irmão acrescentou alguns comentários sobre a pureza e a determinação do camarada Ogilvy. Totalmente abstêmio, não fumava e tinha como único lazer sua hora diária de exercícios no ginásio. Fizera um voto de celibato, pois acreditava que o casamento e o cuidado com a família eram incompatíveis com a devoção ao trabalho vinte e quatro horas por dia. Suas conversas só giravam em torno dos princípios do Socing, e tinha como único objetivo de vida derrotar o inimigo eurasiano e perseguir espiões, sabotadores, neurocriminosos e traidores em geral.

Winston ficou na dúvida se deveria agraciar o camarada Ogilvy com a Ordem do Mérito Conspícuo; por fim, decidiu não fazer isso, pelas desnecessárias referências cruzadas que isso implicaria.

Mais uma vez, deu uma olhada para o rival da baia em frente. Algo lhe dizia que Tillotson estava envolvido naquela mesma tarefa. Não havia como saber qual versão seria adotada no fim das contas, mas sentiu uma profunda convicção de que seria a sua. O camarada Ogilvy, que uma hora antes não existia sequer na imaginação, agora era um fato. Winston achou curioso que pudesse criar mortos, mas não gente viva. O camarada Ogilvy, que não era real, agora existia no passado, e quando o ato de falsificação fosse esquecido, sua existência seria tão autêntica e comprovável quanto a de Carlos Magno ou Júlio Cesar.

5.

Na cantina subterrânea de teto baixo, a fila do almoço avançava aos trancos e devagar. O lugar estava lotado de gente e o barulho era ensurdecedor. Da grelha no balcão, o vapor do ensopado tomava conta do ambiente, exalando um cheiro metálico e amargo que não chegava a apagar as emanações do Gim da Vitória. Ao fundo, havia um pequeno bar, um simples buraco na parede onde vendiam gim a dez centavos a dose maior.

– Justamente quem eu estava procurando! – disse uma voz atrás de Winston.

Winston então se virou. Era seu amigo Syme, que trabalhava no Departamento de Pesquisa. "Amigo" talvez não fosse o melhor termo. Ninguém mais tinha amigos, só camaradas. Havia, porém, alguns camaradas mais agradáveis do que outros. Syme era filólogo, especializado em neolíngua. Fazia parte da imensa equipe de especialistas responsáveis por compilar a décima primeira edição do *Dicionário de neolíngua*. Era miúdo, menor que Winston, de cabelo escuro e grandes olhos protuberantes, ao mesmo tempo tristes e sarcásticos, que pareciam vasculhar o rosto do interlocutor.

– Você por acaso teria uma lâmina de barbear? – perguntou ele.

– Infelizmente, não! – respondeu Winston, com certa afobação culpada. – Eu já cansei de procurar. Parece que sumiram.

Todos viviam atrás de lâminas de barbear. A verdade é que ele tinha duas novas, guardadas. Fazia meses que estavam em falta. Sempre havia um artigo de necessidade ou outro que as lojas do Partido não conseguiam fornecer. Às vezes faltavam botões, às vezes, lã para cerzir ou então cadarços de sapato; naquele momento eram as lâminas de barbear. Só era possível obtê-las, quando muito, vasculhando de forma mais ou menos furtiva no mercado "livre".

– Eu estou usando a mesma lâmina há seis semanas – acrescentou ele, mentindo.

A fila deu mais um tranco à frente. Assim que pararam, Winston se virou e pôs os olhos de novo em Syme. Cada um tirou uma bandeja de metal engordurada da pilha que ficava na ponta do balcão.

– Você foi ver ontem os prisioneiros enforcados? – perguntou Syme.

– Eu estava trabalhando – respondeu Winston, com indiferença. – Vou ter que ver no cinema.

– Uma substituição bastante inadequada – retrucou Syme.

Seus olhos zombeteiros analisaram o rosto de Winston. "Eu conheço você", os olhos pareciam dizer. "Consigo decifrar suas motivações. Sei muito bem por que você não foi ver os prisioneiros enforcados." Com seu jeito intelectual, Syme seguia uma virulenta ortodoxia. Falava com desagradável e maldosa satisfação dos ataques de helicópteros a cidades inimigas, dos julgamentos e das confissões dos neurocriminosos e das execuções nos porões do Ministério do Amor. Para conversar com ele era preciso, em grande medida, desviá-lo desses assuntos e enredá-lo, se possível, nas tecnicidades da neolíngua; aí, sim, mostrava-se interessante, uma verdadeira autoridade. Winston virou a cabeça um pouco para o lado, para evitar o escrutínio daqueles grandes olhos escuros.

– Foi um baita enforcamento – disse Syme, pensativo. – Acho que estraga um pouco quando eles amarram os pés juntos. Gosto de ver quando ficam batendo um no outro. E o melhor de tudo, no final, é quando a língua salta para fora, toda azul. Um azul bem brilhante. Esse é o detalhe que mais me agrada.

– Próximo, por favor! – gritou o prole de avental branco que segurava uma concha.

Winston e Syme empurraram suas bandejas para baixo da grelha. Em cada uma delas, foi logo despejado o almoço-padrão: uma tigelinha de metal com um ensopado de um cinza meio rosa, um naco de pão, um cubo de queijo, uma caneca de Café da Vitória sem leite e um tablete de sacarina.

– Tem uma mesa ali, embaixo daquela teletela – disse Syme. – A gente pega um gim no caminho.

O gim era servido em canecas de porcelana sem asa. Os dois abriram caminho pelo salão cheio e deixaram as bandejas na mesa de tampo de metal, onde num dos cantos alguém havia deixado um pouco de ensopado, uma imundície líquida com aparência de vômito. Winston pegou sua caneca de gim, fez uma pausa para tomar coragem e engoliu a bebida com gosto de óleo. Após piscar os olhos para afastar as lágrimas, descobriu que estava faminto. Começou a engolir colheradas cheias daquela gororoba, que continha uns cubos de um troço esponjoso e rosado, provavelmente à base de carne. Eles só abriram a boca depois de esvaziar as tigelinhas. Na mesa à esquerda de Winston, um pouco atrás dele, alguém falava depressa e sem interrupção, tagarelando como se fosse um pato, num grasnado que atravessava o alvoroço geral do salão.

– Como está indo o dicionário? – perguntou Winston, elevando a voz para transpor o barulho.

– Devagar – respondeu Syme. – Agora estou nos adjetivos. É fascinante.

A simples menção à neolíngua o deixou mais animado. Afastando a tigelinha, Syme pegou o naco de pão com uma das mãos e o queijo com a outra e se inclinou um pouco à frente, para não ter que gritar.

– A décima primeira edição será a definitiva – explicou ele. – Estamos fazendo com que a língua chegue à sua forma final, a forma que terá quando ninguém mais falar outra língua. Assim que o trabalho for finalizado, gente como você vai precisar aprender tudo de novo. Você certamente acha que a nossa principal tarefa é inventar novas palavras. Mas não é nada disso! Estamos destruindo palavras: aos montes, às centenas, todos os dias. Estamos fazendo um corte radical, até atingir o osso. A décima primeira edição não vai conter uma única palavra que se torne obsoleta antes de 2050.

Ele deu umas mordidas esfomeadas no pão, engoliu alguns pedaços e logo voltou a falar, de forma apaixonada e um tanto pedante. Seu rosto moreno e magro tinha ganhado vida, enquanto os olhos haviam perdido a expressão zombeteira e se tornado quase sonhadores.

– A destruição de palavras é uma coisa bonita. Claro que o maior desperdício está nos verbos e adjetivos, mas também existem centenas de substantivos que podem ser descartados. Não se trata só dos sinônimos, o mesmo vale para os antônimos. Afinal de contas, por que precisamos ter uma palavra que é simplesmente o oposto de outra? As palavras já contêm os opostos nelas mesmas. Olha a palavra "bom", por exemplo. Se a gente já tem a palavra "bom", qual a necessidade de ter uma palavra como "ruim"? "Desbom" daria no mesmo e seria ainda melhor, porque é um oposto exato, diferente de "ruim". Para usar outro exemplo, se quisermos uma versão mais enfática para o "bom", qual o sentido de ter toda uma gama de palavras vagas e inúteis como "excelente", "esplêndido" e todo o resto? "Maisbom" dá conta do recado, ou "duplomaisbom", se precisarmos de mais ênfase ainda. Já usamos essas formas, claro, mas na versão final da neolíngua só restarão elas. Por fim, as noções de "bondade" e "maldade" serão contempladas por apenas seis palavras. Na verdade, por uma palavra só. Você consegue enxergar a beleza disso, Winston? Foi uma ideia inicial do G. I., é claro – acrescentou ele em seguida.

Uma animação insípida cruzou o rosto de Winston diante da menção ao Grande Irmão. Contudo, Syme detectou imediatamente a falta de entusiasmo.

– Você não aprecia de verdade a neolíngua, Winston – disse ele, quase com tristeza. – Mesmo ao escrever, continua pensando em protolíngua. Já li alguns dos artigos que você escreve no *Times* de tempos em tempos. Eles são bons, mas são traduções. No seu íntimo, você preferiria continuar usando a protolíngua, com todas as suas ambiguidades e nuances inúteis de significado. Você não compreende a beleza que é a destruição de palavras. Sabia que a neolíngua é a única língua do mundo cujo vocabulário diminui a cada ano?

Winston sabia disso, é claro. Tentando demonstrar simpatia, abriu um sorriso, mas achou melhor manter a boca fechada. Syme deu outra mordida no pão escuro, mastigou rápido e prosseguiu:

– Você não percebe que o grande objetivo da neolíngua é estreitar a amplitude de pensamento? Vamos acabar literalmente inviabilizando o neurocrime, porque não haverá mais palavras para expressá-lo. Qualquer conceito será expresso por apenas *uma* palavra, com seu significado rigorosamente definido e todos os significados secundários apagados e esquecidos. Não estamos longe desse ponto na décima primeira edição. Mas o processo vai continuar por muito tempo, para muito depois de quando você e eu já tivermos morrido. Ano após ano, uma quantidade cada vez menor de palavras, e a amplitude da consciência sempre um pouco menor. Mesmo agora, claro, não existe razão ou desculpa para cometer um neurocrime. É só uma questão de autodisciplina, de controle da realidade. Mas no futuro nem isso vai ser necessário. A Revolução estará completa quando a língua atingir a perfeição. A neolíngua é o Socing, e o Socing é a neolíngua – acrescentou ele, com uma satisfação meio mística. – Você já chegou a pensar, Winston, que por volta de 2050 nenhum ser humano será capaz de entender uma conversa como esta que estamos tendo agora?

– Exceto... – começou Winston, hesitante, mas logo parou.

Estava a ponto de dizer "exceto os proles", mas se conteve. Ficou em dúvida se fazer essa observação não seria desviar da ortodoxia. Syme, contudo, adivinhou o que ele ia falar.

– Os proles não são seres humanos – disse Syme, incauto. – Em 2050, provavelmente antes, todo o conhecimento real sobre a protolíngua já terá desaparecido. A literatura do passado terá sido destruída. Chaucer, Shakespeare, Milton e Byron só vão existir em versões em neolíngua, não só transformados em algo diferente, mas em algo oposto ao que eram. Até a literatura do Partido vai mudar, os lemas... Como será possível ter um lema do tipo "liberdade é escravidão", se o conceito de liberdade já não existir? Tudo que diz respeito a pensamento será diferente. A verdade é que não vai *haver* mais pensamento, como o entendemos hoje. Ortodoxia significa não pensar, não precisar pensar. Ortodoxia é ausência de consciência.

Qualquer dia desses, pensou Winston com súbita e firme convicção, Syme será vaporizado. É inteligente demais. Enxerga com muita nitidez e fala com toda franqueza. O Partido não gosta de gente assim. Um dia ele vai desaparecer. Está escrito em seu rosto.

Winston tinha terminado de comer o pão e o queijo. Virou um pouco de lado na cadeira para tomar o café. Na mesa à esquerda, o homem de voz estridente continuava falando sem parar. Uma moça, que talvez fosse sua secretária e que estava sentada de costas para Winston, ouvia o tal homem e parecia concordar entusiasmada com tudo que ele dizia. De tempos em tempos, Winston ouvia um ou outro comentário, como "Eu acho que você tem *toda* razão, eu concordo *muito* com você", pronunciados numa voz feminina, jovial e um tanto infantil. Mas a outra voz não parava um minuto sequer, mesmo quando a garota estava falando. Winston conhecia o homem de vista, mas a única coisa que sabia sobre ele era que ocupava um posto importante no Departamento de Ficção. Devia ter uns trinta anos, tinha um pescoço musculoso e uma boca grande e expressiva. Sua cabeça estava um pouco jogada para trás e, por conta do ângulo em que estava sentado, seus óculos captavam a luz e apresentavam a Winston dois discos brancos no lugar dos olhos. O mais terrível naquela torrente de som que jorrava de sua boca era a impossibilidade de distinguir qualquer palavra. Winston só entendeu uma única frase – "eliminação completa e final do goldsteinismo" –, pronunciada com extrema rapidez e, ao que parecia, feito um bloco, um linotipo solidificado. De resto, era apenas um barulho, um grasnado sem fim. Embora não desse para ouvir o que o homem dizia, não havia dúvidas sobre o teor geral de sua fala. Podia estar denunciando Goldstein e exigindo medidas mais rígidas contra os neurocriminosos e sabotadores, podia estar criticando as atrocidades do exército eurasiano ou louvando o Grande Irmão ou os heróis do fronte de Malabar – não fazia diferença. O que quer que fosse, dava para ter certeza de que cada palavra proferida era ortodoxia pura, Socing puro. Conforme observava aquele rosto sem olhos, com o maxilar que se movia depressa para cima e para baixo, Winston teve a curiosa sensação de que não se tratava de um ser humano, mas de uma espécie de ventríloquo. Não era o cérebro do homem falava; era sua laringe. O que saía de dentro dele consistia em palavras, mas não formava um discurso na verdadeira acepção do termo: era um barulho inconsciente, como o grasnado de um pato.

Syme tinha ficado em silêncio e, com o cabo da colher, traçava umas formas no ensopado aguado. A voz da outra mesa continuou seu grasnado ligeiro, fácil de ouvir apesar do ruído em volta.

– Tem uma palavra em neolíngua – disse Syme –, que não sei se você conhece: *patofalar*. Significa grasnar que nem pato. É uma dessas palavras interessantes, com sentidos contraditórios. Aplicada a um adversário, é um insulto; aplicada a alguém com quem concordamos, é um elogio.

Sem dúvida que Syme será vaporizado, pensou Winston de novo. Pensou com certa tristeza, embora soubesse bem que Syme o menosprezava e não ia muito com a sua cara, além de ser totalmente capaz de denunciá-lo como neurocriminoso se enxergasse um pingo de razão para isso. Havia algo ligeiramente errado com Syme. Faltava-lhe alguma coisa: discrição, reserva, uma espécie de estupidez salutar. Ninguém podia dizer que não fosse ortodoxo. Acreditava nos princípios do Socing, venerava o Grande Irmão, festejava as vitórias, odiava os hereges, não apenas com sinceridade, mas com um fervor incansável, e estava sempre muito bem informado, mais do que qualquer membro comum do Partido. Ainda assim, sua reputação não era das melhores. Dizia coisas que era melhor calar, já tinha lido muitos livros e frequentava o Café Castanheira, antro de pintores e músicos. Não havia qualquer lei, nem mesmo uma lei não escrita, que proibisse as pessoas de frequentarem o Café Castanheira, mas de certa forma tratava-se de um lugar de mau agouro. Antes de serem expurgados, os antigos e desprestigiados líderes do Partido costumavam se reunir lá. O próprio Goldstein, dizia-se, já fora visto no café algumas vezes, anos e décadas antes. Não era difícil prever o destino de Syme. Mesmo assim, se ele percebesse, ainda que por três segundos, a natureza das opiniões secretas de Winston, com certeza o delataria imediatamente à Polícia do Pensamento. Todo mundo faria o mesmo, claro, mas Syme seria o mais propenso. Não bastava o fervor. Ortodoxia era ausência de consciência.

Syme ergueu os olhos.

– Lá vem o Parsons – disse ele.

Alguma coisa no tom de sua voz parecia acrescentar "aquele tremendo idiota". Parsons, vizinho de Winston no Residencial da Vitória, vinha abrindo caminho pelo salão. Gorducho, de estatura mediana, tinha cabelo louro e cara de sapo. Aos trinta e cinco anos, já acumulava um excesso de gordura no pescoço e na cintura, mas seus movimentos eram ligeiros e joviais. Passava a impressão de ser um garoto que tinha crescido demais; logo, por mais que vestisse o macacão do uniforme, era quase impossível não pensar nele com a bermuda azul, a camisa cinza e o lenço vermelho dos Espiões. Estar diante dele era ver o retrato de alguém com dobrinhas nos joelhos e mangas de camisa arregaçadas, revelando os braços rechonchudos. Sempre que podia usar como desculpa uma caminhada comunitária ou qualquer outra atividade física, Parsons acabava lançando mão da bermuda. Cumprimentou os dois com um animado "Olá! Olá!" e se sentou à mesa, exalando um forte cheiro de suor. Gotas de umidade se destacavam em seu rosto cor-de-rosa. Tinha uma extraordinária capacidade de transpirar. No Centro Comunitário, todos sabiam quando ele tinha jogado pingue-pongue: bastava sentir o cabo da raquete todo molhado. Numa tira de papel, Syme havia feito uma longa coluna de palavras e estava estudando a lista com uma caneta--tinteiro entre os dedos.

– Olhe só para ele, trabalhando na hora de almoço – disse Parsons, cutucando Winston. – Que disposição, hein? O que é que você tem aí? Imagino que seja algo inteligente demais para mim. Agora, Smith, vou contar por que estou atrás de você, meu velho. É por causa daquela cota que você se esqueceu de me dar.

– Que cota é essa? – perguntou Winston, apalpando automaticamente o bolso.

Cerca de um quarto do salário das pessoas tinha que ser destinado a contribuições voluntárias, que de tão numerosas eram difíceis de gerenciar.

– Para a Semana do Ódio. Você sabe, né? O fundo de porta em porta. Eu sou o tesoureiro do nosso edifício. Estamos nos esforçando ao máximo para fazer bonito. Vou só dizer uma coisa: se o bom e velho Residencial da Vitória não for o campeão da rua em número de bandeiras, não vai ser culpa minha. Dois dólares foi o que você me prometeu.

Winston encontrou duas notas amassadas e imundas e entregou a ele. Parsons anotou o valor num caderninho, com a caligrafia apurada dos iletrados.

– Aliás, meu velho – disse ele –, ouvi dizer que ontem o meu pilantrinha usou um estilingue em você. Dei uma bela de uma bronca nele. E disse que sumiria com o estilingue se fizesse isso de novo.

– Acho que ele estava chateado por não ter ido ver a execução – disse Winston.

– Ah, pode ser... Até que faz sentido, né? Esses meus dois peraltas aprontam! Você não imagina como são vivos! Eles só pensam nos Espiões e na guerra, claro. Sabe o que a minha garotinha fez no último sábado, quando a tropa dela estava num passeio perto de Berkhampstead? Convenceu duas outras meninas a irem com ela, as três se desvencilharam do grupo e passaram a tarde inteira seguindo um estranho. Ficaram atrás dele umas duas horas, no meio do bosque, e depois, quando chegaram em Amersham, entregaram o sujeito a uma patrulha.

– Por que elas fizeram isso? – perguntou Winston, um pouco espantado.

Parsons prosseguiu, triunfante:

– Minha filha tinha certeza de que ele era um agente inimigo. Talvez tivesse sido lançado de paraquedas, algo assim. Mas o ponto é o seguinte, meu velho: o que você acha que fez ela desconfiar, antes de mais nada? Ela percebeu que ele estava usando um sapato engraçado. Disse que nunca tinha visto ninguém usando um sapato igual àquele. Então era provável que fosse estrangeiro. Bem esperta para uma garotinha de sete anos, não é?

– E que fim levou o sujeito? – perguntou Winston.

– Ah, isso eu não sei dizer, claro. Mas não ficaria nada surpreso se... – respondeu Parsons, fazendo a mímica de apontar uma arma e estalando a língua para imitar o disparo.

– Bom – disse Syme, distraído, sem tirar os olhos do papel.

– Claro, não podemos nos dar ao luxo de correr riscos – concordou Winston.

– Isso mesmo. Estamos no meio de uma guerra – arrematou Parsons.

Como se confirmasse o que estavam falando, um chamado de trombeta fluiu da teletela logo acima deles. Porém, desta vez não era a proclamação de uma vitória militar, e sim um anúncio do Ministério da Fartura.

– Camaradas! – gritou uma voz animada e jovial. – Atenção, camaradas! Trazemos gloriosas notícias para vocês. Vencemos a batalha por produtividade! Os relatórios já finalizados sobre a produção de todas as categorias de bens de consumo mostram que a qualidade de vida aumentou pelo menos vinte por cento no último ano. Nesta manhã, houve manifestações incontroláveis e espontâneas em toda a Oceânia, quando trabalhadores saíram das fábricas e dos escritórios e desfilaram pelas ruas com cartazes que manifestavam sua gratidão ao Grande Irmão pela vida nova e feliz que sua sábia liderança nos concedeu. Eis alguns dos números finais. Gêneros alimentícios...

O trecho "vida nova e feliz" foi repetido várias vezes. Nos últimos tempos, essa fórmula figurava como queridinha do Ministério da Fartura. Com a atenção capturada pelo chamado da trombeta, Parsons ficou sério e boquiaberto, escutando aquilo tudo numa espécie de enfado edificante. Não conseguia acompanhar os números, mas sabia que eram motivo de satisfação. Segurava um cachimbo enorme e sujo que estava cheio até a metade com tabaco queimado. Com a ração de tabaco restrita a cem gramas por semana, quase nunca se conseguia encher um cachimbo até o fim. Winston estava fumando um Cigarro da Vitória e o segurava com cuidado. A nova ração só seria distribuída no dia seguinte e lhe restavam apenas quatro cigarros. Por um tempo, fechou os ouvidos para os barulhos mais distantes e se concentrou no que a teletela transmitia. Pelo visto, houve até manifestações de agradecimento ao Grande Irmão por ter aumentado a ração de chocolate para vinte gramas por semana. Acontece que na véspera, refletiu Winston, tinham anunciado que a ração seria *reduzida* para vinte gramas por semana. Como podiam engolir uma dessas da noite para o dia? Pois eles engoliram. Parsons engoliu sem dificuldade, com a estupidez de um animal. A criatura sem olhos da outra mesa engoliu com fanatismo, paixão e com o desejo furioso de descobrir, denunciar e vaporizar qualquer um que sugerisse que a ração da semana anterior tinha sido de trinta gramas. Syme também engoliu, de um jeito mais complexo, envolvendo o *duplipensar*, mas engoliu. Seria Winston, então, o único que ainda possuía memória?

A teletela continuou jorrando suas estatísticas fantasiosas. Em comparação ao ano anterior, havia mais comida, mais roupas, mais casas, mais móveis, mais panelas, mais combustível, mais navios, mais helicópteros, mais livros, mais bebês... mais de tudo, exceto de doenças, crimes e loucura. Ano após ano, minuto após minuto, tudo aumentava vertiginosamente. Assim como Syme fizera mais cedo, Winston pegou a colher e ficou criando seus desenhos com o caldo pálido que escorria pela mesa. Ressentido, refletiu sobre a textura física da vida. Havia sido sempre assim? A comida sempre tivera aquele gosto? Olhou em volta da cantina. Um ambiente de teto baixo, lotado, com as paredes encardidas pelo contato de inúmeros corpos; mesas de metal e cadeiras deterioradas, dispostas tão perto umas das outras que os cotovelos das pessoas se tocavam; colheres envergadas, bandejas deformadas, canecas brancas de quinta categoria; todas as superfícies engorduradas e sujas; e um cheiro azedo, mistura de gim e café de má qualidade, ensopado com gosto metálico e roupas sujas. Havia o tempo todo uma espécie de protesto no estômago e na pele das pessoas, o sentimento de terem sido privadas de alguma coisa à qual tinham direito. A verdade é que ele não se lembrava de nada muito diferente. Pensando nos períodos que conseguia recordar com mais nitidez, a comida nunca chegou a ser suficiente, as pessoas viviam sempre com meias e roupas de baixo furadas, os móveis eram deteriorados e bambos, os ambientes careciam de calefação adequada, os trens do metrô só saíam lotados, as casas caíam aos pedaços, o pão era escuro, chá era uma raridade, o café tinha um gosto repugnante e os cigarros não davam vazão – nada era barato e abundante, exceto o gim sintético. E, embora tudo piorasse conforme as pessoas envelheciam, quando o coração adoecia diante do desconforto, da sujeira e da escassez, dos invernos intermináveis, das meias pegajosas, dos elevadores que nunca funcionavam, da água fria, do sabonete áspero, dos cigarros que se desfaziam, da comida com gosto estranho e terrível, será que isso tudo não era um sinal de que aquela *não* era a ordem natural das coisas? Como julgar que aquilo era intolerável se a pessoa não tivesse uma memória ancestral de que as coisas tinham sido diferentes no passado?

Winston correu de novo os olhos pela cantina. Quase todas as pessoas ali eram feias, e continuariam feias mesmo se não tivessem que usar o macacão azul do uniforme. No fundo do salão, sentado sozinho numa das mesas, um homenzinho que parecia um besouro tomava uma xícara de café e examinava tudo, com seus olhos miúdos e desconfiados. Se a pessoa evitasse olhar em volta, pensou Winston, era fácil acreditar que o tipo físico determinado pelo Partido como ideal – jovens altos e musculosos e moças de seios fartos, cabelo louro, bem-dispostas, bronzeadas de sol e descontraídas – de fato existia e inclusive predominava. Na verdade, pelo que Winston conseguia avaliar, a maioria das pessoas na Primeira Base Aérea era baixa, morena e sem graça. Aquele tipo que lembrava um besouro curiosamente proliferava nos ministérios: homenzinhos atarracados que ficavam gordos bem cedo, de pernas curtas, movimentos ligeiros e rostos rechonchudos e impenetráveis, além de olhos diminutos. Parecia ser o tipo que melhor florescia sob o domínio do Partido.

O anúncio do Ministério da Fartura terminou com outro chamado de trombeta, dando lugar a uma música metálica. Incitado por um vago entusiasmo pelo bombardeamento de números, Parsons tirou o cachimbo da boca.

– O Ministério da Fartura com certeza fez um bom trabalho este ano – disse ele, balançando a cabeça com ares de entendido. – Falando nisso... Smith, meu velho, você por acaso não tem nenhuma lâmina de barbear pra me dar, não?

– Nenhuma – respondeu Winston. – Já estou usando a mesma lâmina há seis semanas.

– Ah, tudo bem, meu velho... não custa nada perguntar.

– Sinto muito – disse Winston.

A voz da mesa ao lado, temporariamente silenciada durante o anúncio do ministério, tinha voltado a grasnar, mais alta do que nunca. Por alguma razão, Winston se pegou pensando na sra. Parsons, com seu cabelo ralo e os vincos da face empoeirados. Dali a dois anos, os filhos a denunciariam à Polícia do Pensamento. A sra. Parsons seria vaporizada. Syme seria vaporizado. Winston seria vaporizado. O'Brien seria vaporizado. Parsons, por sua vez, nunca seria vaporizado. A criatura sem olhos e com voz de pato nunca seria vaporizada. Os homenzinhos que lembravam besouros e se deslocavam com agilidade pelos corredores labirínticos dos ministérios tampouco seriam vaporizados. E a garota do cabelo escuro, do Departamento de Ficção, também não. Era como se Winston soubesse instintivamente quem sobreviveria e quem pereceria, embora não fosse fácil dizer o que determinava a sobrevivência ou não.

Naquele momento, foi arrancado de seus devaneios por um tranco violento. A garota da mesa ao lado tinha se virado um pouco e estava olhando para ele. Era a garota do cabelo escuro. Observava-o de soslaio, mas com uma intensidade peculiar. No instante em que seus olhares se cruzaram, ela olhou para longe.

O suor começou a percorrer a coluna de Winston. Ele sentiu uma terrível pontada de pavor, que passou quase no mesmo instante, mas deixou um rastro angustiante de inquietação. Por que ela estava de olho nele? Por que o perseguia? Infelizmente, não conseguia se lembrar se já estava na mesa quando ele chegou ou se apareceu depois. De todo modo, no dia anterior, durante os Dois Minutos de Ódio, ela havia se sentado exatamente atrás dele, mesmo sem necessidade aparente. O mais provável era que seu objetivo fosse escutá-lo, para saber se estava gritando alto o suficiente.

Winston voltou ao que vinha pensando antes: talvez ela não fosse membro da Polícia do Pensamento, mas tinha toda pinta de ser uma espiã amadora, o que representava o maior risco de todos. Não sabia por quanto tempo já estava sendo observado – quem sabe uns cinco minutos? – e temia que não tivesse conseguido controlar suas feições. Era um perigo deixar os pensamentos vagarem quando se estava em local público ou no raio de alcance da teletela. Um mínimo detalhe podia pôr tudo a perder. Um tique nervoso, um olhar involuntário de ansiedade, o hábito de resmungar consigo mesmo – qualquer coisa que trouxesse alguma sugestão de anormalidade, de que havia algo a esconder. Em todo caso, adotar uma expressão inadequada (demonstrar incredulidade diante de um anúncio de vitória, por exemplo) já era, por si só, um delito passível de punição. Havia, inclusive, um termo para isso em neolíngua: *facecrime*.

A garota tinha virado as costas para ele de novo. Talvez, no fim das contas, não o estivesse seguindo. Podia ser coincidência o fato de ter se sentado tão perto dele por dois dias seguidos. O cigarro de Winston havia se apagado, e ele o apoiou na beirada da mesa, com cuidado. Terminaria de fumá-lo depois do expediente, se conseguisse manter o tabaco ali dentro. A garota até podia ser espiã da Polícia do Pensamento, e ele poderia parar nos porões do Ministério do Amor dali a três dias, mas desperdiçar uma ponta de cigarro era um sacrilégio. Depois de dobrar o papel, Syme o guardou no bolso. Parsons voltou a falar:

– Eu já contei, meu velho – disse ele, às gargalhadas, com a haste do cachimbo na boca –, do dia em que os meus capetas botaram fogo na saia da vendedora lá da mercearia depois que viram ela usando um cartaz do G. I. para embalar salsicha? Eles se esconderam atrás dela e tacaram fogo na coitada, usando uma caixa de fósforos. Acho que as queimaduras foram bem feias. Uns cafajestes, né? Mas são de uma esperteza! Hoje em dia as crianças recebem um treinamento de primeira lá nos Espiões, melhor até do que na minha época. Você não imagina o que trouxeram para casa da última vez… Uma corneta acústica, para ouvirem pelo buraco da fechadura. Outro dia, minha filha testou na porta da sala e percebeu que conseguia ouvir muito melhor do que com o ouvido encostado no buraco. Mas é claro que é só um brinquedo. Ainda assim, é bom que se acostumam desde cedo, né?

Naquele instante, a teletela emitiu um apito estridente. Era o sinal de que todos precisavam retornar ao trabalho. Os três homens se puseram logo de pé, para entrar na disputa pelos elevadores, e o tabaco que ainda restava acabou caindo do cigarro de Winston.

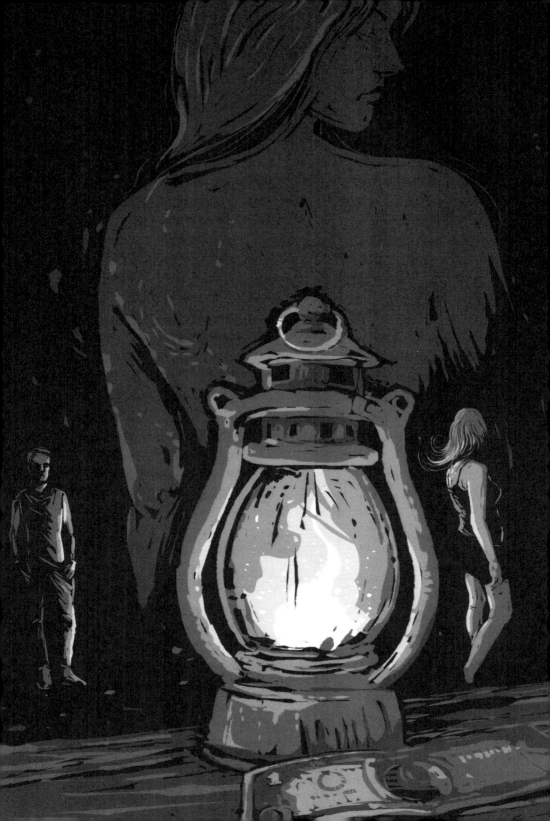

6.

Winston estava escrevendo no diário:

Três anos atrás. Uma noite escura, numa estreita rua lateral próxima a uma grande estação de trem. Ela estava perto de um vão, sob um poste de luz que quase não iluminava nada. Tinha um rosto jovem, com uma grossa camada de maquiagem. Foi justamente a maquiagem que me atraiu: sua brancura, como se fosse uma máscara, e os lábios vermelhos e lustrosos. As mulheres do Partido nunca pintam o rosto. Não havia mais ninguém na rua e nenhuma teletela. Ela disse dois dólares. Eu...

Logo em seguida, ficou impossível continuar. Fechou os olhos, pressionando-os com os dedos, na tentativa de afastar aquela visão recorrente. Sentiu uma tentação quase irresistível de gritar bem alto uma série de palavras obscenas. Ou de bater a cabeça na parede, chutar a mesa e arremessar o tinteiro pela janela – tomar qualquer atitude violenta, ruidosa ou dramática capaz de apagar a lembrança que o atormentava.

O pior inimigo que alguém pode ter, refletiu Winston, é seu sistema nervoso. A qualquer momento, a tensão interna que nos habita pode se traduzir em algum sintoma visível. Pensou no homem com quem tinha cruzado na rua umas semanas antes: um sujeito alto, magro e de aparência comum, membro do Partido, de uns trinta e cinco, quarenta anos, que carregava uma pasta. Estavam a poucos metros de distância quando o lado esquerdo do rosto do homem de repente se contorceu numa espécie de espasmo. Aconteceu de novo assim que passaram um pelo outro: foi apenas uma contração, um estremecimento, rápido como o clique do obturador de uma câmera, mas claro que era um tique habitual. Lembrou-se de ter pensado na hora: esse pobre coitado está com os dias contados. E o espantoso era que o gesto tinha toda aparência de ser involuntário. Mas o perigo mais letal de todos era falar dormindo. Até onde sabia, ninguém conseguia evitá-lo.

Respirou fundo e continuou escrevendo:

Entrei com ela pelo vão, cruzamos um quintal e chegamos a uma cozinha no porão. Havia uma cama junto à parede e uma lamparina na mesa, com a chama bem fraquinha. Ela...

Winston ficou perturbado. Queria ter cuspido. Ao mesmo tempo em que pensou na mulher na cozinha do porão, pensou também em Katharine, sua esposa. Era casado, ou tinha sido casado, para todos os efeitos; provavelmente ainda o era, pois não lhe constava que a esposa tivesse morrido. Agora parecia estar respirando de novo o odor quente e abafado da cozinha do porão, uma mistura de percevejos, roupas sujas e perfume barato e abominável, mas apesar de tudo sedutor, porque as mulheres do Partido nunca usavam perfume, nem era possível imaginá-las usando. Só os proles usavam perfume. Na cabeça dele, esse cheiro estava inextricavelmente atrelado à fornicação.

O encontro com aquela mulher tinha sido seu primeiro lapso em cerca de dois anos. Não podiam se relacionar com prostitutas, claro, mas essa era uma daquelas regras que, com coragem, dava para descumprir de vez em quando. Envolvia alguns riscos, mas não se tratava de uma questão de vida ou morte. Ser pego com uma prostituta podia significar cinco anos num campo de trabalhos forçados; nada além disso se a pessoa não cometesse nenhum outro delito. E não era difícil, bastava evitar ser pego em flagrante. Nos bairros mais pobres, pululavam mulheres dispostas a se vender. Algumas, inclusive, podiam ser compradas em troca de uma garrafa de gim, que os proles supostamente não podiam tomar. Em termos tácitos, o Partido até incentivava a prostituição, como forma de dar vazão aos instintos que não podiam ser reprimidos por completo. A simples libertinagem não tinha grande importância, contanto que fosse furtiva, sem alegria e envolvesse apenas mulheres de uma classe subalterna e menosprezada. O crime imperdoável era a promiscuidade entre membros do Partido. Embora fosse um dos crimes que os acusados nos grandes expurgos sempre confessavam, era difícil imaginar que algo desse tipo chegasse a acontecer.

O objetivo do Partido não era apenas evitar que homens e mulheres formassem laços de lealdade que seriam difíceis de conter. Seu propósito verdadeiro e velado era eliminar todo o prazer do ato sexual. Os inimigos eram o amor e, mais ainda, o erotismo, tanto dentro quanto fora do casamento. Todos os casamentos entre membros do Partido tinham que ser aprovados por um comitê criado para este fim, e – ainda que o princípio não fosse referido às claras – a permissão nunca era concedida quando as pessoas envolvidas davam a impressão de se sentirem fisicamente atraídas uma pela outra. O único propósito reconhecido do casamento era gerar crianças que pudessem servir ao Partido. A relação sexual devia ser encarada como um procedimento menor, um tanto repugnante, como passar por uma lavagem intestinal. Isso tampouco era expresso em palavras, mas de forma indireta acabava sendo incutido nos membros do Partido desde a infância. Havia inclusive organizações, como a Liga Juvenil Antissexo, que defendiam o celibato total para homens e mulheres. Todas as crianças seriam geradas por inseminação artificial (*insemart*, em neolíngua) e criadas em instituições públicas. Winston sabia que isso não .era levado tão a sério, mas de certa forma se alinhava à ideologia geral do Partido. O Partido queria eliminar o instinto sexual ou, se não pudesse eliminá-lo, que pelo menos o distorcesse e lhe desse o aspecto de algo sujo. Ele não sabia os motivos para isso, mas parecia natural que fosse assim. E, no que dizia respeito às mulheres, os esforços do Partido se provavam muito bem-sucedidos.

Pensou de novo em Katherine. Devia fazer nove, dez, quase onze anos que haviam se separado. Era curioso que quase nunca pensasse nela. Por dias e dias, chegava a esquecer que já tinha sido casado. Viveram apenas quinze meses juntos. O Partido não permitia o divórcio, mas incentivava a separação nos casos em que não havia filhos.

Katherine era alta, loura, tinha uma postura muito ereta e possuía movimentos elegantes. O rosto forte e aquilino podia ser considerado nobre, até descobrirem que não havia quase nada por trás dele. Muito cedo em sua vida de casado, Winston concluiu – embora talvez fosse apenas porque ela era a pessoa que ele conhecia mais a fundo – que Katherine tinha a mente mais estúpida, vulgar e vazia que já cruzara seu caminho. Não havia sequer uma ideia em sua cabeça que não fosse um lema, e ela engolia absolutamente todas as imbecilidades que o Partido lhe apresentava. "A trilha sonora humana", a apelidara em segredo. Contudo, teria até aguentado viver com ela se não fosse por uma única questão: o sexo.

Bastava tocá-la, que ela se retraía e enrijecia toda. Abraçá-la era o mesmo que abraçar um boneco articulado de madeira. Mesmo quando Katherine o puxava para si, Winston tinha a sensação de que, ao mesmo tempo, ela o empurrava para longe, com toda a força. A rigidez de seus músculos colaborava para essa impressão. Ficava deitada, de olhos fechados, sem resistir nem cooperar, totalmente *submissa*. Era muito constrangedor e, depois de um tempo, ficava terrível. Ainda assim, ele teria suportado viver com ela se ficasse combinado que os dois manteriam o celibato. Quem não concordou com isso foi a própria Katherine, por mais estranho que parecesse. Tinham que tentar produzir uma criança, dizia ela. Assim, a performance continuou acontecendo com regularidade, mais ou menos uma vez por semana, sempre que possível. Katherine costumava lembrá-lo de manhã, como algo que deveria ser feito naquela noite e não podiam esquecer. Ela aludia ao ato de duas formas: "fazer bebê" e "nosso dever para com o Partido" (sim, de fato usava essa frase). Em pouco tempo, Winston começou a sentir verdadeiro pavor sempre que o tal dia se aproximava. Por sorte, não tiveram filhos; ela concordou que era melhor desistir de tentar e logo depois se separaram.

Winston deixou escapar um suspiro inaudível. Pegou de novo a pena e escreveu:

Ela se jogou na cama e, na mesma hora, sem qualquer tipo de preliminar, da forma mais vulgar e terrível que se possa supor, levantou a saia. Eu...

Winston se viu lá, sob a luz baixa, com o cheiro de percevejos e perfume barato nas narinas, e no coração uma sensação de derrota e ressentimento que até naquele momento se misturavam à ideia do corpo alvo de Katherine, congelado para sempre graças ao poder hipnótico do Partido. Por que tinha que ser sempre assim? Por que não podia ter uma mulher para chamar de sua, em vez de se submeter àqueles encontros asquerosos a longos intervalos? Mas uma relação amorosa de verdade era praticamente impensável. As mulheres do Partido eram todas iguais. A castidade estava tão arraigada nelas quanto a lealdade ao Partido. Por meio de um condicionamento precoce e cuidadoso, de jogos e água fria, do lixo que recebiam na escola, nos Espiões e na Liga Juvenil, de palestras, desfiles, canções, lemas e música militar, tinham sido privadas desse sentimento natural. A razão dizia a Winston que devia haver exceções, mas seu coração não acreditava nisso. Elas eram todas inexpugnáveis, como o Partido pretendia que fossem. E o que ele queria, mais até do que ser amado, era quebrar aquela muralha de virtudes, ainda que fosse uma única vez na vida. Praticado com êxito, o ato sexual era uma forma de rebeldia. O desejo configurava um neurocrime. Mesmo se tivesse conseguido despertar Katherine, isso seria encarado como sedução, ainda que ela fosse sua mulher.

Precisava pôr o resto da história no papel, então continuou:

Aumentei a chama da lamparina. Quando olhei para ela...

Depois da escuridão, a luz fraca da lamparina de parafina parecia iluminar demais. Pela primeira vez, conseguiu vê-la direito. Tinha dado um passo em sua direção e então parado, cheio de desejo e pavor. Sabia exatamente o risco que estava correndo ao ir até lá. Era bem possível que uma patrulha o pegasse na saída; talvez já estivessem do lado de fora naquele momento, só esperando. Mas não podia ir embora sem ao menos terminar o que tinha ido fazer!

Precisava botar no papel, precisava confessar. O que tinha visto de repente, diante da luz, era que a mulher era *velha*. A maquiagem grossa parecia a ponto de rachar, feito uma máscara de papelão. Havia mechas de cabelo branco em sua cabeça, mas o detalhe mais medonho era que estava com a boca entreaberta, revelando nada além de uma escuridão cavernosa. Não tinha um dente sequer.

Winston escreveu apressado, numa caligrafia desordenada:

Quando a vi diante da luz, percebi que era bem velha, devia ter pelo menos cinquenta anos. Mesmo assim, segui em frente e fui até o fim.

Pressionou de novo os dedos sobre as pálpebras. Tinha conseguido, finalmente, botar tudo no papel, mas não surtiu efeito. O ato terapêutico não havia funcionado. A vontade de gritar bem alto uma série de palavras obscenas continuava tão forte quanto antes.

7.

Se há esperança [escreveu Winston], *ela está nos proles.*

Se havia esperança, ela só podia estar nos proles, porque só ali, naquela massa numerosa de gente ignorada, que chegava a oitenta e cinco por cento da população da Oceânia, poderia surgir a força capaz de destruir o Partido. A coisa nunca aconteceria a partir de dentro. Os inimigos do Partido, se é que existiam, não tinham como se reunir nem se identificar. Mesmo se a lendária Irmandade existisse, o que era bem possível, seus membros jamais poderiam formar grupos com mais de duas ou três pessoas. A rebelião se limitava a um certo olhar, uma inflexão da voz; no máximo, uma palavra sussurrada ocasionalmente. Mas se de alguma forma os proles tomassem consciência da própria força, não teriam necessidade de conspirar. Bastaria que se levantassem e se sacudissem, como faz um cavalo para espantar as moscas. Se quisessem, conseguiriam detonar o Partido da noite para o dia. Mais cedo ou mais tarde, será que não lhes ocorreria a ideia? Mas...

Winston se lembrou da vez em que vinha caminhando por uma rua lotada, quando uma gritaria impressionante, de centenas de vozes – vozes femininas –, irrompeu de uma rua lateral um pouco mais à frente. Eram gritos de raiva e desespero, um profundo e ruidoso "Oh-o-o-o-oh" que soava feito a reverberação de um sino. O coração dele parecia querer saltar do peito. Começou!, pensara Winston. Um levante! Os proles finalmente estão se rebelando! Assim que chegou mais perto, viu uma multidão de duzentas ou trezentas mulheres aglomeradas em volta das barraquinhas de uma feira, com rostos tão trágicos que pareciam ser passageiras condenadas de um navio a naufragar. Mas naquele momento o descontentamento geral se desdobrou em inúmeras brigas individuais. Ao que parecia, uma das barraquinhas estava vendendo panelas de latão. Eram deploráveis, frágeis, mas costumava ser difícil arranjar qualquer tipo de panela, tanto que esgotaram muito rápido e já não havia mais nenhuma. As mulheres que tiveram sucesso, agredidas e empurradas pelas demais, tentavam fugir com suas panelas, enquanto dezenas de outras protestavam em volta da barraca, acusando o vendedor de favoritismo e de ter mais panelas guardadas em outro lugar. Deu-se uma nova explosão de gritos. Duas mulheres grandalhonas, uma delas de cabelo solto, disputavam a mesma panela. De tão forte que puxaram, o cabo se soltou. Winston observou a cena com repulsa. E não é que por alguns instantes aquela gritaria de poucas centenas de gargantas tinha sido assustadora? Por que nunca gritavam daquele jeito por um assunto importante?

Escreveu:

Se não tomarem consciência, nunca se rebelarão, e só depois de terem se rebelado é que tomarão consciência.

Essas palavras, refletiu ele, pareciam ter sido copiadas de um dos manuais do Partido. O Partido alegava, é claro, ter libertado os proles da escravidão. Antes da Revolução, eles eram terrivelmente oprimidos pelos capitalistas, morriam de fome e viviam sendo açoitados, as mulheres eram forçadas a trabalhar em minas de carvão (o que continuava acontecendo, a bem da verdade) e as crianças eram vendidas às fábricas aos seis anos de idade. Mas, ao mesmo tempo, em consonância aos princípios do *duplipensar*, o Partido também ensinava que os proles eram seres naturalmente inferiores que precisavam ser subjugados, como animais, pela aplicação de algumas regras simples. A verdade é que pouco se sabia sobre os proles. Nem era preciso saber muita coisa. Se continuassem trabalhando e procriando, suas demais atividades não tinham a menor importância. Largados à própria sorte, como o gado que vive livre pelas pradarias argentinas, haviam se convertido a um estilo de vida que aparentava ser compatível com sua natureza, uma espécie de padrão ancestral. Nasciam, cresciam em bairros miseráveis, começavam a trabalhar aos doze anos, passavam por um breve período de florescimento de beleza e desejo sexual, casavam-se aos vinte, aos trinta já estavam na meia-idade e morriam, na maioria dos casos, aos sessenta. O trabalho braçal pesado, o cuidado com a casa e com os filhos, as brigas mesquinhas com os vizinhos, os filmes, o futebol, a cerveja e, acima de tudo, os jogos de azar preenchiam seu horizonte mental. Mantê-los sob controle não era difícil. Uns poucos agentes da Polícia do Pensamento se infiltravam no meio deles, para disseminar rumores falsos e então identificar e eliminar os indivíduos que pudessem representar algum perigo; mas não havia qualquer tentativa de doutriná-los com a ideologia do Partido. Não interessava a ninguém que os proles tivessem fortes convicções políticas. Só se requisitava deles um patriotismo primitivo, ao qual se podia recorrer sempre que fosse necessário fazê-los aceitar jornadas de trabalho mais longas ou rações menores. Mesmo quando ficavam insatisfeitos, o que às vezes acontecia, sua insatisfação não levava a nada, pois como não tinham ideias mais amplas, tudo se resumia a queixas insignificantes e específicas. Os grandes males acabavam lhes escapando de vista. A grande maioria dos proles não tinha teletela em casa. Nem mesmo a polícia civil costumava intervir muito nos assuntos deles. Havia muita criminalidade em Londres, um verdadeiro microcosmo de ladrões, bandidos, prostitutas, traficantes e vigaristas de toda espécie, mas como isso se restringia ao mundo dos proles, não tinha qualquer relevância. Quanto aos princípios morais, podiam seguir seu código ancestral. Ninguém impunha a eles o puritanismo sexual do Partido. A promiscuidade não acarretava punição, e o divórcio era permitido. Podiam inclusive praticar o culto religioso se houvesse desejo ou necessidade. Eram indignos de qualquer suspeita. Como dizia um dos lemas do Partido: "Os proles e os animais são livres".

Winston estendeu o braço e esfregou com cuidado sua úlcera varicosa. Tinha começado a coçar de novo. Uma questão que sempre lhe voltava à mente era a impossibilidade de saber com certeza como era a vida antes da Revolução. Tirou da gaveta um exemplar da cartilha infantil de história que tinha pegado emprestado com a sra. Parsons e começou a transcrever para o diário uma das passagens:

> *Antigamente* [dizia], *antes da gloriosa Revolução, Londres não era a bela cidade que conhecemos hoje. Era um lugar sombrio, sujo e triste, onde quase ninguém tinha o suficiente para comer. Centenas de milhares de miseráveis não tinham um teto sob o qual pudessem dormir, nem uma bota sequer para calçar. Crianças da idade de vocês precisavam trabalhar doze horas por dia para patrões cruéis, que as açoitavam quando trabalhavam devagar e só as alimentavam com casca de pão velho e água. Mas no meio de toda essa miséria, havia algumas casas grandes e bonitas onde*

moravam homens ricos que chegavam a ter trinta criados à disposição. Esses homens ricos eram chamados de capitalistas. Eram gordos, feios e tinham cara de malvados, como esse homem da foto na página ao lado. Vejam que ele está usando um casacão preto, que era chamado de sobrecasaca, e um chapéu esquisito e lustroso, com formato de chaminé, que era conhecido como cartola. Esse era o uniforme dos capitalistas, e ninguém mais podia se vestir assim. Os capitalistas eram donos de tudo que havia no mundo, e os demais indivíduos eram seus escravos. Eram donos de todas as terras, casas, fábricas e de todo o dinheiro. Quem lhes desobedecesse era mandado para a prisão ou perdia o emprego e acabava morrendo de fome. Qualquer pessoa comum que se dirigisse a um capitalista tinha que fazer uma reverência, tirar o chapéu e tratá-lo como "Senhor". O chefe de todos os capitalistas era chamado de Rei, e...

O resto da ladainha ele sabia de cor. A cartilha ainda mencionaria os bispos com suas mangas de cambraia, os juízes com suas túnicas de arminho, o pelourinho, os troncos, a esteira, o chicote conhecido como gato de nove caudas, os tradicionais banquetes para comemorar a eleição de um novo prefeito e a prática de beijar o pé do papa. Havia também uma lei chamada *jus primae noctis*, que provavelmente não apareceria numa cartilha voltada ao público infantil. A lei dava a todos os capitalistas o direito de dormir com qualquer mulher que trabalhasse numa de suas fábricas.

Como saber o quanto disso tudo era mentira? *Talvez* fosse verdade que o ser humano comum vivesse melhor agora do que antes da Revolução. A única evidência em contrário era o protesto mudo nos ossos de cada um, a sensação instintiva de que as condições de vida eram intoleráveis e que deviam ter sido diferentes em algum momento do passado. Winston teve a impressão de que a característica mais marcante da vida moderna não era a crueldade nem a falta de segurança, mas simplesmente seu caráter árido, soturno e apático. Bastava olhar para os lados: a vida não se parecia em nada com as mentiras transmitidas pela teletela nem com os ideais que o Partido buscava alcançar. Mesmo para os membros do Partido, havia grandes setores da vida que eram neutros e apolíticos, como a labuta diária num trabalho monótono, a batalha por um lugar no metrô, o eterno cerzir de meias furadas, as súplicas por um tablete de sacarina e as pontas de cigarro minuciosamente guardadas. Já o ideal determinado pelo Partido era algo enorme, temível e deslumbrante – um mundo de aço e concreto, de máquinas monstruosas e armas aterrorizantes –, uma nação de guerreiros e fanáticos que avançavam em perfeita harmonia, com as mesmas ideias na cabeça e os mesmos lemas na ponta da língua, num ciclo perpétuo de trabalho, combate, triunfo e perseguição; trezentos milhões de pessoas com a mesma cara. A realidade, porém, era feita de cidades decadentes e imundas, onde pessoas famintas se arrastavam de um lado para o outro com sapatos furados e viviam em casas remendadas do século XIX, que cheiravam a repolho e banheiros fétidos. A visão que Winston tinha de Londres, de cidade vasta e arruinada, com um milhão de lixeiras, se misturava à imagem da sra. Parsons, a mulher de rosto enrugado e cabelo ralo que travava uma batalha inglória contra uma tubulação entupida.

Estendeu de novo o braço para coçar o tornozelo. Dia e noite, as teletelas feriam os ouvidos de todos com estatísticas que provavam que as pessoas agora tinham mais comida, mais roupa, melhores casas e melhores distrações, que viviam mais, trabalhavam menos, eram maiores, mais saudáveis, mais fortes, mais felizes, mais inteligentes e mais instruídas do que a geração de cinquenta anos antes. Nenhuma palavra podia ser comprovada ou refutada. O Partido alegava, por exemplo, que quarenta por cento dos proles adultos eram letrados; antes da Revolução, diziam, esse número só chegava a quinze por cento. Alegava também que a taxa de mortalidade infantil era de apenas cento e sessenta a cada mil, enquanto antes da Revolução era de trezentas a cada mil – e assim por diante. Era como uma equação simples com duas incógnitas. Era bem provável que todas as palavras nos livros de história, mesmo as que eram aceitas sem questionamento, fossem pura fantasia. Para Winston, talvez nada daquilo tivesse existido: nem a lei *jus primae noctis*, a figura do capitalista ou mesmo a cartola.

Tudo se dissipava numa grande névoa. O passado era apagado, o apagamento era esquecido e a mentira virava verdade. Só uma única vez Winston tinha conseguido – *depois* do episódio, que era o que contava – uma prova concreta e inequívoca de um ato de falsificação. Segurou-a entre os dedos durante trinta segundos. O ano devia ser 1973; de todo modo, tinha sido mais ou menos na época em que Katherine e ele se separaram. Mas o episódio mais relevante acontecera sete ou oito anos antes.

A história começou mesmo em meados dos anos 1960, período dos grandes expurgos, quando os primeiros líderes da Revolução foram dizimados. Em 1970, já não restava nenhum deles, exceto o Grande Irmão. Os demais tinham sido denunciados como traidores ou contrarrevolucionários. Goldstein havia fugido e estava escondido, ninguém sabia onde; quanto aos outros, alguns tinham simplesmente desaparecido, ao passo que a maioria fora executada depois de julgamentos públicos espetaculosos, nos quais haviam confessado seus crimes. Entre os últimos sobreviventes, estavam três homens: Jones, Aaronson e Rutherford. Os três provavelmente foram presos em 1965. Como costumava acontecer, tinham desaparecido por um ano ou mais, de modo que não se sabia se estavam vivos ou mortos; de repente, reapareceram e se incriminaram da maneira habitual. Haviam confessado espionagem em prol do inimigo (naquele período o inimigo também era a Eurásia), desvio de recursos públicos, assassinato de vários membros de confiança do Partido, conspirações contra a liderança do Grande Irmão, muito antes de a Revolução acontecer, e atos de sabotagem que causaram a morte de centenas de milhares de pessoas. Depois de confessar tudo isso, foram perdoados, reintegrados ao Partido e designados a cargos que na verdade eram sinecuras, mas soavam importantes. Todos os três escreveram longos e humilhantes artigos no *Times*, em que analisavam os motivos de sua deserção e prometiam se emendar.

Um tempo depois de ganharem liberdade, Winston vira os três no Café Castanheira. Lembrou-se da mistura de fascínio e pavor que sentiu enquanto os observava de soslaio. Bem mais velhos do que ele, eram relíquias do mundo antigo, praticamente as últimas grandes figuras que restavam dos primevos dias heroicos do Partido. Ainda carregavam consigo certo prestígio da luta clandestina e da guerra civil. Embora já naquela época os fatos e as datas estivessem cada vez mais difusos, Winston teve a sensação de que tinha ouvido falar deles antes mesmo de ouvir sobre o Grande Irmão. Mas o fato é que eram foragidos, inimigos e intocáveis, certamente fadados à aniquilação num prazo de um ou dois anos. Quem caía nas garras da Polícia do Pensamento jamais conseguia escapar. Eram cadáveres esperando a hora de ir para a cova.

Não havia ninguém nas mesas próximas a eles. Não era uma boa ideia ser visto perto dessa gente. Estavam sentados em silêncio, diante de copos de gim aromatizado com cravo, uma especialidade do café. Dos três, fora Rutherford quem mais impressionara Winston, por conta de sua aparência. Rutherford tinha sido um famoso caricaturista, e suas charges ferinas haviam ajudado a incitar a opinião pública antes e durante a Revolução. Mesmo agora, suas charges ainda saíam de vez em quando no *Times*. Eram uma simples imitação de seu estilo antigo, mas curiosamente sem vida e pouco convincentes. Davam sempre um novo arranjo a temas anteriores – cortiços, crianças famintas, batalhas de rua, capitalistas de cartola; até nas barricadas os capitalistas continuavam apegados a suas cartolas –, num esforço infrutífero e eterno de voltar ao passado. Era um homem enorme, com uma cabeleira grisalha e ensebada, cheio de rugas, com bolsas nos olhos e lábios salientes. No passado, devia ter sido muito forte; agora, seu corpanzil estava cada vez mais flácido, caído e volumoso, desabando em todas as direções. Parecia estar se desfazendo, feito uma montanha desmoronando.

Eram quinze horas, momento solitário. Winston já não se lembrava mais por que tinha ido ao café àquela hora. O lugar estava quase vazio. As teletelas transmitiam uma música metálica. Os três homens estavam sentados lá no canto deles, sem abrir a boca e quase sem se mexer. Mesmo sem que pedissem, o garçom lhes trouxe novos copos de gim. Havia um tabuleiro de xadrez na mesa ao lado deles, com as peças posicionadas, mas nenhum jogo em andamento. Foi então que, talvez por no máximo meio minuto, algo aconteceu nas teletelas. A melodia mudou, bem como o tom da música que estava tocando. Surgiu algo difícil de descrever. Era uma nota peculiar, desafinada, um zurro zombeteiro. Em sua mente, Winston a chamou de nota amarela. Uma voz vindo da teletela começou a cantar:

> "À sombra da castanheira frondosa
> Eu vendi você e você me vendeu também:
> Eles estão do lado de lá, e nós aqui, além
> À sombra da castanheira frondosa."

Os três homens continuaram imóveis. No entanto, quando Winston olhou de novo para o rosto devastado de Rutherford, viu que seus olhos estavam cheios d'água. Com uma espécie de calafrio interno, mesmo sem entender *o porquê* daquele calafrio, notou que tanto Aaronson quanto Rutherford tinham o nariz quebrado.

Pouco depois, os três foram presos de novo. Aparentemente, tinham se metido em novas conspirações logo que ganharam liberdade. No segundo julgamento, confessaram de novo todos os crimes de antes e mais uma lista de outros tantos. Foram executados e seu destino ficou arquivado nos históricos do Partido, servindo de alerta à posteridade. Uns cinco anos depois, em 1973, Winston estava desenrolando um maço de documentos que havia acabado de cair do tubo pneumático sobre sua mesa quando se deparou com um pedaço de papel que por certo tinha sido despejado junto com os outros e depois ficara esquecido. Assim que o abriu, percebeu sua importância. Era metade de uma página tirada do *Times*, de cerca de dez anos antes – a metade superior da página, pois incluía a data –, e mostrava uma fotografia de alguns representantes do Partido numa cerimônia em Nova York. Em destaque no meio do grupo estavam Jones, Aaronson e Rutherford. Não havia dúvidas de que eram eles; de todo modo, seus nomes apareciam logo embaixo, na legenda.

A questão era que, em ambos os julgamentos, os três homens tinham confessado que naquela data estavam em solo eurasiano. Haviam voado de um campo de aviação secreto no Canadá para um encontro em algum lugar da Sibéria, onde se reuniram com membros do Estado-Maior da Eurásia, revelando-lhes importantes segredos militares. A data tinha ficado gravada na lembrança de Winston porque, por coincidência, era o solstício de verão; mas toda a história devia aparecer também em vários outros registros. Só havia uma conclusão possível: as confissões eram falsas.

Evidente que não se tratava de uma grande descoberta. Mesmo naquela época Winston não achava que as pessoas eliminadas nos expurgos tinham de fato cometido os crimes de que eram acusadas. Mas aquilo era uma prova concreta, um fragmento do passado suprimido, como um fóssil que aparece no estrato errado, destruindo toda uma teoria geológica. Se fosse divulgado para o mundo, e sua importância se tornasse conhecida, seria o suficiente para fazer o Partido virar pó.

Winston continuou trabalhando. Assim que viu de que se tratava a fotografia, e o que significava, cobriu-a com uma folha de papel. Por sorte, quando a desenrolou, percebeu que estava de cabeça para baixo em relação à teletela.

Pôs o bloco de anotações sobre o joelho e empurrou a cadeira para trás, para ficar o mais afastado possível da teletela. Não era difícil manter o rosto inexpressivo, e com algum esforço era possível controlar até a respiração; o mais complicado, porém, era conter as batidas do coração, e a teletela era tão sensível que podia detectar esse tipo de coisa. Deixou passar cerca de dez minutos, atormentado o tempo todo pelo medo de que algum incidente – uma corrente de ar que soprasse de repente em sua mesa, por exemplo – pudesse denunciá-lo. Depois, sem tirar o papel que estava por cima, jogou a fotografia no buraco da memória, junto com outros papéis. Em um minuto, talvez, ela se transformaria em cinzas.

Isso foi dez, onze anos antes. Se fosse agora, Winston teria ficado com a foto. Era curioso que o fato de tê-la segurado parecia fazer diferença para ele, embora a fotografia em si e o episódio que ela registrava não passassem de uma lembrança. O controle que o Partido exercia sobre o passado era menor, pensou ele, considerando que uma evidência que não existia mais *já tinha* existido?

Agora, porém, supondo que pudesse de alguma maneira renascer das cinzas, a fotografia já nem seria mais prova de nada. Na época em que ele fez a descoberta, a Oceânia não estava mais em guerra contra a Eurásia, e os agentes da Lestásia podem ter achado que os três homens mortos haviam traído seu país. Desde então, tinham surgido outras acusações – duas, três, ele nem lembrava mais quantas. Era bem provável que as confissões tivessem sido reescritas várias vezes, até que os fatos e as datas originais não fizessem a menor diferença. O passado não era apenas alterado: era alterado continuamente. O que mais o afligia naquela sensação de pesadelo era que nunca chegou a entender direito o *porquê* dessa grande impostura. As vantagens imediatas de adulterar o passado eram óbvias, mas a motivação verdadeira era um mistério. Winston pegou a pena de novo e escreveu:

Eu entendo COMO; só não entendo POR QUÊ.

Pôs-se a pensar, como já tinha feito outras tantas vezes, se ele próprio não estaria louco. Talvez o louco fosse simplesmente uma minoria de um homem só. No passado, acreditar que a Terra girava em torno do Sol já tinha sido sinal de loucura; agora, sinal de loucura era acreditar que o passado não podia ser alterado. Talvez ele fosse o único que acreditava nisso e, portanto, por ser o único, estaria louco. Mas a ideia de ser louco não o incomodava; o mais terrível era que podia também estar errado.

Pegou o livro de história para crianças e ficou olhando para o retrato do Grande Irmão no frontispício. Aqueles olhos hipnóticos o encaravam. Era como se uma força gigantesca exercesse pressão sobre o indivíduo – algo que penetrava o crânio, esmagava o cérebro, amedrontando-o e quase chegando a fazê-lo negar a evidência dos próprios sentidos. Por fim, o Partido anunciaria que dois mais dois são cinco, e todos teriam que acreditar. Era inevitável que alegassem isso mais cedo ou mais tarde: a lógica da situação assim exigia. Sua filosofia negava tacitamente não só a validade da experiência como a própria existência de uma realidade externa. A heresia das heresias era o senso comum. E o terrível não era que eles matariam quem pensasse diferente, mas que pudessem estar certos. Afinal de contas, como sabemos que dois mais dois são quatro? Ou que a força da gravidade existe? Ou que o passado é inalterável? Se tanto o passado quanto o mundo exterior existem apenas na mente, e ela é controlável, o que fazer?

Mas não! Winston parecia ter ganhado coragem espontaneamente. O rosto de O'Brien, mesmo sem ser evocado por alguma associação óbvia, ficou pairando em sua mente. Com mais certeza do que antes, ele soube que O'Brien estava do seu lado. Escrevia o diário por causa de O'Brien – *para* O'Brien. Era como uma carta interminável que ninguém jamais leria, mas que se endereçava a uma pessoa específica e ganhava um matiz especial graças a isso.

O Partido dizia que todos deveriam rejeitar o que os olhos e os ouvidos captavam como evidência. Era a ordem mais fundamental e absoluta. Winston sentiu um aperto no peito ao pensar no enorme poder reunido contra ele, na facilidade com que qualquer intelectual do Partido o derrotaria num debate, na habilidosa argumentação que não conseguiria entender, que dirá responder. Mas ele que tinha razão! Eles estavam errados, e ele estava certo. O óbvio, o trivial e a verdade precisavam ser defendidos. Era preciso se agarrar ao fato de que os truísmos são verdadeiros! O mundo concreto existe, e suas leis não mudam. As pedras são duras, a água é molhada e, sem suporte, os objetos caem em direção ao centro da Terra. Com a sensação de que se dirigia a O'Brien, e também de que demonstrava um importante axioma, Winston escreveu:

Liberdade é a liberdade de dizer que dois mais dois são quatro. Se reconhecemos isso, todo o resto é consequência.

8.

Dos fundos de algum corredor, o cheiro de café torrado – café de verdade, não Café da Vitória – chegou até a rua. Winston parou involuntariamente. Por uns dois segundos, era como se tivesse voltado ao mundo semiesquecido de sua infância. Então uma porta bateu com um estrondo, cortando o cheiro de forma tão abrupta que mais parecia ter sido um som.

Ele já tinha andado alguns quilômetros, e sua úlcera varicosa latejava de novo. Era a segunda vez em três semanas que deixava de comparecer a uma noite no Centro Comunitário: um ato imprudente, pois sem dúvida havia uma checagem cuidadosa para ver a quantas andava a participação de cada um. A princípio, os membros do Partido não tinham tempo livre e nunca ficavam a sós, a não ser quando estavam na cama. Presumia-se que estariam participando de alguma atividade comunitária quando não estivessem trabalhando, comendo ou dormindo; fazer qualquer coisa que sugerisse um gosto pela solidão, inclusive sair para caminhar, representava sempre um certo perigo. Havia uma palavra em neolíngua para isso: *vidindividual*, que sugeria individualismo e excentricidade. Mas naquela noite específica, assim que deixou o ministério, o suave ar de abril tinha sido tentador. Era a primeira vez no ano que via um céu tão azul e, de repente, a longa e barulhenta noitada no Centro, os jogos enfadonhos e cansativos, as palestras e a camaradagem estridente regada a gim lhe pareceram intoleráveis. Num impulso, Winston desviara do ponto de ônibus e começara a vagar pelos labirintos londrinos, primeiro ao sul, depois a leste e então ao norte de novo, perdendo-se por ruas desconhecidas, sem se preocupar muito com a direção que tomava.

"Se há esperança, ela está nos proles", tinha escrito no diário. As palavras ficavam martelando em sua cabeça, provas de uma verdade mística e um absurdo palpável. Estava em algum ponto dos bairros barrentos e degradados ao norte e a leste do que um dia havia sido a estação de Saint Pancras. Caminhava por uma rua de paralelepípedos, com sobradinhos de portas surradas que davam direto na calçada e lembravam tocas de rato. Poças de lama se acumulavam aqui e ali entre os paralelepípedos. Uma quantidade impressionante de pessoas entrava e saía pelas portas escuras, passando por becos estreitos que se bifurcavam para ambos os lados: garotas na flor da idade, com batons vulgares nos lábios, rapazes à caça dessas garotas, mulheres inchadas e cambaleantes, um exemplo de como as garotas ficariam dez anos depois, além de criaturas velhas e curvadas que se arrastavam com os pés voltados para fora e crianças maltrapilhas e descalças que brincavam nas poças de lama e depois se dispersavam diante dos gritos enfurecidos das mães. Cerca de um quarto das janelas da rua estavam quebradas ou vedadas com tábuas. Quase ninguém prestava atenção em Winston; algumas pessoas o encaravam com curiosidade contida. Duas mulheres enormes, com os braços avermelhados cruzados sobre os aventais, estavam conversando fora de casa. Winston conseguiu ouvir trechos da conversa conforme se aproximou.

– Aí eu disse pra ela: "É, tá tudo muito bem, tudo muito bom. Mas se você tivesse no meu lugar, aposto que fazia igualzinho. É moleza criticar". Eu disse mesmo! "Você não tem os mesmos problemas que eu."

– Ah – disse a outra. – É bem isso aí. É bem isso, mesmo.

As vozes estridentes se calaram de forma abrupta. As duas o encararam num silêncio hostil enquanto ele passava. Mas não era exatamente hostilidade; só uma espécie de desconfiança, um enrijecimento momentâneo, como diante do encontro com um animal desconhecido. O macacão azul do Partido não era algo comum de se ver naquelas bandas. E nem era prudente ser visto por ali, a menos que a pessoa tivesse algum negócio específico a tratar. As patrulhas podiam pará-lo a qualquer momento. "Posso ver seus documentos, camarada? O que está fazendo por aqui? A que horas saiu do trabalho? Esse é o caminho que você sempre faz para voltar para casa?" – e assim por diante. Não que houvesse qualquer regra proibindo que voltassem para casa por um caminho diferente, mas ao fazer isso a pessoa acabava chamando a atenção da Polícia do Pensamento.

De súbito, a rua inteira entrou em alvoroço. Ouviam-se gritos de alerta vindos de todos os lados. As pessoas disparavam para dentro de casa feito coelhos. Uma moça saltou porta afora, um pouco à frente de Winston, agarrou uma criança bem pequena que brincava numa poça de lama, envolveu-a no avental e voltou correndo para dentro de casa, tudo num único gesto. No mesmo instante, um homem vestindo um terno preto todo amarrotado, que emergira de um beco lateral, correu na direção de Winston, apontando nervoso para o céu.

– Panela de pressão! – gritou ele. – Cuidado, doutor! Vai explodir!

Por algum motivo, "panela de pressão" era como os proles chamavam as bombas-foguete. Na mesma hora, Winston se atirou no chão. Os proles quase sempre sabiam do que estavam falando ao fazer alertas desse tipo. Pareciam ter uma espécie de instinto que os informava com alguns segundos de antecedência quando um foguete estava a caminho, embora os foguetes supostamente se deslocassem mais rápido que o som. Winston protegeu a cabeça com os braços. O estrondo foi tão forte que fez o chão tremer, e ele pôde sentir uma chuva de objetos leves atrás de si. Assim que ficou de pé, viu que estava coberto de cacos de vidro que tinham caído da janela mais próxima.

Seguiu em frente. A bomba tinha destruído um conjunto de casas a duzentos metros dali. Uma cortina de fumaça preta pairava no céu, e abaixo dela via-se uma nuvem de poeira de reboco, onde uma multidão já se formava em torno das ruínas. Havia uma pequena pilha de destroços logo à frente, e bem ali no meio Winston viu uma mancha vermelha, num tom forte. Ao chegar perto, constatou que era uma mão mutilada. Separada do coto ensanguentado, a mão estava tão branca que parecia um molde de gesso.

Ele chutou o troço para uma canaleta e depois, para desviar da multidão, pegou uma rua lateral, à direita. Passados três ou quatro minutos, já estava fora da área atingida pela bomba, e a sórdida vida pululante das ruas seguia seu curso, como se nada tivesse acontecido. Eram quase vinte horas, e os estabelecimentos onde os proles se encontravam para beber ("pubs", como chamavam) estavam entupidos de clientes. Das portas vaivém encardidas, que não paravam de abrir e fechar, surgia um cheiro de urina, serragem e cerveja amarga. Numa esquina formada pela saliente fachada de uma casa, três homens estavam parados bem perto um do outro, sendo que o do meio segurava um jornal dobrado enquanto os outros dois tentavam ler por cima de seus ombros. Antes mesmo de chegar perto o suficiente para decifrar a expressão no rosto deles, Winston compreendeu que estavam absorvidos até o último fio de cabelo. Evidente que liam alguma notícia séria. Ele estava a alguns passos de distância quando de repente o grupo se dividiu e dois dos homens começaram uma discussão violenta. Por um momento, parecia que estavam prestes a sair no tapa.

– Mas que porcaria, tá surdo, é? Tô falando que não saiu nenhum número com sete no final nos últimos quatorze meses!

– Ah, mas saiu sete, sim!

– Saiu nada! Lá em casa eu tenho tudinho anotado num papel, mais de dois anos, tudo certinho. Não perco um… Sou mais certo que relógio. E tô falando que nenhum número com final sete…

– Saiu um sete, sim, senhor. Acho até que consigo lembrar a porra do número. Quatro zero sete, era assim que terminava. Foi em fevereiro! Isso, segunda semana de fevereiro.

– Fevereiro é o escambau! Tenho tudo anotadinho no papel, preto no branco. E pode acreditar, nenhum número…

– Ah, deixem isso pra lá! – disse o terceiro homem.

Estavam falando da loteria. Winston olhou para trás, depois de já ter passado por eles e percorrido uns trinta metros. Continuavam discutindo, com rostos vigorosos e inflamados. A loteria, com seus generosos prêmios semanais, era o único evento público ao qual os proles davam atenção. Provavelmente, havia milhões de proles para quem a loteria era a principal, senão única, razão para continuarem vivos. Representava prazer, desvario, analgésico e estimulante intelectual, tudo ao mesmo tempo. Quando o assunto era loteria, até gente que mal sabia ler e escrever parecia capaz de fazer cálculos complexos e demonstrar espantosas proezas de memória. Havia toda uma tribo que ganhava a vida simplesmente vendendo sistemas, previsões e amuletos da sorte. Winston não tinha nada a ver com o funcionamento da loteria, controlado pelo Ministério da Fartura, mas sabia (na verdade, todos do Partido sabiam) que os prêmios eram em larga medida fictícios. Somente pequenas somas eram de fato pagas, e os vencedores dos grandes prêmios eram pessoas inexistentes. Na ausência de uma intercomunicação verdadeira entre uma parte e outra da Oceânia, isso não era difícil de orquestrar.

Mas se havia esperança, ela estava nos proles. Era preciso se agarrar a isso. Em tese, parecia razoável, mas quando se olhava para os seres humanos que transitavam por ali, aquilo se tornava um ato de fé. A rua na qual tinha virado era uma descida. Winston teve a sensação de que já estivera naquele bairro antes e de que existia uma via principal não muito longe dali. De algum ponto mais adiante, veio um ruído de gritaria. A rua fazia uma curva acentuada, terminando numa escadaria que dava acesso a uma viela, onde alguns feirantes vendiam legumes desmilinguidos. Nesse momento, Winston lembrou onde estava. A viela acabava na rua principal, e na esquina seguinte, a menos de cinco minutos dali, ficava a loja de quinquilharias onde tinha comprado o caderno que agora lhe servia de diário. E ali perto, numa pequena papelaria, comprara a pena e o frasco de tinta.

Fez uma pausa no topo dos degraus. No outro lado da viela, havia um pequeno pub decrépito, cujas janelas aparentavam estar congeladas, mas na verdade estavam apenas cobertas de poeira. Um sujeito muito velho, encurvado mas enérgico, com um bigode branco protuberante que lembrava o de um camarão, entrou pela porta vaivém. Enquanto Winston observava, ocorreu-lhe que aquele velho, agora na casa dos oitenta, já era um homem de meia-idade na época em que eclodiu a Revolução. Ele e mais alguns poucos eram os últimos elos com o extinto mundo do capitalismo. No próprio Partido não havia muitas pessoas cujas ideias tinham sido formadas antes da Revolução. A geração mais velha, em sua maioria, fora eliminada nos grandes expurgos dos anos 1950 e 1960, e os poucos sobreviventes, coagidos, já tinham se rendido havia muito tempo à completa submissão intelectual. Se ainda existia alguém capaz de fazer um relato verídico sobre as condições de vida no começo do século, só podia ser um prole. De repente, Winston se lembrou da passagem do livro de história que copiara em seu diário e foi tomado por um impulso desvairado. Entraria no pub, daria um jeito de se apresentar ao velho e lhe faria algumas perguntas. Diria assim: "Me conte sobre a época em que você era garoto. Como era a sua vida? As coisas eram melhores ou piores do que são agora?"

Às pressas, para não dar tempo de sentir medo, Winston desceu os degraus e atravessou a rua estreita. Era uma loucura, claro. Para variar, não havia uma regra específica proibindo que conversassem com os proles ou frequentassem os pubs deles, mas era uma atitude inusitada demais para passar despercebida. Ele podia alegar um mal-estar súbito caso aparecesse uma patrulha, só que dificilmente acreditariam. Quando abriu a porta, foi logo atingido no rosto por um cheiro desagradável de cerveja amarga. Assim que entrou, o volume das vozes caiu quase pela metade. Atrás de si, conseguia sentir que todos estavam de olho em seu macacão azul. No outro lado do pub, um jogo de dardos foi interrompido por cerca de trinta segundos. O velho que ele tinha seguido estava de pé no balcão, discutindo com o barman, um rapaz grande e forte, de nariz de tucano e antebraços enormes. Havia um grupo de pessoas em volta, de copo na mão, observando a cena.

– Eu pedi com educação, num foi? – perguntou o velho, endireitando os ombros de um jeito belicoso. – Você tá me dizendo que não tem um diabo de um *pint* na droga desta espelunca?

– Eu sei lá o que é que é *pint*… – respondeu o barman, inclinando-se à frente, com as pontas dos dedos no balcão.

– Vocês ouviram isso? Diz que é barman e nem sabe o que é *pint*! Era só o que me faltava… *pint* é um quarto de galão. Preciso ensinar o beabá agora, é?

– Nunca ouvi falar desse troço – retrucou o barman, curto e grosso. – Litro ou meio litro. É isso que a gente serve aqui. Os copos ficam na prateleira aí em frente.

– Mas eu queria um *pint* – insistiu o velho. – Você podia muito bem me arranjar um *pint*. Na minha época não tinha nada dessas porcariadas de litro.

– Na sua época, todo mundo vivia na copa das árvores – disparou o barman, lançando um olhar para os outros clientes.

Ouviu-se uma gargalhada alta, e o mal-estar causado pela entrada de Winston no pub acabou se dissipando. O rosto do velho, de barba branca por fazer, tinha ficado ruborizado. Ele saiu andando, resmungando consigo mesmo, e logo esbarrou em Winston, que o pegou gentilmente pelo braço.

– Posso lhe oferecer uma bebida, senhor?

– Você é um cavalheiro – disse o velho, ajeitando os ombros de novo. Não parecia ter notado o macacão azul de Winston. – Um *pint*! – acrescentou com agressividade, dirigindo-se ao barman. – Um *pint* de cerveja.

O barman serviu duas doses de meio litro de cerveja escura em copos grossos que tinha lavado dentro de um balde sob o balcão. A única bebida disponível nos pubs dos proles era cerveja. Em teoria, eles não podiam tomar gim. Na prática, porém, arrumavam a bebida sem muita dificuldade. O jogo de dardos estava de novo a pleno vapor, e o grupo de homens no balcão começara a conversar sobre a loteria. Assim, a presença de Winston foi momentaneamente esquecida. Havia uma mesa de pinho sob a janela, onde o velho e ele conversariam à vontade, sem medo de que pudessem ouvi-los. Era bastante perigoso, mas pelo menos não havia nenhuma teletela ali dentro, o que Winston fez questão de verificar assim que entrou.

– Ele podia ter me arrumado um *pint* – resmungou o velho, enquanto se ajeitava diante de seu copo. – Meio litro não dá pra nada. Não enche a barriga. E um litro já é demais da conta. Minha bexiga começa a reclamar. Sem falar no preço, né?

– As coisas devem ter mudado muito desde que o senhor era rapaz, não? – perguntou Winston, com certa hesitação.

Os olhos do velho, azul-claros, foram do alvo do jogo de dardos para o bar, e do bar para a porta do banheiro dos homens, como se fosse ali dentro do pub que as mudanças teriam acontecido.

– A cerveja era melhor – respondeu ele, por fim. – E mais barata! Quando eu era novo, a mais levinha custava quatro *pence* o *pint*. Mas isso foi antes da guerra, claro.

– Que guerra? – perguntou Winston.

– Ah, todas elas – respondeu ele, evasivo. Ergueu o copo e ajeitou de novo os ombros. – Vamos brindar! Saúde!

Em seu pescoço esguio, o protuberante pomo de adão fez um surpreendente movimento rápido para cima e para baixo, e a cerveja desapareceu. Winston foi até o bar e voltou trazendo mais duas doses de meio litro. Ao que parecia, o velho tinha perdido o preconceito contra a ideia de beber um litro inteiro.

– O senhor é muito mais velho do que eu – disse Winston. – Já devia ser adulto antes mesmo de eu nascer. Ainda lembra como eram as coisas antigamente, antes da Revolução? As pessoas da minha idade não sabem de nada dessa época. A gente só tem como saber lendo os livros, mas o que está nos livros pode não ser verdade. Eu queria ouvir a sua opinião. Os livros de história dizem que a vida antes da Revolução era totalmente diferente de como ela é hoje. Que era um mundo de opressão, injustiça e pobreza, pior do que em nossos piores pesadelos. Aqui em Londres, a grande maioria das pessoas nunca tinha o suficiente para comer, desde o dia em que nasciam até morrerem. Metade delas não tinha nem bota para calçar. Trabalhavam doze horas por dia, paravam de estudar aos nove anos, dormiam dez pessoas num mesmo quarto. Por outro lado, havia umas poucas pessoas que eram ricas e poderosas. Chamadas de capitalistas, eram donas de tudo, tudo. Moravam em casarões enormes e deslumbrantes, tinham uns trinta criados, andavam por aí em carros motorizados e carruagens puxadas por quatro cavalos, bebiam champanhe, usavam cartolas…

O velho se animou de repente.

– Cartolas! – exclamou. – Que engraçado você falar disso. Eu me lembrei delas ontem mesmo, sei lá por que cargas d'água. Fiquei pensando que tinha muitos anos que eu não via uma cartola. Elas saíram totalmente de moda. A última vez que eu usei uma cartola foi no enterro da minha cunhada. E isso foi… Bom, não vou saber a data certinha, mas deve ter sido há uns cinquenta anos. Claro que foi alugada só praquela ocasião, sabe como é…

– Essa coisa da cartola não tem tanta importância – disse Winston, com toda calma. – A questão é que esses capitalistas, eles e alguns advogados e padres que viviam às suas custas, eram os donos da terra. Tudo que existia era para beneficiá-los. Vocês, as pessoas comuns, os trabalhadores, eram escravos. Eles podiam fazer o que quisessem com vocês. Podiam mandá-los de navio para o Canadá como se fossem gado. Podiam dormir com as filhas de vocês se assim desejassem. Podiam ordenar que fossem açoitados com um chicote chamado gato de nove caudas. Vocês tinham que tirar o chapéu ao cruzar com um deles na rua. Todo capitalista andava com um bando de lacaios a tiracolo, que...

O velho se animou de novo.

– Lacaio! – exclamou ele. – Taí uma palavra que eu também não ouvia tem muitas décadas. Lacaio! Essa me leva lá pro passado, me leva mesmo. Eu lembro que há muito, muito tempo eu costumava ir pro Hyde Park no domingo de tardinha para ouvir o pessoal discursando. Exército de Salvação, Igreja Católica, judeus, indianos, tinha pra todos os gostos... E havia um sujeito, eu não vou lembrar o nome dele de jeito nenhum, mas aquele ali sabia falar bem, não tinha papas na língua. "Lacaios!", gritava ele. "Lacaios da burguesia! Puxa-sacos da classe dominante!" Parasitas era outra palavra que aquele cara adorava. E hienas. Com certeza chamava eles de hienas. É claro que tava falando do Partido Trabalhista. Você sabe, né?

Winston sentiu que o homem estava divagando, então disse:

– O que eu queria mesmo saber é se o senhor acha que tem mais liberdade hoje em dia do que tinha naquela época. Hoje o senhor é tratado com mais humanidade? Antigamente, as pessoas ricas, essas no topo...

– A Câmara dos Lordes – interrompeu o velho, nostálgico.

– A Câmara dos Lordes, certo. O que estou perguntando é: essas pessoas podiam tratá-los como seres inferiores, só porque eram ricas e vocês eram pobres? É verdade, por exemplo, que vocês tinham que chamá-los de "*sir*" e tirar o chapéu quando passava por um deles na rua?

O velho parecia imerso numa profunda reflexão. Bebeu cerca de um quarto da cerveja antes de responder.

– É verdade – respondeu ele. – Gostavam que a gente levantasse o chapéu para eles. Era sinal de respeito. Eu não concordava com isso, não, mas fiz muito. Era obrigado, por assim dizer.

– E era comum... Só estou repetindo o que eu li nos livros de história... Era comum que essas pessoas e seus criados empurrassem vocês para a sarjeta, quando se cruzavam numa calçada?

– Eu fui empurrado uma vez – disse o velho. – Lembro como se fosse ontem. Era o dia da Regata Oxford-Cambridge, e eles sempre faziam a maior arruaça nesse dia. Aí eu esbarrei num rapaz na avenida Shaftesbury. Um cavalheiro e tanto, na maior beca: camisa social, cartola, sobretudo preto. Ele vinha andando em zigue-zague pela calçada. Trombei com ele por acidente. Ele então disse: "Ei, não olha por onde anda, não?" E eu respondi: "Tá se achando o dono da rua, é?" Aí ele retrucou: "Vou arrebentar sua cara se você bancar o engraçadinho". E eu continuei: "Você tá bêbado. Entrego você pra polícia agorinha mesmo". Você não vai acreditar... Sabe o que ele fez? Ele pôs a mão no meu peito e me deu um empurrão que quase me jogou pra debaixo de um ônibus. Bom, eu era novo naquela época. Já ia dar o troco, quando...

Winston foi tomado por uma sensação de impotência. A memória do velho não passava de um amontoado de tranqueiras irrelevantes. Poderia passar um dia inteiro lhe fazendo perguntas e mais perguntas, mas não extrairia nenhuma informação útil. As histórias do Partido talvez tivessem um fundo de verdade; quem sabe não eram totalmente verdadeiras. Resolveu fazer uma última tentativa:

– Acho que eu não estou sendo muito claro – disse Winston. – É o seguinte: o senhor já viveu muita coisa. Metade da sua vida foi antes da Revolução. Em 1925, por exemplo, o senhor já era adulto. Pelo que se lembra, a vida em 1925 era melhor ou pior do que é hoje? Se pudesse escolher, preferia viver naquela época ou agora?

Reflexivo, o velho ficou olhando para a partida de dardos. Terminou sua cerveja, com menos pressa do que antes. Quando se pôs a falar, foi num tom tolerante, filosófico, como se a bebida o tivesse amaciado.

– Eu até já sei o que você tá imaginando... – disse ele. – Que eu vou responder que preferia ser jovem de novo. A maioria das pessoas, se você perguntar, vai dizer que preferia ser jovem. O jovem é forte, tem saúde de sobra... Agora, quando o sujeito chega na minha idade, a coisa fica feia. Eu sinto muita dor no pé e minha bexiga não me dá sossego. Tenho que me levantar umas seis ou sete vezes de madrugada. Mas preciso dizer: ser velho tem suas vantagens. A gente não tem que se preocupar com certas coisas... Não tem que lidar com mulher, o que é bom demais. Eu mesmo já não tenho mulher pra mais de trinta anos, sabia? E nem queria ter, pra falar a verdade.

106 1984

Winston se recostou no peitoril da janela. Não adiantava continuar com aquilo. Estava quase indo comprar mais cerveja, quando o velho se levantou de repente e foi se arrastando depressa até o mictório fétido que ficava no fundo do salão. As doses a mais já estavam fazendo efeito. Winston continuou sentado por um ou dois minutos, observando o copo vazio, e mal percebeu quando seus pés o levaram para a rua de novo. Dali a vinte anos no máximo, refletiu, aquela pergunta simples e importante – "A vida antes da Revolução era melhor do que agora?" – não teria mais como ser respondida. A verdade, porém, é que ela já não podia ser respondida, pois os poucos e esparsos sobreviventes do mundo antigo não conseguiam comparar um momento com o outro. Recordavam um milhão de coisas inúteis, uma discussão com um colega de trabalho, a procura por uma bomba de bicicleta perdida, a expressão no rosto de uma irmã que já morrera fazia muito tempo, os redemoinhos de poeira numa manhã de ventania, setenta anos antes; mas os fatos relevantes estavam fora de seu campo de visão. Eram como as formigas, que só enxergam pequenos objetos, mas não conseguem ver nada que seja grande. Uma vez que a memória falhava e os registros escritos eram adulterados – uma vez que era isso que acontecia, a alegação do Partido de ter melhorado as condições de vida acabava sendo aceita, pois não existia, e jamais voltaria a existir, uma maneira de provar o contrário.

Naquele ponto, sua linha de raciocínio foi bruscamente interrompida. Winston parou e olhou ao redor. Estava numa rua estreita, com umas poucas lojinhas sombrias intercaladas com as casas. Bem acima de sua cabeça havia três bolas descoloridas de metal que davam a impressão de um dia terem sido douradas. Aquele lugar não lhe era estranho. Mas é claro! Estava em frente à loja de quinquilharias onde tinha comprado o diário.

Foi tomado por uma pontada de medo. O ato por si só de comprar o caderno já tinha sido de extrema imprudência, e ele havia jurado que nunca mais voltaria a passar ali por perto. Porém, quando permitiu que seus pensamentos vagassem, os pés o levaram até lá por iniciativa própria. Era justamente contra esse tipo de impulso suicida que ele pretendia se defender ao começar o diário. Na mesma hora, notou que a loja continuava aberta, embora fossem quase nove da noite. Com a sensação de que levantaria menos suspeitas lá dentro do que se ficasse parado na calçada, Winston entrou. Se questionado, poderia dizer que estava atrás de lâminas de barbear.

O dono da loja acabara de acender um lampião que exalava um cheiro desagradável, porém acolhedor. Era um homem de uns sessenta anos, frágil e encurvado. Tinha um nariz comprido e generoso e um olhar meigo, distorcido por óculos de lentes grossas. Sua cabeça já estava quase toda branca, mas as sobrancelhas eram espessas e continuavam pretas. Os óculos, os gestos delicados e meticulosos e o fato de estar vestindo um antigo paletó de veludo preto lhe davam um ligeiro ar de intelectual, como se fosse uma espécie de literato ou, quem sabe, músico. Com uma voz suave e esmaecida, falava de um jeito menos vulgar do que a maioria dos proles.

– Eu o reconheci na calçada – disse ele, de pronto. – Foi o senhor que comprou o álbum de recordações para senhoritas. O papel era belíssimo, belíssimo. Papel creme texturizado, como chamavam. Creio que já não fabriquem mais há uns cinquenta anos – completou, observando Winston por cima dos óculos. – Será que posso ajudá-lo com alguma coisa? Ou o senhor só queria dar uma olhada?

– Estava passando pela rua – respondeu Winston, sem mais detalhes. – Aí resolvi parar, mas não estou atrás de nada específico.

– Melhor assim. Acho que eu nem teria como atendê-lo. – Fez um gesto com a palma da mão, como se pedisse desculpas. – Veja com os próprios olhos: uma loja vazia, não acha? Cá entre nós, o ramo de antiguidades está nas últimas. Não tem mais demanda, assim como não tem mais estoque. Móveis, porcelana, vidro… foi tudo se quebrando. E, claro, as peças de metal foram sendo derretidas. Não vejo um castiçal de latão há muitos e muitos anos.

Na verdade, o minúsculo interior da loja era tão abarrotado de coisas que chegava a ser desconfortável, mas não havia quase nada de valor. O espaço de circulação era exíguo, pois junto às paredes ficavam empilhadas inúmeras molduras empoeiradas. Na vitrine, havia bandejas com porcas e parafusos, cinzéis gastos, canivetes com lâminas cegas, relógios enferrujados que obviamente não funcionavam e mais uma miscelânea de inutilidades. Só numa mesinha de canto é que havia uma leva de quinquilharias – caixas de rapé laqueadas, broches de ágata e coisas do tipo – de onde talvez pudesse surgir alguma coisa interessante. Quando Winston se aproximou da mesa, seu olhar foi capturado por um objeto redondo e liso que brilhava sob a luz do candeeiro. Resolveu pegá-lo.

Era uma peça pesada de vidro, em formato de hemisfério, curva de um lado e plana do outro. Tinha uma delicadeza peculiar, tanto na cor quanto na textura do vidro. No centro, amplificado pela superfície curva, havia um estranho objeto rosado e retorcido que parecia uma rosa ou uma anêmona-do-mar.

– O que é isso? – perguntou Winston, fascinado.

– Ah, é um coral – respondeu o velho. – Deve ter vindo do oceano Índico. Eles incrustavam o coral dentro do vidro. É uma peça de pelo menos cem anos de idade. A julgar pelo aspecto, deve ter mais que isso.

– É linda – disse Winston.

– É, sim. É uma linda peça – repetiu o velho, com apreço. – Mas quase ninguém daria valor hoje em dia. – Ele tossiu. – Hoje, se por acaso quisesse comprá-la, eu venderia por quatro dólares. Eu me lembro da época em que uma peça dessas custava oito libras, e oito libras era… Bom, já não sei dizer, mas era muito dinheiro. Hoje em dia quem é que se importa com peças genuínas de antiguidade, mesmo com as poucas que restaram?

Na mesma hora, Winston pagou os quatro dólares e pôs no bolso o objeto cobiçado. O que mais o atraiu não foi sua beleza, e sim o ar de pertencer a uma época bem diferente do presente. O vidro delicado, que parecia ter gotas de chuva no interior, era diferente de todos os outros que já tinha visto. A peça era ainda mais interessante por conta de sua aparente inutilidade, embora pudesse imaginar que um dia já tivesse servido de peso para papel. Agora pesava bastante em seu bolso, mas por sorte não fazia muito volume. Para um membro do Partido, era um objeto estranho e até comprometedor. Tudo que era antigo ou bonito acabava levantando suspeita. O velho ficou muito animado depois de receber os quatro dólares. Winston se deu conta de que teria aceitado três ou até dois.

– Tem um quartinho lá em cima que o senhor talvez queira conhecer – disse ele. – Não tem muita coisa, só algumas peças. Se quiser dar uma olhada, podemos subir com o lampião.

Ele acendeu outro lampião e, com as costas encurvadas, foi à frente guiando o caminho. Devagar, subiu uma escada íngreme e desgastada e passou por um minúsculo corredor, até chegarem a um cômodo que não dava para a rua, e sim para um pátio de pedras e um bosque de chaminés. Winston notou que os móveis estavam dispostos como se alguém ainda morasse ali. Havia um tapete no chão, um ou dois quadros na parede e uma poltrona desmazelada e funda junto à lareira. Um antigo relógio de vidro, com mostrador de doze horas, tiquetaqueava na cornija. Sob a janela, e ocupando quase um quarto do cômodo, havia uma enorme cama com colchão.

– Nós moramos aqui até a minha esposa falecer – disse o velho, com certo pesar. – Aos poucos estou tentando me desfazer dos móveis. Tem essa linda cama de mogno, aqui, que seria mais bonita ainda sem os percevejos. Mas imagino que o senhor a ache um pouco pesada demais.

Segurava o lampião bem no alto, para iluminar todo o quarto, e com aquela luz baixa e cálida, o ambiente parecia curiosamente convidativo. Winston ficou pensando que, se estivesse disposto a correr o risco, não seria nada difícil alugar o quarto em troca de alguns dólares por semana. Era uma ideia louca, impraticável, que devia ser abandonada no mesmo instante em que surgiu, mas o quarto despertara nele uma espécie de nostalgia, de memória ancestral. Ficou com a impressão de que sabia exatamente como era habitar um quarto como aquele, se sentar numa poltrona junto a uma lareira acesa, com os pés apoiados no guarda--fogo e uma chaleira na chama, totalmente sozinho e seguro, sem ninguém para vigiá-lo, nenhuma voz para persegui-lo e nenhum outro som além do canto da chaleira e o tique-taque agradável do relógio.

– Aqui não tem teletela! – murmurou ele, sem conseguir se conter.

– Ah – disse o velho –, eu nunca tive nada disso. É caro demais. E nunca senti necessidade, de todo modo. Aqui no canto tem uma mesa dobrável muito boa. Mas claro que o senhor teria que colocar dobradiças novas se quisesse usar as abas.

Ao identificar uma pequena estante no outro canto do quarto, Winston se aproximou, mas não tinha nada que prestasse. Nos bairros dos proles, a caça aos livros e sua destruição fora feita com o mesmo rigor do que em qualquer outro lugar. Era muito improvável que houvesse na Oceânia algum exemplar de um livro publicado antes de 1960. Ainda segurando o lampião, o velho parou diante de um quadro com moldura de pau d'água, pendurado do outro lado da lareira, em frente à cama.

– Bom, caso se interesse por gravuras antigas... – começou ele, com todo cuidado.

Winston se aproximou para examinar o quadro. Era uma gravura em aço, de um edifício oval com janelas retangulares e uma pequena torre à frente. Em volta do edifício, havia uma balaustrada, e ao fundo ficava o que parecia ser uma estátua. Ele observou a imagem por algum tempo, com muita atenção. Parecia-lhe ligeiramente familiar, embora não se lembrasse da estátua.

– O quadro está preso à parede – comentou o velho –, mas se quiser eu posso desparafusá-lo.

– Eu conheço esse prédio – disse Winston, por fim. – Hoje é uma ruína. Fica bem no meio da rua onde está o Palácio da Justiça.

– Isso mesmo. A rua dos Tribunais. O prédio foi bombardeado em... Nossa, isso faz muito tempo. Já foi uma igreja. Igreja São Clemente dos Dinamarqueses.

– Ele sorriu, como se tivesse consciência do próprio ridículo, e acrescentou: – *La-*
ranja e limão reluzente, bate o sino da São Clemente!

– O que é isso? – perguntou Winston.

– Ah, *Laranja e limão reluzente, bate o sino da São Clemente*. É uma cantiga que
eu ouvia quando era criança. Não lembro como é que continua, mas sei que termina assim: *Lá vem uma vela iluminar seu caminho, Lá vem um machado arrancar seu*
pescocinho. Tinha uma dancinha, inclusive. Algumas pessoas estendiam os braços,
e outras tinham que passar por baixo. Quando chegava na parte do *Lá vem um*
machado arrancar seu pescocinho, as que estavam por cima baixavam o braço, pra
pegar quem estivesse passando. Era tudo com nome de igreja. Todas as igrejas de
Londres apareciam na cantiga. Quer dizer, as principais.

Winston ficou pensando de que século seria aquela igreja. Era sempre difícil
determinar a idade das construções de Londres. Qualquer edifício grande e imponente, de aparência relativamente nova, era logo atribuído ao período posterior à
Revolução, ao passo que os edifícios com aspecto mais antigo eram atribuídos a um
período obscuro chamado de Idade Média. Julgava-se que os séculos de capitalismo
não tinham produzido nada de valor. Se não era possível aprender história com
os livros, a arquitetura tampouco ajudava. Estátuas, inscrições, lápides, nomes de
ruas – tudo que podia lançar luz sobre o passado fora sistematicamente alterado.

– Eu nunca soube que já tinha sido uma igreja – disse Winston.

– Ainda sobraram muitas – disse o velho –, mas a questão é que acabaram
servindo a outros fins. Agora, como é que era mesmo a cantiga? Ah! Lembrei!

Laranja e limão reluzente, bate o sino da São Clemente,
Você me deve um dinheirinho, bate o sino da São Martinho…

– Por ora, é o máximo que consigo lembrar – arrematou.

– Onde ficava a São Martinho? – perguntou Winston.

– A São Martinho? Ela ainda existe. Fica na Praça da Vitória, ao lado da ga-
leria de arte. É uma construção com uma espécie de pórtico triangular e pilares
na entrada, com uma ampla escadaria na frente.

Winston conhecia muito bem o edifício. Era um museu usado para a exibição de propaganda de vários tipos: maquetes de bombas-foguete e Fortalezas
Flutuantes, cenários construídos em cera para ilustrar as atrocidades dos inimigos
e coisas do tipo.

– Antigamente era chamada de São Martinho do Campo – complementou o velho, – mas não me lembro de nenhum campo ali pelas redondezas.

Winston não comprou a gravura. Ainda mais comprometedora do que o peso de papel, seria impossível transportá-la até sua casa, a menos que fosse tirada da moldura. Ficou ali mais alguns minutos, falando com o velho, cujo sobrenome não era Weeks – como se poderia concluir pela placa na fachada da loja – e sim Charrington. Ao que tudo indicava, o sr. Charrington era viúvo, tinha sessenta e três anos e já morava ali havia três décadas. Ao longo de todo esse tempo, estava sempre querendo mudar o nome na vitrine, mas nunca chegou a fazê-lo. Enquanto conversavam, a cantiga continuou martelando na cabeça de Winston: *Laranja e limão reluzente, bate o sino da São Clemente, Você me deve um dinheirinho, bate o sino da São Martinho!* Era curioso: quando cantava a musiquinha para si, sentia como se conseguisse ouvir os sinos tocando de verdade, os sinos de uma Londres perdida que ainda existia em algum lugar, disfarçada e esquecida. Era como se ouvisse o repicar de uma série de campanários espectrais, um depois do outro. Porém, até onde se lembrava, nunca tinha ouvido na vida real as badaladas de um sino de igreja.

Winston se desvencilhou do sr. Charrington e desceu a escada sozinho, para que o velho não o visse esquadrinhar a rua antes de pôr os pés fora da loja. Já estava convencido de que depois de um intervalo razoável – um mês, digamos – arriscaria uma nova visita. Não devia ser mais perigoso do que escapar das noites no Centro. A grande loucura já tinha sido feita: ir até lá, depois de ter comprado o diário, mesmo sem saber se podia confiar no dono da loja. Bom, paciência…!

Sim, pensou de novo, voltaria à loja. Compraria outros belos exemplares de quinquilharia. Queria comprar a gravura da São Clemente, tirá-la da moldura e levá-la para casa, escondida no macacão. Arrancaria da memória do sr. Charrington o resto da tal cantiga. Até a ideia desvairada de alugar o quartinho de cima passou de novo por sua cabeça. Por uns cinco segundos, a euforia o deixou negligente e ele saiu da loja sem dar uma olhada sequer pela vitrine. Havia começado inclusive a cantarolar uma melodia improvisada…

Laranja e limão reluzente, bate o sino da São Clemente,
Você me deve um dinheirinho, bate o…

De repente, sentiu como se o coração congelasse e as vísceras se dissolvessem. Uma pessoa de macacão vinha em sua direção pela calçada, a no máximo dez metros de distância. Era a garota do Departamento de Ficção, a do cabelo escuro. Apesar da luz fraca, não era difícil reconhecê-la. Ela o encarou e então seguiu em frente, depressa, como se não o tivesse visto.

Por alguns segundos, Winston ficou paralisado. Depois, virou à direita e começou a caminhar a passos largos, sem perceber que estava na direção errada. Pelo menos, uma questão estava resolvida. Não havia mais dúvidas de que a garota o espionava. A única explicação era que ela o tinha seguido até ali; não podia ser coincidência estarem andando no mesmo dia pela mesma rua obscura, a quilômetros de distância dos bairros onde moravam os membros do Partido. Se ela era mesmo uma agente da Polícia do Pensamento, ou simplesmente uma espiã amadora com motivações oficiosas, pouco importava. Bastava saber que o estava vigiando. Era provável, também, que tivesse visto quando ele entrou no pub.

Andar exigia esforço. A cada passo, a peça de vidro dentro do bolso ia batendo em sua coxa, e ele cogitou se livrar dela. O pior de tudo era a dor de estômago. Por alguns minutos, teve a sensação de que morreria se não encontrasse logo um banheiro. Mas não havia banheiros públicos naquela região. Por fim, o espasmo passou, restando apenas uma dor leve.

A rua não tinha saída. Winston parou, pensou por alguns segundos o que fazer, depois deu meia-volta e seguiu na outra direção. Na mesma hora, ocorreu-lhe que cruzara com a garota apenas três minutos antes. Se corresse, provavelmente a alcançaria. Poderia ficar em seu encalço até chegarem a um lugar ermo, onde estraçalharia seu crânio com um paralelepípedo. O peso de papel já daria conta do recado. Mas logo desistiu, pois a simples ideia de fazer qualquer esforço físico lhe era insuportável. Não conseguiria correr, nem dar um murro em ninguém. Além disso, ela era jovem e forte, então certamente se defenderia. Chegou a pensar em correr para o Centro Comunitário e ficar lá até a hora de fechar, criando assim um álibi parcial para aquela noite. Só que também isso era impossível, pois estava exaurido. Queria apenas chegar rápido em casa, para se sentar um pouco e ficar quieto.

Já passava das vinte e duas horas quando chegou ao apartamento. As luzes seriam desligadas às vinte e três e trinta. Ele entrou na cozinha e engoliu quase uma xícara inteira de Gim da Vitória. Depois foi até a mesinha no vão, sentou-se e tirou o diário da gaveta, mas não o abriu de imediato. Na teletela, uma voz feminina irritante guinchava uma canção patriótica. Sentado, Winston ficou olhando para a capa marmorizada do caderno, na tentativa infrutífera de calar a voz de sua consciência.

Era à noite que eles vinham atrás das pessoas, sempre à noite. O melhor a fazer era se matar antes que chegassem. Sem dúvida havia quem fizesse isso. Muitos dos desaparecimentos eram na verdade suicídios. Mas a pessoa precisava ser muito corajosa para se matar num mundo onde era impossível encontrar armas de fogo ou qualquer veneno rápido e certeiro. Um pouco perplexo, Winston pensou sobre a inutilidade biológica da dor e do medo, a traição do corpo humano que sempre congela, ficando inerte, justo no momento em que se faz necessário um esforço adicional. Podia muito bem ter silenciado a garota do cabelo escuro se tivesse agido rápido, mas exatamente por conta do perigo extremo, acabou perdendo a capacidade de agir. Concluiu que, nas horas de crise, o sujeito nunca luta contra um inimigo externo, mas sempre contra o próprio corpo. Naquele momento, inclusive, apesar do gim, a leve dor de estômago o impedia de ter um raciocínio lógico. E o mesmo acontecia, notou ele, em todas as situações supostamente heroicas ou trágicas. No campo de batalha, na câmara de tortura, num navio a naufragar, as coisas pelas quais lutamos são sempre esquecidas, porque o corpo infla até tomar conta de todo o universo, e mesmo quando não estamos paralisados pelo medo, ou gritando de dor, a vida é uma sucessão infinita de momentos de luta contra a fome, o frio, a insônia, contra uma acidez no estômago ou uma dor de dente.

Winston abriu o diário. Era importante escrever alguma coisa. A mulher na teletela tinha iniciado outra música. Aquela voz parecia se fincar no cérebro dele, feito estilhaços afiados. Tentou pensar em O'Brien, graças a quem, ou para quem, escrevia o diário, mas em vez disso começou a pensar no que lhe aconteceria depois que a Polícia do Pensamento o capturasse. Se o matassem de uma vez, não teria a menor importância. Ser morto era mesmo o esperado. Mas antes da morte (ninguém falava do assunto, embora todos soubessem como era) havia toda uma rotina de confissão a ser enfrentada, que passava por se rastejar no chão, implorando por misericórdia, ouvir o estalar de ossos sendo quebrados, ter os dentes arrebentados e sentir coágulos de sangue na cabeça. Por que tinham que encarar aquilo, se a coisa acabava sempre da mesma forma? Por que não se podia encurtar a vida em alguns dias ou algumas semanas? Ninguém jamais escapava da detenção, e ninguém jamais deixava de confessar. Uma vez que a pessoa sucumbia ao neurocrime, não restavam dúvidas de que estaria morta dentro de um determinado prazo. Por que, então, aquele terror, que nada alterava, tinha que ficar incrustado no futuro?

Winston tentou, com mais sucesso do que antes, evocar a imagem de O'Brien. "Um dia vamos nos encontrar onde não há escuridão", O'Brien lhe dissera. Ele sabia o que aquilo queria dizer, ou achava que sabia. O lugar onde não havia escuridão era o futuro imaginado, que jamais seria visto, mas que, por presciência, podia ser compartilhado de forma mística. Com a voz da teletela azucrinando seus ouvidos, não conseguiu seguir com aquela linha de raciocínio. Pôs um cigarro na boca. Metade do tabaco caiu direto em sua língua, um pó amargo, difícil de cuspir. O rosto do Grande Irmão invadiu sua mente, afastando o de O'Brien. Assim como fizera alguns dias antes, tirou uma moeda do bolso e ficou olhando para ela. O rosto o encarou de volta, com aspecto solene, tranquilo e protetor, mas que tipo de sorriso estaria escondido por trás do bigode preto? Como um toque fúnebre, as palavras lhe voltaram à mente:

GUERRA É PAZ
LIBERDADE É ESCRAVIDÃO
IGNORÂNCIA É FORÇA

1.

A manhã já estava pela metade quando Winston saiu de sua baia para ir ao banheiro.

Da outra ponta do longo corredor bem iluminado, um vulto solitário se aproximava. Era a garota do cabelo escuro. Fazia quatro dias que tinham se cruzado no entorno da loja de quinquilharias. Quando chegou mais perto, viu que o braço direito dela estava envolvido numa tipoia, quase imperceptível de longe, pois era da mesma cor que o macacão. Decerto tinha esmagado a mão enquanto operava um dos grandes caleidoscópios que "rascunhavam" os enredos dos romances. Era um acidente comum no Departamento de Ficção.

Estavam a cerca de quatro metros de distância quando a garota tropeçou e caiu quase estatelada no chão, soltando um grito agudo de dor. Devia ter caído bem em cima do braço machucado. Winston parou de repente. A garota tinha se botado de joelhos, e seu rosto adquirira um tom amarelo leitoso, de modo que a boca se destacava, mais vermelha do que nunca. Os olhos estavam fixos nos dele, com uma expressão suplicante que mais parecia de medo do que de dor.

Um sentimento estranho se apossou do coração de Winston. À sua frente estava uma inimiga que tentava matá-lo, mas também um ser humano com dor e talvez um osso quebrado. Instintivamente, havia se inclinado para ajudá-la. Ao vê-la cair sobre o braço enfaixado, tinha sido como se ele próprio sentisse aquela dor.

– Você se machucou?

– Não foi nada. Só meu braço. Num segundo fica bom.

Ela respondeu como se o coração palpitasse. Tinha ficado muito pálida.

120 1984

– Você não quebrou nada?

– Não, estou bem. Doeu um pouquinho na hora, só isso.

Ela estendeu a mão livre, e Winston a ajudou a se levantar. Havia recobrado um pouco da cor e aparentava estar muito melhor.

– Não foi nada – repetiu ela, sucinta. – Só dei uma pancada leve no punho. Obrigada, camarada!

Com isso ela se afastou na mesma direção em que estava indo antes, com tamanha rapidez que parecia mesmo não ter sido nada. Todo o incidente não deve ter levado mais de meio minuto. Não deixar transparecer no rosto os próprios sentimentos era um hábito que já se transformara em instinto, e o fato é que os dois estavam bem diante de uma teletela quando aquilo aconteceu. Contudo, Winston mal conseguira conter a surpresa, pois enquanto estava ajudando a garota a se levantar ela pôs um papel em sua mão. Não havia dúvidas de que agira intencionalmente. Assim que entrou no banheiro, ele o transferiu para o bolso e o apalpou com as pontas dos dedos. Era um papelzinho dobrado.

De pé no mictório, conseguiu abri-lo com um movimento dos dedos. Devia ter uma mensagem escrita ali, claro. Por um momento, ficou tentado a entrar numa das cabines para descobrir logo o que era. Mas, como bem sabia, isso seria de uma insensatez absurda. Aquele com certeza era o lugar onde as teletelas nunca deixavam escapar nada.

Winston voltou para sua baia, sentou-se e jogou o papelzinho entre os demais papéis que havia sobre a mesa, pôs os óculos e puxou o falescreve em sua direção. "Cinco minutos", disse a si mesmo, "no mínimo cinco minutos!" Seu coração batia acelerado, fazendo um barulho assustador. Por sorte, o trabalho em que estava envolvido era de rotina, a retificação de uma longa lista de números, o que não exigia atenção especial.

A mensagem do papel devia ter algum significado político. Winston aventou duas possibilidades. Uma delas, a mais provável, era que a garota fosse uma agente da Polícia do Pensamento, como ele temia. Não saberia dizer por que a Polícia do Pensamento transmitiria suas mensagens daquele jeito, mas deviam ter lá suas razões. O conteúdo podia trazer uma ameaça, uma intimação, uma ordem para que cometesse suicídio ou algum tipo de armadilha. Mas havia outra possibilidade, mais improvável, que continuava vindo à tona, embora ele tentasse em vão suprimi-la. Era de que a mensagem não fosse da Polícia do Pensamento, mas de alguma organização clandestina. No fim das contas, talvez a Irmandade existisse mesmo! Talvez a garota fizesse parte do grupo! A ideia parecia absurda, mas tinha brotado em sua mente no instante em que sentira o pedaço de papel na mão. Só uns minutos depois é que lhe ocorreu a outra possibilidade, mais provável. E mesmo agora, embora seu intelecto dissesse que a mensagem provavelmente significava morte, ainda assim não era o que Winston acreditava, e a esperança irracional persistia, seu coração batia forte, e foi com dificuldade que conseguiu murmurar os números no falescreve sem que a voz tremesse.

Enrolou o maço de tarefas concluídas e o despachou pelo tubo pneumático. Haviam se passado oito minutos. Reajustou os óculos no nariz e suspirou, puxando para si o lote seguinte de trabalho, com o tal pedaço de papel no topo. Abriu-o. Numa caligrafia grande e torta, estava escrito:

Eu te amo.

Por alguns segundos, ficou tão atordoado que nem conseguiu jogar o bilhete comprometedor no buraco da memória. Antes de fazê-lo, embora soubesse bem o perigo que corria de demonstrar demasiado interesse, não resistiu e leu mais uma vez o que estava escrito, só para se certificar de que as palavras continuavam ali.

Pelo resto da manhã, foi muito difícil trabalhar. Pior do que concentrar a mente numa série de tarefas insignificantes era ter que esconder da teletela sua inquietação. Sentia como se a barriga estivesse em chamas. O almoço na cantina quente, cheia e barulhenta foi um tormento. Winston queria ficar um tempo sozinho, mas infelizmente o imbecil do Parsons se sentou ao seu lado, com um cheiro de suor que quase abafava o odor metálico do ensopado, e ficou falando sem parar sobre os preparativos para a Semana do Ódio. Estava animadíssimo com um molde em papel machê da cabeça do Grande Irmão, de dois metros de largura, que vinha sendo confeccionado para a ocasião pela tropa dos Espiões da qual sua filha fazia parte. O mais irritante era que com aquela algazarra toda Winston mal conseguia ouvir o que Parsons dizia e tinha de ficar o tempo todo pedindo-lhe que repetisse seus comentários fátuos. Por um instante, notou de relance que a garota do cabelo escuro estava numa mesa bem no fundo do salão, com mais duas moças. Deu a impressão de não o ter visto, e Winston não voltou a olhar naquela direção.

A tarde transcorreu melhor. Logo depois do almoço, chegou uma tarefa delicada e difícil, que tomaria algumas horas e para a qual seria necessário deixar todo o resto de lado. Consistia em adulterar uma série de relatórios de produção de dois anos antes, a fim de difamar um proeminente membro do Partido Interno que agora estava sob suspeita. Era o tipo de tarefa que Winston fazia muito bem, e por mais de duas horas conseguiu tirar a garota da cabeça. Depois disso a lembrança de seu rosto surgiu de novo, e com ela o desejo feroz e urgente de ficar sozinho. Apenas quando estivesse a sós é que poderia avaliar com calma o que havia acontecido. Depois do trabalho, teria que comparecer ao Centro Comunitário. Devorou mais uma refeição sem gosto na cantina, correu para o Centro, participou da tolice solene de um "grupo de discussão", jogou duas partidas de tênis de mesa, engoliu várias doses de gim e ficou meia hora assistindo a uma palestra intitulada "O Socing e o xadrez". Sua alma se contorcia de tédio, mas naquele dia não teve o impulso de escapar do Centro. Diante das palavras "eu te amo", o desejo de permanecer vivo se avolumou dentro dele, e de repente a ideia de assumir pequenos riscos lhe pareceu uma coisa estúpida a se fazer. Foi só às onze da noite, quando já estava em casa e na cama – no escuro, a salvo da teletela, contanto que permanecesse em silêncio –, que conseguiu pensar com mais calma, sem interrupção.

Havia uma questão pragmática a ser resolvida: como fazer contato com a garota e marcar um encontro? Winston não considerava mais a hipótese de que ela pudesse estar tramando contra ele. Sabia que não se tratava disso, por causa de seu evidente nervosismo ao entregar-lhe o bilhete. Era óbvio que ela estava morrendo de medo, e com razão. Tampouco passou pela cabeça de Winston a ideia de recusar as investidas da garota. Apenas cinco dias antes, cogitou esmagar seu crânio com um paralelepípedo; mas agora pouco importava. Pensou nela sem roupa, o corpo jovem, como já vira em sonho. Tinha imaginado que seria tão idiota quanto os demais, com a cabeça entupida de mentiras e ódio e o ventre abarrotado de gelo. Foi tomado por uma espécie de febre só de pensar que poderia perdê-la, que aquele corpo alvo e jovem escaparia de suas mãos! O que mais temia era que ela simplesmente mudasse de ideia se ele não fizesse contato logo. Mas a dificuldade concreta de um encontro era enorme. Era o mesmo que tentar mover uma peça de xadrez depois de decretado o xeque-mate. Para onde quer que a pessoa olhasse, a teletela estava sempre à espreita. Na verdade, logo depois de ler o bilhete, Winston já havia imaginado todos os possíveis caminhos para se comunicar com a garota, mas agora que tinha mais tempo para pensar, percorreu cada uma das possibilidades, como se dispusesse uma fileira de ferramentas sobre a mesa.

Claro que o tipo de encontro que acontecera naquela manhã não tinha como se repetir. Se ela trabalhasse no Departamento de Arquivos, a coisa seria relativamente mais simples, mas ele só fazia uma vaga ideia de onde ficava o Departamento de Ficção e não conseguia imaginar um pretexto para ir até lá. Se soubesse onde ela morava e a que horas saía do trabalho, poderia arquitetar algum plano de encontrá-la no caminho de casa; mas para segui-la até sua casa teria que aguardá-la fora do ministério, o que não era seguro e certamente seria notado. Quanto a mandar uma carta pelos correios, estava fora de questão. Segundo uma rotina que nem chegava a ser secreta, todas as cartas eram abertas antes de chegar ao destinatário. A verdade é que poucas pessoas escreviam cartas. Sempre que era preciso enviar mensagens, havia cartões-postais impressos com longas listas de frases, e a pessoa riscava aquelas que não se aplicavam. De todo modo, ele nem sabia o nome da garota, que dirá seu endereço. Por fim, concluiu que o lugar mais seguro era a cantina. Se conseguisse se aproximar quando ela estivesse sozinha numa mesa, em algum lugar no meio do salão, não muito perto das teletelas e com o ruído do falatório em volta – se essas condições perdurassem por, digamos, trinta segundos, talvez fosse possível trocar algumas palavras.

Por uma semana, a vida foi como um sonho agitado. No dia seguinte, ela só apareceu na cantina quando Winston estava de saída e o apito já havia soado. Provavelmente tinha sido deslocada para um turno posterior. Cruzaram-se sem se olhar. Um dia depois, ela estava na cantina no horário habitual, mas com três outras garotas e numa mesa logo abaixo de uma teletela. Em seguida, por três dias que pareceram terríveis, ela não deu as caras. A mente e o corpo de Winston pareciam estar sob efeito de uma sensibilidade insuportável, uma espécie de transparência, transformando em agonia cada movimento, som, contato ou palavra que era obrigado a ouvir ou falar. Não conseguia parar de pensar nela nem quando estava dormindo. Nesses dias, não encostou no diário. Se havia algum alívio, era durante o trabalho, quando às vezes conseguia abstrair de tudo por uns dez minutos. Não fazia a menor ideia do que acontecera a ela. Nem tinha meios de averiguar. Teria sido vaporizada? Cometera suicídio? Fora transferida a uma região remota da Oceânia? Porém, a pior hipótese – e mais provável – era que simplesmente tivesse mudado de ideia, que quisesse evitá-lo.

No dia seguinte, a garota reapareceu. O braço já não trazia a tipoia, mas o punho estava enfaixado. O alívio de vê-la foi tão grande que Winston não conseguiu resistir e a encarou por vários segundos. Um dia depois, esteve muito perto de conseguir fazer contato. Quando chegou à cantina, ela estava sozinha, numa mesa bem afastada da parede. Era cedo, e o salão não estava muito cheio. A fila andou, e ele estava quase chegando ao balcão quando de repente parou de novo, por dois minutos, porque alguém mais à frente estava reclamando por não ter recebido seu tablete de sacarina. Quando Winston finalmente pegou a bandeja, notou que a garota continuava sozinha e começou a andar em sua direção. Foi andando com naturalidade, como se procurasse um lugar vazio em alguma mesa próxima. Deviam estar a uns três metros de distância. Mais dois segundos e a alcançaria. Foi então que uma voz atrás dele chamou:

– Smith!

Winston fingiu que não era com ele.

– Smith! – repetiu a voz, mais alto.

Não adiantou. Teve de se virar. Um rapaz louro com cara de bobo, chamado Wilsher, que ele mal conhecia, estava convidando-o todo sorridente para ocupar um lugar vazio em sua mesa. Não era seguro recusar. Depois de ter sido reconhecido, não podia simplesmente virar as costas e se sentar com uma garota desacompanhada. Daria muita bandeira. Ao se sentar, abriu um sorriso simpático. O louro com cara de bobo lhe retribuiu o gesto. Winston teve um devaneio: imaginou-se acertando uma picareta bem no meio da cara dele. Alguns minutos depois, a mesa da garota já estava cheia de gente.

Contudo, ela certamente tinha visto sua tentativa de se aproximar, e talvez tivesse entendido o recado. No dia seguinte, Winston se preparou para chegar cedo. Como esperado, ela estava sozinha de novo, numa mesa quase no mesmo lugar. O sujeito logo à frente dele na fila era um homem baixo, de movimentos ligeiros e aspecto de besouro, que tinha uma cara achatada e olhos miúdos e desconfiados. Assim que Winston saiu do balcão com a bandeja, viu que o homenzinho se encaminhava direto para a mesa da garota. Mais uma vez, caíram por terra suas esperanças. Havia um lugar vago numa mesa um pouco mais adiante, mas algo na aparência do sujeito sugeria que ele se preocupava demais com o próprio conforto e que, portanto, escolheria a mesa mais vazia. Com o coração petrificado, Winston seguiu em frente. Se não conseguisse ficar a sós com ela, nada feito. De repente, houve uma tremenda colisão. O homenzinho caiu de quatro, estatelado, sua bandeja saiu voando, e dois rios de sopa e café começaram a escorrer pelo chão. Ele logo se pôs de pé e olhou com cara feia para Winston, na certa suspeitando que fosse o responsável por seu tropeço. Mas ficou tudo bem. Cinco segundos depois, com o coração a mil, Winston estava sentado à mesa da garota.

Não olhou para ela. Tirou as coisas da bandeja e começou a comer na mesma hora. Urgia que falasse de uma vez, antes que mais alguém chegasse, mas agora estava dominado por um medo terrível. Havia passado uma semana desde a aproximação dela. Já devia ter mudado de ideia, só podia ter mudado de ideia! Era impossível que essa história terminasse bem; esse tipo de coisa não acontecia na vida real. Provavelmente hesitaria se naquele instante não tivesse visto que Ampleforth, o poeta de orelhas peludas, vagava a esmo pelo salão com sua bandeja, em busca de um lugar para se sentar. Mesmo com seu jeito distraído, Ampleforth gostava de Winston e com certeza se sentaria à sua mesa caso deparasse com ele. Winston tinha menos de um minuto para agir. Tanto ele quanto a garota comiam sem fazer qualquer pausa. A refeição consistia num ensopado ralo, uma espécie de sopa de feijão branco. Winston começou a murmurar baixinho. Nenhum dos dois tirava os olhos da bandeja; continuaram enchendo a colher com a gororoba líquida e levando-a à boca, e entre uma e outra colherada trocaram as poucas palavras necessárias, com vozes baixas e inexpressivas.

– Que horas você sai do trabalho?

– Dezoito e trinta.

– Onde a gente pode se encontrar?

– Na Praça da Vitória, perto do monumento.

– Lá é cheio de teletela.

– Se tiver uma multidão em volta, não tem problema.

– Algum sinal?

– Não. Mas só se aproxime de mim quando eu estiver cercada de bastante gente. E não me olhe nos olhos. Basta ficar perto.

– Que horas?

– Dezenove.

– Combinado.

Ampleforth não viu Winston e se acomodou em outra mesa. Winston e a garota não abriram mais a boca e, na medida do possível para duas pessoas sentadas uma em frente à outra na mesma mesa, nem chegaram a se olhar. A garota terminou logo o almoço e saiu, enquanto Winston ficou para fumar um cigarro.

Ele chegou à Praça da Vitória antes do horário marcado. Ficou andando em volta da base da enorme coluna estriada, em cujo topo a estátua do Grande Irmão olhava para os céus ao sul, onde havia derrotado os aviões eurasianos (lestasianos, alguns anos antes) na batalha da Primeira Base Aérea. Na rua em frente, havia uma estátua de um homem a cavalo, supostamente representando Oliver Cromwell. Passados cinco minutos do horário combinado, nenhum sinal da garota. Mais uma vez um medo terrível se abateu sobre Winston. Ela não viria, tinha mudado de ideia! Ele foi andando devagar para o lado norte da praça e sentiu um pálido prazer ao identificar a igreja de São Martinho, cujos sinos, quando ainda existiam, repicavam "Você me deve um dinheirinho". Então viu a garota ao pé do monumento, lendo ou fingindo ler um cartaz que subia em espiral pela coluna. Só era seguro se aproximar dela quando houvesse mais gente em volta, pois o frontão estava cheio de teletelas. Mas naquele instante ouviu-se uma gritaria e um barulho de veículos pesados que vinha de algum ponto à esquerda da praça. De repente, todo mundo estava correndo. A garota rodeou com agilidade os leões que ficavam na base do monumento e se juntou à multidão. Winston a seguiu. Enquanto corria, descobriu, pelos gritos entreouvidos, que estava passando um comboio de prisioneiros eurasianos.

Uma densa turba bloqueava o lado sul da praça. Winston, que em situações normais era o primeiro a fugir de qualquer tipo de tumulto, enfrentou o empurra--empurra e foi se metendo entre as pessoas, abrindo caminho para se enfiar bem no meio da multidão. Logo estava a um braço de distância da garota, mas o caminho fora bloqueado por um enorme prole e uma mulher quase tão enorme quanto ele, provavelmente sua esposa, os dois formando uma impenetrável muralha humana. Winston se esgueirou pela lateral e, com uma investida violenta, conseguiu enfiar o ombro entre eles. Por um momento, sentiu como se suas entranhas estivessem sendo espremidas entre aqueles dois quadris musculosos, mas então conseguiu se livrar, com o corpo suado. Estava ao lado da garota, ombro a ombro. Ambos olhavam fixamente à frente.

Pela rua, passava uma longa fila de caminhões, ocupados em cada uma das pontas por guardas de rostos impassíveis e armados com submetralhadoras. Dentro dos caminhões, homenzinhos de pele amarela, com uniformes esverdeados e puídos, iam agachados e amontoados uns nos outros. Com seus tristes rostos de feições asiáticas, olhavam pelas laterais dos veículos sem qualquer sinal de curiosidade. Vez por outra, quando algum caminhão dava um tranco, ouvia-se um tilintar: todos os prisioneiros usavam algemas nos pés. Eram carregamentos e mais carregamentos daqueles rostos tristes. Winston sabia que estavam ali, mas só os enxergava de forma intermitente. O ombro da garota e uma parte de seu braço colaram-se ao corpo dele. A bochecha dela estava tão perto que Winston quase podia sentir seu calor. Ela imediatamente assumiu o controle da situação, como havia feito na cantina. Começou a falar com a mesma voz inexpressiva de antes, quase sem mexer os lábios, um simples murmúrio facilmente abafado pelo ruído das vozes e o ronco dos motores.

– Dá pra me ouvir?

– Dá.

– Você consegue uma folga no domingo à tarde?

– Consigo.

– Então preste atenção. Você vai ter que decorar. Vá até a estação Paddington...

Com uma espécie de precisão militar que o surpreendeu, ela delineou o trajeto que Winston teria de seguir. Uma viagem de meia hora de trem; ao sair da estação, virar à esquerda; seguir dois quilômetros pela estrada; um portão sem a barra de cima; uma trilha no meio de um campo; uma pista tomada por relva alta; um caminho entre arbustos; uma árvore caída, cheia de limo. Era como se ela tivesse um mapa na cabeça.

– Vai conseguir se lembrar disso tudo? – perguntou a garota ao final.

– Vou, sim.

– Vire à esquerda, depois à direita e depois à esquerda de novo. E o portão não tem a barra de cima.

– Está bem. Que horas?

– Por volta das quinze horas, mas talvez você tenha que esperar um pouco. Vou chegar por outro caminho. Tem certeza de que vai se lembrar de tudo?

– Tenho.

– Agora se afaste de mim o quanto antes.

Ela nem precisava dizer isso, mas não havia como se desvencilhar tão rápido daquela multidão. As filas de caminhões continuavam passando, e as pessoas seguiam boquiabertas e insaciáveis. No começo, houve algumas vaias, que vinham só de membros do Partido, mas logo pararam. O sentimento predominante era de curiosidade. Encaravam qualquer estrangeiro, fosse da Eurásia ou da Lestásia, como uma espécie de animal extravagante. Só os viam naqueles trajes de prisioneiros, e mesmo assim era sempre um vislumbre fugaz. Tampouco sabiam o que era feito deles, fora os poucos que acabavam enforcados como criminosos de guerra; os demais simplesmente desapareciam, indo parar, ao que tudo indicava, nos campos de trabalho forçado. Os rostos redondos, de feições asiáticas, tinham dado lugar a tipos mais europeus, sujos, barbudos e exaustos. Por cima de maçãs do rosto cobertas por barba, aqueles olhos encaravam Winston, às vezes com estranha intensidade, mas logo desviavam. O comboio chegava ao fim. No último caminhão, ele notou que um homem idoso, com o rosto tomado de pelos grisalhos, vinha de pé com os punhos cruzados à frente do corpo, como se já estivesse acostumado a ter as mãos atadas. Estava quase na hora de Winston e a garota se separarem, mas no último momento, enquanto a multidão ainda os encurralava, a mão dela apertou a dele por um breve instante.

Não deve ter durado mais de dez segundos, mas a sensação foi de que ficaram com as mãos unidas por muito tempo. Ele conseguiu perceber cada detalhe: explorou os longos dedos, as unhas bem desenhadas, a palma embrutecida e calejada pelo trabalho e a carne macia do punho. Só de sentir aquela mão, agora já conseguiria reconhecê-la quando a visse. No mesmo instante, se deu conta de que não sabia a cor de seus olhos. Provavelmente eram castanhos, mas algumas pessoas de cabelo escuro tinham olhos azuis. Virar a cabeça e olhar para ela teria sido um disparate impensável. Com as mãos entrelaçadas, invisíveis no meio dos corpos imprensados, os dois mantiveram os olhos fixos à frente e, em vez de receber os olhares da garota, Winston foi encarado pelo prisioneiro idoso, que o fitava melancólico por detrás da barba espessa.

2.

Winston seguiu caminho por entre rajadas de sol e sombra, caindo em poças douradas sempre que os galhos das árvores se apartavam. Sob as árvores, à esquerda, o chão estava coberto por um tapete de jacintos. O ar parecia beijar-lhe a pele. Era dia dois de maio. De algum recanto nas profundezas do bosque, o arrulhar das rolinhas chegava a seus ouvidos.

Estava um pouco adiantado. Não houve qualquer dificuldade no trajeto, e a garota transmitia tanta segurança que ele ficou menos amedrontado do que seria de se esperar. Supostamente, podia confiar nela para encontrar um lugar seguro. De modo geral, nada garantia que a pessoa estaria mais segura no campo do que em Londres. Não tinha teletelas, claro, mas sempre podia haver microfones escondidos, capazes de identificar e reconhecer vozes; além disso, não era fácil fazer uma viagem sozinho sem chamar atenção. Para distâncias menores de cem quilômetros, não era necessário apresentar o passaporte, mas às vezes as patrulhas apareciam nas estações de trem e começavam a examinar os documentos de quem fosse membro do Partido e a fazer perguntas embaraçosas. De todo modo, não havia aparecido nenhuma patrulha, e ao sair da estação, Winston fez questão de garantir, com cautelosas olhadelas para trás, que ninguém o seguia. O trem estava lotado de proles, todos em clima de feriado por conta do tempo quente. O vagão com assentos de madeira em que ele viajou ficou abarrotado de gente, os membros de uma única família, que iam desde uma bisavó desdentada a um bebê de colo; passariam a tarde com a parentada no campo e, como explicaram sem pudores a Winston, também dariam um jeito de comprar um pouco de manteiga no mercado clandestino.

O caminho se alargou, e ele logo chegou à trilha que ela mencionara, uma simples trilha mergulhada entre os arbustos, por onde passava o gado. Estava sem relógio, mas com certeza ainda não eram quinze horas. Os jacintos formavam uma camada tão grossa a seus pés que era impossível não pisar neles. Winston se ajoelhou para recolher alguns, em parte para passar o tempo, mas também pela vaga noção de que gostaria de ter um punhado de flores para ofertar à garota quando se encontrassem. Tinha reunido uma boa quantidade e estava sentindo sua fragrância levemente enjoativa quando um som às suas costas o fez congelar: o estalido inequívoco de um pé pisando em galhos secos. Continuou recolhendo os jacintos. Era a melhor coisa a fazer. Podia ser ela, mas também podiam tê-lo seguido. Olhar para os lados seria uma demonstração de culpa. Pegou mais uma e outra flor. Então sentiu uma mão pousar de leve em seu ombro.

Ergueu os olhos. Era a garota. Ela balançou a cabeça, num sinal claro de que ele devia ficar em silêncio, e em seguida abriu caminho pelos arbustos e foi tomando a dianteira pela estreita trilha que dava no bosque. Era evidente que já tinha estado ali antes, pois desviava dos trechos alagadiços como que por hábito. Winston a seguiu, ainda segurando o punhado de flores. Seu primeiro sentimento foi de alívio, mas conforme via aquele corpo forte e esbelto se movimentando à sua frente, com a faixa escarlate que realçava a curvatura dos quadris, sentiu o peso da própria inferioridade. Mesmo agora tudo levava a crer que ela desistiria de tudo quando se virasse e o encarasse. O ar adocicado e o esverdeado das folhas o intimidavam. Logo na saída da estação, o sol de maio já fizera com que se sentisse sujo e debilitado, uma criatura dos espaços fechados, com a poeira fuliginosa de Londres sobre os poros da pele. Ocorreu-lhe que ela nunca o vira em plena luz do dia, a céu aberto. Chegaram à árvore caída que ela havia mencionado. A garota passou por cima da árvore, forçando o corpo pelos arbustos, onde nem parecia haver uma abertura. Depois de segui-la, Winston descobriu que estavam numa clareira natural, uma pequena colina coberta de relva, rodeada de árvores altas e jovens que a encobriam completamente. A garota se deteve e virou para ele.

– Chegamos – disse ela.

Estavam de frente um para o outro, a alguns passos de distância. Até então, ele não ousara se aproximar mais.

– Eu não queria falar nada até chegarmos aqui – continuou ela –, porque podia ter algum microfone escondido. Nem acho que tivesse, mas nunca se sabe.

Sempre existe a possibilidade de um daqueles porcos reconhecer a nossa voz. Aqui estamos seguros.

Ele ainda estava sem coragem de se aproximar.

– Estamos seguros mesmo? – perguntou ele, estupidamente.

– Estamos. Veja essas árvores. – Eram pequenos freixos que em algum momento tinham sido cortados e haviam brotado de novo, formando uma floresta de mastros, mais finos que o punho de uma pessoa. – Nenhuma delas tem tamanho suficiente para esconder um microfone. Além disso, eu já estive aqui antes.

Estavam só jogando conversa fora. Winston conseguira por fim se aproximar mais. Parada à sua frente, a garota trazia o corpo bem ereto e um sorriso ligeiramente irônico estampado no rosto, como se estivesse pensando por que ele demorava tanto a agir. Os jacintos haviam caído no chão, numa espécie de cascata. Pareciam ter caído por vontade própria. Ele pegou a mão dela.

– Você acredita que até hoje eu não sabia qual era a cor dos seus olhos? – disse ele, notando que eram castanhos, de um castanho meio claro, com cílios escuros. – Agora que você já viu como eu sou de verdade, ainda tolera ficar me olhando?

– Claro que sim.

– Estou com trinta e nove anos. Tenho uma esposa da qual não consigo me livrar. Tenho também varizes e cinco dentes postiços.

– Pouco me importa – disse a garota.

No momento seguinte, difícil saber por iniciativa de quem, ela estava em seus braços. De início, Winston só conseguia sentir uma incredulidade absoluta. Aquele corpo jovem agarrado ao seu, a massa de cabelo encostada em seu rosto e, sim!, era real, ela tinha erguido o rosto e ele agora beijava sua farta boca vermelha. Com os braços em volta do pescoço dele, a garota o chamava de querido, adorado, amado. Winston a jogara no chão, e ela não apresentara a mínima resistência, de modo que podia fazer com ela o que quisesse. Mas a verdade é que não experimentava nenhuma sensação física, a não ser a do simples contato. Só conseguia sentir incredulidade e orgulho. Estava feliz por viver aquilo, mas não sentia desejo físico. Talvez porque fosse cedo demais, porque a juventude e a beleza dela tinham-no assustado ou porque já estava muito acostumado a viver sem nenhuma mulher – não sabia bem a razão. A garota se pôs de pé e tirou um jacinto do cabelo. Depois voltou a se sentar, recostada nele, e passou um dos braços por sua cintura.

– Não se preocupe, querido. Sem pressa, temos a tarde inteira. Não é um esconderijo fantástico? Descobri este lugar quando me perdi numa caminhada comunitária. Se alguém se aproximar, a gente ouve a uns cem metros de distância.

– Qual é o seu nome? – perguntou Winston.

– Julia. O seu eu sei: é Winston, Winston Smith.

– Como é que você descobriu?

– Acho que sou melhor detetive do que você, querido. Mas me diga: o que achava de mim antes daquele dia em que lhe entreguei o bilhete?

Ele não sentia a menor vontade de mentir para ela. Inclusive, era uma espécie de prova de amor começar contando o pior.

– Eu detestava quando você aparecia – respondeu ele. – Queria violentá-la e depois matá-la. Duas semanas atrás, pensei seriamente em esmagar sua cabeça com um paralelepípedo. Se quer mesmo saber, achei que estivesse envolvida com a Polícia do Pensamento.

A garota riu com prazer, na certa tomando aquilo como elogio à excelência de seu disfarce.

– Ah, não, Polícia do Pensamento! É sério que você achava isso?

– Bom, talvez não exatamente isso. Mas pela sua aparência, por ser jovem e saudável, cheia de energia, pensei que talvez…

– Você pensou que eu fosse um membro exemplar do Partido. Pura nas palavras e nas ações. Cartazes, desfiles, lemas, jogos, caminhadas comunitárias… o pacote completo, né? E pensou que, na primeira oportunidade, eu o denunciaria como neurocriminoso e você acabaria morto?

– É, algo nessa linha. Várias garotas são assim, você sabe.

– É essa porcaria aqui que faz isso – disse ela, arrancando a faixa escarlate da Liga Juvenil Antissexo e atirando-a num galho.

Depois, como se tocar a própria cintura a tivesse lembrado de alguma coisa, tateou o bolso do macacão e pegou um pedacinho de chocolate. Quebrou-o ao meio e deu uma das metades para Winston. Mesmo antes de tocá-lo, ele já sabia que se tratava de um chocolate especial. Escuro e reluzente, vinha embalado em papel-alumínio. Em geral, os chocolates eram farelentos, de um marrom opaco, e seu gosto remetia a fumaça de lixo queimado, se é que se podia descrevê-lo. Mas no passado ele já havia provado esse tipo de chocolate que Julia lhe oferecera. O cheiro logo despertou nele alguma lembrança que não conseguia identificar com precisão, mas que era extremamente forte e perturbadora.

– Onde é que você arranjou isso? – perguntou ele.

– No mercado clandestino – respondeu Julia, com indiferença. – A verdade é que eu represento muito bem. Sou boa jogadora. Fui líder de tropa nos Espiões. Faço trabalho voluntário três vezes por semana para a Liga Juvenil Antissexo. Já passei horas e horas colando aquelas bobagens em todos os cantos de Londres. Nos desfiles, sempre seguro uma das pontas de algum cartaz. Estou sempre alegre e nunca fujo das responsabilidades. A gente tem que gritar o tempo todo junto com a multidão, é o que eu digo… É o único jeito de ficarmos seguros.

O primeiro pedaço de chocolate tinha derretido na língua de Winston. O gosto era delicioso. A tal lembrança continuava rondando as bordas de sua consciência, algo que sentia com toda a força, mas que era impossível reduzir a uma forma definida, como um objeto que se observa com o canto do olho. Afastou a lembrança, sabendo apenas que dizia respeito a alguma coisa que gostaria de desfazer, apesar de não ser mais possível.

– Você é muito nova – disse ele. – Eu devo ser uns dez ou quinze anos mais velho. Por que se sentiria atraída por um homem como eu?

– Foi alguma coisa no seu rosto. Eu quis arriscar. Sou boa nisso de identificar as pessoas que não se encaixam. Assim que vi você, tive certeza de que era contra *eles*.

Eles, ao que parecia, referia-se ao Partido, e principalmente ao Partido Interno, que ela tratava com um ódio abertamente zombeteiro, preocupando Winston, embora ele soubesse que ali estavam seguros, se é que podiam estar seguros em algum lugar. O que o surpreendeu foi a linguagem vulgar usada por ela. Os membros do Partido supostamente não podiam usar palavras chulas, e o próprio Winston não tinha o hábito de fazê-lo em voz alta, em nenhuma situação. Julia, no entanto, parecia incapaz de mencionar o Partido, em especial o Partido Interno, sem usar uma gama de palavras que poderiam estar escritas a giz em vielas enlameadas. Ele não se incomodava. Era apenas um sintoma da revolta dela contra o Partido e todos os seus métodos, e de certa forma parecia natural e saudável, como o desdém de um cavalo ao farejar um feno ruim. Haviam deixado a clareira e estavam vagando de novo por entre rajadas de sol e sombra, cada um com o braço envolvendo a cintura do outro sempre que o caminho era amplo o bastante para andarem lado a lado. Ele notou como a cintura dela parecia mais macia agora, livre da faixa. Só se falavam aos sussurros. Fora da clareira, disse Julia, era melhor ficar em silêncio. Quando chegaram ao final do pequeno bosque, ela o deteve.

– Melhor não sair daqui. Pode ter alguém vigiando lá fora. Se a gente ficar aqui atrás dessas árvores, não tem problema.

Estavam parados, sob a sombra de avelãzeiras. Os raios de sol, filtrados pelas inúmeras folhas, ainda esquentavam o rosto dos dois. Winston olhou para o campo diante deles e sentiu um curioso espanto ao reconhecer o lugar. Conhecia-o de vista. Um antigo pasto, de grama cerrada, atravessado por uma trilha e permeado por montículos de terra escavados por toupeiras. Do outro lado do pasto, na sebe mal cuidada, os galhos dos olmos dançavam bem de leve ao ritmo da brisa, e as folhas se agitavam em densas massas, fazendo lembrar o cabelo de uma mulher. Em algum lugar ali perto, embora fora do campo de visão, com certeza corria um riacho com poças verdes, onde nadavam os leuciscos.

– Não tem um riacho aqui por perto? – murmurou ele.

– Tem, sim, tem um riacho. Fica logo ali, atrás daquele campo. E está cheio de peixe lá dentro, dos grandes. Dá para vê-los nas poças sob os salgueiros, mexendo a cauda.

– É o País Dourado… ou quase isso… – sussurrou ele.

– País Dourado?

– Não é nada, não. Só uma paisagem que eu já vi algumas vezes nos meus sonhos.

– Olha só! – murmurou Julia.

Um tordo havia pousado num galho a menos de cinco metros de onde estavam, quase na altura do rosto deles. Talvez não os tivesse visto. O pássaro estava no sol, e eles, na sombra. Abriu suas asas, ajeitou-as com todo o cuidado no lugar de novo, baixou a cabeça por um instante, como se prestasse uma homenagem ao sol, e então começou a jorrar aos poucos sua torrente musical. No silêncio da tarde, o volume daquela cantoria era impressionante. Winston e Julia se abraçaram, fascinados. A música prosseguiu, minuto após minuto, com surpreendentes variações, sem nunca se repetir, como se o pássaro estivesse deliberadamente exibindo seu virtuosismo. Às vezes parava por alguns segundos, abria as asas e logo as reassentava, e em seguida inflava o peito todo pintado e disparava a cantar. Winston observava o espetáculo com uma leve reverência. Para quem o pássaro cantava, ou por quê? Não havia parceira nem rival por perto. O que o fizera pousar no extremo daquele bosque isolado e jorrar sua música sobre o vazio? Winston ficou pensando se, no fim das contas, não havia mesmo algum microfone escondido por ali. Julia e ele só haviam sussurrado bem baixinho, e seria impossível capturar o que tinham dito, mas daria para identificar o som do tordo. Talvez na outra ponta do aparelho um homenzinho com aspecto de besouro estivesse ouvindo atentamente – ouvindo *aquilo*. Porém, aos poucos, a enxurrada musical livrou sua mente de todas as especulações. Era como se uma substância líquida se espalhasse dentro dele e se misturasse à luz do sol que penetrava por meio das folhas. Parou de pensar e ficou apenas sentindo. Sentia a cintura de Julia, macia e cálida, na dobra de seu braço. Puxou-a, de modo que ficaram frente a frente, e teve a sensação de que os dois corpos se fundiam num só. Onde quer que suas mãos encostassem, era tudo fluido feito água. Ficaram com as bocas grudadas uma na outra; dessa vez foi diferente dos beijos enrijecidos que tinham trocado mais cedo. Quando afastaram os rostos, ambos soltaram um profundo suspiro. O pássaro se assustou e foi embora, retinindo as asas.

Winston encostou os lábios no ouvido dela.

– *Agora* – sussurrou.

– Aqui, não – sussurrou ela de volta. – Melhor voltarmos para o esconderijo. É mais seguro.

Depressa, quebrando um ou outro galho ao longo do caminho, voltaram à clareira. Quando já estavam rodeados pelas árvores altas, Julia se virou, ficando de frente para ele. Os dois estavam ofegantes, mas o sorriso tinha reaparecido no rosto dela, nos cantos da boca. Ficou parada por um instante, olhando para Winston, e em seguida começou a tatear o zíper do próprio macacão. Sim, isso! Era quase como no sonho dele. Com praticamente a mesma agilidade que ele imaginara, ela arrancou a roupa e quando a atirou para o lado, foi com o mesmo gesto majestoso que parecia aniquilar toda uma civilização. A alvura de seu corpo brilhava diante do sol. Mas em vez de se fixarem naquele corpo, os olhos de Winston foram capturados pelo rosto sardento e o leve sorriso atrevido. Ajoelhou-se diante dela e pegou suas mãos.

– Você já fez isso antes?

– Claro que sim. Centenas de vezes… Bom, muitas vezes, para ser mais precisa.

– Com membros do Partido?

– Sim, sempre com membros do Partido.

– Do Partido Interno?

– Não, com aqueles porcos, não. Mas sei que muitos *adorariam*, se tivessem uma chance. Eles só se fingem de santos, mas na verdade…

O coração de Winston se acelerou. Ela já tinha feito aquilo muitas vezes; ele preferia que tivessem sido centenas, milhares de vezes. Qualquer coisa que sugerisse depravação sempre o enchia de uma esperança alucinante. Quem sabe o Partido não estivesse apodrecido debaixo da superfície, e o culto ao sacrifício e à abnegação fossem pura farsa, para esconder sua iniquidade? Se pudesse infectar todos eles com lepra ou sífilis, o faria com muito gosto! O que fosse preciso para deteriorar, enfraquecer e minar! Puxou-a para baixo, e os dois ficaram ajoelhados, um de frente para o outro.

– Sabe, eu quero mais é que você tenha dormido com a maior quantidade possível de homens. Vou te amar ainda mais. Está entendendo?

– Claro, perfeitamente.

– Eu odeio a castidade, a bondade! Não quero saber de nenhuma virtude. Meu sonho é que todo mundo fosse depravado até o fundo da alma.

– Bom, então acho que eu fui feita para você, querido. Depravada até a alma.

– Você gosta, é? Não estou falando de mim, especificamente. Estou falando da coisa em si.

– Eu adoro.

Era o que ele mais queria ouvir. Não se tratava do amor por alguém, e sim do instinto animal, o simples desejo indistinto: era essa a força que destruiria o Partido. Ele a pressionou sobre a grama, entre os jacintos. Dessa vez não houve dificuldade. Em pouco tempo, os batimentos dos dois retornaram à velocidade normal, e numa espécie de abandono prazeroso, cada um desabou para um lado. O sol dava a impressão de estar mais quente. Ambos estavam sonolentos. Ele alcançou o macacão abandonado e cobriu parte do corpo dela. Em seguida, caíram no sono e dormiram por cerca de meia hora.

Winston acordou primeiro. Sentou-se e ficou contemplando o rosto sardento de Julia, que ainda dormia em paz e usava a palma da mão como travesseiro. A não ser pela boca, não se podia dizer que fosse bonita. De perto, dava para ver que havia uma ou duas rugas em volta dos olhos. O cabelo escuro e curto era extremamente cheio e macio. Ocorreu-lhe que ainda não sabia seu sobrenome nem onde morava.

O corpo jovem e forte, agora indefeso durante o sono, despertou nele um sentimento de compaixão, um instinto protetor. Porém, não chegou a experimentar de novo a ternura espontânea que sentira sob a avelãzeira, enquanto o tordo cantava. Afastando para o lado o macacão que a cobria, pôs-se a estudar seu flanco alvo e macio. Antigamente, pensou ele, um homem olhava o corpo de uma mulher, se sentia atraído, e era o que bastava. Mas agora era impossível sentir amor ou desejo em estado puro. Não havia nenhum sentimento puro, pois tudo vinha misturado com medo e ódio. O abraço dos dois tinha sido uma batalha, e o clímax, uma vitória. Era um golpe desferido contra o Partido. Um ato político.

3.

— A gente pode voltar aqui mais uma vez – disse Julia. – Em geral é seguro usar um esconderijo duas vezes. Mas precisamos dar um intervalo de um ou dois meses, claro.

Ao despertar, seu comportamento já tinha mudado. Mostrou-se alerta e pragmática, vestiu a roupa, amarrou a faixa escarlate na cintura e começou a organizar os detalhes da volta para casa. Parecia natural deixar que ela o fizesse. Era evidente que Julia tinha uma inteligência de ordem prática que faltava a Winston, e tudo levava a crer que conhecia exaustivamente a zona rural dos arredores de Londres, graças às inúmeras caminhadas comunitárias de que participara. O caminho que ela indicou era bem diferente do que ele tinha seguido na ida e o levou a outra estação de trem.

— Nunca volte para casa pelo mesmo caminho que você usou para vir – aconselhou ela, como se enunciasse um importante princípio geral.

Julia sairia primeiro, e Winston teria de esperar meia hora antes de segui-la. Ela havia falado de um lugar onde poderiam se encontrar depois do expediente, dali a quatro dias. A rua ficava num dos bairros mais pobres, onde havia um mercado a céu aberto, geralmente cheio e barulhento. Julia ficaria vagando entre as barraquinhas, fingindo estar à procura de cadarços ou linha de costura. Se achasse que não tinha perigo, assoaria o nariz ao vê-lo; do contrário, ele deveria passar batido. Mas se tivessem sorte, seria seguro falar por uns quinze minutos, no meio da multidão, para combinar outro encontro.

— Agora preciso ir – disse ela, logo depois de passar as instruções. – Preciso estar de volta às dezenove e trinta. Tenho que dedicar duas horas para a Liga

Juvenil Antissexo, distribuindo folhetos ou algo assim. Não é um horror? Você pode ajeitar o meu cabelo? Não tem nenhum galho grudado? Tem certeza? Então tchauzinho, meu amor, tchauzinho!

Julia se atirou nos braços dele, beijou-o quase com violência e, logo em seguida, saiu com cautela abrindo caminho pelas árvores e desaparecendo pelo bosque praticamente sem fazer barulho. Winston ainda não descobrira seu sobrenome nem seu endereço. Contudo, não fazia diferença, pois era impensável que um dia pudessem se encontrar num ambiente fechado ou trocar qualquer tipo de comunicação por escrito.

O fato é que nunca voltaram à clareira no bosque. No mês de maio, houve só mais uma ocasião em que conseguiram fazer amor. Foi em outro esconderijo que Julia conhecia, o campanário de uma igreja em ruínas, num trecho rural quase deserto, onde trinta anos antes havia caído uma bomba atômica. Era um ótimo esconderijo, mas o caminho para chegar até lá era muito perigoso. De resto, tinham de se encontrar no meio da rua, num lugar diferente a cada noite e nunca por mais de meia hora. Na rua, em geral era possível desenvolver uma espécie de conversa. Conforme caminhavam pelas calçadas lotadas, nunca lado a lado, nem olhando um para o outro, conseguiam manter uma conversa intermitente, que era interrompida e depois retomada como os feixes luminosos de um farol, silenciada de repente pela aproximação de alguém com o uniforme do Partido, ou pela proximidade de uma teletela, e retomada minutos depois no meio de uma frase, para ser abruptamente interrompida quando se separavam no ponto combinado, continuando só no dia seguinte e quase sem nenhuma introdução. Julia parecia estar bem acostumada a esse tipo de conversa, que chamava de "conversa a prestação". Era também muito hábil em falar sem mover os lábios. Só uma vez em quase um mês de encontros noturnos é que conseguiram trocar um beijo. Caminhavam em silêncio por uma rua lateral (Julia nunca falava nada quando estavam longe das vias principais), quando ouviram um rugido ensurdecedor, a terra tremeu e tudo ficou mais escuro. Winston viu-se deitado de lado, ferido e apavorado. Uma bomba-foguete devia ter caído por ali, muito perto deles. Notou então o rosto de Julia a poucos centímetros do seu, de um branco funesto, cor de giz. Até seus lábios tinham ficado brancos. Estava morta! Abraçou-a e descobriu que beijava um rosto vivo, quente. Mas algum tipo de pó se interpôs entre os lábios dos dois. Estavam com o rosto coberto por uma grossa camada de reboco.

Havia vezes em que chegavam ao ponto de encontro, mas precisavam se cruzar sem emitir qualquer sinal, pois uma patrulha acabara de passar ou um helicóptero sobrevoava o céu. Mesmo que não fosse tão perigoso, era difícil arranjar tempo para se encontrar. A jornada de trabalho de Winston era de sessenta horas semanais, e a de Julia era mais longa ainda, sendo que os dias de folga deles variavam conforme o volume de trabalho e quase nunca coincidiam. Julia, de todo modo, raramente tinha uma noite livre. Passava um tempo enorme participando de palestras e manifestações, distribuindo panfletos para a Liga Juvenil Antissexo, confeccionando cartazes para a Semana do Ódio, recolhendo contribuições para as campanhas de arrecadação, entre outras atividades do gênero. Valia a pena, dizia ela: era uma camuflagem. Mantendo as pequenas regras, era possível romper com as grandes. Ela inclusive estimulou Winston a sacrificar mais uma de suas noites para se envolver num trabalho voluntário na fábrica de munição, feito por fervorosos membros do Partido. Portanto, uma noite por semana, Winston passava quatro horas de tédio paralisante, aparafusando pecinhas de metal que provavelmente fariam parte de explosivos, numa oficina mal iluminada e atormentada por correntes de ar, onde as pancadas dos martelos mesclavam-se num ritmo monótono com a música das teletelas.

Quando se encontraram na torre da igreja, finalmente conseguiram preencher as lacunas da conversa fragmentada. Era uma tarde escaldante. O ar dentro da pequena câmara quadrada acima dos sinos estava quente e estagnado, e o lugar exalava um cheiro fortíssimo de excremento de pombo. Ficaram sentados no chão empoeirado e coberto de galhos, conversando durante horas, e de tempos em tempos um deles se levantava para dar uma espiada pelas seteiras e verificar se não havia ninguém por perto.

Julia tinha vinte e seis anos. Morava numa pensão com outras trinta garotas ("Sempre no meio daquela fedentina de mulher! Como eu odeio mulher!", exclamou ela, abrindo um parêntese) e trabalhava, como ele adivinhara, nas máquinas de escrever romances do Departamento de Ficção. Ela gostava do trabalho, que consistia basicamente em operar e manter um poderoso e complexo motor elétrico em bom estado. Não se considerava "inteligente", mas gostava de usar as mãos e sentia-se à vontade com o maquinário. Conseguia descrever todo o processo de composição de um romance, desde a diretiva geral emitida pelo Comitê de Planejamento até os últimos retoques feitos pela Brigada de Reescrita. Porém, não tinha interesse pelo produto final. "Não ligava muito para a leitura", disse ela. Os livros não passavam de uma mercadoria que precisava ser produzida, que nem geleias ou cadarços.

Não guardava nenhuma lembrança de antes dos anos 1960, e a única pessoa de seu entorno que falava com frequência da época anterior à Revolução era um avô que havia desaparecido quando ela tinha oito anos. Na escola, foi capitã do time de hóquei e ganhou o troféu de ginástica por dois anos consecutivos. Foi líder de tropa nos Espiões e secretária de divisão na Liga Juvenil, antes de entrar para a Liga Juvenil Antissexo. Sempre teve um comportamento exemplar. Chegou a ser escolhida para trabalhar na Pornosec (sinal inequívoco de boa reputação), subseção do Departamento de Ficção responsável por produzir pornografia barata para distribuir aos proles. A subseção era chamada de Casa da Imundície pelas pessoas que trabalhavam lá, comentou ela. Permaneceu ali por um ano, ajudando a produzir livretos em embalagens lacradas, com títulos como *Histórias de surras* e *Uma noite num internato feminino*, adquiridos furtivamente por jovens proletários que ficavam com a impressão de estar comprando um produto ilegal.

– Como é que são esses livros? – perguntou Winston, curioso.

– Ah, medonhos, uma porcaria. São muito chatos, na verdade. Só existem seis enredos, e eles vão trocando uma coisa ou outra. Claro que eu só manipulava os caleidoscópios. Nunca fui da Brigada de Reescrita. Não sou letrada, querido, nem mesmo pra isso…

Ele descobriu, com espanto, que todos os funcionários na Pornosec, exceto o chefe do departamento, eram do sexo feminino. Acreditava-se que os homens, cujos instintos sexuais eram menos controláveis que os das mulheres, corriam mais risco de se perverterem pela obscenidade que teriam nas mãos.

– Eles não gostam nem que tenha mulher casada ali – acrescentou ela. – Acham que as solteiras é que são puras. Bom, aqui estou eu provando o contrário.

A primeira relação amorosa dela tinha sido aos dezesseis anos, com um membro do Partido de sessenta, que depois acabou se suicidando para evitar ser preso.

– Fez um bom trabalho – disse Julia. – Senão, teriam conseguido arrancar o meu nome quando ele confessasse.

Desde então, tinha havido muitos outros. Julia enxergava a vida sob uma ótica bem simples. O indivíduo queria se divertir; "eles", ou seja, o Partido, faziam de tudo para impedi-lo; cabia ao indivíduo romper com as regras da melhor forma que conseguisse. Para ela, as duas coisas pareciam igualmente naturais:

que "eles" quisessem roubar o prazer dos indivíduos e que os indivíduos, por sua vez, se esforçassem para não serem descobertos. Odiava o Partido, e o expressava com as palavras mais grosseiras, mas não fazia críticas genéricas. A não ser quando interferia em sua própria vida, não se interessava pela doutrina do Partido. Winston percebeu que ela nunca usava palavras em neolíngua, exceto as que já haviam caído no uso cotidiano. Julia nunca ouvira falar da Irmandade e se recusava a acreditar em sua existência. Qualquer exemplo de revolta organizada contra o Partido, fadada a fracassar, soava-lhe como uma estupidez. O mais inteligente era infringir as regras e, ao mesmo tempo, continuar vivo. Winston ficou imaginando quantos como ela haveria na geração mais nova – pessoas que tinham crescido no mundo da Revolução, sem conhecer outra coisa, que aceitavam o Partido como um dado tão inalterável quanto o céu e não se rebelavam contra sua autoridade, mas simplesmente se esquivavam, da mesma forma que um coelho faz para fugir de um cachorro.

Não debateram a possibilidade de se casar. Era algo tão remoto, que nem valia a pena pensar sobre o assunto. Nenhum comitê jamais sancionaria esse tipo de casamento, mesmo se Winston tivesse conseguido se livrar de Katherine. Portanto, era uma fantasia inútil.

– Como era a sua mulher? – perguntou Julia.

– Ela era... Você conhece a palavra *bompensante*, em neolíngua? Serve para falar de uma pessoa que é naturalmente ortodoxa, incapaz de ter um pensamento ruim.

– Não, eu não conhecia essa palavra, mas conheço muito bem esse tipo de gente.

Winston começou a contar sobre sua vida de casado, mas o curioso era que ela parecia conhecer as principais partes da história. Descreveu para Winston, quase como se tivesse visto ou sentido, de que jeito o corpo de Katherine se retesava assim que ele a tocava, a forma como parecia continuar empurrando-o com toda força, mesmo quando seus braços estavam bem firmes em volta dele. Com Julia, não sentia a menor dificuldade em falar sobre essas coisas; de qualquer forma, Katherine deixara de ser uma lembrança dolorosa havia muito tempo, tornando-se apenas desagradável.

– Eu até teria aguentado, se não fosse por uma coisa – disse ele. Contou-lhe sobre a cerimoniazinha frígida da qual Katherine o forçava a participar toda semana, sempre na mesma noite. – Ela odiava aquilo, mas nada era capaz de detê-la. Você não vai acreditar como ela chamava...

146 1984

– Nosso dever para com o Partido – respondeu Julia, na mesma hora.

– Como é que você sabe?

– Eu também frequentei a escola, querido. A partir dos dezesseis anos, eram conversas mensais sobre sexo. A mesma coisa no movimento juvenil. Eles fazem uma lavagem cerebral por anos e anos. Eu diria até que funciona em muitos casos. Mas claro que nunca se sabe... as pessoas são muito hipócritas.

Julia começou a se aprofundar no assunto. Com ela, tudo acabava remetendo à sua própria sexualidade. Se o assunto era esse, demonstrava enorme perspicácia. Diferente de Winston, captara o que estava por trás do puritanismo sexual do Partido. Não era apenas que o instinto sexual criava um mundo à parte, fora da alçada de controle do Partido e que, portanto, precisava ser destruído sempre que possível. O mais importante era que a privação sexual levava à histeria, o que era muito conveniente, porque podia se converter em sede de guerra e adoração ao líder. Era assim sua explicação:

– Quando fazemos amor, gastamos energia. Depois, nos sentimos tão felizes que não ligamos para nada. Eles não toleram que a gente se sinta assim. Querem que estejamos o tempo todo explodindo de energia. Todas essas marchas para cima e para baixo, as frases motivacionais, o hastear de bandeiras, tudo isso é simplesmente sexo que azedou. Se a pessoa se sente feliz por dentro, por que se empolgaria com o Grande Irmão, com os Planos Trienais, os Dois Minutos de Ódio e toda aquela bobajada repugnante?

Fazia sentido, pensou ele. Havia uma conexão íntima e direta entre castidade e ortodoxia política. De que forma manteriam vivos o medo, o ódio e a credulidade lunática que o Partido precisava de seus membros se não fosse reprimindo algum instinto poderoso e usando-o como força motriz? O impulso sexual era perigoso para o Partido, então o Partido resolveu se aproveitar dele. Haviam feito algo similar com os instintos maternal e paternal. A família não podia ser abolida, claro. Na verdade, as pessoas eram encorajadas a se afeiçoar a seus filhos quase como nos velhos tempos. As crianças, por sua vez, eram sistematicamente estimuladas a se virar contra os pais e aprendiam a espioná-los e denunciar seus desvios. A família se transformara em verdadeira extensão da Polícia do Pensamento. Era um recurso para fazer com que todos estivessem cercados dia e noite por informantes que os conheciam na intimidade.

De repente, Winston voltou a pensar em Katherine. Sem dúvida ela o teria denunciado à Polícia do Pensamento se não calhasse de ser tão estúpida a ponto de não detectar a heterodoxia de suas opiniões. Mas o que realmente o fez se lembrar dela de novo foi o calor sufocante daquela tarde, que lhe fazia o suor escorrer pela testa. Começou a contar a Julia sobre algo que tinha acontecido, ou melhor, que não tinha acontecido, numa outra tarde tórrida de verão, onze anos antes.

Fazia três ou quatros meses que estavam casados. Tinham se perdido numa caminhada comunitária nos arredores de Kent. Haviam ficado para trás por alguns minutos, mas tomaram a bifurcação errada e acabaram à beira de uma antiga mina de calcário. Era uma queda acentuada, de dez ou vinte metros, com rochas no fundo. Não havia ninguém por perto para indicar o caminho. Quando se deu conta de que estavam perdidos, Katherine ficou muito nervosa. Afastar-se da turba barulhenta de andarilhos, mesmo por poucos instantes, lhe dava a sensação de estar fazendo algo errado. Queria voltar logo pelo caminho que tinham tomado e começar a procurar na outra direção. Mas nesse momento, Winston notou uns tufos de salgueirinha que cresciam nas fendas do penhasco abaixo deles. Havia um tufo de duas cores, magenta e vermelho-tijolo, aparentemente crescendo na mesma raiz. Nunca vira nada parecido e chamou Katherine, para que olhasse também.

– Venha ver, Katherine! Olhe só essas flores. Essas que crescem lá embaixo. Está vendo que têm duas cores diferentes?

Ela já tinha se virado para ir embora, mas acabou voltando por um instante, meio irritada. Inclusive se inclinou um pouco à frente, à beira do penhasco, para ver o que ele apontava. Parado um pouco atrás, Winston pôs a mão na cintura dela, firmando-a. De repente se deu conta de que estavam completamente sozinhos. Não havia ninguém ali, nem sequer uma folha balançando ou um pássaro desperto. Num lugar como aquele, eram mínimas as chances de haver um microfone escondido, e mesmo se houvesse, só capturaria sons. Era a hora mais quente e pacata da tarde. O sol os castigava, e o suor lhe fazia cócegas no rosto. Foi então que ele teve uma ideia…

– Como é que você não a empurrou? – perguntou Julia. – Eu teria empurrado.

– Claro que você teria empurrado, querida. Eu também, se na época fosse a mesma pessoa que sou hoje. Ou talvez empurrasse… não tenho certeza.

– Você se arrepende de não ter empurrado?

– Sim. De modo geral, me arrependo, sim.

Estavam sentados lado a lado no chão empoeirado. Ele a puxou para mais perto. A cabeça de Julia ficou apoiada em seu ombro, e o cheiro agradável de seu cabelo deixava em segundo plano o fedor do excremento de pombo. Era muito nova, pensou Winston. Ainda esperava alguma coisa da vida e não entendia que empurrar uma pessoa inconveniente do alto de um penhasco não resolvia nada.

– A verdade é que não teria feito a menor diferença – disse ele.

– Então por que é que você se arrepende?

– Porque eu prefiro uma resposta afirmativa a uma negativa. Neste jogo que estamos jogando, é impossível sairmos vencedores. Alguns fracassos são melhores do que outros, só isso.

Winston sentiu que os ombros dela se retraíram, em desacordo. Sempre o contradizia quando ele falava algo nessa linha. Julia não aceitava como lei da natureza que o indivíduo sempre saísse derrotado. De certa forma, sentia que ela própria estava condenada, que cedo ou tarde a Polícia do Pensamento a capturaria e mataria, mas com outra parte do cérebro pensava que talvez fosse possível construir um mundo secreto, onde poderia viver como bem entendesse. Bastava ter sorte, malícia e coragem. Não entendia que a felicidade era uma falácia, que a única vitória possível residia num futuro longínquo, para muito além de quando já estivessem mortos, e que, a partir do momento em que a pessoa declarava guerra ao Partido, era melhor já se considerar um cadáver.

– Nós somos os mortos – disse ele.

– Ainda não estamos mortos – retrucou Julia, de modo prosaico.

– Fisicamente, não. Seis meses, um ano… cinco anos, talvez. Eu tenho medo da morte. Você é nova, então suponho que tenha mais medo do que eu. Claro que faremos de tudo para adiá-la. Mas faz pouquíssima diferença. Enquanto os seres humanos continuarem humanos, vida e morte são a mesma coisa.

– Ah, que bobagem! Com quem você preferiria dormir: comigo ou com um esqueleto? Você não gosta de estar vivo? Não gosta de sentir: este sou eu, esta é minha mão, minha perna, eu sou real, sou de carne e osso, estou vivo! Não gosta *disso*?

No mesmo instante, ela se virou e pressionou o peito sobre ele. Winston sentiu seus seios maduros, porém firmes, através do macacão. O corpo dela parecia despejar sobre o dele parte de sua juventude e vigor.

– Gosto, claro – respondeu ele.

– Então chega de falar em morte. Agora me ouça, querido. A gente precisa combinar como vai ser nosso próximo encontro. Podemos voltar àquele lugar lá no bosque. Demos um bom intervalo. Mas dessa vez você tem que pegar um caminho diferente. Já planejei tudo. Você vai de trem... Preste atenção, vou desenhar aqui.

Usando de seu pragmatismo, Julia reuniu um montinho de poeira e com um galho tirado de um ninho de pombo começou a esboçar um mapa no chão.

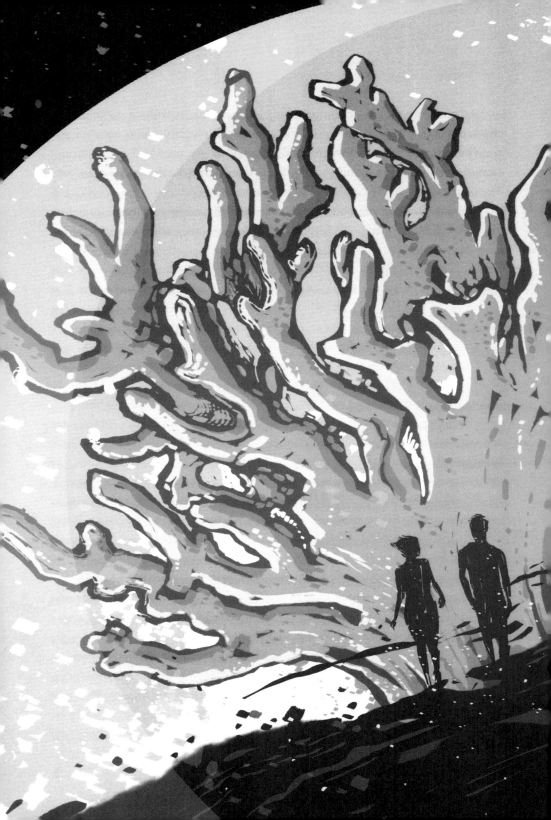

4.

Winston examinou o quartinho combalido que ficava acima da loja do sr. Charrington. Junto à janela, a enorme cama estava feita, forrada com um cobertor esfarrapado e um almofadão sem capa. O relógio antigo, com o mostrador de doze horas, emitia seu tique-taque sobre a cornija. No canto, em cima da mesa dobrável, o peso de papel que havia comprado na visita anterior brilhava sutilmente em meio à penumbra.

No guarda-fogo, havia um fogareiro surrado de latão, uma panela e duas xícaras, tudo providenciado pelo sr. Charrington. Winston acendeu o queimador e pôs a água para ferver. Trouxera um envelope cheio de Café da Vitória e alguns tabletes de sacarina. Os ponteiros do relógio marcavam sete e vinte, mas na verdade eram dezenove e vinte. Ela chegaria às dezenove e trinta.

Que loucura, que loucura, seu coração não parava de dizer: uma loucura consciente, gratuita e suicida. De todos os crimes que um membro do Partido poderia cometer, aquele era o mais difícil de ocultar. A ideia primeiro passou por sua cabeça sob a forma de uma visão: o peso de papel refletido na superfície da mesa dobrável. Como previra, o sr. Charrington não criou a menor dificuldade para alugar o quarto. Certamente estava feliz com os trocados que embolsaria. Tampouco se mostrou chocado ou ofendido ao saber que Winston queria o quarto para dar vazão a um caso amoroso. Em vez disso, olhou ao longe e começou a falar de amenidades de um jeito tão delicado que dava a impressão de ter ficado quase invisível. A privacidade era um bem muito valioso, disse ele. Todos queriam um lugar onde pudessem ficar um pouco a sós. E quando alguém conseguia en-

152 1984

contrar esse lugar, quem estivesse a par do assunto deveria mantê-lo para si, em demonstração de cortesia. Dando a impressão de quase desaparecer ao fazê-lo, o sr. Charrington chegou a acrescentar que havia duas entradas para a casa, sendo uma delas pelo pátio dos fundos, que dava num beco.

Sob a janela, alguém estava cantando. Winston deu uma espiada, protegido pela cortina de musselina. O sol de junho ainda estava alto, e no pátio banhado pelo sol, uma mulher enorme, sólida como um pilar normando, com antebraços musculosos e vermelhos e um rústico avental amarrado na cintura, se arrastava para cima e para baixo entre um balde e o varal, pregando uma série de panos brancos que Winston depois percebeu que eram fraldas de bebê. Quando não estava com a boca tampada pelos pregadores, a mulher cantava numa potente voz de contralto:

"Não passou de uma ilusão perdida
Que se foi como um dia de abril,
Mas os olhares, as palavras e os sonhos
Roubaram-me o coração pueril!"

Aquela música vinha atormentando Londres fazia algumas semanas. Era uma de tantas outras similares divulgadas em benefício dos proles por uma subseção do Departamento de Música. As letras eram compostas sem qualquer intervenção humana, num instrumento conhecido como versificador. Mas a mulher era tão afinada que quase transformava aquele troço pavoroso num som agradável. Além de ouvi-la cantar, Winston conseguia ouvir também o barulho que seu sapato fazia ao se arrastar sobre as pedras, os gritos das crianças na rua e, a uma boa distância, um leve ruído de trânsito. Ainda assim, o quarto era curiosamente silencioso, graças à ausência de teletela.

Que loucura, que loucura, que loucura!, pensou ele de novo. Era impossível que conseguissem frequentar aquele lugar por mais de algumas semanas sem que os descobrissem. Porém, os dois ficaram tentados diante da ideia de ter um esconderijo só deles, num lugar fechado e acessível. Depois do dia no campanário, haviam ficado um tempo sem conseguir combinar outros encontros. O expediente aumentara drasticamente, por conta dos preparativos à Semana do Ódio. Ainda faltava um mês, mas o trabalho envolvido era tão monumental e complexo que exigia uma dedicação extra de todos. Por fim, conseguiram garantir uma tarde livre no mesmo dia. Haviam concordado em voltar à clareira do bosque. Na véspera, à noite, encontraram-se rápido na rua. Como de costume, Winston mal olhou para Julia quando se cruzaram no meio da multidão, mas só de vê-la de relance, teve a sensação de que estava mais pálida do que o normal.

– Não vai dar... – murmurou ela, assim que julgou seguro. – Estou falando de amanhã.

– O quê?

– Amanhã de tarde. Não vou poder.

– Por que não?

– Ah, o de sempre. Começou cedo dessa vez.

Por um momento, Winston ficou extremamente irritado. Desde que a conhecera, um mês antes, a natureza de seu desejo por ela já tinha mudado. No começo, havia pouco erotismo envolvido. A primeira vez em que fizeram amor não passou de um ato da vontade. Mas depois da segunda vez foi diferente. O cheiro do cabelo dela, o gosto de sua boca, o toque de sua pele pareciam ter penetrado nele ou impregnado o ar à sua volta. Julia se tornara uma necessidade física, algo que não apenas queria, mas também sentia merecer. Quando disse que não poderia se encontrar com ele, Winston achou que o estivesse traindo. Mas justo nesse instante a multidão os imprensou, e as mãos deles se tocaram por acidente. Por um breve momento, ela apertou as pontas dos dedos dele, o que pareceu convocar não desejo e sim afeição. Ele ficou pensando que, quando um homem morava com uma mulher, frustrações desse tipo deviam ser comuns, recorrentes; então foi tomado de súbito por uma profunda sensação de ternura, como não sentira por ela antes. Desejou que estivessem casados havia dez anos. Desejou que estivessem andando pela rua juntos, como faziam agora, mas livres e sem medo, falando de trivialidades e comprando bugigangas para o lar. Desejou, acima de tudo, que tivessem um lugar onde pudessem ficar juntos, a sós, sem sentir a obrigação de fazer amor sempre que se encontrassem. Não foi bem naquele instante, mas no dia seguinte, que lhe ocorreu a ideia de alugar o quarto do sr. Charrington. Ao sugeri-lo para Julia, ela concordou com uma prontidão inesperada. Ambos sabiam que era um disparate. Era como se intencionalmente estivessem cavando a própria cova. Agora, esperando sentado à beira da cama, Winston pensou de novo nos porões do Ministério do Amor. Era curioso como vira e mexe as pessoas tomavam consciência desse terror predestinado. Estava lá, fixo numa data futura, precedendo a morte de forma tão certa quanto o 99 precede o 100. Era impossível evitá-lo, talvez desse apenas para adiar as coisas; mas em vez disso, de tempos em tempos, por um ato consciente e intencional, havia quem decidisse encurtar o intervalo antes que acontecesse.

Nesse instante, ouviu passos rápidos na escada e Julia irrompeu no quarto. Trazia uma bolsa rústica de ferramentas, de lona marrom, a mesma que ele já a vira carregando algumas vezes ao entrar e sair do ministério. Começou a se aproximar para abraçá-la, mas ela se desvencilhou apressada, em parte porque ainda segurava a bolsa.

– Um minutinho – disse. – Quero só mostrar o que eu consegui. Você trouxe aquele café horroroso? Imaginei que traria. Pode jogar fora, que não vamos precisar. Olhe aqui.

Julia ficou de joelhos, abriu a bolsa e tirou às pressas umas chaves inglesas e uma chave de fenda que estavam por cima. Embaixo, havia alguns sacos de papel. Quando entregou o primeiro deles a Winston, ele teve uma sensação estranha, mas vagamente familiar. Estava cheio de uma substância pesada, meio arenosa, que cedia ao toque.

– É açúcar? – perguntou ele.

– Açúcar de verdade, não sacarina. Açúcar, mesmo. E aqui tem um pedaço de pão… pão branco, não aquela nossa porcaria… e um potinho de geleia. Ah, e uma lata de leite. Mas, veja, aqui está o melhor de tudo. Tive que amarrar uns sacos em volta, porque…

Julia nem precisou explicar por que tinha amarrado tudo. O cheiro já tomava conta do quarto: um aroma forte, intenso, que parecia uma emanação de sua primeira infância, mas com o qual às vezes acontecia de a pessoa esbarrar num corredor, diante de uma porta fechada, ou mesmo no meio de uma rua lotada, sendo detectado num instante, para logo depois sumir.

– É café – murmurou ele. – Café de verdade!

– É o café do Partido Interno. Tem um quilo aqui – disse ela.

– Como é que você arranjou todas essas coisas?

– É tudo do Partido Interno. Não falta nada praqueles porcos. Mas é claro que os garçons, criados e outras pessoas acabam roubando algumas coisas. Ah, e eu consegui também um pacotinho de chá.

Winston se agachara ao lado dela. Rasgou uma das pontas do pacote.

– É chá de verdade, não folha de amora.

– Tem tido muito chá por agora. Eles conquistaram a Índia, ou algo assim – disse ela, sem grandes explicações. – Mas me ouça, querido, eu quero que você vire de costas para mim por três minutinhos. Vá se sentar ali no outro lado da cama. Não fique muito perto da janela e só vire depois que eu falar.

Winston ficou olhando absorto pela cortina de musselina. No pátio, a mulher de braços vermelhos continuava suas idas e vindas entre o balde e o varal. Tirou mais dois pregadores da boca e cantou com profunda emoção:

"Dizem que o tempo tudo cura,
Dizem que é possível olvidar;
Mas os risos e as lágrimas anos afora
Ainda fazem meu coração palpitar!"

A mulher parecia saber de cor aquela musiqueta. Sua voz flutuava num movimento ascendente, junto ao doce ar de verão, afinadíssima e tomada por uma espécie de melancolia feliz. Dava a impressão de que não se importaria se aquele fim de tarde de junho durasse para sempre e se a quantidade de roupas fosse inesgotável, obrigando-a a ficar ali por milhares de anos, estendendo fraldas e cantando suas bobagens. Winston parou para pensar que nunca tinha visto um membro do Partido cantando sozinho ou de forma espontânea. Inclusive seria algo um pouco heterodoxo, uma excentricidade arriscada, como falar consigo mesmo. Quem sabe não era só quando as pessoas estavam à beira da inanição que encontravam motivos para cantar.

– Agora pode virar – disse Julia.

Assim que virou, quase não a reconheceu. A expectativa de vê-la nua não se concretizou. A transformação tinha sido muito mais surpreendente: Julia havia se maquiado.

Devia ter entrado furtivamente numa loja de um bairro proletário e comprado um kit completo de maquiagem. Os lábios estavam pintados de vermelho, e ela passara *rouge* nas bochechas e pó no nariz; havia inclusive colocado alguma coisa sob os olhos para iluminá-los ainda mais. Não estava nenhum primor, mas os padrões de Winston a esse respeito não eram altos. Nunca vira nem sequer imaginara uma mulher do Partido usando maquiagem no rosto. A melhora era notável. Com uns toques de cor nos lugares certos, não só tinha ficado mais bonita como, acima de tudo, muito mais feminina. O cabelo curto e o macacão de aspecto masculino só faziam aumentar o efeito. Quando ele a tomou nos braços, um aroma de violetas artificiais inundou suas narinas. Lembrou-se da penumbra na cozinha de um porão e da boca cavernosa de outra mulher. Era exatamente o mesmo perfume, mas naquele momento nada disso parecia ter importância.

– Até perfume! – disse ele.

– É, querido, até perfume. E sabe o que ainda vou fazer? Vou arranjar um vestido de verdade, em algum canto, pra deixar de lado este uniforme tenebroso. Vou usar meia-calça de seda e sapato de salto alto! Neste quarto aqui, vou ser mulher e não camarada do Partido.

Tiraram a roupa e foram para a enorme cama de mogno. Era a primeira vez que ele se despia na frente dela. Até então, morria de vergonha do corpo minguado e pálido, com as veias varicosas em destaque nas panturrilhas e a mancha desbotada sobre o tornozelo. Não havia lençóis, mas o cobertor era surrado e macio, e os dois ficaram impressionados com o tamanho e a maciez da cama.

– Com certeza está cheio de percevejos, mas e daí? – disse Julia.

Não se viam mais camas de casal, exceto nas casas dos proles. Winston já dormira em algumas quando garoto, uma ou outra vez; para Julia, no entanto, pelo que lembrava, aquilo era inédito.

Os dois acabaram caindo no sono. Quando Winston acordou, os ponteiros do relógio marcavam quase nove. Nem se mexeu, pois Julia dormia com a cabeça apoiada na dobra de seu braço. Grande parte da maquiagem tinha ido parar no rosto dele ou no almofadão, mas uma leve camada de *rouge* ainda ressaltava a beleza das maçãs do rosto dela. Um raio amarelo do sol poente cruzava o pé da cama, iluminando a lareira, onde a água na panela fervia a todo vapor. No pátio, a mulher havia parado de cantar, mas os gritos das crianças na rua ainda podiam ser ouvidos de leve. Winston se pôs a pensar se no passado abolido era normal que um homem e uma mulher ficassem daquele jeito na cama, em meio ao frescor de um fim de tarde de verão, os dois sem roupa, fazendo amor quando quisessem, falando sobre o que bem entendessem, sem qualquer obrigação de se levantar, apenas jogados ali, ouvindo os sons tranquilos que vinham de fora. Por certo, em nenhuma época aquela experiência devia ter sido corriqueira. Julia despertou, esfregou os olhos e se apoiou no cotovelo para ver o fogareiro.

– Metade da água já evaporou – disse ela. – Vou levantar e preparar um café. Ainda temos uma hora. Que horas eles cortam a luz no seu prédio?

– Às vinte e três e trinta.

– Lá na pensão é às vinte e três. Mas a gente sempre precisa chegar antes disso, porque... Ei! Saia daqui, seu nojento!

Ela de repente se virou na cama, apanhou um dos sapatos no chão e o arremessou no canto do quarto, com um gesto masculino, exatamente como ele a vira fazer naquela manhã dos Dois Minutos de Ódio, quando lançou o dicionário sobre Goldstein.

– O que é que houve? – perguntou ele, surpreso.

– Um rato. Vi quando enfiou o focinho asqueroso no lambri. Tem um buraco ali. Bom, pelo menos dei um belo susto nele.

– Ratos! – murmurou Winston. – Logo aqui!

– Eles estão por toda parte – disse Julia, com indiferença, deitando-se de novo. – Até lá na cozinha da pensão. Algumas regiões de Londres estão infestadas. Você sabia que eles atacam as crianças? Pois é, atacam. Em algumas dessas ruas, as mulheres nem se atrevem a deixar seus bebês sozinhos dois minutos sequer. São aqueles marrons enormes que fazem isso. E o pior de tudo é que esses desgraçados...

– *Para, para*! – exclamou Winston, fechando os olhos com força.

– Querido! Você ficou branco. O que foi? Você tem nojo?

– Tanta coisa horrível no mundo... justo um rato!

Ela o abraçou forte e enroscou as pernas em volta dele, como que para reconfortá-lo com o calor de seu corpo. Winston não abriu os olhos de pronto. Por algum tempo, teve a sensação de que voltava ao pesadelo que lhe ocorria de vez em quando ao longo da vida. Era sempre muito parecido: estava diante de um muro de escuridão, e do outro lado havia algo insuportável, terrível demais para ser encarado. No sonho, o sentimento mais profundo era sempre de autoengano, pois na verdade sabia o que estava por trás do muro. Com bastante esforço, como se fosse arrancar um pedaço do próprio cérebro, até conseguiria trazê-lo à tona. Sempre despertava antes de descobrir o que era, mas de alguma forma tinha relação com o que Julia vinha dizendo no instante em que a interrompeu.

– Desculpe – disse ele. – Não é nada. Só não gosto de rato, só isso.

– Não se preocupe, querido, esses bichos repulsivos não vão entrar aqui. Vou encher o buraco com uns sacos antes de a gente sair. E, da próxima vez, vou trazer um pouco de gesso para fechar isso direito.

O breve instante de pânico já estava praticamente esquecido. Um pouco envergonhado, Winston se sentou, apoiando-se na cabeceira da cama. Julia se levantou, vestiu o macacão e foi passar o café. O aroma que subiu da panela foi tão intenso e estimulante que eles fecharam a janela, para que ninguém lá fora percebesse e ficasse intrigado. Ainda melhor que o gosto do café era a textura aveludada conferida pelo açúcar, algo que Winston já quase esquecera depois de anos e anos usando apenas sacarina. Com uma das mãos no bolso e a outra segurando um pedaço de pão com geleia, Julia ficou vagando pelo quarto, olhando com indiferença para a estante, discorrendo sobre a melhor forma de consertar a mesa dobrável, e logo atirou-se na poltrona surrada, para ver se era confortável, e analisou o absurdo relógio de doze horas com certo divertimento indulgente. Levou o peso de papel até a cama, para examiná-lo sob uma luz melhor. Ele o tirou da mão dela, fascinado como sempre pela aparência delicada do vidro que parecia ter gotas de chuva em seu interior.

– O que acha que é isso? – perguntou Julia.

– Acho que não é nada… Quer dizer, acho que nunca teve nenhuma utilidade. É justamente isso que me encanta. É só um pedacinho de história que eles se esqueceram de alterar. Uma mensagem de cem anos atrás, embora a gente não saiba como decifrá-la.

– E aquele quadro ali… – Ela apontou para a gravura da parede oposta. – Tem uns cem anos também?

– Mais. Eu diria uns duzentos anos, mas não dá para saber. Hoje em dia é impossível descobrir a idade das coisas.

Ela se aproximou, para olhar mais de perto.

– Foi aqui que aquele bicho nojento pôs o focinho para fora – disse ela, chutando o lambri logo abaixo do quadro. – Que lugar é este? Eu já vi isso antes.

– É uma igreja, ou melhor, já foi. Chamava-se São Clemente dos Dinamarqueses.

Lembrou-se do trecho da cantiga que aprendera com o sr. Charrington e então acrescentou, meio nostálgico:

– *Laranja e limão reluzente, bate o sino da São Clemente!*

Para seu espanto, ela prosseguiu:

"Você me deve um dinheirinho, bate o sino da São Martinho,
Quando verei o meu sinal?, bate o sino do Tribunal…"

– Não lembro o que vem depois, mas sei que termina assim: *Lá vem uma vela iluminar seu caminho, Lá vem um machado arrancar seu pescocinho!*

Eram como as duas metades de uma contrassenha. Mas devia ter outro verso depois de "o sino do Tribunal". Talvez desse para extraí-lo da memória do sr. Charrington, se ele fosse devidamente estimulado.

– Com quem você aprendeu isso? – perguntou ele.

– Com o meu avô. Ele cantava para mim quando eu era pequena. Foi vaporizado quando eu tinha oito anos... O fato é que desapareceu. Eu queria saber como é o limão – acrescentou ela, mudando de assunto. – Laranja eu já vi. É uma fruta redonda e amarela, de casca grossa.

– Eu sei como é um limão – disse Winston. – Eram bem comuns nos anos 1950. De tão azedos, só de cheirá-los a gente já se arrepiava todo.

– Aposto que tem percevejo atrás daquele quadro – disse Julia. – Qualquer dia desses, vou tirá-lo da parede para dar uma boa limpada. Acho que já está quase na nossa hora. Preciso começar a tirar essa maquiagem. Que chatice! Depois vou limpar o batom do seu rosto.

Winston continuou na cama por mais alguns minutos. Estava escurecendo dentro do quarto. Ele se virou na direção da luz e começou a examinar o peso de papel. A coisa mais interessante, inesgotavelmente interessante, não era o fragmento de coral, mas o interior do vidro em si. Era muito espesso e, ao mesmo tempo, quase tão transparente quanto o ar. Era como se a superfície do vidro fosse a abóbada celeste, delimitando um mundo minúsculo, inclusive com sua atmosfera. Sentiu que poderia entrar ali dentro, e que de fato estava ali, junto com a cama de mogno, a mesa dobrável, o relógio, a gravura em aço e o próprio peso de papel. O peso de papel era o quarto onde estavam, e o coral era a vida de Julia e a dele, fixadas numa espécie de eternidade no coração do cristal.

5.

Syme tinha desaparecido. Um belo dia, não apareceu no trabalho; um ou outro desavisado comentou sobre sua ausência. No dia seguinte, ninguém falou dele. No terceiro dia, Winston foi até o vestíbulo do Departamento de Arquivos para checar o quadro de avisos. Uma das notas trazia uma lista impressa dos membros do Comitê de Xadrez, do qual Syme fazia parte. Estava praticamente igual a antes – nada tinha sido riscado –, mas havia um nome a menos. Bastava isso. Syme deixara de existir; nunca tinha existido.

O calor estava de derreter. No labiríntico ministério, as salas sem janelas e refrigeradas mantinham a temperatura amena, mas do lado de fora as calçadas queimavam os pés dos passantes e o fedor do metrô nos horários de pico era terrível. Os preparativos à Semana do Ódio estavam a todo vapor, e as equipes de todos os ministérios trabalhavam em regime de horas extras. Desfiles, reuniões, paradas militares, palestras, exposições com figuras de cera, exibição de filmes, programação para as teletelas – precisavam organizar tudo: tinham de erguer estandes, construir efígies, cunhar lemas, compor canções, fazer circular rumores e falsificar fotografias. A unidade de Julia dentro do Departamento de Ficção fora liberada da produção de romances e estava produzindo às pressas uma série de panfletos sobre atrocidades. Além de seu trabalho habitual, Winston passava longos períodos todos os dias percorrendo edições antigas do *Times* para alterar e maquiar notícias que seriam citadas nos discursos. À noite, bem tarde, quando multidões barulhentas de proles perambulavam pelas ruas, a cidade ganhava um curioso ar febril. As bombas-foguete caíam com cada vez mais frequência e, às

162 1984

vezes, ao longe, havia enormes explosões que ninguém conseguia explicar e sobre as quais ouviam-se rumores delirantes.

A nova música que seria a canção-tema da Semana do Ódio ("Canção do Ódio", como diziam) já tinha sido composta e estava sendo incansavelmente divulgada nas teletelas. Tinha um ritmo selvagem, vociferante, que não podia ser chamado de música, mas fazia lembrar as batidas de um tambor. Urrada por centenas de vozes em marcha firme, era aterrorizante. Os proles tinham se afeiçoado a ela, e nas ruas, de madrugada, competia com a canção "Não passou de uma ilusão perdida", ainda bastante popular. Os filhos dos Parsons passavam dia e noite acompanhando a música com um pente e um pedaço de papel higiênico, numa repetição insuportável. As noites de Winston nunca foram tão cheias. Equipes de voluntários, organizadas por Parsons, preparavam a rua para a Semana do Ódio: pregavam cartazes, pintavam pôsteres, hasteavam mastros nos telhados e se arriscavam pendurando arames para receber as bandeirolas. Parsons vangloriava-se de que o Residencial da Vitória, sozinho, exibiria quatrocentos metros de bandeirolas. Ele ficava muito à vontade nesse ambiente e ria de orelha a orelha. O calor e o trabalho braçal haviam lhe dado inclusive um pretexto para usar short e camisa aberta à noite. Estava em todos os lugares ao mesmo tempo: empurrava, puxava, serrava, martelava, improvisava, brincava com todo mundo e fazia exortações de camaradagem, exalando de cada dobra de seu corpo o que parecia ser uma fonte inesgotável de suor azedo.

Um novo pôster se espalhara de repente por toda a cidade de Londres. Sem legenda, trazia apenas a figura gigantesca de um soldado eurasiano, com três ou quatro metros de altura, em marcha com seu inexpressivo rosto oriental, botas enormes e uma submetralhadora apoiada no quadril. De onde quer que se olhasse para o pôster, o cano da arma, ampliado pela curta distância, parecia apontar direto para o espectador. Tinha sido espalhado por todos os espaços vazios de todos os muros da cidade, superando inclusive o número de retratos do Grande Irmão. Os proles, em geral apáticos em relação à guerra, estavam sendo instados a mergulhar em seu periódico furor patriótico. Como para harmonizar com o clima geral, as bombas-foguete vinham matando mais gente que de costume. Uma delas caiu em Stepney, num cinema lotado, enterrando centenas de vítimas sob os escombros. Toda a população do bairro compareceu ao longo cortejo fúnebre, que se arrastou por horas e horas e foi uma verdadeira procissão de indignados. Outra bomba caiu num terreno baldio usado como parquinho, e dezenas de crianças foram estraçalhadas. Houve novas manifestações raivosas, queimaram a imagem de Goldstein, rasgaram e incineraram centenas de cópias do pôster do soldado eurasiano e várias lojas acabaram saqueadas em meio aos tumultos. Em pouco tempo, surgiram rumores de que espiões estavam direcionando as bombas-foguete por meio de ondas sem fio, e um casal idoso suspeito de ser de origem estrangeira teve a casa incendiada, e os dois morreram asfixiados.

No quartinho em cima da loja do sr. Charrington, quando conseguiam se encontrar, Julia e Winston ficavam deitados lado a lado na cama desguarnecida, sob a janela aberta, totalmente sem roupa por conta do calor. O rato nunca mais tinha voltado, mas os percevejos haviam se multiplicado pavorosamente naquele clima. Parecia não importar. Sujo ou limpo, o quarto era o paraíso. Assim que chegavam, salpicavam por todo canto pimenta comprada no mercado clandestino, tiravam a roupa e faziam amor com os corpos molhados de suor, depois adormeciam e quando acordavam, viam que os percevejos tinham se juntado para preparar o contra-ataque.

Quatro, cinco, seis... encontraram-se sete vezes no mês de junho. Winston deixara de lado o hábito de tomar gim a qualquer hora. Parecia não sentir mais necessidade. Tinha engordado, sua úlcera varicosa diminuíra, restando apenas uma mancha marrom na pele acima do tornozelo, e deixara de ter seus acessos de tosse de manhã cedo. A vida já não era mais insuportável, não sentia mais vontade de fazer caretas diante da teletela nem de gritar insultos a plenos pulmões. Agora que tinham um esconderijo seguro, quase um lar, nem parecia tão ruim que só pudessem se encontrar de vez em quando e apenas por algumas horas. O importante era que o quartinho em cima da loja de quinquilharias existisse. Saber que estava lá, intacto, era quase o mesmo que estar lá fisicamente. O quarto era um mundo, um reduto do passado por onde circulavam animais extintos. O sr. Charrington, pensou Winston, era um deles. Winston costumava tirar alguns minutos para lhe dar atenção antes de subir. Tudo levava a crer que o velho nunca, ou praticamente nunca, saía dali de dentro e quase não tinha clientes. Vivia uma existência fantasmagórica, entre a lojinha minúscula e sombria e uma cozinha ainda menor, nos fundos, onde preparava suas refeições e onde havia, entre outras coisas, um gramofone antiquíssimo, com uma trompa enorme. Parecia feliz com a oportunidade de falar um pouco. Vagando em meio a seu estoque de objetos inúteis, com seu nariz grande, os óculos de lentes grossas e os ombros encurvados dentro do paletó de veludo, sempre passava mais a ideia de colecionador do que de comerciante. Sem muito entusiasmo, apontava para uma ou outra ninharia – uma rolha de cerâmica, a tampa pintada de uma caixa de rapé quebrada, um medalhão falso contendo uma mecha de cabelo de um bebê morto havia muito tempo –, sem nunca pedir a Winston que a comprasse, apenas que admirasse a peça. Conversar com o sr. Charrington era como ouvir o tilintar de uma caixinha de música estropiada. Tinha extraído dos rincões da memória mais alguns fragmentos de cantigas esquecidas. Havia uma sobre vinte e quatro melros, outra sobre uma vaca com o chifre entortado e mais uma, sobre a morte do pobre galo Robin. "Pensei que você talvez se interessasse", dizia com um risinho depreciativo sempre que se lembrava de um novo trecho. Porém, nunca conseguia recordar mais do que uns poucos versos de cada cantiga.

Winston e Julia sabiam – de certa forma, isso nunca lhes saía da cabeça – que o que estavam vivendo não duraria muito. Em certos momentos, a morte iminente parecia tão palpável quanto a cama onde se deitavam, e eles se agarravam um ao outro, numa volúpia desesperada, feito uma alma condenada que se apega à última migalha de prazer quando o relógio está a cinco minutos das badaladas finais. Contudo, havia outros momentos em que cultivavam a ilusão não apenas de segurança, mas também de permanência. Sentiam que, enquanto estivessem naquele quartinho, nenhum mal se abateria sobre eles. Chegar lá era difícil e arriscado, mas o local era um refúgio. Era o mesmo sentimento de quando Winston havia contemplado o coração do peso de papel: a sensação de que seria possível penetrar naquele mundo de vidro e que, uma vez lá dentro, o tempo poderia ser detido. Muitas vezes, entregavam-se a devaneios escapistas. A sorte lhes acompanharia para sempre e seguiriam pelo resto da vida com seu caso secreto intacto. Ou Katherine morreria e por meio de ligeiras manobras Winston e Julia conseguiriam se casar. Ou então cometeriam suicídio juntos. Ou desapareceriam, transformando-se a ponto de ficarem irreconhecíveis, aprenderiam a falar com o sotaque dos proletários, arrumariam trabalho numa fábrica e levariam uma vida incógnita numa ruela qualquer. Era tudo um despautério, os dois sabiam. A verdade é que não havia saída. Não tinham intenção nem mesmo de levar a cabo o único plano viável, do suicídio. Aguentar firme dia após dia, semana após semana, prolongando um presente sem futuro, parecia um instinto incontornável, da mesma forma que o pulmão vai sempre extrair o próximo suspiro enquanto houver ar disponível.

Às vezes também falavam de se envolver numa rebelião contra o Partido, mas sem saber como dar o primeiro passo. Mesmo que a lendária Irmandade existisse, ainda assim restava a dificuldade de saber como chegar até ela. Winston contou a Julia sobre a estranha familiaridade que havia, ou parecia haver, entre O'Brien e ele. Contou sobre o impulso que sentia de vez em quando de se aproximar dele, falar que era inimigo do Partido e pedir sua ajuda. Curiosamente, ela não julgou algo assim tão imprudente de se fazer. Estava acostumada a julgar as pessoas pelo rosto e achava natural que Winston acreditasse que O'Brien era confiável com base apenas na troca de olhares. Além disso, dava como certo que todo mundo, ou quase todo mundo, detestava em segredo o Partido e descumpriria as regras se considerasse seguro fazê-lo. Porém, não acreditava que existisse ou que pudesse existir uma oposição organizada e ampla. As lendas sobre Goldstein e seu exército clandestino, disse ela, não passavam de um bando de bobagens inventadas pelo Partido por motivações próprias, algo em que as pessoas tinham de fingir que acreditavam. Inúmeras vezes, em comícios do Partido e manifestações espontâneas, Julia gritara a plenos pulmões pela execução de pessoas de quem nunca ouvira falar e em cujos supostos crimes não acreditava nem por um minuto. Quando havia julgamentos públicos, ocupava seu lugar nos destacamentos da Liga Juvenil que cercavam as cortes da manhã até a noite com gritos intermitentes de "Morte aos traidores!". Nos Dois Minutos de Ódio, sempre se sobressaía em relação aos demais quando chegava a hora de gritar insultos contra Goldstein. Apesar disso, só fazia uma vaga ideia de quem era Goldstein e que doutrinas supostamente representaria. Julia crescera no pós-Revolução; era jovem demais para se lembrar das batalhas ideológicas dos anos 1950 e 1960. Não conseguia cogitar a existência de um movimento político independente e, de todo modo, o Partido era invencível. Sempre existiria e sempre seria igual. Só era possível rebelar-se contra ele por meio de desobediência secreta ou, no máximo, por atos isolados de violência, como matar alguém ou explodir alguma coisa.

Em certo sentido, era muito mais esperta do que Winston e muito menos suscetível à propaganda do Partido. Uma vez, quando ele mencionou a guerra contra a Eurásia, ela o surpreendeu, dizendo de forma despreocupada que em sua opinião a guerra era uma mentira. As bombas que caíam todos os dias sobre Londres provavelmente eram lançadas pelo próprio governo da Oceânia, "só para manter as pessoas com medo". Tal ideia nunca ocorrera a ele. Também sentiu certa inveja quando ela contou que sua maior dificuldade nos Dois Minutos de Ódio era não cair na gargalhada. Mas Julia só questionava os ensinamentos do Partido quando de alguma forma interferiam em sua vida pessoal. Em muitas ocasiões, estava disposta a aceitar a mitologia oficial, simplesmente porque a diferença entre verdade e mentira não lhe parecia relevante. Acreditava, por exemplo, por ter aprendido na escola, que o Partido inventara o avião. (Já quando Winston estava na escola, no final dos anos 1950, como ele mesmo recordava, o Partido só reivindicava para si a invenção do helicóptero; algumas décadas depois, quando foi a vez de Julia frequentar a escola, as reivindicações envolviam também os aviões; mais uma geração e estariam reivindicando a criação da máquina a vapor.) Quando Winston lhe disse que os aviões já existiam antes mesmo de ele nascer, e muito antes da Revolução, ela não demonstrou o menor interesse. Afinal de contas, que importava quem tinha inventado o avião? Ficou ainda mais chocado ao descobrir, por um comentário aleatório, que ela não se lembrava de que a Oceânia, quatro anos antes, estava em guerra contra a Lestásia e em paz com a Eurásia. Verdade que ela considerava a guerra como um todo uma grande balela; mas pelo visto nem havia se dado conta de que o nome do inimigo tinha mudado.

– Pensei que a guerra sempre tivesse sido contra a Eurásia – comentou ela, indiferente.

Winston ficou um pouco assustado. A invenção do avião datava de muito antes do nascimento dela, mas a transição na guerra acontecera apenas quatro anos antes, quando Julia já estava bem crescidinha. Ficaram debatendo o assunto por uns quinze minutos. Por fim, ele conseguiu fazer com que ela puxasse pela memória e recordasse vagamente que um dia o inimigo tinha sido a Lestásia e não a Eurásia. Porém, continuou achando aquilo tudo irrelevante.

– E que diferença faz? – perguntou ela, impaciente. – É sempre uma guerra idiota depois da outra, e todo mundo está careca de saber que as notícias são todas falsas.

Às vezes, Winston comentava com ela sobre o Departamento de Arquivos e as falsificações descaradas que praticava. Esse tipo de coisa não a horrorizava. Não sentia o abismo se abrindo a seus pés ao pensar em mentiras que se transformavam em verdade. Contou a ela sobre a história de Jones, Aaronson e Rutherford e sobre o importante pedaço de papel que um dia teve entre as mãos. Julia não chegou a ficar impressionada. A princípio, inclusive, nem entendeu direito qual era a questão.

– Você era amigo deles? – perguntou ela.

– Não, nunca conheci nenhum deles. Eram membros do Partido Interno. Além do mais, eram muito mais velhos do que eu. Pertenciam a outra geração, anterior à Revolução. Eu mal os conhecia de vista.

– Então pra que se preocupar? As pessoas estão sendo mortas o tempo todo, não? Tentou fazê-la entender.

– Mas esse caso foi diferente. Não se tratou apenas de assassinato. Você percebe que o passado, começando por ontem, foi eliminado? Se ele ainda sobrevive em algum lugar, é apenas em uns poucos objetos desprovidos de qualquer palavra, feito aquela peça de vidro ali. Hoje, já não sabemos quase nada sobre a Revolução e os anos anteriores a ela. Todos os registros foram destruídos ou falsificados, todos os livros foram reescritos, os quadros foram refeitos, as estátuas, as ruas e os prédios ganharam novos nomes e todas as datas foram alteradas. E esse processo continua dia após dia, minuto após minuto. A história foi interrompida. Não existe nada para além de um eterno presente, no qual o Partido tem sempre razão. Eu *sei*, é claro, que o passado é adulterado, mas nunca conseguiria provar, mesmo nos casos em que eu mesmo o adulterei. Depois que a coisa é feita, nunca sobra prova nenhuma. As provas só existem dentro da minha cabeça, e não tenho a menor garantia de que outro ser humano compartilhe dessas lembranças. Foi só nesse caso específico, em toda a minha vida, que tive uma prova concreta *depois* do ocorrido… anos depois.

– E serviu para quê?

– Não serviu para nada, porque joguei o papel fora uns minutos depois. Mas se isso acontecesse de novo hoje, eu o guardaria.

– Bom, eu não guardaria! – disse Julia. – Estou sempre disposta a me arriscar, mas só por coisas que valem a pena, não por um pedaço de jornal velho. O que é que você poderia fazer se tivesse guardado o papel?

– Não muito, provavelmente. Mas era uma prova. Poderia plantar umas dúvidas aqui e ali, supondo que eu me atreveria a mostrar para alguém. Não acho que a gente consiga mudar nada durante nossa vida. Mas dá para imaginar pequenos núcleos de resistência pipocando em certos lugares… pequenos grupos de pessoas que vão se reunindo, crescendo aos poucos e acabam deixando alguns registros, para que a geração seguinte possa seguir do ponto onde pararam.

– Não estou nem aí para a próxima geração, querido. Estou interessada *na gente*.

– Você só é rebelde da cintura para baixo – disse ele.

Ela adorou o comentário espirituoso e lançou os braços em volta dele, encantada.

Quanto às ramificações da doutrina do Partido, não tinha o menor interesse. Sempre que ele se punha a falar dos princípios do Socing, do *duplipensar*, da mutabilidade do passado, da negação da realidade objetiva e quando usava palavras em neolíngua, ela ficava entediada e confusa e dizia que nunca prestava atenção nessas coisas. Já estava claro que era tudo asneira, então por que se preocupar? Ela sabia quando aplaudir e quando vaiar, e era o que bastava. Se Winston insistia em falar desses assuntos, ela acabava, por uma desconcertante força do hábito, caindo no sono. Era uma dessas pessoas capazes de dormir a qualquer hora e em qualquer posição. Ao falar com ela, ele se dava conta de que era muito fácil aparentar ortodoxia mesmo não sabendo direito o que essa ortodoxia significava. De certo modo, a visão de mundo do Partido se impunha com mais êxito sobre as pessoas incapazes de entendê-la. Eram levadas a aceitar as mais flagrantes violações da realidade, pois nunca chegavam a entender completamente a dimensão do que lhes era demandado e não tinham muito interesse nos acontecimentos públicos, a ponto de perceber o que acontecia diante de seus olhos. Por ignorância, mantinham a própria sanidade. Simplesmente engoliam tudo, e o que engoliam não lhes fazia mal, pois não deixava resíduos, da mesma forma que um grão de milho pode percorrer o corpo de um pássaro sem ser digerido.

6.

Por fim aconteceu. Recebera a mensagem tão aguardada. Para Winston, era como se tivesse esperado a vida inteira por aquele momento.

Estava atravessando o longo corredor do ministério e, quase no ponto em que Julia tinha lhe passado o bilhete, percebeu que alguém de estatura maior que a sua vinha caminhando às suas costas. A pessoa, quem quer que fosse, deu uma tossidinha, na certa como prelúdio ao que iria falar. Winston parou de repente e se virou. Era O'Brien.

Finalmente estavam cara a cara, e parecia que seu único impulso era de querer fugir. O coração palpitava com violência. Não conseguiria falar nada. O'Brien, no entanto, não tinha parado; em vez disso, pousara uma mão amigável em seu braço, de modo que os dois passaram a caminhar lado a lado. Começou a falar com a polidez séria e peculiar que o diferenciava da maioria dos membros do Partido Interno.

– Eu estava torcendo por uma oportunidade para falar com você – disse ele. – Li outro dia, no *Times*, um dos seus artigos em neolíngua. Imagino que tenha um interesse erudito pela neolíngua…

Winston recobrara parte do autocontrole.

– Está longe de ser erudito – respondeu. – Eu não passo de um amador. Não é minha área. Nunca tive qualquer envolvimento com a construção efetiva da língua.

– Mas você escreve com muita elegância – comentou O'Brien. – Não sou só eu que acho. Há pouco tempo, falei sobre isso com um amigo seu que é especialista. Agora o nome dele me escapa à memória.

Mais uma vez, o coração de Winston se alvoroçou, desolado. Sem dúvida que aquela era uma referência a Syme. Mas Syme não tinha apenas morrido: fora abolido, era uma *despessoa*. Qualquer referência explícita a ele representaria um risco mortal. O comentário de O'Brien só podia ter sido um sinal, um código secreto. Ao compartilhar um pequeno ato de neurocrime, transformara os dois em cúmplices. Continuaram caminhando a passos lentos pelo corredor, até que O'Brien parou. Com a curiosa e serena cordialidade que sempre imprimia naquele gesto, ajeitou os óculos sobre o nariz. Então prosseguiu:

– O que eu queria mesmo dizer é que percebi no seu artigo que você usou duas palavras que já ficaram obsoletas. Mas isso faz pouco tempo, é bem recente. Você chegou a dar uma olhada na décima edição do *Dicionário de neolíngua*?

– Não – respondeu Winston. – Nem sabia que já tinha saído. No Departamento de Arquivos ainda estamos usando a nona edição.

– Acho que a décima só deve sair daqui a uns meses, mas alguns exemplares já começaram a circular. Eu recebi um. Imagino que você talvez queira dar uma espiada, não?

– Com certeza – disse Winston, entendendo na mesma hora as intenções dele.

– Algumas mudanças são bem engenhosas. A redução do número de verbos, por exemplo… imagino que esse ponto o agrade. Que tal eu mandar um mensageiro levar o dicionário até você? Mas receio que eu acabe esquecendo, como costuma acontecer. Você podia, quem sabe, pegá-lo no meu apartamento um dia desses. Espere. Vou lhe dar o endereço.

Estavam parados em frente a uma teletela. Um tanto distraído, O'Brien tateou os bolsos e pegou um caderninho com capa de couro e uma caneta-tinteiro dourada. Logo abaixo da teletela, numa posição em que qualquer um do outro lado do aparelho conseguiria ler o que estava escrevendo, anotou o endereço, rasgou a folha e a entregou a Winston.

– Costumo estar em casa à noite – disse ele. – Se por acaso tiver saído, meu criado pode lhe entregar o dicionário.

Foi embora, deixando Winston com o pedaço de papel na mão, que dessa vez não precisava ser escondido. Contudo, ele memorizou com toda atenção o que estava escrito e algumas horas depois jogou-o no buraco da memória, junto a uma pilha de outros papéis.

Os dois conversaram apenas por alguns minutos. Só havia uma interpretação possível para aquele episódio. Tinha sido planejado para que Winston passasse a ter o endereço de O'Brien. Isso era necessário porque, a menos que se perguntasse diretamente, era impossível descobrir onde as pessoas moravam. Não existiam catálogos nem nada parecido. "Se um dia quiser falar comigo, é aqui que pode me encontrar", era a mensagem transmitida por O'Brien. Talvez ele também fosse esconder uma mensagem dentro do dicionário. Seja como for, uma coisa era certa: a conspiração com a qual Winston sonhava de fato existia, e agora ele tinha alcançado suas margens.

Sabia que mais cedo ou mais tarde obedeceria à convocação de O'Brien. No dia seguinte, de repente, ou depois de um bom intervalo... não tinha certeza. O que estava acontecendo era apenas o desdobramento de um processo que começara muitos anos antes. O primeiro passo tinha sido um pensamento secreto e involuntário; o segundo, a iniciativa de começar o diário. Migrara dos pensamentos às palavras, e agora das palavras às ações. O último passo aconteceria no Ministério do Amor. Isso ele já aceitara. O fim estava contido no começo. Mas era assustador, ou mais precisamente, era como um prenúncio da morte, como estar um pouco menos vivo. Enquanto falava com O'Brien, ao se dar conta do significado das palavras, sentiu um calafrio percorrer seu corpo. Teve a sensação de adentrar a umidade de uma cova, mas saber que a cova sempre estivera lá, à sua espera, não amenizava em nada a sensação.

7.

Winston despertara com os olhos cheios de lágrimas. Julia rolou para perto dele, ainda sonolenta, e murmurou:

– O que houve?

– Eu estava sonhando… – começou ele, mas logo se deteve.

Era complexo demais para transpor em palavras. Havia o sonho em si e também uma lembrança relacionada que lhe cruzou a mente logo ao despertar.

Ficou deitado de olhos fechados, ainda embebido da atmosfera do sonho. Foi um sonho amplo, luminoso, em que toda sua vida parecia se estender à sua frente, feito uma paisagem de uma tarde de verão logo depois da chuva. Tudo se passara dentro do peso de papel de vidro, mas a superfície do vidro era a abóbada celeste, e dentro da abóbada tudo estava submerso numa luz clara e suave que dava a ver distâncias intermináveis. O sonho também abarcava – em certo sentido, consistia nisso – um gesto que sua mãe um dia fizera com o braço, gesto repetido trinta anos depois pela mulher judia que Winston viu na tela do cinema, tentando proteger o garotinho das balas antes de o helicóptero estraçalhar os dois.

– Você sabia – disse ele – que até agora eu achava que tinha matado a minha mãe?

– Por que você matou sua mãe? – perguntou Julia, ainda meio sonolenta.

– Eu não matei. Não fisicamente falando.

No sonho, lembrava-se da última vez em que vira a mãe, e agora, logo depois de despertar, o amontoado de pequenos eventos relacionados ao episódio lhe voltaram à mente. Era uma lembrança que por certo ele afastara de propósito da consciência durante muitos anos. Não estava seguro sobre a data, mas tinha no mínimo dez anos de idade, talvez doze, quando tudo aconteceu.

Seu pai desaparecera um tempo antes; quanto tempo, não conseguia se lembrar. Lembrava-se, contudo, da época conturbada, da agitação: o pânico constante quanto aos ataques aéreos e a busca de abrigo nas estações de metrô, as pilhas de destroços por todos os cantos, os decretos ininteligíveis afixados nas esquinas, as gangues de jovens, todos usando camisas da mesma cor, as enormes filas nas padarias, os disparos intermitentes de metralhadoras ao longe – mas, acima de tudo, o fato de que nunca havia comida suficiente. Lembrava-se das longas tardes que passava com outros garotos, vasculhando latas de lixo e pilhas de escombros para pegar talos de repolho, cascas de batata, às vezes até pedaços de pão velho, dos quais tiravam com cuidado as cinzas; esperavam também os caminhões que transportavam alimento para o gado e que, ao passar aos trancos pelos buracos da estrada, às vezes derramavam um pouco de ração animal.

Quando o pai dele desapareceu, a mãe não demonstrou surpresa nem tristeza, mas passou por uma súbita mudança. A impressão era de ter se tornado completamente apática. Era evidente, até para Winston, que ela estava à espera de alguma coisa que acreditava ser inevitável. Fazia tudo que precisava fazer – cozinhava, lavava, remendava, arrumava a cama, varria o chão, tirava o pó da cornija – sempre com muito vagar e sem qualquer movimento supérfluo, feito um manequim com vida própria. Seu corpo grande e harmonioso parecia naturalmente fadado à imobilidade. Passava horas e horas sentada na cama, quase sem se mexer, ninando a filha pequena, uma menininha miúda, doente e muito quieta, de dois ou três anos, com um rosto que lembrava o de um símio, de tão magro. Muito de vez em quando, tomava Winston nos braços, apertando-o contra o peito por um bom tempo, sem dizer nada. Ele sabia, apesar da pouca idade e do egoísmo, que isso de alguma forma estava ligado à tal coisa nunca mencionada que estava para acontecer.

Lembrava-se do quarto em que viviam, um lugar escuro, abafado e com cheiro de mofo, onde a cama coberta por uma colcha branca parecia ocupar quase metade do espaço. Havia um fogareiro a gás no guarda-fogo, uma prateleira onde os mantimentos eram guardados e no patamar do lado de fora tinha uma pia de louça, compartilhada por vários quartos. Lembrava-se do corpo imponente da mãe curvado sobre o fogareiro, mexendo alguma coisa na panela. Mas acima de tudo lembrava-se da fome permanente e das sórdidas e violentas batalhas durante as refeições. Perguntava à mãe, com insistência e de forma ininterrupta, por que não havia mais comida; gritava e explodia com ela (lembrava até o tom de sua voz, que começava a mudar precocemente e às vezes ressoava de um jeito muito particular) ou ficava choramingando, para causar pena, na tentativa de aumentar seu quinhão. A mãe estava sempre disposta a beneficiá-lo. Para ela, "o menino" deveria ter a maior porção; porém, por mais que lhe desse, Winston sempre queria mais. A cada refeição, ela implorava ao filho que não fosse egoísta e que se lembrasse da irmã doente, que também precisava se alimentar, mas de nada adiantava. Ele berrava de raiva quando ela parava de servi-lo, tentava arrancar a panela e a colher das mãos dela e roubava comida do prato da irmã. Sabia que estava deixando as duas com fome, mas não conseguia se conter; chegava a achar que era direito seu. A fome que fazia sua barriga roncar servia-lhe de justificativa. Entre as refeições, se a mãe não ficasse de olho, passava o tempo todo surrupiando comida do miserável estoque na prateleira.

Um belo dia, distribuíram uma ração de chocolate. Fazia semanas ou meses que isso não acontecia. Ele se lembrava bem daquele pedacinho precioso de chocolate. Eram duas onças (naquela época, ainda se falava em onça) para dividir entre os três. Deveria, claro, ser repartido em três partes iguais. De repente, como se estivesse ouvindo a voz de outra pessoa, Winston ouviu a si mesmo exigindo aos berros que ficasse com tudo. A mãe pediu para ele não ser tão guloso. Deu-se então uma briga demorada, enervante e interminável, com gritos, lamúrias, lágrimas, protestos e barganhas. Sua irmãzinha, agarrando-se à mãe com ambas as mãos, exatamente como um filhote de macaco, ficou olhando para ele por cima do ombro dela, com os olhos arregalados e tristes. Por fim, a mãe deu três quartos do chocolate para Winston e o outro quarto para a filha. A garotinha pegou sua porção e ficou apenas observando, apática, talvez sem saber o que era. Winston a contemplou por um tempo. Em seguida, num movimento ágil, arrebatou-lhe o chocolate e fugiu em direção à porta.

– Winston, Winston! – gritou a mãe. – Volte já aqui! Devolva o chocolate da sua irmã!

Ele parou, mas não voltou. Os olhos ansiosos da mãe estavam fixos em seu rosto. Mesmo naquele momento, ela continuava pensando na tal coisa que ele não sabia o que era, mas que estava a ponto de acontecer. Sua irmã, ciente de que havia sido roubada, tinha começado a choramingar. A mãe a puxou para perto, aninhando-a junto ao peito. Algo naquele gesto dizia-lhe que a irmã estava morrendo. Ele se virou e fugiu pela escada, com o chocolate derretendo na mão.

Nunca mais viu a mãe. Depois de devorar o chocolate, sentiu certa vergonha de si mesmo e ficou vagando pelas ruas por muitas horas, até que a fome o levou de volta para casa. Quando voltou, a mãe tinha desaparecido. Já estava se tornando algo normal naquela época. Nada tinha sumido do quarto, exceto a mãe e a irmã. Não haviam levado nenhuma peça de roupa, nem mesmo o sobretudo dela. Winston não tinha certeza se a mãe de fato morrera. Era perfeitamente possível que apenas tivesse sido levada para um campo de trabalhos forçados. Quanto à irmã, talvez tivesse ido parar, como ele próprio, numa das colônias para crianças desabrigadas (Centros de Recuperação, como chamavam) que haviam proliferado por consequência da guerra civil; ou, quem sabe, não fora levada junto com a mãe para o campo de trabalhos ou, ainda, podia ter sido abandonada à própria sorte num canto qualquer.

O sonho continuava vívido na mente de Winston, em especial o gesto protetor da mãe, de envolver a filha com o braço, que parecia conter todo o seu significado. Depois, sua mente voltou a outro sonho, de dois meses antes. Da mesma forma que a mãe se sentara na cama encardida, coberta por uma colcha branca, com a filha agarrada a si, nesse outro sonho a mãe estava sentada num barco que naufragava muito abaixo de onde ele estava; não parava de afundar, porém nunca deixava de contemplá-lo através de águas que iam ficando mais e mais turvas.

Contou a Julia a história do desaparecimento da sua mãe. Sem abrir os olhos, ela girou o corpo, pondo-se numa posição mais confortável.

– Você devia ser um diabinho naquela época – disse ela, um tanto vaga. – Todas as crianças são.

– Verdade, mas a principal questão dessa história é que…

Pela respiração de Julia, dava para saber que logo cairia no sono de novo. Winston queria continuar falando da mãe. Não acreditava, pelo que conseguia lembrar, que fosse uma mulher incomum, menos ainda que fosse inteligente; no entanto, possuía uma espécie de nobreza, de pureza, simplesmente porque obedecia a padrões particulares. Tinha sentimentos próprios, que não podiam ser alterados por fatores externos. Não lhe ocorreria que uma ação inútil se tornasse, portanto, sem sentido. Quando se amava alguém, amava-se e ponto final, e se não havia mais nada para dar, ainda assim se dava amor. Uma vez que não havia mais chocolate, sua mãe tinha abraçado a filha com força. Era inútil, não mudava nada, não produziria mais chocolate, não evitaria a morte da menina nem a dela mesma; mas parecia-lhe um gesto natural. A refugiada no barco também cobrira o garotinho com o braço, o que era tão útil contra as balas quanto uma folha de papel. Um dos terríveis feitos do Partido era persuadir as pessoas de que simples impulsos, simples sentimentos, não serviam para nada, enquanto ao mesmo tempo usurpavam-lhes todo o poder sobre o mundo material. Uma vez nas garras do Partido, o que a pessoa sentia ou deixava de sentir, o que fazia ou deixava de fazer, pouco importava. Por qualquer motivo, desaparecia e nunca mais se ouvia falar dela nem de suas ações. Era simplesmente eliminada do curso da história. Para quem era de duas gerações anteriores, isso não pareceria ter tanta importância, porque não estavam tentando alterar a história. Eram comandados por lealdades particulares que nem questionavam. O que importava eram as relações indivi-duais, e gestos completamente inúteis, como um abraço, uma lágrima ou uma palavra pronunciada no leito de morte de alguém, tinham valor em si mesmos. Os proles, de repente lhe ocorreu, haviam permanecido assim. Não eram leais a um partido, um país ou uma ideia: eram leais uns aos outros. Pela primeira vez na vida, Winston não os menosprezou nem pensou neles apenas como uma força inerte que um dia despertaria para regenerar o mundo. Os proles tinham continuado humanos. Não haviam endurecido por dentro. Tinham se aferrado aos sentimentos primitivos que ele mesmo precisava reaprender por um esforço consciente. Ao pensar nisso, lembrou sem relevância aparente que umas semanas antes tinha visto na calçada uma mão decepada e a chutara para a sarjeta como se fosse um talo de repolho.

– Os proles são seres humanos – disse em voz alta. – Nós é que não somos humanos.

– Por que não? – perguntou Julia, que despertara de novo.

Winston refletiu por um tempo.

– Você já pensou que a gente devia sair daqui antes que fosse tarde demais e que o melhor era que não nos víssemos de novo?

– Sim, querido, já pensei nisso várias vezes. Mas não é o que vou fazer.

– Até agora tivemos sorte – disse ele –, mas não tem como essa sorte durar muito mais. Você é jovem. Tem aparência de gente comum e inocente.

180   1984

Ficando longe de pessoas como eu, tem tudo para continuar viva por mais uns cinquenta anos.

– Não. Já pensei nisso tudo. O que você fizer, também vou fazer. E não precisa ficar tão desanimado. Eu tenho talento para continuar viva.

– A gente até pode ficar junto por mais uns seis meses, um ano, impossível saber. A certeza que temos é que no fim vamos estar separados. Você se dá conta de que ficaremos completamente sós? Quando eles nos pegarem, nenhum dos dois vai poder fazer nada, literalmente nada, pelo outro. Se eu confessar, eles atiram em você, e se eu me recusar a confessar, atiram em você da mesma forma. Nada que eu faça ou diga, ou mesmo que deixe de dizer, será capaz de adiar sua morte nem por cinco minutos. E não teremos como saber se o outro está vivo ou morto. Ficaremos de mãos atadas. A única coisa que importa é que a gente não traia um ao outro, embora nem isso faça qualquer diferença.

– Se você está falando de confessar – disse ela –, na certa vamos ter que fazer. Todo mundo sempre confessa. Não tem como escapar disso, por causa da tortura.

– Não, não estou falando de confessar. Confissão não é traição. O que você fala ou faz não importa: o que importa são os sentimentos. Se eles conseguissem fazer com que eu deixasse de amar você… essa sim seria a verdadeira traição.

Julia se pôs a pensar.

– Mas isso eles não conseguem – disse ela, por fim. – É a única coisa que não conseguem fazer. Podem nos obrigar a falar o que for, *qualquer* coisa, mas não podem nos obrigar a acreditar em nada. Eles não conseguem entrar dentro da gente.

– É – confirmou ele, um pouco mais esperançoso. – Isso é verdade. Não conseguem entrar dentro da gente. Se nós *sentirmos* que vale a pena continuar humanos, mesmo que isso não tenha nenhum resultado prático, nós vencemos.

Winston pensou na teletela, com seus ouvidos que nunca dormiam. Podiam espionar as pessoas dia e noite, mas se elas mantivessem a cabeça no lugar conseguiriam ser ainda mais espertas. Apesar de toda a astúcia, nunca descobriram como saber o que outro ser humano estava pensando. Talvez não fosse bem assim quando alguém caía de fato nas mãos deles. Ninguém sabia o que se passava dentro do Ministério do Amor, mas dava para imaginar: torturas, drogas, aparelhos sensíveis que registravam as reações nervosas, um esgotamento gradual por privação de sono, solidão e interrogatórios constantes. Seja como for, ninguém conseguia esconder os fatos. Era possível rastreá-los por meio de inquéritos ou extraí-los através de tortura. Mas se a questão não era continuar vivo e sim continuar humano, que diferença fazia no fim das contas? Não conseguiam alterar os sentimentos; afinal, nem a própria pessoa conseguia alterá-los, mesmo se quisesse. Conseguiam expor, nos mínimos detalhes, tudo que cada um já tinha feito, dito ou pensado; mas o coração, cujo funcionamento era um grande mistério para todos, permanecia inexpugnável.

8.

Tinham conseguido, finalmente tinham conseguido!

A sala onde estavam era comprida e tinha uma iluminação suave. O som da teletela fora reduzido a um murmúrio baixo; a suntuosidade do carpete azul-escuro dava a impressão de que pisavam em veludo. Ao fundo, O'Brien estava sentado à mesa, sob a luz de uma luminária verde, com uma pilha de papéis em ambos os lados. Nem se deu ao trabalho de erguer os olhos quando o criado apareceu trazendo Julia e Winston.

O coração de Winston batia tão forte que ele não sabia se seria capaz de falar alguma coisa. Tinham conseguido, finalmente tinham conseguido, era só o que pensava. Ir até lá havia sido uma temeridade, mas chegarem juntos fora um completo disparate, ainda que tivessem pegado caminhos diferentes e se encontrado apenas à porta de O'Brien. Mas o simples ato de entrar num lugar daqueles já exigia uma enorme coragem. Eram raras as ocasiões em que se podia ver como eram as residências dos membros do Partido Interno, ou até entrar no bairro onde moravam. A atmosfera do enorme bloco de apartamentos, a opulência e a dimensão de todas as coisas, os cheiros desconhecidos de comida boa e tabaco bom, os silenciosos elevadores incrivelmente rápidos, deslizando para cima e para baixo, os criados de paletó branco, apressados de um lado para o outro – tudo era intimidador. Embora tivesse um bom pretexto para ir até lá, Winston foi acompanhado a cada passo pelo medo de que a qualquer momento surgiria de alguma esquina um guarda de uniforme preto, pedindo seus documentos e ordenando-lhe que fosse embora. O criado de O'Brien, no entanto, deixara os dois entrarem sem qualquer hesitação. Era um homem baixo, de cabelo escuro, paletó branco e um rosto inexpressivo em formato de diamante que poderia facilmente passar por chinês. O corredor por onde os conduziu era forrado por um carpete macio, papel de parede cor creme e lambris brancos, tudo extremamente limpo. Isso também era intimidador. Winston não se lembrava de ter visto alguma vez na vida um corredor cujas paredes não fossem encardidas por conta do contato dos corpos.

O'Brien segurava um pedaço de papel e parecia examiná-lo com muita atenção. Seu rosto sério, inclinado para baixo de modo que se via a linha do nariz, transmitia ao mesmo tempo temor e inteligência. Por uns vinte segundos, nem se mexeu na cadeira. Em seguida, puxou o falescreve em sua direção e ditou uma mensagem rápida no jargão híbrido dos ministérios:

– Itens um vírgula cinco vírgula sete aprovados complet ponto sugestão contida item seis duplomais ridícula quase crimepensar cancela ponto improsseguir construção anteobter mais estimativas equip desp gerais ponto fim mensagem.

Então se levantou da cadeira e cruzou o carpete silencioso até se aproximar dos dois. Um pouco da atmosfera oficial parecia ter caído por terra junto com as palavras pronunciadas em neolíngua, mas sua expressão estava mais soturna que o habitual, como se estivesse incomodado com a visita. O pavor que Winston vinha sentindo de repente foi atravessado por um constrangimento banal. Era bem possível que tivesse cometido um erro idiota. Que prova tinha, afinal de contas, de que O'Brien era mesmo um conspirador político? Nada além de uma troca de olhares e um único comentário ambíguo; fora isso, só suas maquinações secretas, baseadas num sonho. Não poderia sequer recorrer à desculpa de que tinha ido até lá para pegar o dicionário emprestado, pois nesse caso seria impossível justificar a presença de Julia. Ao passar pela teletela, O'Brien deu a impressão de ter se lembrado de alguma coisa. Parou, virou-se para o lado e apertou um botão na parede. Houve um estalo repentino, e a voz foi interrompida.

Julia deixou escapar um gritinho de surpresa. Já Winston, mesmo em meio ao pânico que sentia, ficou tão espantado que não conseguiu segurar a língua.

– Você pode desligar a teletela! – disse ele.

– Posso, sim – respondeu O'Brien. – Nós temos esse privilégio.

Estava agora de frente para eles. Seu corpo sólido se avolumava diante dos dois, e a expressão em seu rosto continuava indecifrável. Aguardava, um tanto sisudo, que Winston dissesse alguma coisa, mas o quê? Ainda havia a possibilidade de que fosse apenas um homem ocupado, irritado por ter sido interrompido.

Ninguém disse nada. Depois que a teletela foi desligada, a sala entrou num silêncio absoluto. Os segundos se sucediam, longuíssimos. Com dificuldade, Winston continuou com os olhos fixos em O'Brien. Então, de repente, o rosto soturno esboçou o possível início de um sorriso. Usando seu gesto característico, O'Brien ajeitou os óculos no nariz.

– Devo começar, ou vocês começam? – perguntou ele.

– Eu posso começar – respondeu Winston prontamente. – Essa coisa está mesmo desligada?

– Sim, está tudo desligado. Estamos sozinhos.

– Nós viemos até aqui porque...

Fez uma pausa ao perceber pela primeira vez que suas motivações eram bastante vagas. Como não sabia ao certo que tipo de ajuda esperava de O'Brien, não era fácil dizer por que tinha ido até lá. Seguiu em frente, ciente de que sua fala poderia soar medíocre e pretensiosa:

– Achamos que existe algum tipo de conspiração, alguma organização secreta trabalhando contra o Partido, e que o senhor está envolvido nisso. Queremos nos juntar a ela e trabalhar por essa causa. Somos inimigos do Partido. Não acreditamos nos princípios do Socing. Somos neurocriminosos. Somos também adúlteros. Estou lhe dizendo isso porque queremos nos botar à sua disposição. Estamos dispostos a nos incriminar, se for do seu desejo.

Winston fez uma nova pausa e olhou por cima do ombro, com a sensação de que a porta tinha sido aberta. De fato, o pequeno criado de rosto amarelo entrara sem bater. Winston notou que ele carregava uma bandeja com algumas taças e uma garrafa.

– Martin é um dos nossos – explicou O'Brien, impassível. – Traga as bebidas, Martin. Ponha tudo na mesa redonda. Temos cadeiras suficientes? Agora podemos nos sentar e conversar com mais conforto. Traga uma cadeira para você, Martin. Isso aqui é sério. Pode abandonar o papel de criado pelos próximos dez minutos.

O homenzinho se sentou, bem à vontade, mas ainda guardava o ar de serviçal, de criado que desfruta de um privilégio. Winston o observou de soslaio. Ficou pensando que a vida do sujeito se resumia a bancar um personagem e que achava arriscado sair desse papel até por um breve instante. O'Brien pegou a garrafa e encheu as taças com uma bebida escura. Aquilo despertou em Winston lembranças vagas de algo visto muito tempo antes num muro ou num cartaz – uma garrafa enorme, feita de luzes elétricas piscantes, que parecia se mover para cima e para baixo e despejar seu conteúdo numa taça. Vista de cima, a bebida parecia quase preta, mas brilhava feito rubi dentro da garrafa. Seu cheiro era agridoce. Winston viu Julia, cheia de curiosidade, aproximar a taça do nariz para sentir o cheiro da bebida.

– É vinho – explicou O'Brien, com um ligeiro sorriso. – Vocês já devem ter lido sobre ele nos livros, com certeza. Mas infelizmente não chega até os membros do Partido Externo. – Seu rosto voltou a ganhar um aspecto solene e ele ergueu a taça. – Acho que podemos começar fazendo um brinde: ao nosso líder, Emmanuel Goldstein!

Winston ergueu sua taça com certo entusiasmo. Vinho era algo que já povoara suas leituras e seus sonhos. Como o peso de papel de vidro ou as cantigas que o sr. Charrington lembrava pela metade, a bebida pertencia ao passado extinto, romântico, a época remotas, como ele gostava de chamar em seus pensamentos secretos. Por algum motivo, sempre achou que o vinho tivesse um intenso sabor adocicado, como o de geleia de amora, e um imediato efeito entorpecente. Quando de fato o provou, ficou bastante desapontado. A verdade é que, depois de anos e anos tomando só gim, mal conseguia saborear outra coisa. Apoiou a taça vazia na mesa.

– Então quer dizer que o Goldstein existe mesmo? – perguntou ele.

– Existe, sim, e está vivo. Onde, já não sei dizer.

– E a conspiração… a organização? Ela existe? Não é só uma invenção da Polícia do Pensamento?

– Não, ela existe. Chamamos de Irmandade. Quem faz parte dela nunca sabe muito mais coisa além do fato de que ela existe e de que é um de seus membros. Volto a esse assunto já, já – disse ele, consultando o relógio de pulso. – Até para quem é do Partido Interno é imprudente desligar a teletela por mais de meia hora. Vocês não deviam ter chegado aqui juntos, e terão que sair separados. Você, camarada – inclinou a cabeça na direção de Julia –, é quem vai sair primeiro. Temos uns vinte minutos à nossa disposição. Vejam bem, preciso começar fazendo algumas perguntas. Em termos gerais, estão dispostos a fazer o quê?

– Qualquer coisa que esteja ao nosso alcance – respondeu Winston.

O'Brien se virou um pouco na cadeira, ficando de frente para ele. Praticamente ignorou Julia, na certa presumindo que Winston pudesse responder por ela. Por um momento, as pálpebras cobriram seus olhos. Começou a fazer perguntas numa voz baixa e inexpressiva, como se aquilo fosse rotina, uma espécie de questionário cujas respostas sabia de cor.

– Vocês estão dispostos a morrer pela causa?

– Sim.

– Estão dispostos a cometer assassinato?

– Sim.

– A cometer atos de sabotagem que podem causar a morte de centenas de inocentes?

– Sim.

– A trair seu país, em prol de potências estrangeiras?

– Sim.

– Estão dispostos a trapacear, falsificar, chantagear, corromper a mente de crianças, distribuir drogas que causem dependência, incentivar a prostituição, disseminar doenças venéreas... a fazer qualquer coisa capaz de desmoralizar e enfraquecer o poder do Partido?

– Sim.

– Se, por exemplo, de alguma forma for de nosso interesse jogar ácido sulfúrico no rosto de uma criança... Vocês estão dispostos a isso?

– Sim.

– Vocês estão dispostos a abrir mão de sua identidade e passar o resto da vida servindo mesas ou trabalhando em docas?

– Sim.

– Estão dispostos a cometer suicídio, se e quando receberem ordens para isso?

– Sim.

– Estão dispostos a se separar e nunca mais voltarem a se ver?

– Não! – interrompeu Julia.

Winston ficou com a sensação de ter demorado demais a responder. Por um momento, parecia inclusive ter perdido o poder da fala. Sua língua trabalhava sem emitir som, formando primeiro as sílabas iniciais de uma palavra, depois da outra, por repetidas vezes. Até falar, não sabia o que diria.

– Não – respondeu, por fim.

– Fizeram bem em me contar – disse O'Brien. – Nós precisamos saber de tudo.

Virou-se para Julia e acrescentou com uma voz um pouco mais expressiva:

– Você está ciente de que mesmo que ele sobreviva, talvez seja como outra pessoa? É possível que tenhamos de dar a ele uma nova identidade. O rosto, os gestos, o formato das mãos, a cor do cabelo… até a voz seria diferente. E você mesma talvez tenha que se tornar outra pessoa. Nossos cirurgiões conseguem deixar qualquer um irreconhecível. Às vezes é necessário. Às vezes chegamos a amputar uma perna ou um braço.

Winston não conseguiu se conter e lançou mais um olhar de soslaio para o rosto de traços orientais de Martin. Não havia cicatrizes aparentes. Julia tinha ficado um pouco mais pálida, o que realçou suas sardas, mas encarava O'Brien com ousadia. Murmurou algo que pareceu um consentimento.

– Que bom. Então estamos acertados.

Sobre a mesa, havia uma cigarreira de prata. Com ar distraído, O'Brien ofereceu um cigarro a eles, pegou um para si, depois ficou em pé e começou a dar uns passos lentos de um lado para o outro, como se assim conseguisse raciocinar melhor. Eram cigarros muito bons, grossos e bem embalados num papel de maciez incomum. O'Brien consultou o relógio mais uma vez.

– Melhor você voltar para a copa, Martin – disse ele. – Vou ligar a teletela daqui a quinze minutos. Olhe bem para o rosto desses camaradas antes de sair. Você vai vê-los de novo. Já eu, não sei…

Exatamente como haviam feito na entrada da casa, os olhos escuros do homenzinho esquadrinharam o rosto deles. Não havia qualquer sinal de cordialidade em seus modos. Estava memorizando a aparência dos dois, mas não sentia o menor interesse por eles, ou pelo menos era o que aparentava. Ocorreu a Winston que um rosto artificial talvez fosse incapaz de mudar de expressão. Sem dizer nada nem se despedir, Martin foi embora, fechando a porta sem fazer barulho. O'Brien ainda caminhava de um lado para o outro, com uma das mãos no bolso do macacão preto e a outra segurando o cigarro.

– Vocês precisam saber que estarão lutando no escuro – disse ele. – Estarão sempre no escuro. Vão receber ordens e vão obedecê-las, sem saber por quê. Mais adiante, vou lhes enviar um livro que conta a verdadeira natureza da sociedade em que vivemos e a estratégia que usaremos para destruí-la. Depois de lerem o livro, serão membros legítimos da Irmandade. Mas tirando os objetivos gerais pelos quais lutamos, e as tarefas imediatas do momento, nunca saberão de nada. Posso afirmar que a Irmandade existe, mas não posso dizer se ela tem cem membros ou dez milhões. Pelo que chegarão a conhecer, não vão sequer conseguir ter certeza de que há, por exemplo, uma dezena de membros. Vocês terão três ou quatro contatos, que serão renovados de tempos em tempos conforme eles forem desaparecendo. Como eu fui seu primeiro contato, continuará sendo assim. As ordens que receberem virão sempre de mim. Se houver necessidade de nos comunicarmos, será através do Martin. Quando por fim forem pegos, vocês confessarão. É inevitável. Mas terão muito pouco a confessar, a não ser suas próprias ações. O máximo que conseguirão fazer é entregar um ou outro gato pingado sem relevância. É provável que nem cheguem a me entregar. Até lá, já posso ter morrido ou ter me tornado outra pessoa, com rosto diferente.

O'Brien continuou andando de um lado para o outro sobre o carpete macio. Apesar do corpo volumoso, havia um encanto singular em seus movimentos, o que se notava inclusive pela forma como punha a mão no bolso ou segurava o cigarro. Mais do que força, transmitia confiança e compreensão, tingidas por certa ironia. Por mais sério que fosse, não exibia nada da fixação típica dos fanáticos. Quando falava de assassinato, suicídio, doença venérea, membros amputados e rostos modificados, era com um leve ar de zombaria. "É inevitável", sua voz parecia dizer. "É o que temos de fazer, sem pestanejar. Mas não é o que vamos fazer quando a vida voltar a valer a pena". Winston sentiu por ele uma onda de admiração, quase de adoração. Por ora, tinha se esquecido da figura sombria de Goldstein. Quando se olhava para os ombros fortes de O'Brien e seu rosto de feições grosseiras, tão feio e ao mesmo tempo tão refinado, era impossível acreditar que alguém pudesse derrotá-lo. Não havia estratagema para o qual não estivesse pronto e nenhum perigo que não fosse capaz de prever. Até Julia parecia impressionada. Tinha deixado o cigarro se apagar e ouvia tudo com atenção. O'Brien continuou:

– Vocês já ouviram rumores sobre a existência da Irmandade. Sem dúvida já tiraram suas próprias conclusões. Devem imaginar que seja um enorme submundo de conspiradores que se reúnem secretamente em porões, rabiscam mensagens em muros e reconhecem uns aos outros por códigos secretos ou gestos específicos. Mas não é nada disso. Os membros da Irmandade não têm como se reconhecer e cada um só conhece outros poucos membros. O próprio Goldstein, se caísse nas mãos da Polícia do Pensamento, não seria capaz de fornecer uma lista completa dos membros ou qualquer informação que os levasse a essa lista, porque ela não existe, simples assim. A Irmandade não pode ser varrida do mapa porque não é uma organização no sentido comum do termo. A única coisa que a sustenta é uma ideia indestrutível. Vocês nunca poderão se apoiar em nada além dessa ideia. Nunca terão relações de amizade nem incentivo. Quando por fim forem pegos, não receberão qualquer ajuda. Nós nunca ajudamos nossos membros. No máximo, quando é absolutamente necessário silenciar alguém, às vezes conseguimos contrabandear uma lâmina de barbear para dentro da cela de um prisioneiro. Vocês terão que se acostumar a viver sem resultados e sem esperança. Vão trabalhar por um tempo, vão ser pegos, vão confessar e então morrer. São os únicos resultados que poderão testemunhar. É impossível que alguma mudança perceptível aconteça enquanto ainda estivermos vivos. Nós somos os mortos. Nossa única vida verdadeira está no futuro. Participaremos dela sob a forma de um punhado de pó e fragmentos ósseos. Mas a que distância se encontra esse futuro, não temos como saber. Pode estar a mil anos de distância. No momento, a única possibilidade é ampliar de pouquinho em pouquinho o âmbito da sanidade. Não podemos agir coletivamente. Tudo que podemos fazer é espalhar nosso conhecimento de indivíduo em indivíduo, geração após geração. Diante da Polícia do Pensamento, não existe outra possibilidade.

Ele parou e consultou o relógio pela terceira vez.

– Está quase na hora de você ir embora, camarada – disse para Julia. – Espere. A garrafa ainda está na metade.

Encheu as taças e ergueu a sua pela haste.

– A que brindaremos desta vez? – perguntou, com o mesmo toque sutil de ironia. – Ao caos da Polícia do Pensamento? À morte do Grande Irmão? À humanidade? Ao futuro?

– Ao passado – respondeu Winston.

– O passado é mais importante – concordou O'Brien com seriedade.

Esvaziaram as taças e em seguida Julia se levantou para ir embora. O'Brien tirou uma caixinha do topo de um armário e lhe entregou uma pastilha branca e achatada, dizendo-lhe para pôr na língua. Era importante, disse ele, que não saíssem dali cheirando a vinho: os ascensoristas observavam tudo. Assim que a porta se fechou atrás dela, O'Brien já parecia ter se esquecido de sua existência. Deu mais um ou dois passos e então parou.

– Precisamos acertar alguns detalhes – disse ele. – Presumo que vocês tenham um esconderijo, certo?

Winston contou sobre o quartinho que ficava em cima da loja do sr. Charrington.

– Por ora, tudo bem. Mais adiante, vamos arrumar outra coisa para vocês. É importante mudar de esconderijo com certa frequência. Nesse meio-tempo, vou lhe enviar um exemplar *do livro*. – Winston percebeu que mesmo O'Brien parecia pronunciar as palavras como se estivessem em destaque. – Eu me refiro ao livro de Goldstein, é claro... o mandarei o quanto antes. Talvez leve alguns dias até que eu arranje um exemplar. Não existem muitos, como pode supor. A Polícia do Pensamento vive atrás deles e os destrói quase na mesma velocidade com que são produzidos. Mas faz pouquíssima diferença. O livro é indestrutível. Mesmo se o último exemplar fosse destruído, poderíamos reproduzi-lo quase palavra por palavra. Você leva uma pasta para o trabalho? – acrescentou ele.

– Em geral, levo.

– E como ela é?

– É preta, bem surrada e tem duas alças.

– Preta, duas alças, bem surrada... Ótimo. Um dia, num futuro razoavelmente próximo... Não posso confirmar a data, mas haverá um erro de impressão numa das mensagens que você vai receber de manhã no trabalho, então terá que solicitar uma reposição. No dia seguinte, irá para o trabalho sem a pasta. Em algum momento desse dia, na rua, um homem vai tocar no seu braço e dizer: "Acho que você deixou cair sua pasta". A pasta que ele vai lhe entregar terá um exemplar do livro de Goldstein. Você precisará devolvê-lo em quatorze dias.

Os dois ficaram um momento em silêncio.

– Ainda temos alguns minutos antes de você ir embora – disse O'Brien. – Vamos nos encontrar de novo... Se é que vamos mesmo nos encontrar...

Winston ergueu os olhos e o encarou.

– Onde não há escuridão? – completou, hesitante.

O'Brien fez que sim com a cabeça, sem aparentar surpresa.

– Onde não há escuridão – repetiu, como se reconhecesse a referência. – Por ora, gostaria de dizer alguma coisa antes de sair? Tem alguma mensagem? Alguma pergunta?

Winston pensou um pouco. Achava que não tinha mais nada a perguntar; tampouco sentia vontade de propor assuntos genéricos e pomposos. Em vez de pensar em alguma coisa que tivesse relação direta com O'Brien ou com a Irmandade, o que lhe veio à cabeça foi uma imagem que misturava o quarto escuro onde sua mãe tinha passado os últimos dias e o quartinho em cima da loja do sr. Charrington, o peso de papel de vidro e a gravura em metal com sua moldura de pau d'água. Meio ao acaso, perguntou:

– Você conhece uma velha cantiga que começa assim: "Laranja e limão reluzente, bate o sino da São Clemente"?

O'Brien mais uma vez fez que sim com a cabeça. A um só tempo gentil e sério, completou a estrofe:

"Laranja e limão reluzente, bate o sino da São Clemente,
Você me deve um dinheirinho, bate o sino da São Martinho,
Quando verei o meu sinal?, bate o sino do Tribunal,
Quando eu estiver quite, bate o sino de Shoretich."

– Você sabe o último verso! – disse Winston.

– Sim, eu sei o último verso. Mas agora, infelizmente, está na hora de você ir. Espere um minuto. Tome essas pastilhas.

Assim que Winston ficou de pé, O'Brien lhe estendeu o braço. Cumprimentou-o com tanta força que quase esmagou seus ossos da mão. À porta, Winston ainda olhou para trás, mas O'Brien já parecia estar no processo de tirá-lo da cabeça. Estava com a mão sobre o botão que controlava a teletela. Atrás dele, Winston viu a mesa com a luminária verde, o falescreve e as cestas de arame abarrotadas de papéis. O assunto estava encerrado. Dali a trinta segundos, pensou, O'Brien retomaria o importante trabalho que vinha fazendo para o Partido antes de recebê-los.

9.

Winston estava gelatinoso de tanto cansaço. "Gelatinoso" era a palavra certa. A ideia lhe viera à mente de forma espontânea. Seu corpo parecia ter não só o aspecto molenga da gelatina, mas também sua translucidez. Sentia que se erguesse a mão conseguiria enxergar a luz através dela. Era como se todo o sangue e a linfa tivessem sido drenados de seu corpo pelo monumental excesso de trabalho, restando somente uma frágil estrutura de nervos, ossos e pele. Todas as sensações pareciam amplificadas. O macacão incomodava seus ombros, o chão irritava seus pés e o simples gesto de abrir e fechar a mão fazia suas articulações rangerem.

Havia trabalhado mais de noventa horas em cinco dias, como todos os funcionários do ministério. Agora que estava tudo terminado, não tinha literalmente nada a fazer, nenhum trabalho para o Partido até a manhã do dia seguinte. Poderia passar seis horas no esconderijo e outras nove em sua própria cama. Sem presa, sob o suave sol da tarde, caminhou por uma rua lúgubre até a loja do sr. Charrington, sempre com o olhar atento às patrulhas, mas irracionalmente convencido de que naquele dia não corria o risco de ser abordado por ninguém. A pasta pesada que carregava batia em seu joelho a cada passo, causando uma sensação de formigamento na perna. Dentro da pasta levava *o livro*, mas apesar de já estar com ele fazia seis dias, Winston ainda não o abrira, nem sequer para uma passada de olhos.

No sexto dia da Semana do Ódio, depois dos desfiles, dos discursos, dos gritos, das músicas, das faixas, dos cartazes, dos filmes, das figuras em cera, dos tambores retumbantes e das trombetas estridentes, do ruído dos pés em marcha, da opressiva fileira de tanques, do rugido dos esquadrões aéreos, do estrondo das armas – depois de seis dias nessa toada, com o grande orgasmo chegando em seu clímax, o ódio generalizado pela Eurásia já tinha fervilhado e se transformado em tamanho delírio, que se a multidão pudesse pôr as mãos nos dois mil criminosos de guerra eurasianos que seriam enforcados publicamente no último dia dos eventos, teria sem dúvida dilacerado um por um –, justo nesse momento anunciaram que a Oceânia, afinal, não estava em guerra contra a Eurásia. A Oceânia estava em guerra contra a Lestásia. A Eurásia era uma potência aliada.

Ninguém admitiu, é claro, que tivesse havido qualquer mudança. Simplesmente se tornou de conhecimento geral, muito de repente e em todos os lugares ao mesmo tempo, que o inimigo era a Lestásia, e não a Eurásia. No momento em que isso aconteceu, Winston participava de uma manifestação numa das praças centrais de Londres. Já era noite, e os rostos brancos e as faixas escarlate iluminados pelos holofotes ganhavam contornos assustadores. A praça lotada por milhares de pessoas incluía um grupo de cerca de mil crianças em idade escolar que usavam o uniforme dos Espiões. Num tablado forrado de tecido escarlate, um orador do Partido Interno, um homenzinho magro, de braços desproporcionalmente longos e uma cabeça grande e calva, com algumas mechas de cabelo liso, discursava para a massa. O sujeito à la Rumpelstilzinho, contorcido de raiva, tinha agarrado o microfone com uma das mãos, enquanto a outra, enorme na extremidade do braço ossudo, fazia gestos ameaçadores no ar, acima da cabeça. Sua voz, que soava metálica por conta dos amplificadores, rugia um interminável inventário de atrocidades, massacres, deportações, saques, estupros, tortura de prisioneiros, bombardeios de civis, propaganda mentirosa, agressões injustas e tratados descumpridos. Era quase impossível ouvi-lo sem primeiro se convencer e então perder a cabeça de raiva. De tempos em tempos, a fúria da multidão transbordava, e a voz do orador era afogada pelo rugido selvagem e bestial que saía de modo incontrolável daquelas milhares de gargantas. Os gritos mais ferozes vinham das crianças. O discurso já durava uns vinte minutos quando um mensageiro subiu às pressas no tablado e entregou um papelzinho ao orador. Ele desenrolou o papel e o leu, sem fazer qualquer pausa no discurso. Não houve nenhuma mudança em seu tom de voz ou em seu comportamento, nem no conteúdo do que vinha dizendo, mas de repente os nomes mencionados eram outros. Sem necessidade de qualquer explicação, uma onda de entendimento agitou a massa. A Oceânia estava em guerra contra a Lestásia! No momento seguinte, deu-se uma tremenda comoção. As faixas e os cartazes que decoravam a praça estavam todos errados! Mais ou menos metade deles trazia os rostos errados. Era sabotagem! Os agentes de Goldstein tinham feito seu trabalho! Houve um interlúdio desordeiro quando as pessoas começaram a arrancar os cartazes dos muros e rasgar as faixas em pedacinhos para depois pisoteá-las. Os Espiões deram mostras de atividade prodigiosa ao trepar nos telhados para cortar as bandeirolas que se agitavam nas chaminés. Porém, em dois ou três minutos, tudo estava encerrado. O orador, ainda agarrado ao microfone, com os ombros curvados à frente e a mão livre gesticulando no ar, não interrompera o discurso. Mais um minuto e a turba estava outra vez explodindo em ferozes rugidos de raiva. O Ódio continuava igualzinho a antes, só que agora o alvo era outro.

O que espantou Winston ao rememorar o episódio foi que o orador tinha alterado o discurso no meio da frase, sem fazer uma pausa e sem qualquer quebra de sintaxe. Passado o espanto, tinha outras coisas com o que se preocupar. Foi durante o tumulto, enquanto os cartazes estavam sendo arrancados, que um homem cujo rosto ele não viu lhe deu um tapinha no ombro e disse:

– Com licença, acho que você deixou cair sua pasta.

Winston pegou a pasta distraído, sem dizer nada. Sabia que só depois de alguns dias teria a oportunidade de examinar seu conteúdo. Assim que a manifestação terminou, foi direto para o Ministério da Verdade, embora já fossem quase vinte e três horas. Todos os funcionários do ministério fizeram o mesmo. As ordens emitidas pelas teletelas, para que voltassem ao trabalho, nem eram necessárias.

A Oceânia estava em guerra contra a Lestásia; a Oceânia sempre estivera em guerra contra a Lestásia. Uma ampla parcela da literatura política dos cinco anos anteriores agora estava completamente obsoleta. Notícias e registros de todos os tipos, jornais, livros, panfletos, filmes, gravações, fotografias – tudo precisava ser retificado à velocidade da luz. Por mais que não tivessem emitido nenhuma diretiva, sabia-se que o objetivo dos chefes do departamento era que em uma semana não houvesse mais nenhuma referência à guerra contra a Eurásia ou à aliança com a Lestásia. O trabalho era assoberbante, ainda mais porque os processos envolvidos não podiam ser chamados pelo nome verdadeiro. No Departamento de Arquivos, todos trabalhavam dezoito horas por dia, com dois intervalos de três horas para dormir. Os corredores estavam tomados por colchonetes que tinham sido trazidos dos porões; as refeições consistiam em sanduíches e Café da Vitória, que passavam em carrinhos e eram servidos por atendentes da cantina. A cada intervalo de descanso, Winston tentava deixar a mesa livre de qualquer tarefa, mas sempre que rastejava de volta, dolorido e com os olhos ainda grudados de sono, uma nova enxurrada de rolos de papel tinha coberto a mesa feito um amontoado de neve, quase enterrando o falescreve e transbordando para o chão, de modo que a primeira coisa a fazer era sempre juntar tudo numa pilha mais ou menos organizada, abrindo espaço para que conseguisse trabalhar. O pior de tudo era que o trabalho estava longe de ser puramente mecânico. Muitas vezes, bastava substituir um nome por outro, mas qualquer notícia mais detalhada dos acontecimentos exigia cuidado e imaginação. Inclusive não era pouco o conhecimento geográfico que a pessoa precisava ter para transferir a guerra de uma parte do mundo para outra.

No terceiro dia, a dor nos olhos era insuportável e ele precisava limpar os óculos de poucos em poucos minutos. Era como lutar contra uma tarefa física esmagadora, algo que a pessoa tinha o direito de recusar mas que, apesar de tudo, mostrava-se neuroticamente ansiosa para concluir. Até onde conseguia se lembrar, Winston não se importava com o fato de que cada palavra murmurada no falescreve, cada traço de sua caneta, fosse uma mentira deliberada. Sua preocupação era igual à de qualquer outra pessoa do departamento: a falsificação precisava ser perfeita. Na manhã do sexto dia, o volume de rolos de papel despejados diminuiu. Por meia hora, não saiu nada do tubo; depois surgiu um novo rolo e então mais nada. Em todos os lugares, mais ou menos à mesma hora, o trabalho rareava. Um profundo e por assim dizer secreto suspiro percorreu todo o departamento. Tinham conquistado um feito grandioso, que jamais poderia ser mencionado. Agora era impossível que qualquer pessoa provasse com evidências documentais que um dia a guerra contra a Eurásia tinha acontecido. À meia-noite, houve um anúncio inesperado de que todos os funcionários do ministério estavam liberados até a manhã do dia seguinte. Carregando a pasta com *o livro*, que ficara entre seus pés enquanto trabalhava e debaixo do corpo enquanto dormia, Winston foi para casa, fez a barba e quase adormeceu durante o banho, embora a água estivesse apenas morna.

Com um certo chiado voluptuoso das articulações, subiu a escada da loja do sr. Charrington. Estava cansado, apesar de não se sentir mais sonolento. Abriu a janela, acendeu o velho fogareiro e pôs uma panela com água para ferver e preparar o café. Julia chegaria em breve; enquanto isso, havia *o livro*. Sentou-se na poltrona desmazelada e abriu as alças da pasta.

O exemplar preto e pesado, encadernado de modo amador, não trazia nenhum nome ou título na capa. A impressão também parecia um tanto irregular. As páginas estavam gastas nas bordas e se desprendiam com facilidade, como se o livro tivesse passado por muitas mãos. A folha de rosto dizia o seguinte:

TEORIA E PRÁTICA

DO COLETIVISMO OLIGÁRQUICO

de

EMMANUEL GOLDSTEIN

Winston começou a ler.

Capítulo 1.

IGNORÂNCIA É FORÇA

Desde que se tem notícia, provavelmente desde o fim do período Neolítico, sempre houve três categorias de pessoas no mundo: Alta, Média e Baixa. Foram muitas as subdivisões, incontáveis os nomes, e os totais relativos de cada uma, bem como a atitude de umas para com as outras, variaram muito de acordo com a época. No entanto, a estrutura fundamental da sociedade nunca mudou. Mesmo depois de turbulências enormes e transformações aparentemente irrevogáveis, o mesmo padrão sempre voltou a se afirmar, da mesma forma que um giroscópio sempre volta ao equilíbrio, por mais que tenha sido empurrado para uma ou outra direção.

Os objetivos desses grupos são totalmente irreconciliáveis…

Winston fez uma pausa na leitura, sobretudo para apreciar o fato de *poder ler* com conforto e segurança. Estava sozinho: nada de teletela, nenhum ouvido no buraco da fechadura ou qualquer impulso nervoso de olhar por cima do ombro ou cobrir a página com a mão. O doce ar de verão lhe acariciava o rosto. De algum lugar ao longe, subiam os gritos débeis de crianças; mas o único som que se ouvia no quarto era a voz de inseto do relógio. Ele se aconchegou ainda mais na poltrona e apoiou os pés no guarda-fogo. Era a felicidade, era a eternidade. De repente, como às vezes fazemos com um livro que certamente ainda vamos ler e reler de cabo a rabo, abriu-o num ponto diferente e se viu no terceiro capítulo. Prosseguiu com a leitura:

Capítulo 3.

GUERRA É PAZ

A divisão do mundo em três grandes superestados foi um acontecimento que podia ter sido previsto – e de fato o foi – antes da metade do século XX. Com a absorção da Europa pela Rússia e do Império Britânico pelos Estados Unidos, duas das três potências atuais, a Eurásia e a Oceânia, já eram uma realidade. A terceira, a Lestásia, só emergiu como unidade distinta depois de mais uma década de combates confusos. As fronteiras entre os três superestados são arbitrárias em alguns trechos, em outros variam de acordo com os desfechos da guerra, mas em geral seguem linhas geográficas. A Eurásia abrange todo o território do norte da Europa e da Ásia, de Portugal ao estreito de Bering. A Oceânia compreende as Américas, as ilhas do Atlântico, incluindo as Ilhas Britânicas, a Australásia e a parte sul da África. A Lestásia, menor que as outras e com uma fronteira ocidental menos definida, inclui a China e os países ao sul da China, as ilhas japonesas e uma parte grande mas flutuante da Manchúria, da Mongólia e do Tibete.

Em uma ou outra combinação, esses três superestados estão em guerra permanente, o que data dos últimos vinte e cinco anos. A guerra, no entanto, não é mais a luta desesperada e aniquiladora que se via nas primeiras décadas do século XX. Trata-se de um conflito de objetivos limitados entre combatentes que são incapazes de destruir um ao outro, não têm uma causa material pela qual lutar e não se distinguem por nenhuma diferença ideológica genuína. Não significa dizer que as condutas ou atitudes de guerra tenha se tornado menos sanguinárias ou mais cavalheirescas. Ao contrário: a histeria bélica é contínua e universal em todos os países, e atos como estupros, saques, chacinas de crianças, escravização de povos inteiros e retaliações contra prisioneiros – incluindo queimá-los e enterrá-los vivos – são vistos como normais e, quando cometidos pelo nosso lado e não pelo inimigo, até meritórios. Porém, em termos físicos, a guerra envolve um número muito reduzido de pessoas, a maioria composta por especialistas altamente treinados, e causa relativamente poucas baixas. Os combates, quando acontecem, se desenrolam nas vagas fronteiras que os indivíduos comuns mal sabem onde ficam, ou em torno das Fortalezas Flutuantes que fazem a guarda de pontos estratégicos nas rotas marítimas. Nos centros de civilização, a guerra significa apenas a escassez contínua de bens de consumo e a queda ocasional de uma bomba-foguete capaz de causar algumas mortes. Na verdade, a guerra mudou de natureza. Mais precisamente, as razões que levam à guerra mudaram de ordem de importância. Os motivos que já estavam presentes em algum grau nas grandes guerras do início do século XX se tornaram predominantes e são reconhecidos e postos em prática de maneira consciente.

Para entender a natureza da guerra atual – pois, apesar da reordenação que ocorre de tempos em tempos, é sempre a mesma guerra –, deve-se reconhecer em primeiro lugar que é impossível que ela seja decisiva. Nenhum dos três superestados poderia ser conquistado definitivamente, nem mesmo se houvesse uma aliança entre os outros dois. Além de serem muito parelhos, as defesas naturais de cada um são impressionantes. A Eurásia é protegida por conta de seu vasto território. A Oceânia, pela extensão do Atlântico e do Pacífico, e a Lestásia, pela fecundidade e diligência de seus habitantes. Em segundo lugar, não há mais nada pelo qual lutar em termos materiais. Com o estabelecimento de economias autossuficientes, em que a produção e o consumo estão atrelados um ao outro, chegou ao fim a disputa por novos mercados, que era uma das principais causas das guerras anteriores, ao mesmo tempo em que a competição por matéria-prima não é mais uma questão de vida ou morte. De todo modo, os três superestados são tão vastos que conseguem obter quase tudo de que precisam dentro das próprias fronteiras. Considerando que a guerra tem um propósito econômico direto, trata-se de uma guerra por força de trabalho. Entre as fronteiras dos superestados, sem que nenhum deles seja seu detentor definitivo, há uma espécie de quadrilátero cujas pontas estão em Tânger, Brazzaville, Darwin e Hong Kong e que abarca em seu interior cerca de um quinto da população da Terra. É pela posse dessas regiões de grande densidade populacional, e também da calota polar do norte, que as três potências estão em luta constante. Na prática, nenhuma das potências chega a controlar toda a área em disputa. Partes dela mudam constantemente de mãos, e é a possibilidade de capturar esse ou aquele fragmento por um ato repentino de traição que dita as infinitas mudanças de alinhamento.

Todos os territórios em disputa contêm minerais valiosos, e alguns deles geram importantes produtos vegetais como a borracha, que precisam ser sintetizados em climas mais frios por meio de métodos relativamente caros. Mas o principal é que os territórios contêm uma reserva inesgotável de mão de obra barata. A potência que consegue controlar a África equatorial, ou os países do Oriente Médio, ou o sul da Índia, ou o arquipélago indonésio, dispõe também do corpo de centenas de milhares de *coolies* diligentes e mal remunerados. Os habitantes dessas áreas, reduzidos de forma mais ou menos explícita à posição de escravos, passam continuamente de um conquistador a outro e são consumidos da mesma forma que carvão ou petróleo na corrida para produzir mais armamentos e, assim, capturar mais territórios para controlar mais mão de obra para produzir mais armamentos para capturar mais territórios e assim indefinidamente. Vale notar que os combates nunca ultrapassam as fronteiras das áreas em disputa. As fronteiras da Eurásia se movem entre a bacia do Congo e a costa norte do Mediterrâneo; as ilhas do oceano Índico e do Pacífico são constantemente capturadas e recapturadas pela Oceânia ou pela Lestásia; na Mongólia, a linha divisória entre a Eurásia e a Lestásia nunca é estável; em torno do polo, as três potências reivindicam enormes territórios que na verdade são quase inabitados e inexplorados; mas o equilíbrio de poder sempre permanece mais ou menos igual, e o território que forma a região central de cada superestado sempre se mantém inviolado. Além disso, o trabalho dos povos explorados em torno do Equador não é de fato necessário à economia mundial. Nada acrescenta à riqueza do mundo, pois tudo que produzem é usado para a guerra, e o propósito de deslanchar uma guerra é sempre estar numa posição melhor para deslanchar outra guerra. Por meio de seu trabalho, as populações escravas permitem que o andamento do estado contínuo de guerra se acelere. Por outro lado, se não existissem, a estrutura da sociedade mundial e o processo pelo qual ela se mantém não seriam muito diferentes.

O principal objetivo da guerra moderna (de acordo com os princípios do *duplipensar*, os cérebros dirigentes do Partido Interno ao mesmo tempo reconhecem e rejeitam esse objetivo) é usar os produtos da máquina sem aumentar o padrão de vida geral. Desde o final do século XIX, existe uma questão latente na sociedade industrial: o que fazer com o excedente de bens de consumo? No momento, quando são poucas as pessoas que têm o suficiente para comer, essa questão por óbvio não é urgente e talvez nunca o fosse, mesmo se nenhum processo artificial de destruição estivesse em curso. O mundo de hoje é um lugar desguarnecido, faminto e dilapidado em comparação ao mundo anterior a 1914, e as diferenças são ainda mais acentuadas se o compararmos com o futuro imaginado pelas pessoas daquela época. No início do século XX, a ideia de uma sociedade futura incrivelmente rica, desocupada, metódica e eficiente – um reluzente mundo asséptico de vidro, aço e concreto alvíssimo – fazia parte da consciência de quase todas as pessoas letradas. A ciência e a tecnologia se desenvolviam a uma velocidade extraordinária, e era natural presumir que assim continuariam. Não foi o que aconteceu, em parte devido ao empobrecimento causado por uma longa série de guerras e revoluções, em parte porque os progressos científico e técnico dependem do hábito empírico do pensamento, que não pode sobreviver numa sociedade rigidamente arregimentada. De modo geral, o mundo de hoje é mais primitivo do que era cinquenta anos atrás. Algumas áreas atrasadas apresentaram avanços, e foram criados diversos dispositivos, sempre conectados de certa forma com a guerra e com a espionagem policial, mas os experimentos e as invenções foram em larga medida interrompidos, e a devastação causada pela guerra atômica dos anos 1950 nunca chegou a ser totalmente remediada. Contudo, os perigos inerentes à máquina continuam presentes. Desde o momento em que a máquina surgiu, ficou claro para todos os seres pensantes que já não havia mais necessidade do trabalho braçal e, portanto, da desigualdade. Se a máquina fosse usada deliberadamente para esse fim, a fome, o excesso de trabalho, a sujeira, o analfabetismo e as doenças poderiam ser erradicados em poucas gerações. E de fato, mesmo não sendo usada para esse propósito, mas graças a uma espécie de processo automático – com a produção de uma riqueza que às vezes era impossível não distribuir –, a máquina de fato aumentou muito o padrão de vida do ser humano médio num período de cerca de cinquenta anos, entre o final do século XIX e o início do século XX.

Porém, também estava claro que um aumento abrangente na riqueza poderia levar à destruição – e de certa forma, representava a própria destruição – das sociedades hierárquicas. Num mundo onde todos trabalhassem poucas horas, dispusessem de comida suficiente, morassem em casas com banheiro e geladeira e tivessem um carro ou até mesmo um avião, a desigualdade mais óbvia e talvez mais importante já teria desaparecido. Uma vez generalizada, a riqueza não conferiria mais distinção. Era possível, sem dúvida, imaginar uma sociedade em que a *riqueza*, no sentido de luxos e bens pessoais, seria distribuída igualmente, enquanto o *poder* permaneceria nas mãos de uma pequena casta privilegiada. Mas na prática esse tipo de sociedade não permaneceria estável por muito tempo. Se todos desfrutassem de lazer e segurança da mesma forma, a grande massa de seres humanos que, em geral, é entorpecida pela pobreza se tornaria letrada e aprenderia a pensar com autonomia; e ao fazer isso, mais cedo ou mais tarde essa massa acabaria percebendo que a minoria privilegiada não tinha função nenhuma e acabaria com ela. A longo prazo, as sociedades hierárquicas só se viabilizam com base na pobreza e na ignorância. Retornar ao passado agrícola, como sonhavam alguns pensadores do início do século XX, não era uma solução exequível. Era ir na contramão da tendência à mecanização que tinha se tornado quase instintiva praticamente no mundo todo, e além disso, os países que continuassem atrasados em termos industriais ficariam desamparados no sentido militar, sujeitos a serem dominados, de forma direta ou indireta, por rivais mais avançados.

Tampouco era uma solução satisfatória restringir a produção de bens para deixar as massas na pobreza. Foi o que aconteceu em grande medida na fase final do capitalismo, mais ou menos entre 1920 e 1940. Permitiu-se que a economia de vários países ficasse estagnada, a terra deixou de ser cultivada, não houve aumento no número de equipamentos, grandes parcelas da população foram impedidas de trabalhar e se mantiveram vivas apenas graças à caridade do Estado. Mas isso também acarretou fragilidade militar, e como as privações infligidas eram obviamente desnecessárias, a oposição foi inevitável. A questão era como manter as engrenagens da indústria girando sem aumentar a riqueza real do mundo. Os bens tinham de ser produzidos, mas não podiam ser distribuídos. E, na prática, a única forma de alcançar isso era por meio do contínuo estado de guerra.

O ato fundamental da guerra é a destruição, não necessariamente de vidas, mas dos produtos do trabalho humano. A guerra é uma maneira de despedaçar, lançar na estratosfera ou enterrar nas profundezas do oceano materiais que de outra forma seriam usados para deixar as massas confortáveis demais e, portanto, a longo prazo, inteligentes demais. Mesmo quando as armas de guerra não são de fato destruídas, sua produção ainda assim é uma maneira conveniente de utilizar mão de obra sem produzir nada que possa ser consumido. Uma Fortaleza Flutuante, por exemplo, encerra em si trabalho suficiente para construir algumas centenas de navios cargueiros. Por fim, acaba sendo descartada como obsoleta, sem ter proporcionado nenhum benefício material a ninguém, e por meio de um novo esforço monumental de trabalho, constrói-se outra Fortaleza Flutuante. A princípio, o esforço bélico é sempre planejado de modo a absorver qualquer excedente que possa existir depois de atendidas as necessidades básicas da população. Na prática, essas necessidades são sempre subestimadas, o que faz com que haja uma escassez crônica de cerca de metade das necessidades vitais, mas isso é encarado como vantagem. Inclusive, há uma política deliberada no sentido de manter os grupos favorecidos num estado de quase privação, pois a escassez generalizada aumenta a importância de pequenos privilégios, ampliando a distinção entre um grupo e outro. Segundo os padrões do início do século XX, até os membros do Partido Interno levam uma vida austera e laboriosa. Contudo, os poucos luxos de que desfrutam – um apartamento amplo e bem equipado, roupas de tecidos melhores, comida, bebida e tabaco de melhor qualidade, dois ou três criados e um carro ou helicóptero particular – os instalam num mundo diferente daquele onde vivem os membros do Partido Externo, e os membros do Partido Externo, por sua vez, desfrutam de vantagem similar em comparação às massas submersas que chamamos de "proles". A atmosfera social é de uma cidade sitiada, onde a simples posse de um naco de carne de cavalo faz a distinção entre riqueza e pobreza. Ao mesmo tempo, a consciência de estar em guerra, e portanto em perigo, naturaliza a transferência de todo o poder para uma pequena casta, como condição inevitável à sobrevivência.

A guerra, como veremos, não apenas leva a cabo a destruição necessária, como o faz de um modo aceitável em termos psicológicos. A princípio, seria bastante simples usar a mão de obra excedente no mundo para construir templos e pirâmides, cavar buracos para depois enchê-los de novo ou até produzir enormes quantidades de mercadorias para então queimá-las. Porém, isso forneceria somente a fundamentação econômica e não a fundamentação emocional para uma sociedade hierárquica. O que está em jogo aqui não é o estado de ânimo das massas, cujo comportamento é irrelevante conquanto continuem trabalhando arduamente, mas o estado de ânimo do próprio Partido. Espera-se até dos mais humildes membros do Partido que sejam competentes, laboriosos e inteligentes dentro de certos limites, mas também é necessário que sejam fanáticos crédulos e ignorantes, cujo estado de ânimo predominante envolva o medo, o ódio, a adulação e o triunfo orgiástico. Em outras palavras, é preciso que tenham uma mentalidade apropriada a um estado de guerra. Pouco importa se a guerra está de fato acontecendo ou não; e como não existe a possibilidade de uma vitória decisiva, pouco importa se a guerra vai bem ou mal. O importante é que exista um estado de guerra. A cisão intelectual que se exige dos membros do Partido, alcançada com mais facilidade numa atmosfera de guerra, é quase universal hoje em dia, mas quanto mais alto o nível da pessoa na hierarquia, mais marcado isso fica. É justamente no Partido Interno que a histeria bélica e o ódio pelo inimigo são mais acentuados. Na qualidade de administradores, os membros do Partido Interno em geral acabam sabendo que uma ou outra notícia sobre a guerra é falsa e talvez tenham noção de que a guerra como um todo é espúria, ou que pode nem estar acontecendo, ou ter sido iniciada por motivos diferentes daqueles declarados; mas esse tipo de conhecimento é neutralizado com facilidade pela técnica do *duplipensar*. Por outro lado, nenhum membro do Partido Interno se afasta um instante sequer da crença mística de que a guerra é real e que por certo acabará em vitória, transformando a Oceânia em governante incontesto do mundo inteiro.

Todos os membros do Partido Interno acreditam nessa conquista iminente como um ato de fé. O feito será alcançado de uma forma ou de outra: seja pela aquisição gradual de cada vez mais territórios, criando um avassalador poder preponderante, seja pela descoberta de uma nova arma imbatível. A busca por novas armas continua incessante e é uma das poucas atividades que ainda servem de escoadouro para quem tem uma mente inventiva ou especulativa. Na Oceânia de hoje, a ciência, no sentido antigo, praticamente deixou de existir. Em neolíngua, não existe uma palavra para "ciência". O método empírico de raciocínio, fundamental para todas as descobertas científicas do passado, vai de encontro aos princípios mais básicos do Socing. E o progresso tecnológico, inclusive, só acontece quando seus produtos podem, de certa forma, ser usados para restringir a liberdade humana. Em todas as artes aplicadas, o mundo está estagnado ou em retrocesso. Os campos são cultivados por arados puxados a cavalos, e os livros são escritos por máquinas. Porém, em assuntos de importância vital – ou seja, questões bélicas ou de espionagem policial –, a abordagem empírica ainda é incentivada, ou pelo menos tolerada. O Partido tem por objetivos conquistar a totalidade da superfície terrestre e eliminar de uma vez por todas a possibilidade do pensamento independente. Há, portanto, dois grandes problemas que lhe cabem resolver. Um deles é descobrir, à revelia, o que determinada pessoa pensa, e o outro é descobrir como matar centenas de milhares de pessoas em poucos segundos e sem aviso prévio. Esse é o assunto da pesquisa científica que ainda subsiste. O cientista de hoje é uma mistura de psicólogo e interrogador – que estuda com extraordinária minúcia o significado de expressões faciais, gestos e tons de voz, além de testar os efeitos produzidos por drogas, terapia de choque, hipnose e tortura física para arrancar a verdade dos interrogados – ou então um químico, físico ou biólogo especializado apenas nos ramos de sua atividade que são relevantes à matança. Nos vastos laboratórios do Ministério da Paz e nos centros de pesquisa escondidos nas florestas brasileiras, no deserto da Austrália ou em ilhas perdidas da Antártida, as equipes de especialistas trabalham incansavelmente. Algumas cuidam apenas do planejamento logístico de guerras futuras; outras inventam bombas-foguete cada vez maiores, explosivos cada vez mais devastadores e blindagens cada vez mais impenetráveis; há equipes que pesquisam gases novos e mais mortais, ou venenos solúveis capazes de serem produzidos em massa para destruir a vegetação de continentes inteiros, ou germes resistentes a quaisquer anticorpos; algumas se empenham em produzir um veículo que consiga abrir caminho sob o solo, feito um submarino debaixo d'água, ou um avião tão independente da base quanto um veleiro; e outras exploram inclusive possibilidades mais improváveis, como focalizar os raios de sol através de lentes suspensas a milhares de quilômetros no espaço ou produzir terremotos ou maremotos artificiais aproveitando o calor do centro da Terra.

Contudo, esses projetos nunca chegam perto de se concretizar, e nenhum dos três superestados consegue ganhar vantagem significativa em relação aos outros dois. O mais impressionante é que as três potências já possuem a bomba atômica, arma muito mais poderosa do que qualquer outra que possa surgir em decorrência das pesquisas em curso. Embora o Partido alegue ter inventado a bomba atômica, ela surgiu nos anos 1940 e foi usada pela primeira vez em larga escala cerca de uma década depois.

Na época, centenas de bombas foram lançadas nos centros industriais, sobretudo na porção europeia da Rússia, na Europa Ocidental e na América do Norte. O resultado foi que os grupos dominantes de todos os países se convenceram de que algumas bombas atômicas a mais significariam o fim da sociedade organizada e, portanto, de seu próprio poder. Depois disso, embora não tenha sido assinado ou sequer vislumbrado um acordo formal, as bombas não foram mais lançadas. As três potências continuam produzindo e estocando bombas atômicas, à espera da oportunidade decisiva que todas acreditam que possa surgir mais cedo ou mais tarde. Enquanto isso, a arte da guerra tem permanecido quase estática nos últimos trinta ou quarenta anos. Os helicópteros são mais usados do que no passado, os bombardeiros foram em larga medida substituídos por projéteis de propulsão própria e os frágeis navios de guerra deram lugar à praticamente insubmergível Fortaleza Flutuante; mas fora isso houve pouco progresso. Os tanques, submarinos, torpedos, as metralhadoras e mesmo os fuzis e as granadas de mão continuam em uso. E, apesar das inesgotáveis carnificinas noticiadas na imprensa e nas teletelas, nunca se repetiram os violentos combates das guerras de antigamente, quando centenas de milhares ou até milhões de homens eram mortos em poucas semanas.

Os três superestados nunca tentam nenhuma manobra que envolva algum risco de grave derrota. Quando empreendem alguma operação de larga escala, costuma ser um ataque surpresa contra um aliado. A estratégia que os três seguem, ou fingem seguir, é a mesma. O plano é adquirir, por uma combinação de combates, barganhas e oportunos atos de traição, uma série de bases que façam o cerco completo a um ou outro rival, para então assinar um pacto de amizade com esse rival e permanecer em termos pacíficos com ele pelo tempo que for necessário para abrandar as suspeitas. Nesse período, foguetes carregados de bombas atômicas serão instalados em pontos estratégicos; por fim, todos serão disparados ao mesmo tempo, com efeitos tão devastadores que impossibilitarão qualquer retaliação. Então será a hora de assinar um pacto de amizade com a outra potência mundial, nos preparativos para mais um ataque. Esse esquema, nem é preciso dizer, não passa de um devaneio impossível de ser concretizado. Além disso, os combates só acontecem nas áreas em disputa em torno do Equador e do polo: nunca há qualquer invasão de território inimigo. Isso explica por que em alguns lugares as fronteiras entre os superestados são arbitrárias. A Eurásia, por exemplo, poderia muito bem conquistar as Ilhas Britânicas, que em termos geográficos pertencem à Europa, e a Oceânia, por sua vez, não teria dificuldades em ampliar suas fronteiras até o Reno ou o Vístula. Porém, isso violaria o princípio da integridade cultural, seguido por todas as partes, apesar de nunca ter sido formulado. Se conquistasse as áreas que no passado eram conhecidas como França e Alemanha, a Oceânia teria de exterminar os habitantes, tarefa de enorme dificuldade física, ou assimilar uma população de cerca de cem milhões de pessoas, que, em termos de desenvolvimento técnico, estão aquém do nível oceânico. O problema é idêntico para os três superestados. É absolutamente necessário à sua estrutura que não haja qualquer contato com estrangeiros, exceto, de maneira restrita, com prisioneiros de guerra e escravos de cor. Até o aliado oficial do momento é sempre encarado com extrema desconfiança. Salvo no caso dos prisioneiros de guerra, o cidadão comum da Oceânia nunca põe os olhos em cidadãos da Eurásia nem da Lestásia e não tem permissão para aprender outras línguas. Se pudesse fazer contato com estrangeiros, descobriria que são seus semelhantes e que grande parte do que se fala sobre eles é mentira. O mundo hermético que ele habita seria rompido, e acabariam evaporando o medo, o ódio e a prepotência que constituem seu estado de ânimo. Portanto, todos os lados sabem que, por mais que a Pérsia, o Egito, Java ou o Ceilão mudem com frequência de mãos, as principais fronteiras nunca podem ser cruzadas por nada além das bombas.

Por trás disso, repousa um fato que, apesar de nunca ser mencionado em voz alta, é tacitamente compreendido e levado em consideração: as condições de vida nos três superestados são muito similares. Na Oceânia, a filosofia dominante é chamada de Socing; na Eurásia, recebe o nome de Neobolchevismo; e na Lestásia usa-se um termo em chinês que em geral se traduz como "Adoração à Morte", mas que talvez fosse melhor traduzido como Obliteração do Eu. O cidadão da Oceânia é proibido de conhecer os princípios das outras duas filosofias, mas é ensinado a execrá-las, como se fossem afrontas atrozes contra a moral e o senso comum. A verdade é que as três filosofias pouco se distinguem entre si, e seus sistemas sociais são idênticos. Em todos os casos encontramos a mesma estrutura piramidal, a mesma adoração a um líder semidivino e a mesma economia que existe em função da guerra contínua. Como resultado, os três superestados não apenas não conseguem conquistar um ao outro, como não obteriam nenhuma vantagem se o fizessem. Pelo contrário: enquanto permanecem em conflito continuam escorando-se um no outro, como três feixes de trigo. E, como de hábito, os grupos dominantes das três potências ao mesmo tempo sabem e não sabem o que estão fazendo. Dedicam a vida a conquistar o mundo, mas têm plena noção de que a guerra precisa continuar indefinidamente e sem vencedores. Enquanto isso, o fato de não existir risco de conquista possibilita a negação da realidade, elemento característico do Socing e de seus sistemas rivais de pensamento. Aqui é preciso repetir o que já foi dito antes: ao se tornar contínua, a guerra mudou de natureza.

Em eras passadas, quase por definição, a guerra era algo que mais cedo ou mais tarde chegava ao fim, em geral com uma vitória ou derrota inequívoca. Também no passado, a guerra era um dos principais instrumentos que faziam com que as sociedades humanas mantivessem contato com uma realidade física. Os governantes sempre tentaram impor uma falsa visão do mundo sobre os governados, mas não podiam incentivar nenhuma ilusão que tendesse a prejudicar a eficiência militar. Se a derrota significava perda de independência, ou qualquer outro resultado em geral tido como indesejável, as precauções contra ela tinham de ser levadas a sério. Os fatos físicos não podiam ser ignorados. Na filosofia, religião, ética ou política, dois mais dois podiam somar cinco, mas quando se tratava de projetar uma arma ou um avião, o resultado tinha de ser quatro. Nações ineficientes acabavam sendo conquistadas uma hora ou outra, e a luta por eficiência era inimiga das ilusões. Ademais, para ser eficiente era necessário aprender com o passado, o que implicava ter uma ideia bastante precisa sobre os acontecimentos de épocas pregressas. Evidente que os jornais e os livros de história eram sempre partidários e enviesados, mas o tipo de adulteração praticado hoje em dia nunca teria espaço para acontecer. A guerra era uma salvaguarda segura da sanidade e, no que dizia respeito às classes dominantes, talvez fosse a salvaguarda mais importante de todas. Enquanto ainda era possível ganhar ou perder uma guerra, nenhuma classe dominante podia ser completamente irresponsável.

Porém, a partir do momento em que se torna contínua, a guerra deixa de ser perigosa. Quando é contínua, não existe a noção de necessidade militar. É possível suspender o progresso técnico e negar ou negligenciar os fatos mais palpáveis. Como vimos, pesquisas que poderiam ser chamadas de científicas continuam sendo desenvolvidas em função de objetivos bélicos, mas são, na essência, uma espécie de devaneio, e sua incapacidade de apresentar resultados não constitui um problema. A eficiência, inclusive a militar, não é mais necessária. Nada é eficiente na Oceânia, exceto a Polícia do Pensamento. Como todos os três superestados são inconquistáveis, cada um deles constitui na verdade um universo à parte, dentro do qual quase qualquer perversão do pensamento pode ser praticada em segurança. A realidade só exerce pressão por meio das necessidades da vida cotidiana: a necessidade de comer e beber, de ter um lar e roupas para vestir, de evitar engolir veneno ou cair do último andar de um prédio e coisas do gênero. Entre a vida e a morte, e entre o prazer físico e a dor física, ainda há distinção, mas é só. Privado do contato com o mundo exterior e com o passado, o cidadão da Oceânia é como um homem no espaço interestelar, que não tem como saber o que está acima ou abaixo dele. Os governantes de um Estado assim são mais absolutistas do que os faraós ou os césares. Precisam impedir que seus súditos morram de fome em número muito exagerado, a ponto de se tornar inconveniente, e são obrigados a permanecer num nível baixo em termos de técnica militar, idêntico a seus rivais; mas uma vez alcançado esse mínimo, podem distorcer a realidade e dar-lhe a forma que desejarem.

A guerra, portanto, a julgar pelos parâmetros das guerras anteriores, não passa de uma impostura. É como as disputas entre certos ruminantes cujos chifres são dispostos em tal ângulo que os tornam incapazes de machucar um ao outro. Mas embora seja irreal, ela tem seu sentido. Absorve o excedente dos bens de consumo e ajuda a preservar a peculiar atmosfera mental necessária às sociedades hierárquicas. A guerra, como veremos, é hoje uma questão puramente interna. No passado, os grupos dominantes de todos os países, embora pudessem reconhecer seus interesses em comum e, portanto, limitar o caráter destrutivo do conflito, de fato lutavam uns contra os outros, e o vitorioso sempre saqueava o vencido. Agora, eles não lutam mais uns contra os outros, de modo algum. A guerra é lançada por cada grupo dominante contra seus próprios cidadãos, e o objetivo não é conquistar território ou impedi-lo, mas manter a estrutura da sociedade intacta. Portanto, a própria palavra "guerra" se tornou falaciosa. Talvez fosse mais correto dizer que, ao se tornar contínua, a guerra deixou de existir. A pressão peculiar que ela exerceu nos seres humanos entre o Neolítico e o início do século XX desapareceu, sendo substituída por algo bastante diferente. O efeito seria bem parecido se, em vez de lutarem uns contra os outros, os três superestados concordassem em viver numa paz perpétua, todos invioláveis dentro das próprias fronteiras. Pois nesse caso cada um deles ainda seria um universo autossuficiente, livre para sempre da influência moderadora dos perigos externos. Uma paz que fosse de fato permanente seria o mesmo que uma guerra permanente. Esse – embora a maioria dos membros do Partido só o entenda num sentido mais raso – é o verdadeiro significado do lema GUERRA É PAZ.

Winston fez uma pausa na leitura. Ao longe, ouviu o estrondo de uma bomba-foguete. Ainda desfrutava da agradável sensação de estar sozinho com o livro proibido, num lugar sem teletela. A solidão e a segurança eram sensações físicas que se misturavam ao cansaço do corpo, à maciez da poltrona e ao toque suave da brisa que vinha da janela e lhe acariciava o rosto. O livro o fascinava ou, melhor, o tranquilizava. De certa maneira, não lhe trazia nada de novo, mas isso fazia parte do fascínio. O livro dizia o que ele mesmo teria dito se fosse capaz de ordenar seus pensamentos dispersos. Era o produto de uma mente similar à dele, porém muito mais poderosa, sistemática e menos oprimida pelo medo. Os melhores livros, pensou, são aqueles que nos dizem o que já sabemos. Winston tinha acabado de voltar ao Capítulo 1 quando ouviu os passos de Julia na escada, então se levantou da poltrona num salto para recebê-la. Ela jogou a bolsa marrom de ferramentas no chão e se atirou nos braços dele. Fazia mais de uma semana que não se viam.

– Estou com *o livro* – disse ele, ao se afastarem.

– Ah, verdade? Que bom – respondeu ela, sem muito interesse, e quase na mesma hora se ajoelhou junto ao fogareiro para preparar o café.

Só voltaram ao assunto depois de ficarem meia hora na cama. A noite estava mais fresca, o que os levou a puxar a coberta. Lá de baixo chegava o familiar som de alguém cantando e do roçar de botas nas pedras. A mulher forte e de braços vermelhos que Winston tinha visto em sua primeira visita parecia uma peça fixa no pátio. A sensação era de que passava o dia inteiro se arrastando entre o balde e o varal, ora com pregadores na boca, ora cantarolando uma canção vigorosa.

Julia tinha se acomodado em seu lado da cama e parecia prestes a adormecer. Ele pegou o livro, que estava no chão, e se sentou, recostado na cabeceira.

– A gente precisa ler isto aqui – disse ele. – Você também. É leitura obrigatória para os membros da Irmandade.

– Por que não lê para mim? – rebateu ela, de olhos fechados. – Leia em voz alta. Essa é a melhor maneira, e ainda pode me explicar as coisas conforme for lendo.

Os ponteiros do relógio marcavam seis horas, ou seja, dezoito horas. Os dois ainda tinham três ou quatro horas pela frente. Ele apoiou o livro nos joelhos e começou a ler:

Capítulo 1.

IGNORÂNCIA É FORÇA

Desde que se tem notícia, provavelmente desde o fim do período Neolítico, sempre houve três categorias de pessoas no mundo: Alta, Média e Baixa. Foram muitas as subdivisões, incontáveis os nomes, e os totais relativos de cada uma, bem como a atitude de umas para com as outras, variaram muito de acordo com a época. No entanto, a estrutura fundamental da sociedade nunca mudou. Mesmo depois de turbulências enormes e transformações aparentemente irrevogáveis, o mesmo padrão sempre voltou a se afirmar, da mesma forma que um giroscópio sempre volta ao equilíbrio, por mais que tenha sido empurrado para uma ou outra direção.

– Julia, você está acordada?

– Estou, sim, meu amor. Estou ouvindo. Pode continuar. É maravilhoso. Então ele prosseguiu:

Os objetivos desses grupos são totalmente irreconciliáveis. Os membros da categoria Alta querem continuar onde estão. Os da categoria Média querem trocar de lugar com os da Alta. Já o objetivo dos membros da Baixa, se é que possuem um objetivo – pois são tão assoberbados pelo trabalho excessivo que só de forma intermitente tomam consciência de algo para além de sua vida cotidiana –, é abolir qualquer distinção e criar uma sociedade em que todos os homens sejam iguais. Portanto, ao longo da história, ressurge continuamente uma batalha que em linhas gerais é sempre a mesma. Por longos períodos, os membros da categoria Alta parecem ter seu poder assegurado, mas cedo ou tarde chega o momento em que perdem a fé em si mesmos, a capacidade de governar com eficiência ou ambas as coisas. São então desbancados pelos membros da categoria Média, que arregimentam para si os da categoria Baixa, fingindo lutar por liberdade e justiça. Assim que atingem seus objetivos, os indivíduos da categoria Média empurram os da Baixa para sua antiga condição servil, transformando-se eles próprios na categoria Alta. Em pouco tempo, uma nova categoria Média surge como dissidência de uma das outras, ou das duas, e a batalha recomeça. Das três, apenas a Baixa nunca alcança seus objetivos, nem mesmo em caráter temporário. Seria exagero dizer que não houve progresso material ao longo da história. Mesmo hoje, num período de declínio, o ser humano médio está melhor fisicamente do que alguns séculos atrás. Porém, nenhum avanço em termos de riqueza, nenhum refinamento na polidez, nenhuma reforma ou revolução chegou a diminuir em um milímetro sequer a desigualdade entre os indivíduos. Do ponto de vista dos membros da categoria Baixa, as mudanças históricas nunca representaram muito mais do que uma troca no nome de seus senhores.

No final do século XIX, muitos observadores já tinham percebido que se tratava de um padrão recorrente. Surgiram, então, escolas de pensadores que interpretavam a história como um processo cíclico e pretendiam mostrar que a desigualdade era a lei inalterável da condição humana. É evidente que essa doutrina sempre teve seus adeptos, mas a nova maneira de expô-la representava uma mudança significativa. No passado, a necessidade de uma sociedade hierárquica tinha sido uma doutrina específica da categoria Alta. Era preconizada por reis, aristocratas, padres, advogados e demais pessoas que viviam como parasitas dessa categoria Alta, sendo em geral suavizada com promessas de recompensa num mundo imaginário além-túmulo. A categoria Média, enquanto lutava por poder, sempre fazia uso de termos como liberdade, justiça e fraternidade. Porém, o conceito de fraternidade humana começou a ser atacado por pessoas que ainda não estavam em posições de comando, mas sonhavam com isso para um futuro breve. No passado, a categoria Média tinha comandado revoluções sob a bandeira da igualdade, para logo estabelecer uma nova tirania assim que a anterior era derrubada. As novas categorias Médias na verdade proclamavam sua tirania de antemão. O socialismo, teoria que surgiu no início do século XIX e representava o último elo de uma corrente de pensamento que remontava às rebeliões de escravos da antiguidade, ainda era muito contaminado pelo utopismo de eras passadas. Mas em cada variante de socialismo que surgiu a partir de 1900, o objetivo de liberdade e igualdade foi sendo cada vez mais abandonado abertamente. Os novos movimentos que despontaram em meados do século – o Socing, na Oceânia, o Neobolchevismo na Eurásia e a "Adoração à Morte", como se costuma chamar, na Lestásia – tinham o objetivo consciente de perpetuar a *des*liberdade e a *des*igualdade. Esses movimentos, é claro, se originaram nos antigos e tendiam a manter os mesmos nomes e professar a mesma ideologia, ainda que da boca para fora. Porém, o propósito de todos eles era deter o progresso e congelar a história em determinado ponto. A familiar oscilação do pêndulo deveria acontecer mais uma vez, para então parar. Como de hábito, a categoria Alta seria desbancada pela Média, que então se tornaria a Alta; dessa vez, porém, por meio de uma estratégia deliberada, a Alta conseguiria manter sua posição em caráter permanente.

As novas doutrinas despontaram em parte devido ao acúmulo de conhecimento histórico e ao aumento do senso histórico, que mal existiam antes do século XIX. O movimento cíclico da história passou a ser inteligível, ou pelo menos aparentava ser; e uma vez inteligível, podia então ser alterado. Mas o motivo principal, subjacente, era que, desde o começo do século XX, a igualdade entre os homens tinha se tornado tecnicamente possível. Continuava sendo verdade que os homens não eram iguais em seus talentos inatos e que as funções precisavam ser especializadas de forma a favorecer alguns indivíduos em detrimento de outros, mas não havia mais uma necessidade real de distinções econômicas ou de classe. Em épocas pregressas, as distinções de classe eram não apenas inevitáveis como desejáveis. A desigualdade era o preço da civilização. Com o desenvolvimento da produção mecânica, no entanto, a situação mudou de figura. Embora ainda fosse necessário que os seres humanos fizessem diferentes tipos de trabalho, não era mais necessário que vivessem em diferentes níveis sociais e econômicos. Portanto, do ponto de vista dos novos grupos que estavam a ponto de tomar o poder, a igualdade não era mais um ideal pelo qual se deveria lutar, e sim um perigo a ser evitado. Em épocas mais primitivas, quando de fato era impossível haver uma sociedade justa e pacífica, tinha sido muito fácil acreditar nela. A ideia de um paraíso terrestre onde os homens viveriam juntos num estado de irmandade, sem leis nem trabalho braçal, havia assombrado a imaginação humana ao longo de milhares de anos, reverberando inclusive em grupos que na verdade se beneficiavam de cada mudança histórica. Os herdeiros das revoluções francesa, inglesa e americana tinham de certa forma acreditado em suas próprias frases sobre os direitos do homem, a liberdade de expressão, a igualdade perante a lei e coisas do gênero, permitindo inclusive que suas condutas fossem influenciadas até certo grau por essas ideias. Mas a partir dos anos 1940, as principais correntes de pensamento político passaram a ser autoritárias. O paraíso terrestre começou a ser posto em xeque justo no momento em que se tornou factível. As novas teorias políticas, seja que nome atribuíssem a si, reconduziam à hierarquia e à arregimentação. E na radicalização geral que se instalou por volta de 1930, algumas práticas que tinham sido abandonadas muito tempo antes, em alguns casos por séculos – como a prisão sem julgamento, o uso de prisioneiros de guerra como escravos, as execuções públicas, a tortura para extrair confissões, o uso de reféns e a deportação de populações inteiras –, não só se tornaram comuns de novo como passaram a ser toleradas e até defendidas por pessoas que se consideravam esclarecidas e progressistas.

Foi apenas depois de uma década de guerras nacionais, guerras civis, revoluções e contrarrevoluções em todas as partes do mundo que o Socing e seus rivais emergiram como elaboradas teorias políticas. Porém, elas haviam sido prenunciadas pelos diversos sistemas, em geral chamados de totalitários, que tinham surgido no início do século, e os principais traços do mundo que emergiria do caos vigente já eram óbvios fazia muito tempo. Também ficou óbvio o tipo de gente que controlaria esse mundo. A nova aristocracia era composta em sua maioria por burocratas, cientistas, técnicos, dirigentes de sindicatos, especialistas em publicidade, sociólogos, professores, jornalistas e políticos profissionais. Essa gente, cujas origens remontavam à classe média assalariada e aos escalões mais altos da classe operária, tinha sido moldada e reunida pelo árido mundo da indústria monopolista e do governo centralizado. Em comparação a outras épocas, era uma gente menos avarenta, menos tentada pela ostentação, mais sedenta de poder em estado puro e, acima de tudo, mais consciente das próprias ações e mais determinada a esmagar a oposição. Essa última diferença era crucial. Comparadas às que existem hoje, todas as tiranias do passado eram tímidas e ineficientes. Os grupos dirigentes estavam sempre contaminados em algum grau por ideias liberais, não se importavam em deixar pontas soltas por todos os lados, em considerar apenas o ato escancarado e em não se interessar pelo que pensavam seus governados. Pelos padrões modernos, até a Igreja Católica da Idade Média era tolerante. Parte da explicação para isso é que no passado nenhum governo tinha poder suficiente para manter seus cidadãos sob vigilância constante. A invenção da imprensa, contudo, facilitou a manipulação da opinião pública, e o cinema e o rádio intensificaram ainda mais esse processo. Com o advento da televisão, e o progresso técnico que possibilitou a recepção e a transmissão pelo mesmo aparelho, a vida privada chegou ao fim. Qualquer cidadão, ou pelo menos qualquer cidadão minimamente importante para ser espionado, podia ser mantido vinte e quatro horas por dia sob a vigilância da polícia e sob a influência da propaganda oficial do governo, ao mesmo tempo em que todos os demais canais de comunicação se mantinham fechados. Era a primeira vez em que havia a possibilidade de impor aos governados não apenas a obediência total aos ditames do Estado, como também a uniformidade completa de opinião.

Passado o período revolucionário dos anos 1950 e 1960, a sociedade se reagrupou, como sempre, nas categorias Alta, Média e Baixa. Porém, a nova categoria Alta, diferente das predecessoras, não agia por instinto, mas sabia o que era necessário para assegurar sua posição. Já estava claro, havia muito tempo, que a única base segura para a oligarquia era o coletivismo. Afinal, é mais fácil defender a riqueza e o privilégio quando eles são compartilhados. A chamada "abolição da propriedade privada", que aconteceu em meados do século, significou na verdade a concentração da propriedade em muito menos mãos do que antes, mas com a diferença de que os proprietários passaram a ser um grupo, em vez de uma massa de indivíduos. Em termos individuais, nenhum membro do Partido é dono de nada, salvo pequenos pertences pessoais. Em termos coletivos, o Partido é dono de tudo na Oceânia, pois controla tudo e usa os produtos da forma que considera melhor. Nos anos que se seguiram à Revolução, o Partido conseguiu alcançar essa posição de comando quase sem obstáculos, pois todo o processo foi apresentado como um ato de coletivização. O pressuposto geral sempre foi de que se a classe capitalista acabasse expropriada, o socialismo a substituiria; e não havia dúvidas de que os capitalistas tinham sido expropriados. Fábricas, minas, terras, casas, meios de transporte – tudo lhes fora usurpado; e como essas coisas não eram mais propriedade privada, a conclusão lógica era que se tornaram propriedade pública. O Socing, que tinha origem no antigo movimento socialista e herdou sua fraseologia, de fato pôs em prática o principal item do programa socialista; o resultado previsto e almejado de antemão foi que a desigualdade econômica se tornou permanente.

Contudo, os problemas envolvidos na perpetuação de uma sociedade hierárquica são ainda mais profundos. Há apenas quatro maneiras de um grupo dominante perder o poder: ele pode ser conquistado por uma força externa, seu governo pode ser tão ineficiente que as massas são levadas a se revoltar, ele permite o surgimento de uma categoria Média forte e descontente ou então perde a autoconfiança e o desejo de governar. Essas causas não operam sozinhas, e como regra geral todas as quatro estão presentes em alguma medida. A classe dominante que conseguisse se proteger desses quatro perigos permaneceria para sempre no poder. No fim das contas, o fator decisivo é a atitude mental da própria classe dominante.

A partir de meados do século XX, o primeiro perigo já tinha desaparecido. As três potências que hoje dividem o mundo entre si são inconquistáveis, e esse cenário só mudaria por meio de lentas transformações demográficas que um governo de amplos poderes consegue evitar sem dificuldade. O segundo perigo também é apenas teórico. As massas nunca se revoltam por iniciativa própria nem pelo simples fato de sofrerem opressão. Portanto, se não tiverem padrões de comparação, não chegam sequer a saber que são oprimidas. As recorrentes crises econômicas do passado foram totalmente desnecessárias e hoje não têm mais lugar, mas outras grandes rupturas podem acontecer e de fato acontecem, sem qualquer resultado político, pois não há como os descontentes se articularem. Já o problema da superprodução, latente em nossa sociedade desde o advento das máquinas, é resolvido pelo recurso da guerra contínua (ver Capítulo 3), que também é útil para manter elevado o moral público. Portanto, do ponto de vista dos governantes atuais, os únicos perigos genuínos são: de um lado, o surgimento de um novo grupo de gente capaz, subempregada e com sede de poder e, de outro, o crescimento do liberalismo e do ceticismo dentro de suas próprias bases. A questão, por assim dizer, é educacional. Trata-se de moldar de forma contínua a consciência tanto do grupo dirigente quanto do grupo executivo, mais numeroso e que vem logo abaixo. A consciência das massas só precisa ser influenciada de forma negativa.

Levando em conta esse cenário, é possível inferir, caso ainda não estivesse clara, a estrutura geral da sociedade oceânica. No topo da pirâmide está o Grande Irmão, infalível e todo-poderoso. Qualquer sucesso, conquista, vitória, descoberta científica, conhecimento, sabedoria, felicidade e virtude são tidos como consequência direta de sua liderança e inspiração. Ninguém jamais viu o Grande Irmão. É um rosto nos cartazes publicitários e uma voz na teletela. Podemos ter razoável certeza de que ele nunca morrerá, e são muitas as dúvidas acerca de quando nasceu. O Grande Irmão é a cara escolhida pelo Partido para se exibir ao mundo. Sua função é agir como um ponto focal para o amor, o ódio e a reverência, emoções mais fáceis de sentir em relação a um indivíduo do que a uma organização. Abaixo do Grande Irmão vem o Partido Interno, com seis milhões de membros, pouco menos de dois por cento da população da Oceânia. Abaixo do Partido Interno está o Partido Externo; se o Partido Interno é descrito como o cérebro do Estado, o Externo pode ser considerado suas mãos. Logo abaixo vêm as massas ignorantes, conhecidas como "proles", que chegam talvez a oitenta e cinco por cento da população total. Nos termos de nossa antiga classificação, os proles representam a categoria Baixa, pois as populações escravas das terras equatoriais, que passam constantemente de um conquistador a outro, não são uma parte permanente nem necessária da estrutura.

A princípio, a filiação a esses grupos não é hereditária. Em tese, filhos de membros do Partido Interno não se tornam automaticamente membros. A admissão a qualquer um dos braços do Partido acontece por meio de um exame feito aos dezesseis anos. Tampouco há qualquer tipo de discriminação racial ou um domínio claro de uma província sobre outra. Judeus, negros e sul-americanos de puro sangue indígena são encontrados nos mais altos escalões do Partido, e os administradores de cada região são sempre escolhidos entre os habitantes da própria região. Em nenhuma parte da Oceânia os habitantes sentem que são uma população colonial, governada a partir de uma capital longínqua. A Oceânia não tem uma capital, e ninguém sabe o paradeiro de seu chefe supremo. Tirando o fato de que o inglês é a língua franca e a neolíngua é o idioma oficial, não há qualquer centralização. O que une seus líderes não são laços de sangue, e sim a aderência a uma doutrina comum. É verdade que a nossa sociedade é rigidamente estratificada, fato que à primeira vista se confunde com traços hereditários. Há muito menos mobilidade entre os diferentes grupos do que sob o capitalismo ou mesmo em tempos pré-industriais. Entre as duas divisões do Partido existe um certo nível de intercâmbio, mas apenas para garantir que os mais fracos sejam excluídos do Partido Interno e que membros ambiciosos do Partido Externo se tornem inofensivos a partir do momento em que lhes é permitido ascender. Os proletários, na prática, não podem ingressar no Partido. Os mais talentosos entre eles, que poderiam vir a se tornar núcleos de insatisfação, são identificados pela Polícia do Pensamento e eliminados. Porém, esse estado de coisas não é necessariamente permanente, nem uma questão de princípio. O Partido não é uma classe, no antigo sentido do termo. Não tem por objetivo transmitir o poder a seus filhos; e se não houvesse outra forma de manter os mais capazes no topo, o Partido estaria mais do que disposto a recrutar toda uma nova geração entre os proletários. Nos anos cruciais, o fato de o Partido não ser uma estrutura hereditária ajudou bastante a neutralizar a oposição. Os antigos socialistas, que tinham sido treinados para lutar contra o chamado "privilégio de classe", presumiam que tudo que não fosse hereditário tampouco era permanente. Não enxergavam que a continuidade de uma oligarquia não precisava ser física e também não paravam para refletir que as aristocracias hereditárias sempre tiveram vida curta, enquanto algumas organizações por adesão, como a Igreja Católica, muitas vezes duravam centenas ou milhares de anos. A essência do sistema oligárquico não é a herança de pai para filho, mas a persistência de certa visão de mundo e de certo estilo de vida, impostos pelos mortos sobre os vivos. Um grupo só é dominante na medida em que consegue nomear seus sucessores. O Partido não está preocupado em perpetuar seu sangue, mas em perpetuar a si mesmo. Pouco importa *quem* exerce o poder, contanto que a estrutura hierárquica continue sempre igual.

Crenças, hábitos, gostos, emoções e atitudes mentais que caracterizam nossa época são concebidos para sustentar a mística do Partido e impedir que se perceba a verdadeira natureza da sociedade atual. A rebelião física, ou qualquer movimento preliminar nesse sentido, é hoje uma impossibilidade.

Da parte dos proletários, não há o que temer. Deixados à própria sorte, vão continuar trabalhando, procriando e morrendo geração após geração e século após século, não apenas sem qualquer ímpeto de se rebelar, mas também sem a capacidade de entender que o mundo poderia ser diferente. Só se tornariam perigosos se o avanço da técnica industrial exigisse que recebessem instrução melhor, mas como a rivalidade militar e comercial não são mais importantes, o nível da educação popular na verdade está em declínio. O que as massas pensam ou deixam de pensar é visto com indiferença. A liberdade intelectual só lhes é concedida porque elas não têm intelecto. Dos membros do Partido, por outro lado, não se toleram nem mesmo os menores desvios de opinião sobre os assuntos mais irrelevantes.

Do nascimento até a morte, os membros do Partido vivem sob a constante vigilância da Polícia do Pensamento. Mesmo sozinhos, nunca podem ter certeza de que o estão de fato. Seja onde estiverem, acordados ou dormindo, trabalhando ou descansando, no banho ou na cama, podem ser fiscalizados sem qualquer aviso e sem saber que estão sendo fiscalizados. Nada do que fazem é indiferente. As amizades, as distrações, o comportamento em relação à esposa e aos filhos, a expressão facial quando estão a sós, as palavras sussurradas enquanto dormem e até os movimentos característicos do corpo são cuidadosamente investigados. Não só as contravenções de fato, mas qualquer excentricidade, por menor que seja, qualquer mudança de hábito, um tique nervoso que possa ser sintoma de uma luta interna, nada disso passa batido. Não existe qualquer tipo de liberdade de escolha. Por outro lado, as ações dos membros do Partido não são reguladas por lei nem por qualquer código de conduta com formulações claras. Na Oceânia, não existe lei. Pensamentos e ações que, quando detectados, significam morte certa não são formalmente proibidos, e os infinitos expurgos, as detenções, torturas e vaporizações não são punições por crimes de fato cometidos, mas sim o extermínio de pessoas que talvez viessem a cometer algum crime no futuro. Além de opiniões corretas, os membros do Partido também devem ter instintos corretos. Muitas das crenças e atitudes exigidas não são especificadas com clareza, e se o fossem, acabariam expondo as contradições inerentes ao Socing. Se a pessoa é naturalmente ortodoxa (em neolíngua, um *bempensador*) saberá, em qualquer circunstância, sem precisar pensar, qual é a crença verdadeira ou a emoção desejável. Porém, seja como for, um elaborado treinamento mental pelo qual passa durante a infância, que gira em torno das palavras em neolíngua *cessacrime*, *pretobranco* e *duplipensar*, a deixa sem disposição ou capacidade para pensar a fundo sobre o que quer que seja.

Os membros do Partido não devem ter emoções pessoais e seu entusiasmo não pode dar trégua. Devem viver num frenesi contínuo de ódio pelos inimigos estrangeiros e pelos traidores internos, de regozijo quanto às vitórias e autodepreciação diante do poder e da sabedoria do Partido. Os descontentamentos decorrentes da vida vazia e insatisfatória são deliberadamente eliminados e extravasados por meio de recursos como os Dois Minutos de Ódio, e as especulações capazes de levar a atitudes céticas ou rebeldes são aniquiladas de antemão pela disciplina interna adquirida bem cedo. O primeiro e mais simples estágio dessa disciplina, que pode ser ensinado inclusive para crianças pequenas, chama-se, em neolíngua, *cessacrime*. *Cessacrime* é a faculdade de se deter, como se por instinto, no limiar de um pensamento perigoso. Abrange o poder de não compreender analogias, não perceber erros lógicos, de equivocar-se quanto aos argumentos mais simples e contrários ao Socing e de sentir tédio ou repulsa por qualquer linha de raciocínio que possa levar a uma direção herética. Em suma, o *cessacrime* implica uma estupidez protetora. Mas a estupidez não é suficiente. Pelo contrário, a ortodoxia em sentido abrangente exige que o indivíduo tenha pleno controle de seus processos mentais, da mesma forma que um contorcionista controla o próprio corpo. A sociedade oceânica se baseia na crença de que o Grande Irmão é onipotente e que o Partido é infalível. Mas como na realidade o Grande Irmão não é onipotente e o Partido não é infalível, existe a necessidade de uma flexibilização constante, de momento a momento, no tratamento dos fatos. A palavra-chave aqui é *pretobranco*. Assim como vários termos em neolíngua, ela tem dois significados contraditórios entre si. Aplicada a um adversário, refere-se ao hábito de alegar descaradamente que o preto é branco, contradizendo os fatos evidentes. Aplicada a um membro do Partido, implica a disposição leal de dizer que o preto é branco quando a disciplina do Partido assim o exigir. Porém, refere-se também à capacidade de *acreditar* que o preto é branco ou, mais ainda, de *saber* disso, esquecendo que um dia já se acreditou no contrário. Isso demanda uma alteração contínua do passado, viabilizada pelo sistema de pensamento que de fato abrange todo o resto, conhecido em neolíngua como *duplipensar*.

A alteração do passado é necessária por dois motivos, sendo um deles subsidiário e, por assim dizer, preventivo. O motivo subsidiário é que os membros do Partido, assim como os proletários, só toleram as condições atuais porque não há padrões de comparação. Eles precisam ser mantidos isolados do passado, bem como de países estrangeiros, pois têm que acreditar que estão melhores do que seus antepassados e que o nível médio de conforto material não para de subir. Porém, de longe o motivo mais importante para a retificação do passado é a necessidade de assegurar a infalibilidade do Partido. Não basta que os discursos, as estatísticas e os registros de toda espécie sejam constantemente atualizados para mostrar que as previsões do Partido estão sempre corretas. Também é preciso que nenhuma mudança de doutrina ou alinhamento político jamais possa ser admitida, pois isso seria uma confissão de fraqueza. Se, por exemplo, a Eurásia ou a Lestásia (qualquer uma das duas) for a potência inimiga da vez, então terá sido sempre inimiga. E se os fatos dizem o contrário, é preciso alterá-los. Portanto, a história é continuamente reescrita. Essa falsificação diária do passado, levada a cabo pelo Ministério da Verdade, é tão necessária à estabilidade do regime quanto o trabalho de repressão e espionagem conduzido pelo Ministério do Amor.

A mutabilidade do passado é o pilar central do Socing. O argumento é que os acontecimentos do passado não têm uma existência objetiva, mas sobrevivem apenas nos registros escritos e nas lembranças individuais. O passado é aquilo que os registros e as lembranças disserem que é. E como o Partido tem controle total sobre os registros e a mente de seus membros, conclui-se que o passado está nas mãos do Partido. Conclui-se também que embora o passado seja alterável, ele nunca foi alterado em nenhuma instância específica. Pois quando ele é recriado de acordo com as necessidades de cada momento, essa nova versão vira o passado, e nenhum outro passado pode ter existido. Isso se aplica inclusive quando, como ocorre com frequência, o mesmo acontecimento precisa ser alterado diversas vezes ao longo de um ano, até ficar irreconhecível. O Partido detém sempre a verdade absoluta, e o absoluto nunca pode ser diferente do que é hoje. Veremos que o controle do passado depende sobretudo de treinar a memória. Garantir que todos os registros escritos estejam de acordo com a ortodoxia do momento não passa de um ato mecânico. Mas também é necessário *lembrar* que os acontecimentos ocorreram da maneira desejada. E se for necessário reorganizar as lembranças individuais ou interferir nos registros escritos, também será necessário *esquecer* que isso foi feito, o que pode ser aprendido como qualquer outra técnica mental. A maioria dos membros do Partido de fato *aprende* isso, em especial os que são inteligentes e ortodoxos. Em protolíngua chama-se, com bastante franqueza, "controle da realidade". Em neolíngua é chamado de *duplipensar*, embora o *duplipensar* envolva muito mais coisas.

Duplipensar é a capacidade de ter em mente, ao mesmo tempo, duas crenças contraditórias e acreditar em ambas. O intelectual do Partido sabe em que direção suas lembranças precisam ser alteradas; sabe, portanto, que está manipulando a realidade, mas com o exercício do *duplipensar* também se convence de que a realidade não está sendo violada. O processo precisa ser consciente, ou não seria realizado com a precisão necessária, mas também inconsciente, senão traria consigo uma sensação de falsidade e, logo, de culpa. O *duplipensar* encontra-se no âmago do Socing, uma vez que o ato fundamental do Partido é usar a fraude consciente ao mesmo tempo em que retém a firmeza de propósito que acompanha a honestidade total. Contar mentiras deliberadas acreditando genuinamente nelas, esquecer um fato que se tornou inconveniente, para depois, quando necessário, resgatá-lo do esquecimento pelo tempo que for preciso, negar a existência da realidade objetiva e levar em conta essa mesma realidade negada – tudo isso é indispensável. Só para usar a palavra *duplipensar* já é necessário exercitar o *duplipensar*, pois ao fazê-lo a pessoa admite que está interferindo na realidade; por um novo ato de *duplipensar*, apaga-se esse conhecimento; e por aí vai, indefinidamente, com a mentira sempre um passo à frente da verdade. No fim das contas, foi por meio do *duplipensar* que o Partido conseguiu – e continuará conseguindo por milhares de anos – deter o curso da história.

As oligarquias do passado foram derrubadas do poder porque se enrijeceram ou porque se fragilizaram. Ou ficaram estúpidas e arrogantes, sem conseguir se adaptar às circunstâncias mutáveis, e acabaram derrotadas, ou se tornaram liberais e covardes, fazendo concessões quando deveriam ter usado a força, e foram destituídas. Ou seja, foram derrubadas pela consciência ou pela falta dela. É uma conquista do Partido ter produzido um sistema de pensamento em que ambas as condições podem coexistir. E sob nenhuma outra base intelectual o domínio do Partido poderia ser permanente. Para governar, e continuar governando, é preciso deslocar a noção de realidade, pois o segredo da governança é combinar a crença na própria infalibilidade e a capacidade de aprender com os erros prévios.

Nem é preciso dizer que os praticantes mais sofisticados do *duplipensar* são aqueles que o inventaram e sabem que se trata de um vasto sistema de fraudes mentais. Em nossa sociedade, os que mais sabem o que está acontecendo são também os que estão mais longe de enxergar o mundo como ele é. Em geral, quanto maior a compreensão, maior a ilusão: quanto mais inteligente a pessoa, menos sã ela é. Um ótimo exemplo disso é o fato de que a histeria bélica aumenta de intensidade conforme a pessoa sobe na escala social. Os mais racionais perante a guerra são os povos subjugados dos territórios em disputa. Para eles, a guerra é uma calamidade contínua que arrasta seus corpos de um lado para o outro, feito um maremoto. O lado que está ganhando lhes é absolutamente indiferente. Sabem muito bem que uma mudança de soberano apenas significa que farão o mesmo trabalho de antes, só que para novos senhores que os tratarão da mesma forma que os anteriores. Os trabalhadores um pouco mais favorecidos, a quem chamamos de "proles", só têm uma consciência intermitente sobre a guerra. Quando necessário, podem ser incitados a um furor de medo e ódio, mas se deixados à própria sorte são capazes de esquecer por muito tempo que existe uma guerra em curso. É nas fileiras do Partido, sobretudo do Partido Interno, que se encontra o verdadeiro entusiasmo pela guerra. Os que mais acreditam na conquista do mundo são aqueles que sabem de sua impossibilidade. Essa peculiar junção de opostos – conhecimento com ignorância, cinismo com fanatismo – é uma das principais marcas distintivas da sociedade oceânica. A ideologia oficial abunda em contradições mesmo quando não há motivo prático para isso. Tanto é que o Partido rejeita e difama todos os princípios originalmente defendidos pelo socialismo, mas o faz em nome do próprio socialismo. Prega um desprezo pela classe trabalhadora jamais visto nos últimos séculos, mas propositalmente veste seus membros com um uniforme que, no passado, era típico dos trabalhadores braçais. Enfraquece sistematicamente a solidariedade no seio da família, mas chama seu líder por um nome que remete ao sentimento de lealdade familiar. Até os nomes dos quatro ministérios do governo exibem uma espécie de insolência em sua inversão descarada dos fatos. O Ministério da Paz é responsável pela guerra, o Ministério da Verdade, pelas mentiras, o Ministério do Amor, pela tortura, e o Ministério da Fartura, pela fome. Essas contradições não são casuais, nem resultam de uma hipocrisia trivial: são exercícios deliberados de *duplipensar*, pois o poder só pode ser preservado em caráter permanente quando as contradições são reconciliadas. De nenhuma outra forma seria possível romper o ciclo anterior. Se a ideia é impedir a igualdade entre os homens – e conservar de maneira permanente a posição da chamada categoria Alta –, a condição mental predominante deve ser a insanidade controlada.

Porém, existe uma questão que até agora vem sendo praticamente ignorada: *por que* é preciso evitar a igualdade entre os homens? Supondo que a mecânica do processo foi descrita com precisão, o que está por trás desse enorme esforço minucioso para congelar a história num momento específico?

Aqui chegamos ao segredo capital. Como vimos, a mística do Partido, e sobretudo do Partido Interno, depende do *duplipensar*. Porém, numa camada mais profunda encontra-se o motivo original, o instinto jamais questionado, que primeiro levou à tomada de poder e depois deu vida ao *duplipensar*, à Polícia do Pensamento, à guerra contínua e a todas as demais parafernálias necessárias. Tal motivo consiste em…

Winston percebeu o silêncio assim como se percebe um novo som. Teve a impressão de que Julia estava quieta fazia bastante tempo. Deitada de lado, nua da cintura para cima, tinha o rosto apoiado numa das mãos e uma mecha de cabelo caída sobre os olhos. O peito subia e descia com vagar e regularidade.

– Julia.

Nenhuma resposta.

– Julia, você está acordada?

Nada. Continuava dormindo. Ele fechou o livro, depositou-o no chão com cuidado, deitou-se e puxou a coberta sobre os dois.

Pensou que ainda não tinha descoberto o segredo fundamental. Entendia *como*; só não entendia *por quê*. Assim como o Capítulo 3, o Capítulo 1 não lhe apresentara nada que já não soubesse; apenas sistematizava o conhecimento que já possuía. Porém, depois de ler aquelas páginas, teve ainda mais certeza de que não estava louco. Ser minoria, ainda que minoria de um só, não tornava ninguém louco. Existe a verdade e a inverdade, e se a pessoa se aferra à verdade, ainda que contra o mundo inteiro, ela não está louca. Um raio amarelo do sol poente entrou oblíquo pela janela, atingindo seu travesseiro. Ele fechou os olhos. O sol no rosto e o corpo macio de Julia junto ao seu lhe deram força, tranquilidade e confiança. Estava a salvo, tudo ia bem. Adormeceu murmurando "A saúde mental não é questão de estatística", com a impressão de que o comentário continha uma profunda sabedoria.

10.

Winston despertou com a sensação de ter dormido muito, mas ao olhar de relance para o relógio antigo, viu que não passava das vinte e trinta. Ainda ficou deitado mais um tempo, mas logo ouviu a costumeira cantoria que vinha do pátio, entoada a plenos pulmões:

"Não passou de uma ilusão perdida
Que se foi como um dia de abril,
Mas os olhares, as palavras e os sonhos
Roubaram-me o coração pueril!"

Pelo visto, a canção simplória continuava fazendo sucesso. Ainda era ouvida em todos os cantos. Havia superado inclusive a "Canção do Ódio". Julia acordou com o barulho, se espreguiçou com prazer e saiu da cama.

– Estou com fome – disse ela. – Vou fazer mais café. Ah, não! O fogareiro apagou e a água está fria. – Pegou o fogareiro e o sacudiu. – Acabou o óleo.

– Acho que consigo mais um pouco com o velho Charrington.

– É estranho, porque fiz questão de ver se estava cheio. Vou botar a minha roupa – acrescentou ela. – Parece que esfriou.

Winston também saiu da cama e se vestiu. A voz continuava cantando:

"Dizem que o tempo tudo cura,
Dizem que é possível olvidar;

Mas os risos e as lágrimas anos afora
Ainda fazem o meu coração palpitar!"

Enquanto ajustava o cinto do macacão, Winston se aproximou da janela. O sol devia ter se posto atrás das casas; seus raios já não brilhavam mais sobre o pátio. As pedras estavam molhadas, como se alguém tivesse acabado de lavá-las, e ele teve a sensação de que o céu também fora lavado, de tão límpido e claro que estava o azul entre as chaminés. Sem trégua, a mulher ia e vinha, colocando os pregadores na boca e depois livrando-se deles, cantarolando e deixando de cantar, estendendo mais fraldas, e mais e mais. Winston ficou curioso: será que ganhava a vida lavando roupas ou era apenas uma escrava de seus vinte ou trinta netos? Julia tinha se aproximado e estava ao seu lado; juntos contemplaram o pátio, com uma espécie de fascínio por aquela figura robusta. Ao olhar para a mulher em seu comportamento característico, os braços grossos que se estendiam para alcançar o varal, as nádegas salientes e fortes, como de uma égua, ele percebeu pela primeira vez que era bonita. Nunca lhe ocorrera que pudesse ser bonito o corpo de uma mulher de cinquenta anos, inflado a dimensões gigantescas pelo tanto de vezes que dera à luz e embrutecido e calejado pelo trabalho até ficar grosseiro como um nabo muito maduro. Mas de fato era bonito e, no fim das contas, pensou ele, por que não haveria de ser? Aquele corpo sólido, sem contornos, feito um bloco de granito, e a pele áspera e vermelha estavam para o corpo de uma menina assim como o fruto da roseira está para a rosa. Por que o fruto seria inferior à flor?

– Ela é bonita – murmurou Winston.

– Os quadris têm pelo menos um metro de largura – disse Julia.

– É um estilo diferente de beleza – rebateu Winston.

Envolveu com o braço a cintura macia de Julia. Do quadril até o joelho, estavam com os corpos colados. Dali não sairia nenhuma criança. Era a única coisa que jamais poderiam fazer. Só poderiam passar adiante o segredo de boca em boca, ou cérebro a cérebro. A mulher no pátio não tinha cérebro; tinha apenas braços fortes, coração afetuoso e ventre fértil. Winston pensou quantos filhos ela teria dado à luz. Talvez uns quinze? Tivera seu desabrochar momentâneo, quem sabe de um ano, uma beleza de rosa selvagem, mas de repente ficara inchada como um fruto fertilizado, tornando-se cada vez mais dura, vermelha e grosseira, e passara a vida lavando, esfregando, cerzindo, cozinhando, varrendo, polindo, remendando, esfregando e lavando, primeiro para os filhos e depois para os netos, por mais de trinta anos ininterruptos. E depois disso tudo, continuava cantando. A mística reverência que Winston sentia por ela se misturava de certa forma à claridade do céu sem nuvens, que se estendia por trás das chaminés a uma distância interminável. Era curioso pensar que o céu era o mesmo para todo mundo, fosse na Eurásia, na Lestásia ou na Oceânia. E as pessoas sob o céu também eram bem parecidas – em todos os lugares, no mundo inteiro, centenas de milhares de pessoas como ela, ignorantes quanto à existência umas das outras, isoladas por muralhas de ódio e mentiras, e ainda assim praticamente iguais –, pessoas que nunca tinham aprendido a pensar, mas que estocavam no coração, no ventre e nos músculos a força que no futuro poria o mundo de pernas para o ar. Se havia esperança, ela estava nos proles! Apesar de não ter terminado de ler *o livro*, sabia que essa devia ser a mensagem final de Goldstein. O futuro pertencia aos proles. A questão era: como ter certeza de que, quando chegasse a hora deles, o mundo que construiriam não seria tão repugnante a ele, Winston Smith, quanto o mundo do Partido? Ora, pelo menos seria um mundo de sanidade mental. Onde há igualdade pode haver sanidade. Mais cedo ou mais tarde aconteceria: o que era força se transformaria em consciência. Os proles eram imortais; bastava observar a valente figura do pátio. No fim das contas, eles despertariam. E até que isso acontecesse, ainda que demorasse mil anos, sobreviveriam apesar de tudo, como pássaros, transmitindo de corpo em corpo a vitalidade que o Partido não possuía e não podia aniquilar.

– Você se lembra do tordo que cantou pra gente naquele primeiro dia, lá no bosque? – perguntou ele.

– Ele não estava cantando pra gente – corrigiu Julia. – Estava cantando para si mesmo. Ou nem isso. Estava simplesmente cantando.

Os pássaros cantavam, os proles cantavam, o Partido não cantava. Por todo o mundo, em Londres e Nova York, na África, no Brasil e nas regiões proibidas e misteriosas para além das fronteiras, nas ruas de Paris e Berlim, nas aldeias da infinita planície russa, nos mercados da China e do Japão – em todos esses lugares havia a mesma figura sólida e invencível, deformada pelo trabalho e pelos inúmeros partos, que labutava do nascimento à morte e, ainda assim, não deixava de cantar. Desses ventres avantajados um dia surgiria uma raça de seres conscientes. O futuro pertencia a eles. Porém, seria possível compartilhar desse futuro mantendo a mente viva, da mesma forma que eles mantêm vivo o corpo, e passando adiante a doutrina secreta de que dois e dois são quatro.

– Nós somos os mortos – disse ele.

– Nós somos os mortos – ecoou Julia, obediente.

– Vocês são os mortos – disse uma voz férrea atrás deles.

Os dois se separaram num pulo. As vísceras de Winston pareciam ter congelado. Conseguia ver todo o branco em torno da íris dos olhos de Julia. O rosto dela tinha adquirido um tom pálido e leitoso. Os traços de *rouge* que ainda estavam em suas bochechas sobressaíam, como se tivessem descolado da pele.

– Vocês são os mortos – repetiu a voz férrea.

– Estava atrás do quadro – sussurrou Julia.

– Estava atrás do quadro – disse a voz. – Fiquem exatamente onde estão. Não se mexam até receberem ordens.

Começou, enfim começou! A única coisa que podiam fazer era olhar nos olhos um do outro. Fugir para se salvar, sair dali antes que fosse tarde demais – nada disso lhes ocorreu. Era impensável desobedecer à voz férrea que vinha da parede. Ouviu-se um estalido, como se um ferrolho tivesse sido aberto, e um barulho de vidro se estilhaçando. O quadro caíra no chão, revelando a teletela que havia por trás.

– Agora eles conseguem ver a gente – disse Julia.

– Agora conseguimos ver vocês – disse a voz. – Vão para o meio do quarto. Fiquem de costas um para o outro, com as mãos na nuca. Sem se encostar.

Mesmo sem se encostar, era como se ele pudesse sentir o corpo de Julia tremendo. Ou talvez fosse apenas seu próprio corpo que tremia. Com esforço, conseguiu fazer com que os dentes parassem de ranger, mas os joelhos estavam fora de controle. Do andar de baixo, subia o som do tropel de botas, dentro e fora da casa. O pátio parecia estar tomado de gente. Arrastavam alguma coisa pelas pedras do piso. A cantoria da mulher fora interrompida abruptamente. Ouviu-se um longo som metálico e retumbante, como se tivessem arremessado o balde, e em seguida uma confusão de berros raivosos que terminaram num grito de dor.

– A casa está cercada – disse Winston.

– A casa está cercada – repetiu a voz.

Ele ouviu Julia trincar os dentes.

– Acho que é melhor a gente se despedir – disse ela.

– É melhor se despedirem – confirmou a voz.

Na sequência, irrompeu uma voz diferente, fina e educada, que Winston tinha a impressão de já ter ouvido antes:

– Aliás, falando nisso, *Lá vem uma vela iluminar seu caminho, Lá vem um machado arrancar seu pescocinho!*

Alguma coisa caiu com estrondo sobre a cama, atrás de Winston. Tinham enfiado janela adentro o topo de uma escada, estraçalhando o vidro. Alguém estava subindo por ali. Ouviu-se também o estardalhaço de botas no interior da casa. O quarto ficou cheio de homens parrudos, uniformizados de preto, com botas de solado de ferro e cassetetes nas mãos.

Winston já não tremia mais. Mal mexia os olhos. A única coisa que importava era ficar imóvel, ficar imóvel e não dar qualquer pretexto para que o espancassem! Um homem com maxilar de pugilista, cuja boca era apenas um rasgo, parou à frente dele, pensativo, e ficou equilibrando o cassetete entre o polegar e o indicador. Winston o encarou. A sensação de nudez, com as mãos na nuca e o rosto e o corpo completamente expostos, era quase insuportável. O homem projetou para fora a ponta esbranquiçada da língua, lambeu o lugar onde deveriam estar os lábios e seguiu em frente. Houve um novo estrondo. Alguém tinha pegado o peso de papel que estava na mesa e o arremessara contra a lareira.

O fragmento de coral, um minúsculo pedacinho rosa que parecia um confeito açucarado de bolo, rolou pelo tapete. Tão pequeno, pensou Winston, sempre fora tão pequeno! Depois de ouvir um arquejo e um baque atrás de si, recebeu um chute violento no tornozelo, que quase o desequilibrou. Um dos homens tinha dado um murro no plexo solar de Julia, que na mesma hora se vergou como uma sanfona. No chão, ela se contorcia de dor e arfava. Winston nem se atrevia a virar a cabeça um milímetro sequer, mas às vezes o rosto lívido e agonizante de Julia entrava em seu campo de visão. Mesmo aterrorizado, era como se conseguisse sentir aquela dor em seu próprio corpo, uma dor implacável que, no entanto, era menos urgente do que a batalha pelo ar. Ele conhecia a sensação: a terrível dor, angustiante, que estava lá o tempo todo mas não podia ser experimentada ainda, pois antes de tudo era preciso respirar. Então dois homens içaram-na pelos joelhos e pelos ombros e a carregaram para fora do quarto, como se fosse um saco. Winston viu seu rosto de relance, de cabeça para baixo, amarelo e contraído, com os olhos fechados, e ainda com os traços de *rouge* nas bochechas. Foi a última vez em que a viu.

Continuou imóvel. Ninguém havia lhe tocado ainda. Por conta própria, pensamentos que pareciam completamente desinteressantes começaram a pipocar em sua mente. Pensou se teriam pegado o sr. Charrington. Pensou também o que teriam feito à mulher do pátio. Percebeu que estava apertado para ir ao banheiro, mas ficou surpreso pois tinha urinado apenas duas ou três horas antes. Notou que o relógio na cornija marcava nove horas, ou seja, eram vinte e uma horas. Mas a claridade parecia forte demais. Nesse horário, em agosto, já não era para estar escurecendo? Será que no fim das contas os dois não teriam se confundido? Talvez tivessem dormido demais e pensaram que fosse vinte e trinta, quando na verdade eram oito e trinta da manhã seguinte. Mas Winston não prosseguiu com o raciocínio. Era irrelevante.

Ouviu uns passos mais leves no corredor. O sr. Charrington entrou no quarto. De repente, os homens uniformizados de preto se mostraram mais submissos. A aparência do sr. Charrington também estava diferente. O olhar dele se deteve nos fragmentos do peso de papel.

– Catem esses cacos – disse, com rispidez.

Um dos homens se agachou para cumprir a ordem. O sotaque *cockney* tinha desaparecido; Winston de repente descobriu quem era o dono da voz que ouvira pouco antes na teletela. O sr. Charrington ainda vestia seu antigo paletó de veludo, mas o cabelo, que antes era quase branco, agora estava preto. Além disso, não usava os óculos de sempre. Lançou um único olhar incisivo para Winston, como se checasse sua identidade, e não lhe deu mais atenção. Ainda era possível reconhecê-lo, mas já não se tratava da mesma pessoa. Seu corpo tinha se alongado e parecia maior. O rosto sofrera mudanças minúsculas, que no entanto contribuíram para uma completa transformação. A sobrancelha preta ficou menos espessa, as rugas sumiram, e todos os contornos faciais estavam diferentes. Até o nariz parecia menor. Era o rosto frio e alerta de um homem de seus trinta e cinco anos. Pela primeira vez na vida, Winston se deu conta de que estava diante, sem sombra de dúvida, de um membro da Polícia do Pensamento.

PARTE III

1.

Não sabia onde estava. Provavelmente no Ministério do Amor, mas não havia como ter certeza.

A cela de pé-direito alto não tinha janelas e as paredes eram cobertas de ladrilhos brancos e reluzentes. Lâmpadas escondidas preenchiam o espaço com luz fria, e Winston ouvia um ruído baixo e constante que acreditava ser do abastecimento de ar. Um banco, ou uma prateleira, de largura apenas suficiente para que uma pessoa se sentasse, estendia-se por toda a parede e só era interrompido pela porta, em frente à qual ficava uma privada sem tampa. Havia quatro teletelas, uma em cada parede.

Sentia uma leve dor no estômago desde que o tinham atirado na traseira do caminhão e o levado embora. Mas também sentia fome, uma fome insistente e perniciosa. Já devia estar sem comer fazia vinte e quatro horas; ou talvez trinta e seis. Ainda não sabia, e provavelmente nunca saberia, se era manhã ou noite quando fora detido. Desde então, não havia recebido nada para comer.

Ficou sentado no banco estreito, o mais quieto que pôde, com as mãos cruzadas sobre o joelho. Já tinha aprendido a se sentar imóvel. Diante de qualquer movimento inesperado, começavam a gritar pela teletela. Mas a ânsia por comida só aumentava. O que mais queria era um pedaço de pão. Tinha a vaga ideia de que havia algumas migalhas no bolso do macacão. Inclusive era possível – levantou essa hipótese porque de vez em quando sentia que alguma coisa roçava sua perna – que na verdade houvesse um pedaço razoável de pão. Por fim, a tentação superou o medo, e ele enfiou a mão no bolso.

– Smith! – gritou uma voz que vinha da teletela. – 6079 Smith W.! Tire as mãos do bolso!

Voltou a ficar imóvel, com as mãos cruzadas sobre o joelho. Antes dali, tinha sido levado para outro lugar, talvez uma prisão comum ou uma cela temporária usada pelas patrulhas. Não sabia quanto tempo ficara lá – no mínimo algumas horas; sem relógio e sem a luz do dia, era difícil calcular. O lugar era barulhento e fétido. Tinha ido para uma cela similar à de agora, mas imunda e o tempo inteiro lotada, com umas dez ou quinze pessoas. A maioria era de criminosos comuns, mas havia também alguns presos políticos. Winston tinha se sentado em silêncio, encostado à parede e imprensado pelos corpos sujos, e estava tão tomado pelo medo e pela dor no estômago, que mal se interessou pelo que havia em volta, mas não deixou de notar a espantosa diferença de comportamento entre os prisioneiros do Partido e os demais. Os do Partido permaneciam o tempo todo em silêncio, aterrorizados, enquanto os prisioneiros comuns pareciam não ligar para nada nem ninguém. Insultavam os guardas, reagiam furiosamente quando seus pertences eram confiscados, escreviam palavras obscenas no chão, comiam comida contrabandeada que tiravam de misteriosos esconderijos nas roupas e até vaiavam a teletela quando ela tentava restaurar a ordem. Por outro lado, alguns deles pareciam se dar muito bem com os guardas, chamavam-nos por apelidos e tentavam seduzi-los com cigarros que passavam pela fresta da porta. Os guardas também tratavam os prisioneiros comuns com certa indulgência, mesmo quando precisavam ser mais violentos. Havia muita especulação sobre os campos de trabalhos forçados, para onde a maioria dos prisioneiros acreditava que iria. Ele ouvira dizer que os campos eram "tranquilos", contanto que a pessoa tivesse bons contatos e conhecesse as regras do jogo. Havia suborno, favoritismo e todo tipo de crime organizado, havia homossexualidade e prostituição, havia, inclusive, contrabando de álcool destilado de batatas. Os cargos de confiança só eram atribuídos aos criminosos comuns, em especial aos gângsteres e assassinos, que formavam uma espécie de aristocracia. O trabalho sujo era feito pelos presos políticos.

Havia um constante vaivém de prisioneiros dos mais variados tipos: traficantes de drogas, ladrões, contrabandistas, bêbados e prostitutas. Alguns bêbados eram tão violentos que os outros prisioneiros precisavam se reunir para contê-los. Uma mulher corpulenta, de uns sessenta anos, enormes peitos caídos e grossos cachos de cabelo branco desgrenhado foi levada para a cela, aos gritos e pontapés, por quatro guardas que a seguravam pelos braços e pelas pernas. Arrancaram com força a bota com que ela vinha tentando chutá-los e a jogaram no colo de Winston, o que quase lhe quebrou os ossos da coxa. A mulher se endireitou e começou a gritar "seus filhos da p...!" para os guardas que se retiravam. Depois, ao perceber que estava sentada sobre uma superfície irregular, desvencilhou-se dos joelhos de Winston e foi para o banco.

– Desculpe aí, queridinho – disse ela. – Longe de mim querer sentar no seu colo, mas os cretinos me jogaram, fazer o quê? Esses aí não sabem como é que se trata uma dama, né? – Ela fez uma pausa, deu umas batidinhas no peito e arrotou. – Perdão, é que não tô me sentindo muito bem. – Inclinou-se à frente e vomitou copiosamente no chão. – Agora, sim – disse, recostando-se à parede, de olhos fechados. – Botar pra fora é que melhora, é o que sempre digo. E tem que botar pra fora enquanto o troço ainda tá fresquinho no estômago.

Recuperada, virou-se para olhar Winston de novo, dando a impressão de se afeiçoar a ele de imediato. Envolveu-o com seu enorme braço e o aproximou de si, exalando cerveja e vômito sobre o rosto dele.

– Como é que você se chama, queridinho?

– Smith.

– Smith? Que engraçado. Meu sobrenome também é Smith. Nossa... – acrescentou ela, sentimental. – Eu podia ser sua mãe!

Winston pensou que podia, mesmo. Devia ter mais ou menos a mesma idade que sua mãe teria e o mesmo tipo físico, e era provável que as pessoas mudassem um bocado depois de vinte anos num campo de trabalhos forçados.

Ninguém mais lhe dirigiu a palavra. De forma um tanto surpreendente, os criminosos comuns ignoravam os prisioneiros do Partido, a quem chamavam de "politiqueiros", com desdém e indiferença. Os prisioneiros do Partido, por sua vez, pareciam sentir pavor de falar com quem quer que fosse, sobretudo uns com os outros. Apenas uma vez, quando duas mulheres membros do Partido estavam sentadas uma ao lado da outra no banco, bem coladas, é que ele entreouviu, em meio ao vozerio, algumas palavras sussurradas às pressas; e em particular ouviu uma referência a uma tal "sala um-zero-um", mas ficou sem entender.

Devia fazer duas ou três horas que tinha sido levado até ali. A dor no estômago não cedia, mas às vezes melhorava e noutras piorava, e seus pensamentos se expandiam ou contraíam, em consonância com a dor. Quando piorava, Winston só conseguia pensar na própria dor e na fome que sentia. Ao melhorar, era dominado pelo pânico. Em alguns momentos, entrevia com tamanho realismo as coisas que lhe aconteceriam, que seu coração ficava aos galopes e ele perdia o ar por alguns segundos. Sentia a pancada dos cassetetes nos cotovelos e o ferro das botas nas canelas; via a si mesmo rastejando no chão, gritando por misericórdia com os dentes quebrados. Mal pensava em Julia. Não conseguia fixar a mente nela. Amava-a e não a trairia; mas isso era apenas um fato, tão conhecido por ele quanto as regras de aritmética. Não sentia amor por ela e quase não pensava no que estaria lhe acontecendo. Pensava mais em O'Brien, com uma esperança intermitente. O'Brien devia saber que ele tinha sido detido. Dissera-lhe que a Irmandade nunca tentava salvar seus membros. Mas havia a lâmina de barbear; arranjariam uma lâmina se pudessem. Os guardas demorariam pelo menos cinco segundos para chegar até a cela. A lâmina o morderia com uma frieza ardente, e até os dedos que a seguravam estariam cortados até o osso. Tudo se reduzia a seu corpo enfermo, que se retraía e tremia diante da dor mais ínfima. Não tinha certeza se usaria a lâmina, mesmo que tivesse a oportunidade. O mais natural era viver de momento em momento, aceitando mais dez minutos de vida, mesmo com a garantia de que no fim a tortura o aguardava.

Às vezes tentava calcular o número de ladrilhos nas paredes da cela. Era para ser fácil, mas sempre acabava perdendo a conta. Com frequência, ficava imaginando onde estaria e que horas seriam. Em determinado momento, parecia ter certeza de que o sol estava a pino lá fora, mas no momento seguinte tinha a mesma certeza de que o breu era total. Sabia por instinto que ali nunca apagariam as luzes. Era o lugar onde não havia escuridão; agora entendia por que O'Brien tinha dado indícios de que reconhecia a referência. No Ministério do Amor não existiam janelas. Sua cela podia estar no meio do edifício ou junto à parede mais externa; podia estar dez andares abaixo do solo, ou trinta andares acima. Ele se movia mentalmente de um lugar a outro, tentando determinar, a partir das sensações no corpo, se estava empoleirado no alto ou enterrado nas profundezas.

Ouviu-se o som de botas marchando no lado de fora. A porta de aço abriu com estrondo. Um jovem oficial, um sujeito esbelto e uniformizado de preto, que parecia brilhar com tanto couro polido, e cujo rosto pálido e sério era como uma máscara de cera, entrou depressa. Fez um gesto para que os guardas do lado de fora trouxessem o prisioneiro que estavam conduzindo. O poeta Ampleforth entrou na cela se arrastando. A porta se fechou, de novo com estrondo.

Ampleforth fez um ou dois movimentos incertos, como se buscasse uma saída, e então começou a vagar de um lado para outro da cela. Ainda não notara a presença de Winston. Seus olhos perturbados fixavam a parede, cerca de um metro acima da cabeça de Winston. Estava sem sapato; os dedos grandes e sujos despontavam dos buracos da meia. Fazia dias que aquela barba não via uma lâmina. A pelagem desleixada chegava até as maçãs do rosto, conferindo-lhe um ar meio bárbaro, que encaixava mal com a constituição grande e frágil e os movimentos nervosos.

Winston despertou um pouco de sua letargia. Tinha de falar com Ampleforth, mesmo correndo o risco de ouvir uma advertência da teletela. Inclusive era possível que Ampleforth fosse o portador da lâmina de barbear.

— Ampleforth — disse ele.

A teletela não emitiu nenhum grito. Ampleforth fez uma pausa, ligeiramente sobressaltado. Aos poucos, seus olhos focaram Winston.

— Ah, Smith! Você também!

— Por que você veio parar aqui?

— A verdade é que... — Ele se sentou no banco, meio desajeitado, de frente para Winston. — Só existe um crime, não?

— E você cometeu esse crime?

— É o que parece. — Pôs a mão na testa e pressionou as têmporas, como se tentasse recordar alguma coisa. — Essas coisas acontecem — recomeçou, de modo vago. — Consegui pensar numa explicação, uma possível explicação. Foi uma imprudência, sem dúvida. Estávamos produzindo uma edição definitiva dos poemas do Kipling. Permiti que a palavra "Deus" aparecesse no final de um verso. Foi mais forte do que eu! — acrescentou quase indignado, erguendo o rosto para Winston. — Era impossível mudar o verso. A rima era com "plebeus". Você sabe quantas palavras rimam com "plebeus"? Passei vários dias quebrando a cabeça. Não tinha outra possibilidade.

A expressão em seu rosto mudou. Passou a contrariedade e, por um momento, parecia quase feliz. Uma espécie de fervor intelectual, a alegria do sujeito pedante ao descobrir um fato inútil, brilhou através dos pelos sujos e desleixados.

— Você alguma vez já pensou — disse ele — que a história da poesia inglesa foi toda determinada pelo fato de que o inglês carece de rimas?

Não, Winston nunca pensara nisso. E naquelas circunstâncias, então, não lhe parecia algo importante ou interessante.

— Você sabe que horas são? — perguntou.

Ampleforth parecia de novo sobressaltado.

– Nem pensei nisso direito. Eles me prenderam talvez uns dois ou três dias atrás. – Seus olhos percorreram as paredes, na esperança de encontrar uma janela em algum lugar. – Aqui não tem diferença entre noite e dia. Não sei como é que alguém consegue calcular o tempo.

Conversaram sem muito entusiasmo por alguns minutos e depois, sem razão aparente, um grito da teletela ordenou que parassem de falar. Winston ficou sentado em silêncio, com as mãos cruzadas. Ampleforth, grande demais para se sentir confortável no banco estreito, não parava quieto, apertava as mãos magras sobre um joelho e depois sobre o outro. A teletela lhe gritou que ficasse parado. O tempo passou. Vinte minutos, uma hora... difícil saber. Mais uma vez, ouviu-se o som de botas do lado de fora. Winston se contraiu todo por dentro. Em breve, muito em breve, talvez em cinco minutos, talvez agora, o tropel das botas anunciaria que tinha chegado sua vez.

A porta se abriu. O jovem oficial de rosto impassível entrou na cela. Com a mão, fez um rápido sinal para Ampleforth.

– Sala 101 – disse.

Ampleforth foi saindo desajeitado entre os guardas, com o rosto ligeiramente inquieto, mas sem compreender.

Winston teve a sensação de que muito tempo havia se passado. A dor no estômago voltara. Sua mente girava em círculos, na mesma trilha, feito uma bola que cai sempre nos mesmos buracos. Só pensava em seis coisas: a dor no estômago, um pedaço de pão, o sangue e os gritos, O'Brien, Julia e a lâmina de barbear. Houve mais um espasmo em suas vísceras; as botas pesadas retornaram. Quando a porta se abriu, a corrente de ar carregou ali para dentro um forte cheiro de suor frio. Parsons entrou na cela. Vestia um short cáqui e uma camisa esportiva.

Dessa vez, Winston ficou tão surpreso que deixou de lado qualquer tipo de cautela.

– *Você* aqui! – exclamou.

Parsons lançou para ele um olhar que não trazia interesse nem surpresa, apenas angústia. Começou a andar de modo frenético, de um lado para outro, nitidamente incapaz de ficar parado. Sempre que endireitava os joelhos rechonchudos, dava para ver que tremiam. Seus olhos estavam arregalados e fixos, como se contemplassem alguma coisa à meia distância.

– Por que você veio parar aqui? – perguntou Winston.

– Neurocrime! – respondeu Parsons, quase às lágrimas. Seu tom de voz implicava ao mesmo tempo uma admissão total de culpa e uma espécie de horror incrédulo de que tal palavra pudesse se aplicar a ele. Parou diante de Winston e começou a interpelá-lo com muita avidez. – Você não acha que eles vão atirar em mim, acha, meu velho? Eles não atiram se a pessoa na verdade não fez nada... só por causa de uns pensamentos que são impossíveis de controlar...? Eu sei que eles fazem justiça. Ah, confio neles para isso! Vão saber do meu histórico, não vão? *Você* me conhece. Não sou má pessoa. Não sou lá muito inteligente, claro, mas tenho disposição. Tentei fazer o melhor que pude pelo Partido, não tentei? Devo ganhar uns cinco anos, você não acha? Dez, talvez? Um camarada feito eu pode ser bem útil num campo de trabalhos forçados. Eles atirariam em mim só porque saí dos trilhos uma única vez?

– Você é culpado? – perguntou Winston.

– Claro que eu sou! – gritou Parsons, lançando um olhar servil para a teletela. – Você não acha que o Partido prenderia um homem inocente, acha? – Seu rosto de sapo se acalmou, ganhando inclusive uma leve expressão de santimônia. – O neurocrime é uma coisa terrível, meu velho – disse ele, de maneira sentenciosa. – É traiçoeiro. Pode se apoderar da pessoa sem que ela se dê conta. Você sabe como é que se apoderou de mim? Durante o sono! É verdade. Eu estava lá no meu canto, trabalhando duro, tentando fazer a minha parte... Nunca soube que tinha algo de ruim na cabeça. Mas aí comecei a falar dormindo. Sabe o que eles me ouviram dizer? – Parsons baixou a voz, como alguém que é obrigado, por motivos médicos, a proferir uma obscenidade. – "Abaixo o Grande Irmão!" Pois é, foi o que eu falei! Pelo visto, falei várias vezes. Cá entre nós, meu velho, fico feliz que tenham me pegado antes que a coisa avançasse. Sabe o que eu vou dizer a eles quando estiver diante do tribunal? "Obrigado." Vou dizer: "Obrigado por me salvarem antes que fosse tarde".

– E quem foi que denunciou você?

– Minha filha – respondeu Parsons, com certo orgulho pesaroso. – Ela ouviu tudo pelo buraco da fechadura. Ouviu o que eu estava falando e correu até uma patrulha no dia seguinte. Bem esperta pra uma mocinha de sete anos, né? Não guardo nenhum rancor. Na verdade, estou é orgulhoso. Só mostra que eu a eduquei do jeito certo. – Ele fez mais uns movimentos bruscos de um lado para outro e ficou olhando de relance para a privada. De repente, baixou o short. – Desculpe, meu velho. Não dá mais pra segurar. Já esperei muito.

Depositou o enorme traseiro na privada, produzindo um baque. Winston cobriu o rosto com as mãos.

– Smith! – gritou a voz da teletela. – 6079 Smith W.! Tire as mãos do rosto. Nada de cobrir o rosto dentro da cela.

Winston obedeceu. Parsons usou a privada, de forma ruidosa e abundante. Em seguida, descobriu-se que a descarga estava com defeito, e um fedor abominável tomou conta da cela por horas e horas.

Parsons foi removido. Outros prisioneiros chegavam e partiam misteriosamente. Uma mulher seria despachada para a "sala 101", e Winston percebeu que ela pareceu murchar e mudar de cor só de ouvir aquelas palavras. Chegou um momento em que, se o tivessem levado até ali de manhã, seria de tarde; e se o tivessem levado à tarde, então seria meia-noite. Havia seis prisioneiros na cela, homens e mulheres. Todos ficavam sentados muito quietos. Em frente a Winston estava um homem sem queixo e dentuço, que mais parecia um grande roedor inofensivo. As bochechas manchadas e gordas estavam tão inchadas que era difícil acreditar que não escondiam um pouco de comida. Seus olhos de um cinza claro percorriam tímidos um rosto depois do outro e logo se desviavam quando encontravam os olhos de alguém.

A porta se abriu, e a aparência do prisioneiro que entrou logo provocou calafrios em Winston. Era um homem comum, de rosto medíocre, que talvez fosse engenheiro ou algum tipo de técnico. O que assustava era a esqualidez de seu rosto. Lembrava uma caveira. Por conta da magreza, a boca e os olhos pareciam de um tamanho desproporcional, e os olhos davam a impressão de estar tomados por um ódio feroz e implacável por alguma coisa ou alguém.

O homem se sentou no banco, a uma pequena distância de Winston. Winston não olhou para ele de novo, mas a imagem daquele rosto cadavérico e aflito permaneceu tão viva em sua mente que era como se estivesse diante de seus olhos. De repente, entendeu tudo. O homem estava morrendo de inanição. Parecia que todos na cela tinham pensado, simultaneamente, a mesma coisa. Houve uma leve agitação em todo o banco. Os olhos do homem sem queixo não paravam de encarar o sujeito cadavérico, depois desviavam cheios de culpa, para logo serem atraídos de novo de forma irresistível. Em seguida, ele ficou muito inquieto em seu lugar. Por fim, se levantou, começou a vagar sem jeito em torno da cela, enfiou a mão no bolso do macacão e, envergonhado, estendeu um pedaço de pão encardido para o sujeito cadavérico.

A teletela emitiu um rugido furioso e ensurdecedor. O homem sem queixo recuou, assustado. O sujeito cadavérico tinha se apressado em pôr as mãos nas costas, como se demonstrasse para o mundo que recusava o presente.

– Bumstead! – rugiu a voz. – 2713 Bumstead J.! Solte esse pedaço de pão!

O homem sem queixo deixou o pão cair no chão.

– Fique parado onde está – ordenou a voz. – De frente para a porta. Não se mexa.

O homem obedeceu. Suas grandes bochechas empapadas tremiam sem controle. A porta se abriu com estrondo. Quando o jovem oficial entrou na cela e foi para o lado, surgiu de trás dele um guardinha atarracado, de braços e ombros enormes. O guardinha parou em frente ao homem sem queixo e, em seguida, após um sinal do oficial, acertou-lhe a boca em cheio, com tamanha força que arremessou seu corpo pelos ares, fazendo-o parar do outro lado da cela e bater na base da privada. Por um momento, o sem queixo ficou parado, aturdido, com o sangue escuro escorrendo pela boca e pelo nariz. Deixou escapar um sutilíssimo gemido ou chiado, que pareceu inconsciente. Então girou o corpo, meio bambo, e se pôs de quatro. Entre um jorro de sangue e saliva, caíram de sua boca as duas metades da dentadura.

Os prisioneiros permaneceram muito quietos, com as mãos cruzadas sobre os joelhos. O homem sem queixo voltou para seu lugar. De um lado de seu rosto, a carne escurecia. A boca inchara, transformando-se numa massa disforme cor de cereja, com um buraco preto no meio. De tempos em tempos, o sangue escorria sobre o macacão, na parte do peito. Seus olhos cinza ainda percorriam rosto a rosto, mais culpados do que nunca, como se ele tentasse descobrir o tanto que os outros o desprezavam por conta da humilhação sofrida.

A porta se abriu. Com um gesto sutil, o oficial indicou o sujeito cadavérico.

– Sala 101 – ordenou ele.

Ouviu-se um arquejo e um estertor ao lado de Winston. O sujeito tinha se atirado de joelhos no chão, com as mãos unidas em prece.

– Camarada! Oficial! – gritou. – Vocês não precisam me levar para lá! Já não falei tudo? O que mais querem saber? Eu posso confessar o que quiserem! Só me digam o que é, que eu confesso na mesma hora. Escrevam o que for, que eu assino! Tudo menos a sala 101!

– Sala 101 – repetiu o oficial.

O rosto do sujeito, que já era pálido, ganhou uma coloração que Winston jamais acreditaria ser possível. Era sem dúvida alguma um tom de verde.

– Façam o que quiserem comigo! – gritou ele. – Já não me dão de comer há semanas. Terminem logo com isso e me deixem morrer. Atirem em mim. Me enforquem. Me condenem a vinte e cinco anos. Tem mais alguém que querem que eu entregue? Só me digam quem é, que eu falo o que vocês quiserem! Não me importa quem seja nem o que vão fazer com a pessoa. Tenho esposa e três filhos. Meu mais velho não tem nem seis anos. Vocês podem pegar todos eles e cortar a garganta de cada um na minha frente, que eu vou ficar só olhando. Qualquer coisa menos a sala 101!

– Sala 101 – repetiu o oficial, mais uma vez.

O sujeito olhou freneticamente à sua volta, para os outros prisioneiros, como se tivesse lhe ocorrido a ideia de colocar outra vítima em seu lugar. Seus olhos pararam no rosto deformado do homem sem queixo. Estendeu o braço magro.

– É ele que vocês deviam levar, e não eu! – protestou. – Vocês não ouviram o que ele disse depois do murro que levou. Me deem uma chance e eu conto tudo, palavra por palavra. *Ele* que é inimigo do Partido, e não eu. – Os guardas deram um passo à frente. O sujeito começou a gritar. – Vocês não ouviram o que ele disse! – repetiu. – Teve algum problema com a teletela. É *ele* que vocês querem. Levem ele, não eu!

Os dois guardas robustos tinham se agachado para pegá-lo pelos braços. Porém, no mesmo instante, o sujeito se jogou no chão da cela e se agarrou numa das pernas de ferro que sustentavam o banco. Começou a urrar, feito um animal. Os guardas o agarraram para fazê-lo soltar o ferro, mas ele o segurava com uma força impressionante. Por uns vinte segundos, ficaram tentando puxá-lo. Os prisioneiros continuavam sentados em silêncio, com as mãos cruzadas sobre os joelhos, olhando para a frente. O uivo cessou; o sujeito já não tinha forças para mais nada, exceto permanecer agarrado ao ferro. Então um grito diferente ecoou na cela. Um dos guardas o chutou com a bota, quebrando-lhe os dedos de uma das mãos. Puseram-no de pé.

– Sala 101 – repetiu o oficial.

O sujeito foi levado para fora, cambaleante e cabisbaixo, cheio de cuidados com a mão esmagada e sem esboçar mais qualquer tipo de reação.

Passou-se bastante tempo. Se o sujeito cadavérico fora levado à meia-noite, já era dia; se aquilo acontecera de manhã, já era de tarde. Winston estava sozinho, já estava sozinho fazia algumas horas. A dor de permanecer sentado no banco estreito era tanta que de vez em quando se levantava e caminhava um pouco, e a teletela não o censurava. O pedaço de pão continuava no lugar onde o homem sem queixo o largara. No começo, foi preciso muito esforço para não ficar encarando o pão, mas depois a fome cedeu lugar à sede. A boca dele estava pegajosa, com um gosto horrível. O zumbido constante e a luz branca inalterável induziam a uma espécie de mal-estar, uma sensação de vazio dentro da cabeça. Winston se levantava, pois não aguentava mais a dor nos ossos, mas logo se sentava de novo, porque ficava tonto demais para permanecer de pé. Sempre que as sensações físicas pareciam sob controle, o pânico retornava. Às vezes, com uma esperança débil, pensava em O'Brien e na lâmina de barbear. Era possível que a lâmina viesse escondida na comida, se é que algum dia lhe dariam de comer. Em Julia, pensava com menos frequência. Em algum lugar, devia estar sofrendo, talvez muito mais do que ele. Talvez estivesse gritando de dor neste exato momento. "Se eu pudesse dobrar o meu sofrimento para salvar Julia, será que o faria?", pensou Winston. "Sim, faria." Mas era apenas uma decisão intelectual, tomada porque sabia que era a coisa certa a se fazer. Não era o que de fato sentia. Num lugar como aquele, não se sentia nada, exceto dor e prenúncio de dor. Além disso, quando a pessoa já estava sofrendo, seria possível desejar, por qualquer razão que fosse, que a própria dor aumentasse? Por ora, essa pergunta ainda não tinha como ser respondida.

As botas se aproximaram de novo. A porta foi aberta. O'Brien entrou na cela.

Winston levou um susto e ficou de pé. Aquela visão o deixou tão desnorteado que lhe tirou qualquer tipo de precaução. Pela primeira vez em muitos anos, esqueceu-se da existência da teletela.

– Pegaram você também! – gritou Winston.

– Já me pegaram há muito tempo – respondeu O'Brien, com uma ironia sutil, quase pesarosa. Afastou-se para o lado. De trás dele surgiu um guarda de costas largas, com um enorme cassetete preto na mão. – Você já sabia, Winston. Não se engane. Você já sabia… sempre soube.

Sim, agora enxergava, sempre soubera. Mas não havia tempo para pensar nisso. Só tinha olhos para o cassetete na mão do guarda. Podia receber o golpe em qualquer parte do corpo: na cabeça, na ponta da orelha, no braço, no cotovelo…

O cotovelo! Caiu de joelhos, quase paralisado, apertando com a outra mão o cotovelo atingido. Tudo explodira numa luz amarela. Era impensável, impensável que um único golpe pudesse causar tanta dor! A luz ficou mais clara e ele conseguiu ver os dois encarando-o. O guarda dava risada do tanto que ele se contorcia. Pelo menos, uma das perguntas estava respondida. Nunca, por razão nenhuma na face da Terra, alguém poderia desejar que a própria dor aumentasse. Quanto à dor, só existia um único desejo possível: que cessasse. Nada no mundo era pior do que a dor física. Diante dela, não há heróis, não há heróis, Winston não parava de pensar enquanto se contorcia no chão, agarrando de forma inútil o braço esquerdo machucado.

2.

Encontrava-se deitado sobre o que parecia ser uma cama de campanha, porém bem acima do chão e com o corpo amarrado de tal forma que não conseguia se mexer. Uma luz, mais forte que a habitual, incidia sobre seu rosto. O'Brien estava a seu lado e o olhava atentamente. Do outro lado, um homem de jaleco branco segurava uma seringa hipodérmica.

Mesmo depois de abrir os olhos, só começou a assimilar o que havia à sua volta de forma gradual. Teve a impressão de penetrar a superfície daquele quarto a partir de um mundo diferente, uma espécie de mundo subaquático localizado nas profundezas. Ignorava quanto tempo fazia que estava ali embaixo. Desde o momento em que o prenderam, não vira mais escuridão nem luz do dia. Além disso, suas lembranças não eram contínuas. Havia momentos em que a consciência, mesmo aquela que se tem durante o sono, estacava e só recomeçava após um intervalo em branco. Mas era impossível saber se esse intervalo era de dias, semanas ou segundos.

Com aquele primeiro golpe no cotovelo, tivera início o pesadelo. Mais tarde ele perceberia que tudo o que aconteceu na sequência era apenas um interrogatório preliminar, de rotina, a que quase todos os presos eram submetidos. Havia uma vasta gama de crimes – espionagem, sabotagem e coisas do gênero – que, em geral, todos precisavam confessar. A confissão era uma simples formalidade, embora a tortura fosse real. Quantas vezes tinha apanhado, ou por quanto tempo, não conseguia lembrar. Eram sempre cinco ou seis homens uniformizados de preto que o espancavam ao mesmo tempo. Às vezes usavam os punhos, em outras, cassetetes, às vezes vinham com barras de ferro e, noutras, com as próprias botas. Em certas ocasiões, ele rolava pelo chão, despudorado feito um animal, contorcendo-se de um lado para outro, num esforço eterno e inútil para se esquivar dos chutes, o que apenas servia para convocar mais e mais chutes, nas costelas, na barriga, nos cotovelos, nas canelas, na virilha, nos testículos e no osso da base da coluna. Havia momentos em que a coisa durava tanto, mas tanto, que o que lhe parecia mais cruel, perverso e imperdoável não era que os guardas continuassem a bater nele, mas que não chegasse a perder a consciência. Em outros momentos, a coragem o abandonava de tal forma, que começava a gritar por misericórdia mesmo antes de começarem os espancamentos, quando a mera visão de um punho cerrado era o suficiente para que vomitasse confissões de crimes reais e imaginários. Vez ou outra tomava a decisão de não confessar nada de início, quando todas as palavras precisavam ser arrancadas à força, entre arquejos de dor, e em algumas oportunidades tentava debilmente chegar a um meio-termo, dizendo a si mesmo: "Eu vou confessar, mas não agora. Preciso segurar até que a dor fique insuportável. Mais três chutes, mais dois, aí eu digo o que eles querem". Às vezes o espancavam tanto que mal conseguia ficar em pé, depois o atiravam no chão de pedra de uma cela, como se fosse um saco de batatas, deixando que se recuperasse por algumas horas, e então o tiravam de lá mais uma vez, para ser de novo espancado. Também havia períodos maiores de recuperação. Deles, só guardava lembranças vagas, pois passava grande parte do tempo dormindo ou em estado de estupor. Lembrava-se de uma cela com um leito feito de tábuas, como uma espécie de prateleira afixada à parede, uma pia de latão e refeições que se resumiam a sopa quente, pão e às vezes café. Lembrava-se de um barbeiro carrancudo, que aparecia para lhe raspar os pelos do queixo e aparar o cabelo, e também de uns sujeitos eficientes e frios, de jaleco branco, que lhe aferiam o pulso, controlavam seus reflexos, examinavam suas pálpebras, percorriam seu corpo com dedos impiedosos em busca de ossos quebrados e lhe enfiavam agulhas no braço para que adormecesse.

Os espancamentos ficaram menos frequentes, tornando-se sobretudo uma ameaça, um terror que a qualquer momento seria reiniciado se as respostas fossem insatisfatórias. Seus interrogadores agora não eram mais facínoras uniformizados de preto, e sim intelectuais do Partido, homenzinhos rotundos, de movimentos ágeis e óculos reluzentes, que se ocupavam dele por turnos, em períodos que se estendiam – não tinha como ter certeza – por umas dez ou doze horas seguidas. Esses outros interrogadores encarregavam-se de deixá-lo sempre com uma dor leve e constante, mas não se fiavam apenas nisso. Estapeavam seu rosto, torciam suas orelhas, puxavam seu cabelo, obrigavam-no a ficar de pé sobre uma perna só, impediam-no de urinar e jogavam uma luz ofuscante em sua cara, até que os olhos começassem a lacrimejar; mas o objetivo era simplesmente humilhá-lo e destruir sua capacidade de argumentação e raciocínio. A verdadeira arma deles eram os interrogatórios implacáveis, que se arrastavam por horas e horas, levando-o a se contradizer, lançando-lhe armadilhas, distorcendo tudo que dizia, acusando-o o tempo todo de mentiras e contradições, até que começasse a chorar de vergonha mas também de fadiga mental. Em algumas sessões, chegava a chorar meia dúzia de vezes. Na maior parte do tempo, insultavam-no e, a cada hesitação, ameaçavam entregá-lo de novo aos guardas; mas de vez em quando mudavam de repente o tom, chamavam-no de camarada, lançavam apelos em nome do Socing e do Grande Irmão e questionavam, pesarosos, se não lhe restava alguma lealdade pelo Partido, a ponto de desejar desfazer os malfeitos. Quando seus nervos já estavam destroçados, depois de horas de interrogatório, bastava esse tipo de questionamento para levá-lo às lágrimas e lamúrias. No fim das contas, aquelas vozes enervantes o coagiam mais do que as botas e os punhos dos guardas. Winston tornou-se apenas uma boca que proferia e uma mão que assinava qualquer coisa que lhe pedissem. Sua única preocupação era descobrir o que queriam que confessasse, e então o confessava depressa, antes que as ameaças recomeçassem. Confessou ter assassinado proeminentes membros do Partido, distribuído panfletos sediciosos, desviado recursos públicos, vendido segredos militares e perpetrado sabotagens de toda espécie. Confessou que atuava como espião do governo da Lestásia desde 1968. Confessou ser devoto religioso, admirador do capitalismo e pervertido sexual. Confessou ter assassinado a própria esposa, embora soubesse, e seus interrogadores também deviam saber, que ela ainda estava viva. Confessou que fazia anos que tinha contato pessoal com Goldstein e que era membro de uma organização clandestina que incluía quase todo indivíduo com quem já travara conhecimento. Era mais fácil confessar tudo e envolver todo mundo. E em certo sentido não deixava de ser verdade. Ele de fato era inimigo do Partido, e aos olhos do Partido, não havia distinção entre o pensar e o fazer.

Havia também lembranças de outro teor. Destacavam-se em sua mente de forma desconexa, como fotografias envoltas em breu.

Encontrava-se numa cela que tanto podia estar iluminada como às escuras, pois a única coisa que conseguia enxergar era um par de olhos. Bem perto dele, algum instrumento produzia um tique-taque lento e constante. Os olhos cresciam e ficavam mais luminosos. De repente, ele saía flutuando de seu assento, mergulhava naqueles olhos e era engolido.

Estava amarrado a uma cadeira cercada de mostradores, sob uma iluminação ofuscante. Um homem de jaleco branco examinava os mostradores. Do lado de fora, ouvia-se o tropel de botas pesadas. A porta se abria com estrondo. O oficial de rosto de cera entrava na cela, seguido por dois guardas.

– Sala 101 – dizia.

O homem de jaleco branco nem se virava. Tampouco olhava para Winston; só tinha olhos para os mostradores.

Percorria um enorme corredor, de um quilômetro de extensão, inundado por uma luz gloriosa e dourada, gargalhando e gritando confissões com a voz em volume máximo. Confessava tudo, até o que tinha conseguido segurar mesmo sob tortura. Contava toda sua história de vida para um público que já a conhecia. Com ele estavam os guardas, os interrogadores, os homens de jaleco branco, O'Brien, Julia e o sr. Charrington; todos percorriam o corredor, juntos, aos gritos e gargalhadas. Tinha conseguido se safar de algo terrível que o futuro lhe reservava, mas que acabou não se concretizando. Estava tudo bem, não havia mais dor, e todos os detalhes de sua vida tinham sido revelados, compreendidos e perdoados.

Levantava-se da cama de tábuas, quase certo de ter ouvido a voz de O'Brien. Nos interrogatórios, embora nunca o visse, Winston tinha a sensação de que O'Brien estava sempre presente, mas fora de seu campo de visão. Era quem comandava tudo. Era quem enviava os guardas e também quem os impedia de matá-lo. Era quem decidia quando Winston devia gritar de dor, quando podia ter uma folga, quando devia receber comida, quando podia dormir e quando as drogas deviam ser aplicadas em seu braço. Era quem fazia as perguntas e sugeria as respostas. Era o algoz, o protetor, o inquisidor e o amigo. E certa vez – Winston não conseguia lembrar se tinha sido enquanto dormia sob o efeito de drogas ou em sono normal, ou mesmo se fora em algum momento de vigília – uma voz murmurara em seu ouvido: "Não se preocupe, Winston; você se encontra sob minha proteção. Já vigio você há sete anos. Agora chegou o momento da virada. Vou salvá-lo, vou torná-lo perfeito". Não tinha certeza se era a voz de O'Brien, mas era a mesma voz que lhe dissera em outro sonho, sete anos antes: "Um dia vamos nos encontrar onde não há escuridão".

Não se lembrava do fim do interrogatório. Houve um período de escuridão, e então a cela, ou a sala, onde estava se materializou aos poucos à sua volta. Estava deitado de costas, imobilizado. Seu corpo tinha sido amarrado em todos os pontos possíveis. Até a nuca estava presa. O'Brien o encarava sério e com certo pesar. Seu rosto, visto assim de baixo, parecia rude e cansado, com bolsas sob os olhos e marcas de exaustão no nariz e no queixo. Era mais velho do que Winston imaginara; talvez tivesse quarenta e oito ou cinquenta anos. Trazia na mão um mostrador com uma alavanca no topo e alguns números no visor.

– Eu avisei – disse O'Brien – que se nos víssemos de novo seria aqui.

– Sim, é verdade – respondeu Winston.

Sem qualquer sinal, exceto um singelo movimento da mão de O'Brien, o corpo de Winston foi tomado por uma onda de dor. Uma dor assustadora, pois não conseguia ver o que se passava e a sensação era de que estava sofrendo um dano mortal. Não sabia se de fato era real ou se era um efeito produzido eletricamente, mas seu corpo ia perdendo a forma, e as articulações aos poucos se dilaceravam. Embora a dor o tivesse feito suar na testa, o pior de tudo era o medo de que a coluna estivesse a ponto de rebentar. Cerrou os dentes e respirou fundo pelo nariz, tentando se manter em silêncio o maior tempo possível.

– Você está com medo de que alguma hora uma parte de seu corpo acabe se rompendo – disse O'Brien, ao ver a cara dele. – Seu maior medo é que seja a coluna. Inclusive já imaginou, com muita nitidez, as vértebras se desprendendo e o fluido espinhal escorrendo de dentro delas. É nisso que está pensando, não é, Winston?

Winston não respondeu. O'Brien baixou a alavanca do mostrador. A onda de dor retrocedeu quase tão rápido quanto tinha surgido.

– Isso foi só quarenta – revelou O'Brien. – Perceba que o número no mostrador pode chegar até cem. Queira se lembrar, por gentileza, no decorrer de nossa conversa, de que tenho nas mãos o poder de lhe infligir dor a qualquer momento, na intensidade que desejar. Se contar qualquer mentira, tentar prevaricar de um jeito ou de outro, ou mesmo se fingir ser menos inteligente do que é, vai gritar de dor no mesmo instante. Entendeu?

– Sim – respondeu Winston.

O'Brien assumiu uma postura menos rígida. Ajeitou os óculos, pensativo, e deu alguns passos de um lado para outro. Quando falou de novo, foi com uma voz gentil e paciente. Tinha ares de médico, professor ou até padre, mais ávido por explicar e persuadir do que punir.

– Eu só insisto tanto em você, Winston, porque vale a pena. Você sabe perfeitamente bem qual é o seu problema. Já sabe disso há muitos anos, embora venha lutando contra essa ideia. Você sofre de um transtorno mental, uma deficiência de memória. Não consegue se lembrar de episódios reais e convence a si mesmo de que se recorda de episódios que nunca aconteceram. Felizmente, existe cura para isso. Você só não se curou ainda porque não quis. Precisava de um pouco de força de vontade, mas você não estava disposto. Agora mesmo, sei muito bem que se apega à sua doença, com a impressão de se tratar de uma virtude. Tomemos um exemplo. Hoje, a Oceânia encontra-se em guerra contra qual potência?

– Quando eu fui preso, a Oceânia estava em guerra contra a Lestásia.

– Contra a Lestásia. Bom. E a Oceânia sempre esteve em guerra contra a Lestásia, correto?

Winston respirou fundo. Chegou a abrir a boca para falar, mas desistiu. Não conseguia tirar os olhos do mostrador.

– A verdade, por favor, Winston. A *sua* verdade. Do que você se lembra?

– Eu lembro que até uma semana antes de eu ser preso, não estávamos em guerra contra a Lestásia. A Lestásia era nossa aliada. A guerra era contra a Eurásia. Isso durou quatro anos. Antes disso...

O'Brien fez um gesto com a mão, interrompendo-o.

– Outro exemplo – disse ele. – Uns anos atrás, você teve uma alucinação muito séria. Acreditava que três antigos membros do Partido, chamados Jones, Aaronson e Rutherford, executados por traição e sabotagem depois de uma confissão completíssima, não eram culpados dos crimes que lhes imputavam. Você achava que tinha visto evidências documentais inequívocas provando que as confissões deles eram falsas. Chegou inclusive a ter uma alucinação envolvendo uma fotografia. Acreditava que a fotografia tinha passado por suas mãos. A fotografia era mais ou menos assim...

Uma tira de jornal tinha aparecido na mão de O'Brien. Talvez tenha ficado por uns cinco segundos no campo de visão de Winston. Era uma fotografia, e não havia dúvidas do que se tratava. Era *a* fotografia. Uma cópia da fotografia de Jones, Aaronson e Rutherford, na cerimônia do Partido em Nova York, que caíra nas mãos dele por acaso onze anos antes e que Winston prontamente destruíra. Ficou diante de seus olhos apenas por um instante e depois a perdeu de vista mais uma vez. Mas tinha visto a fotografia, sem dúvida que tinha visto! Fez um esforço desesperado e atroz para soltar a parte superior do corpo. Era impossível se mexer um centímetro sequer. Por um tempo, chegou a se esquecer do mostrador. Tudo que queria era segurar a fotografia mais uma vez, ou pelo menos vê-la.

– Ela existe! – gritou Winston.

– Não – disse O'Brien.

O'Brien cruzou a sala e foi até o buraco da memória que ficava na parede oposta. Levantou a tampa. Sem ter sido visto, o frágil pedaço de papel foi tragado pela corrente de ar quente, desaparecendo nas chamas. O'Brien se afastou da parede.

– Cinzas – disse ele. – Cinzas que nem sequer podem ser identificadas. Pó. Não existe fotografia nenhuma. Nunca existiu.

– Existiu, sim! Ela existe! Existe na memória. Eu me lembro. Você se lembra.

– Eu não me lembro – rebateu O'Brien.

Winston sentiu um aperto no peito. Agora entendia o *duplipensar*. Teve uma sensação de completo desamparo. Se pudesse ter certeza de que O'Brien estava mentindo, não se importaria tanto. Porém, era muito possível que O'Brien tivesse de fato se esquecido da fotografia. E se fosse o caso, já teria se esquecido de ter dito que não se lembrava dela e também teria se esquecido do próprio esquecimento. Como garantir que tudo não passava de um simples artifício? Talvez o excêntrico deslocamento mental pudesse mesmo acontecer: foi esse o pensamento que acabou com ele.

O'Brien olhava para Winston de forma especulativa. Mais do que nunca, tinha ares de um professor que peleja com uma criança rebelde, porém promissora.

– Existe um lema do Partido que versa sobre o controle do passado – disse ele. – Pode repeti-lo, por favor?

– "Quem controla o passado controla o futuro. E quem controla o presente controla o passado" – repetiu Winston, obediente.

– Quem controla o presente controla o passado – disse O'Brien, fazendo um gesto de aprovação com a cabeça. – Winston, você é da opinião de que o passado tem uma existência real?

Winston foi tomado mais uma vez pela sensação de desamparo. Seus olhos fixaram o mostrador. Não sabia qual era a resposta capaz de salvá-lo da dor, se "sim" ou "não", e tampouco sabia em qual delas acreditava.

O'Brien abriu um leve sorriso.

– Você não é nenhum metafísico, Winston. Até hoje, nunca parou para pensar o que se entende por existência. Vou me fazer mais claro: o passado existe concretamente, no espaço? Existe, em algum lugar, um mundo de objetos sólidos, onde o passado ainda está acontecendo?

– Não.

– Então onde é que o passado existe, se é que existe mesmo?

– Nos registros. Está escrito.

– Nos registros. E…?

– Na mente. Na memória das pessoas.

– Na memória. Muito bem, muito bem. Nós, o Partido, controlamos todos os registros e também controlamos a memória de todo mundo. Portanto, controlamos o passado, não é verdade?

– Mas como vocês conseguem impedir que as pessoas se lembrem das coisas? – gritou Winston, esquecendo-se por um breve momento do mostrador. – É involuntário. Ninguém consegue controlar. Como vocês controlam a memória? Ainda não controlaram a minha!

O'Brien voltou a ficar sério. Pôs a mão no mostrador.

– Pelo contrário – disse. – É *você* que ainda não controlou a sua memória. Foi isso que o trouxe até aqui. Você está aqui porque falhou em termos de humildade e autodisciplina. Não quis se submeter, o que é o preço da sanidade. Preferiu ser um lunático, uma minoria de um só. Só uma mente disciplinada consegue enxergar a realidade, Winston. Você acredita que a realidade é algo objetivo, externo, que existe de forma independente. Também acredita que a natureza da realidade é autoevidente. Quando se ilude acreditando que vê determinada coisa, presume que todos veem o mesmo que você. Mas devo dizer, Winston, que a realidade não é externa. A realidade só existe na mente humana, e em nenhum outro lugar. Não na mente individual, que pode cometer erros e, de todo modo, acaba perecendo; a realidade existe apenas na mente do Partido, que é coletiva e imortal. O que o Partido afirma ser a verdade é a verdade. Só se pode enxergar a realidade pelos olhos do Partido. É o que você tem de reaprender, Winston. Para isso, é preciso um ato de autodestruição, de força de vontade. Você precisa se humilhar para só depois ficar são. – O'Brien fez uma pequena pausa, como para permitir que sua fala fosse assimilada. – Você se lembra de ter escrito em seu diário "Liberdade é a liberdade de dizer que dois mais dois são quatro"?

– Lembro – respondeu Winston.

O'Brien ergueu a mão esquerda, com o dorso voltado para Winston, o polegar escondido e os outros quatro dedos estendidos.

– Quantos dedos você vê, Winston?

– Quatro.

– E se o Partido disser que não são quatro, mas cinco? Quantos você vê?

– Quatro.

Ele terminou de pronunciar a palavra com um arquejo de dor. O ponteiro do mostrador tinha chegado a cinquenta e cinco. O suor tomara conta de todo o corpo de Winston. O ar que entrava em seus pulmões era liberado entre gemidos profundos, que ele não conseguia conter mesmo cerrando os dentes. O'Brien o observava, ainda com os quatro dedos estendidos. Baixou a alavanca. Dessa vez, a dor só abrandou um pouco.

– Quantos dedos, Winston?

– Quatro.

O ponteiro foi a sessenta.

– Quantos dedos, Winston?

– Quatro! Quatro! O que você quer que eu fale?! Quatro!

O ponteiro devia ter subido de novo, mas ele não olhou. O rosto sério, pesado e os quatro dedos preenchiam seu campo de visão. Os dedos eram como enormes pilares turvos, que davam a impressão de vibrar, mas sem dúvida eram quatro.

– Quantos dedos, Winston?

– Quatro! Pare, pare! Como pode continuar com isso? Quatro! Quatro!

– Quantos dedos, Winston?

– Cinco! Cinco! Cinco!

– Não, Winston, assim não vale. Você está mentindo. Ainda pensa que são quatro. Quantos dedos, por favor?

– Quatro! Cinco! Quatro! Quantos você quiser. Só acabe logo com isso, acabe com essa dor!

De súbito, estava sentado, com o braço de O'Brien em volta de seus ombros. Devia ter perdido a consciência por alguns segundos. As tiras que prendiam seu corpo tinham sido afrouxadas. Sentia muito frio, tremia sem controle, os dentes não paravam de ranger e as lágrimas escorriam pelo seu rosto. Ficou um tempo agarrado a O'Brien, feito um bebê, curiosamente reconfortado por aquele braço pesado em torno dos ombros. Teve a sensação de que O'Brien era seu protetor, que a dor era algo que vinha de fora, de outra origem, e que O'Brien o salvaria dela.

– Você custa a aprender as coisas, Winston – disse O'Brien gentilmente.

– E o que você quer que eu faça? – perguntou, às lágrimas. – Como posso deixar de ver o que está na minha frente, diante dos meus olhos? Dois mais dois são quatro.

– Às vezes, Winston. Às vezes, são cinco. Outras vezes, três. E tem vezes em que são todas essas coisas ao mesmo tempo. Você precisa se esforçar mais. Não é fácil se tornar são.

Ele deitou Winston na cama. Voltaram a amarrar com força suas pernas e seus braços, mas a dor tinha diminuído e a tremedeira havia passado, deixando-o apenas fraco e com frio. O'Brien fez um gesto com a cabeça para o homem de jaleco branco, que permanecera imóvel durante os procedimentos. O homem se inclinou, olhou Winston bem de perto, tomou seu pulso, pôs o ouvido em seu peito, deu uns tapinhas aqui e ali e então assentiu para O'Brien.

– De novo – disse O'Brien.

A dor se espalhou por todo o corpo de Winston. O ponteiro devia estar em setenta, setenta e cinco. Dessa vez, tinha fechado os olhos. Sabia que os dedos continuavam lá, os mesmos quatro. A única coisa que importava era continuar vivo até que o espasmo passasse. Já não percebia mais se gritava ou não. A dor voltou a arrefecer. Abriu os olhos. O'Brien tinha baixado a alavanca.

– Quantos dedos, Winston?

– Quatro. Acho que são quatro. Se eu pudesse, veria cinco. Estou tentando ver cinco.

– O que você *quer*: me convencer de que vê cinco ou realmente quer ver cinco?

– Quero ver cinco.

– De novo – disse O'Brien.

O ponteiro devia ter chegado a oitenta, talvez noventa. Winston só lembrava de forma intermitente por que estava sofrendo aquela dor. Por trás das pálpebras cerradas, uma floresta de dedos parecia se mover numa espécie de dança em zigue-zague, desaparecendo um atrás do outro, para depois reaparecer. Tentava contá-los, mas não se lembrava por quê. Sabia apenas que era impossível contá-los e que isso se devia em parte à misteriosa identidade entre o cinco e o quatro. A dor voltou a amainar. Quando abriu os olhos, descobriu que estava diante da mesma imagem. Vários dedos que se mexiam feito árvores dançantes, em todas as direções. Fechou os olhos de novo.

– Estou com quantos dedos estendidos, Winston?

– Eu não sei, não sei. Você vai me matar se fizer isso de novo. Quatro, cinco, seis... Com toda a sinceridade, não sei.

– Melhor – disse O'Brien.

Uma agulha penetrou o braço de Winston. Quase no mesmo instante, uma abençoada onda de calor curativo se espalhou por todo o seu corpo. A dor já estava quase esquecida. Ele abriu os olhos e olhou para O'Brien com gratidão. Diante daquele rosto enorme e cheio de vincos, tão feio e tão inteligente, sentiu certo alívio no coração. Se pudesse se mexer, teria estendido a mão para apoiá-la no braço de O'Brien. Nunca o amara tanto quanto nesse momento, e não apenas porque tinha feito cessar a dor. Voltara a experimentar a antiga sensação de que, no fundo, não importava se O'Brien era amigo ou inimigo. Era alguém com quem podia falar. Talvez mais do que amadas, as pessoas quisessem ser compreendidas. O'Brien o havia torturado quase a ponto de enlouquecê-lo, e era certo que o mandaria para a morte dali a pouco tempo. Não fazia diferença. Em certo sentido, eram mais do que amigos, eram íntimos; de um modo ou de outro, embora isso jamais fosse dito, havia um lugar onde podiam se encontrar e conversar. A expressão no olhar de O'Brien sugeria que talvez estivesse pensando a mesma coisa. Quando começou a falar, foi num tom tranquilo e coloquial.

– Você sabe onde está, Winston?

– Não sei, mas posso imaginar. No Ministério do Amor.

– Sabe quanto tempo faz que está aqui?

– Não sei. Dias, semanas, meses... Acho que já faz meses.

– E por que acha que nós trazemos as pessoas para cá?

– Para que elas confessem.

– Não, não é por isso. Tente mais uma vez.

– Para que sejam punidas.

– Não! – exclamou O'Brien. Sua voz tinha mudado muito e seu rosto se tornara ao mesmo tempo sério e animado. – Não! Não se trata apenas de extrair sua confissão e puni-lo. Posso dizer por que trouxemos você para cá? Para curá-lo! Para torná-lo são! Você consegue entender, Winston, que ninguém sai daqui sem estar curado? Não estamos interessados nesses crimes idiotas que você cometeu. O Partido não se importa com o ato escancarado; nossa única preocupação é com os pensamentos. Não só destruímos nossos inimigos como também os modificamos. Você entende o que quero dizer?

Estava debruçado sobre Winston. Por conta da proximidade, seu rosto parecia enorme e terrivelmente feio, ainda mais visto de baixo. Para completar, estava tomado por uma espécie de exaltação, de intensidade lunática. O coração de Winston voltou a se retrair. Se fosse possível, teria se encolhido ao máximo ali na cama. Tinha certeza de que O'Brien estava a ponto de acionar a alavanca, por puro capricho. Nesse momento, contudo, O'Brien se afastou. Deu um ou dois passos e continuou a falar, com menos veemência:

– A primeira coisa que você precisa entender é que neste lugar não existe martírio. Você já leu sobre as perseguições religiosas do passado. Na Idade Média, houve a Inquisição. Foi um fracasso. A ideia era erradicar a heresia, só que ela acabou sendo perpetuada. Pois a cada herege queimado na fogueira, surgiram milhares de outros. E por quê? Porque a Inquisição matava seus inimigos publicamente, e os matava sem que estivessem arrependidos; na verdade, os matava justamente por não se arrependerem. As pessoas morriam porque não abandonavam suas crenças. Naturalmente, toda a glória ficava com a vítima, e toda a humilhação com o inquisidor que a queimava. Mais tarde, no século XX, vieram os regimes totalitários, como eram chamados. Os nazistas alemães e os comunistas russos. Os russos perseguiam os hereges com mais crueldade do que eles eram perseguidos na época da Inquisição. E acreditavam ter aprendido com os erros do passado; sabiam, em todo caso, que não era uma boa ideia criar mártires. Antes de expor as vítimas ao julgamento público, empenhavam-se deliberadamente em destruir sua dignidade. Eles os venciam pela tortura e solidão, até que se transformassem em seres abjetos, acuados, que confessavam tudo o que lhes pusessem na boca, enchendo-se de calúnias, acusando-se e abrigando-se uns atrás dos outros, choramingando por misericórdia. Mas, passados alguns anos, a mesma coisa se repetia. Os mortos tinham se tornado mártires, e sua degradação acabava esquecida. E por que isso se repetia? Em primeiro lugar, porque as confissões tinham sido feitas à força e não eram verdadeiras. Nós não cometemos esse tipo de erro. Todas as confissões proferidas aqui são verdadeiras. Nós as tornamos verdadeiras. E o mais importante: não permitimos que os mortos se voltem contra nós. Você precisa parar de acreditar que a posteridade o absolverá, Winston. A posteridade jamais saberá da sua existência. Você será riscado do curso da história. Vamos transformá-lo em gás e jogá-lo na estratosfera. Não sobrará nada de você: nem sequer um nome em algum registro, nenhuma lembrança no cérebro de alguém. Você será aniquilado tanto do passado quanto do futuro. Nunca terá existido.

Então por que perder tempo me torturando?, pensou Winston, com momentâneo amargor. O'Brien se deteve, como se Winston tivesse falado o que pensou em voz alta. Seu rosto grande e feio se aproximou, com os olhos semicerrados.

– Você está pensando – disse ele – que se a nossa intenção é destruí-lo por completo, então nada que disser ou fizer fará a menor diferença. Nesse caso, por que nos damos ao trabalho de interrogá-lo primeiro? É nisso que estava pensando, não é verdade?

– É – respondeu Winston.

O'Brien abriu um leve sorriso.

– Você é uma falha no padrão, Winston. É uma mancha que precisa ser removida. Eu não disse agora há pouco que somos diferentes dos perseguidores do passado? Não nos contentamos com a obediência negativa, nem com a mais abjeta submissão. Quando você finalmente se render a nós, será por vontade própria. Não destruímos o herege por ele apresentar resistência; enquanto resistir a nós, nunca o destruímos. O que fazemos é convertê-lo, capturar sua mente e remodelá-lo. Extraímos todo o mal e a ilusão que há dentro dele; o trazemos para o nosso lado, não na aparência, mas de forma genuína, de corpo e alma. Fazemos com que vire um dos nossos antes de matá-lo. A nosso ver, é inadmissível que um pensamento equivocado exista em qualquer lugar, por mais secreto e impotente que seja. Mesmo na hora da morte não podemos permitir qualquer desvio. Antigamente, o herege ia para a fogueira ainda herege e proclamava sua heresia, exultante. Até as vítimas dos expurgos russos podiam carregar a rebelião dentro do crânio enquanto atravessavam o corredor à espera da bala. Mas nós aperfeiçoamos os cérebros antes de explodi-los. Nos antigos despotismos, a ordem era: "Tu não farás". A ordem dos totalitários era: "Tu farás". Já a nossa ordem é: "*Tu és*". Ninguém que trazemos para cá jamais se insurge contra nós. Todos passam por uma limpeza. Até aqueles três miseráveis traidores que você acreditava serem inocentes, Jones, Aaronson e Rutherford, acabaram cedendo. Eu me envolvi pessoalmente nos interrogatórios deles. Vi os três aos poucos sendo vencidos pelo cansaço, se queixando, rastejando, chorando, e no fim não era com dor ou medo, apenas com penitência. Quando encerramos o nosso trabalho com eles, não passavam de carcaças humanas. Não lhes restava nada além de arrependimento pelo que haviam feito e amor pelo Grande Irmão. Era comovente ver como o amavam. Imploravam que atirássemos logo, para que pudessem morrer enquanto ainda tinham a mente limpa.

A voz de O'Brien se tornara quase sonhadora. A exaltação e o entusiasmo lunático continuavam em seu rosto. Não está fingindo, pensou Winston; não é um hipócrita: acredita em cada palavra que profere. O que mais o oprimia era a consciência da própria inferioridade intelectual. Ficava observando aquela figura pesada porém graciosa andando de um lado para outro, para dentro e fora de seu campo de visão. Sob todos os aspectos, O'Brien era maior do que ele. Todas as ideias que Winston já teve, ou viria a ter, O'Brien já tinha examinado e rejeitado muito tempo antes. A mente dele *continha* a de Winston. Mas nesse caso, como poderia ser verdade que O'Brien fosse louco? O louco devia ser ele, Winston. O'Brien se deteve e o encarou. Sua voz tinha voltado a ficar séria.

– Não pense que vai se salvar, Winston, por mais que se renda completamente a nós. Não poupamos ninguém que algum dia seguiu pelo mau caminho. E mesmo que deixemos que você viva seu tempo natural de vida, ainda assim nunca nos escaparia. O que lhe acontecer aqui é para sempre. Entenda de uma vez por todas. Você será esmagado até não haver mais volta. Mesmo se vivesse mil anos, não conseguiria se recuperar do que vai lhe acontecer. Nunca mais será capaz de experimentar um sentimento humano trivial. Tudo morrerá dentro de você. Nunca mais será capaz de sentir amor, amizade, alegria de viver, vontade de rir, curiosidade, coragem ou integridade. Você ficará oco. Vamos esvaziá-lo até a última gota, para depois preenchê-lo com o que é nosso.

O'Brien fez uma pausa e deu um sinal para o homem de jaleco branco. Winston percebeu que havia um grande aparato sendo posicionado atrás de sua cabeça. O'Brien tinha se sentado ao lado da cama, de modo que seu rosto estava quase na altura do de Winston.

– Três mil – disse ele, dirigindo-se ao homem de jaleco.

Duas almofadinhas que pareciam um pouco úmidas foram presas às têmporas de Winston. Ele se retraiu. A dor estava a caminho, um novo tipo de dor. O'Brien pôs a mão sobre a dele, gentilmente, para tranquilizá-lo.

– Desta vez não vai doer – disse ele. – Mantenha os olhos fixos nos meus.

Nesse momento, houve uma explosão devastadora, ou o que pareceu uma explosão, embora Winston não tivesse certeza de ter ouvido barulho algum. Sem dúvida houve um clarão ofuscante. Winston não ficou ferido, só prostrado. Embora já estivesse deitado de costas quando tudo aconteceu, teve a sensação curiosa de ter sido empurrado para aquela posição. Um golpe terrível e indolor o derrubara. Alguma coisa também tinha acontecido dentro de sua cabeça. Quando seus olhos recuperaram o foco, lembrou quem era, onde estava e reconheceu o rosto que o encarava; mas havia também um enorme espaço vazio, como se tivessem lhe arrancado um pedaço do cérebro.

– Não vai demorar muito – disse O'Brien. – Olhe nos meus olhos. Contra que país a Oceânia está em guerra?

Winston ficou pensando. Sabia o que era a Oceânia e que ele mesmo era cidadão da Oceânia. Também se lembrava da Eurásia e da Lestásia; mas quem estava em guerra contra quem, não sabia. Na verdade, nem sabia que havia uma guerra em curso.

– Eu não me lembro.

– A Oceânia está em guerra contra a Lestásia. Agora você lembra?

– Lembro.

– A Oceânia sempre esteve em guerra contra a Lestásia. Desde os primórdios de sua vida, desde os primórdios do Partido, desde os primórdios da história, a mesma guerra continua acontecendo, sem intervalo, é sempre a mesma guerra. Você se lembra disso?

– Lembro.

– Onze anos atrás, você inventou uma história sobre três homens que tinham sido condenados à morte por traição. Fingiu ter visto um pedaço de papel que provava a inocência deles. Esse papel nunca existiu. Você o inventou e depois acabou acreditando nisso. Agora se lembra do momento exato em que inventou a história, não lembra?

– Lembro.

– Agorinha mesmo eu estendi os dedos da mão para você. Você viu cinco dedos. Você se lembra disso?

– Lembro.

O'Brien estendeu os dedos da mão esquerda, deixando o polegar escondido.

– Tem cinco dedos aqui. Você está vendo cinco dedos?

– Estou.

E de fato os viu, por um instante fugaz, antes que sua paisagem mental mudasse. Winston os viu: cinco dedos, sem deformidade alguma. Então tudo voltou ao normal, e o antigo medo, o ódio e a perplexidade ressurgiram todos de uma vez. Porém houvera um momento – não sabia quanto tempo tinha durado, talvez trinta segundos – de luminosa certeza, quando cada nova sugestão de O'Brien tinha preenchido um espaço vazio e se transformado em verdade absoluta, quando dois mais dois tanto podiam ser três quanto cinco, se preciso fosse. A coisa se desvanecera antes mesmo de O'Brien baixar a mão, mas embora Winston não pudesse recapturá-la, conseguia se lembrar dela como quem recorda uma vívida experiência de um período remoto da vida, quando na verdade era uma pessoa diferente.

– Agora você entende que é possível – disse O'Brien.

– Entendo.

O'Brien se levantou, com ar satisfeito. À sua esquerda, Winston viu o homem de jaleco branco quebrar uma ampola e puxar o êmbolo de uma seringa. O'Brien se virou para Winston com um sorriso. Quase à maneira antiga, ajeitou os óculos no nariz.

– Você se lembra de ter escrito no seu diário que não importava se eu era amigo ou inimigo, porque pelo menos era alguém que o entendia e com quem podia conversar? Você estava certo. Eu gosto de conversar com você. Sua cabeça me desperta interesse. É parecida com a minha, mas a diferença é que você está louco. Antes de encerrarmos a sessão, pode me fazer umas perguntas, se quiser.

– Qualquer pergunta?

– Qualquer uma. – Viu que os olhos de Winston fixavam o mostrador. – Está desligado. O que quer perguntar primeiro?

– O que vocês fizeram com a Julia?

O'Brien sorriu de novo.

– Ela traiu você, Winston. Imediatamente, sem reservas. Raras vezes vi alguém se render tão rápido. Você mal a reconheceria se a visse. Toda aquela rebeldia, o fingimento, aquela loucura e imundície mental, foi tudo extirpado dela. Foi uma conversão perfeita, um caso para figurar nos manuais.

– Ela foi torturada?

O'Brien o deixou sem resposta.

– Próxima pergunta.

– O Grande Irmão existe?

– Claro que existe. O Partido existe. O Grande Irmão é a personificação do Partido.

– Ele existe da mesma forma que eu existo?

– Você não existe – rebateu O'Brien.

Mais uma vez Winston foi tomado de assalto pela sensação de desamparo. Conhecia, ou conseguia imaginar, os argumentos que provavam sua não existência; mas era tudo asneira, um simples jogo de palavras. A afirmação "você não existe" não continha em si um absurdo lógico? Mas de que adiantaria dizer isso?

Sua mente se retraía só de pensar nos argumentos incontestáveis e disparatados com que O'Brien o destruiria.

– Eu acho que existo – disse Winston, penosamente. – Tenho consciência da minha própria identidade. Nasci e vou morrer. Tenho braços e pernas. Ocupo um ponto específico no espaço. Nenhum objeto sólido pode ocupar esse mesmo espaço ao mesmo tempo. É nesse sentido que o Grande Irmão existe?

– Isso não tem importância. Ele existe.

– O Grande Irmão um dia vai morrer?

– Claro que não. Como ele morreria? Próxima pergunta.

– A Irmandade existe?

– Isso você nunca saberá, Winston. Se decidirmos libertá-lo quando tivermos terminado o nosso trabalho, e mesmo que você viva até os noventa anos, nunca saberá se a resposta a essa pergunta é sim ou não. Enquanto viver, será um enigma insolúvel em sua cabeça.

Winston ficou em silêncio. Seu peito subia e descia um pouco mais acelerado. Ainda não tinha feito a pergunta que lhe viera à mente em primeiro lugar. Tinha de fazê-la, mas era como se sua língua não conseguisse pronunciá-la. Havia um vestígio de divertimento no rosto de O'Brien. Até seus óculos pareciam carregar um brilho irônico. Ele sabe, pensou Winston de repente, ele sabe o que vou perguntar! Diante desse pensamento, as palavras lhe escaparam:

– O que é que tem na sala 101?

A expressão no rosto de O'Brien não mudou, e ele respondeu friamente:

– Você sabe o que tem na sala 101, Winston. Todo mundo sabe o que tem lá.

O'Brien ergueu o dedo para o homem de jaleco branco. Era evidente que a sessão estava chegando ao fim. A agulha penetrou o braço de Winston, que quase de imediato caiu em sono profundo.

3.

— Sua reintegração compreende três estágios – disse O'Brien. – Primeiro vem o aprendizado, depois a compreensão e, por fim, a aceitação. Está na hora de você entrar no segundo estágio.

Como sempre, Winston estava deitado de costas, mas agora as tiras pareciam mais frouxas. Embora ainda o prendessem à cama, ele conseguia mexer um pouco os joelhos, virar a cabeça de um lado para outro e dobrar os cotovelos. O mostrador já não lhe dava tanto medo. Podia evitar os espasmos se fosse esperto; era sobretudo quando demonstrava estupidez que O'Brien puxava a alavanca. Às vezes transcorria uma sessão inteira sem que o mostrador fosse usado. Não conseguia lembrar quantas sessões já havia enfrentado. O processo todo parecia se estender por um tempo longo e indefinido – talvez por semanas –, e os intervalos entre as sessões às vezes eram de alguns dias e, em outras vezes, de apenas uma ou duas horas.

– Enquanto estava aí deitado – disse O'Brien –, você ficou se perguntando e chegou até mesmo a me perguntar por que o Ministério do Amor gasta tanto tempo e esforço com você. E quando era livre ficava intrigado basicamente com a mesma questão. Conseguia até entender a mecânica da sociedade em que vivia, mas não seus motivos subjacentes. Lembra de quando escreveu em seu diário "Eu entendo *como*; só não entendo *por quê*"? Sempre que pensava no "porquê", acabava duvidando da própria sanidade. Você já leu *o livro*, o livro de Goldstein, ou pelo menos parte dele. Tomou conhecimento de alguma coisa que já não soubesse?

– Você leu? – perguntou Winston.

– Eu o escrevi. Quer dizer, fui um dos colaboradores. Nenhum livro é produzido individualmente, como você bem sabe.

– É verdade o que ele diz?

– Como descrição, sim, mas o projeto que apresenta é uma grande bobagem. O acúmulo secreto de conhecimento, a difusão gradual de informação, e por fim uma rebelião proletária e a derrubada do Partido... Você mesmo previu o que ele diria. É tudo um disparate. Os proletários nunca se revoltarão, seja em mil ou em um milhão de anos. É impossível. Nem preciso explicar a razão; você já sabe. Se algum dia você chegou a acalentar o sonho de uma insurreição violenta, pode abandoná-lo. Não tem como derrubarem o Partido. Seu domínio é eterno. Esse deve ser o ponto de partida dos seus pensamentos. – O'Brien se aproximou da cama. – Eterno! – repetiu. – E agora voltemos à questão do "como" e do "porquê". Você já entendeu muito bem *como* o Partido se mantém no poder. Agora me diga *por que* nos aferramos ao poder. Qual é a nossa motivação? Por que desejamos o poder? Vá em frente, diga – acrescentou, vendo que Winston permanecia em silêncio.

Contudo, Winston ainda ficou alguns instantes sem falar. Tinha sido dominado por uma sensação de fadiga. O leve e louco brilho de entusiasmo voltara ao rosto de O'Brien. Winston sabia de antemão o que ele diria: que o Partido não desejava o poder para seus próprios fins, mas pelo bem da maioria. Que buscava o poder porque as massas eram constituídas de criaturas frágeis e acovardadas, que não conseguiam encarar a liberdade nem a verdade e precisavam ser dominadas e sistematicamente iludidas por quem fosse mais forte. Que a humanidade precisava escolher entre a liberdade e a felicidade, e que a maioria preferia a felicidade. Que o Partido era o eterno guardião dos mais fracos, uma seita dedicada a fazer o mal para causar o bem, sacrificando a própria felicidade pela dos outros. O terrível, pensou Winston, o terrível era que quando dizia aquilo tudo, O'Brien acreditava piamente em cada palavra. Dava para ver em seu rosto. O'Brien sabia de tudo. Mil vezes melhor do que Winston, sabia como o mundo era de verdade, sabia do estado de degradação em que as massas de seres humanos viviam e as mentiras e barbaridades de que o Partido lançava mão para mantê-las nesse estado. Já havia entendido e ponderado cada detalhe, mas não fazia diferença: tudo se justificava pelo objetivo final. O que se há de fazer, pensou Winston, contra o lunático que é mais inteligente do que você, que dá ouvidos a seus argumentos e depois simplesmente persiste em sua loucura?

– Vocês nos governam para o nosso próprio bem – disse Winston, sem muito vigor. – Acreditam que os seres humanos não têm capacidade de governar a si mesmos, e portanto…

Ele estremeceu e esteve a ponto de berrar. Uma dor aguda percorrera seu corpo. O'Brien tinha puxado a alavanca até o ponteiro atingir trinta e cinco.

– Que estupidez, Winston! Que estupidez! Dizer uma coisa dessas… Eu esperava mais de você. – Baixou a alavanca e continuou a falar. – Agora vou lhe dar a resposta à minha pergunta. É a seguinte: o Partido busca o poder pelo poder. Não estamos interessados no bem-estar dos outros; só nos interessa o poder. Não nos interessa a riqueza, o luxo, a longevidade ou a felicidade; só o poder, o poder em estado puro. Você vai entender agora o que significa esse poder em estado puro. Somos diferentes de todas as oligarquias do passado, pois sabemos o que estamos fazendo. Todas as outras, mesmo as que se assemelhavam a nós, eram covardes e hipócritas. Os nazistas alemães e os comunistas russos utilizavam métodos bem parecidos com os nossos, mas nunca tiveram a coragem de reconhecer os próprios motivos. Fingiam, e talvez até acreditassem, que tinham tomado o poder contra a própria vontade e por tempo limitado, e que no futuro próximo haveria um paraíso onde os seres humanos seriam livres e iguais. Nós não somos assim. Sabemos que ninguém toma o poder com a intenção de renunciar a ele. O poder não é um meio; é um fim em si mesmo. Ninguém instaura uma ditadura para salvaguardar uma revolução; a revolução é feita para instaurar a ditadura. O objetivo da perseguição é a perseguição. O objetivo da tortura é a tortura. O objetivo do poder é o poder. Agora você está começando a entender?

Winston ficou impressionado, como já ficara antes, pelo cansaço no rosto de O'Brien. Era um rosto forte, carnudo e brutal, que exibia inteligência e uma espécie de paixão controlada diante da qual ele se sentia impotente; mas estava cansado. Havia bolsas sob os olhos, e as bochechas eram flácidas. O'Brien se inclinou sobre ele, aproximando deliberadamente seu rosto exausto.

– Você está pensando que meu rosto tem um aspecto velho e cansado. Está pensando que eu falo de poder, mas não sou capaz nem mesmo de evitar a decadência do meu próprio corpo. Você não consegue entender, Winston, que o indivíduo é uma simples célula? O desgaste da célula é o vigor do organismo. Por acaso morremos quando cortamos as unhas? – O'Brien se afastou da cama e voltou a andar de um lado para outro, com uma das mãos no bolso. – Nós somos os sacerdotes do poder. Deus é poder. Mas, por ora, o poder não passa de uma palavra para você. Já está em tempo de entender o que significa o poder. A primeira coisa que precisa entender é que o poder é coletivo. O indivíduo só tem poder quando deixa de ser um indivíduo. Você conhece o lema do Partido: "Liberdade é escravidão". Já lhe ocorreu alguma vez que ele pode ser invertido? Escravidão é liberdade. Sozinho, livre, o ser humano é sempre derrotado. E não pode ser diferente, pois todo ser humano está fadado à morte, que é o maior de todos os fracassos. Mas se ele é capaz de uma submissão completa, total, se consegue escapar da própria identidade, se consegue se fundir ao Partido de modo que *seja* o Partido, então se torna todo-poderoso e imortal. A segunda coisa que você precisa entender é que o poder é o poder sobre os seres humanos. Sobre o corpo, mas, acima de tudo, sobre a mente. O poder sobre a matéria, a realidade externa, como você chamaria, não importa. Nosso controle sobre a matéria já é absoluto.

Por um momento, Winston ignorou o mostrador. Fez um esforço violento, na tentativa de se sentar, mas só o que conseguiu foi retorcer o corpo, cheio de dor.

– Mas como vocês conseguem controlar a matéria? – disparou. – Vocês não controlam o clima nem a lei da gravidade. E existem as doenças, a dor, a morte...

O'Brien o silenciou com um gesto da mão.

– Nós controlamos a matéria porque controlamos a mente. A realidade está dentro do crânio. Você vai aprender aos poucos, Winston. Não há nada que não possamos fazer. Ficar invisível, levitar... qualquer coisa. Se quisesse, eu poderia sair flutuando agora, feito uma bolha de sabão. Mas eu não quero, porque o Partido não quer. Você precisa se livrar dessas ideias oitocentistas sobre as leis da natureza. Somos nós que criamos as leis da natureza.

– Não é verdade! Vocês não são sequer os donos do planeta. E a Eurásia e a Lestásia? Ainda não foram conquistadas.

– Não importa. Vamos conquistá-las quando acharmos conveniente. E se ainda não o fizemos, que diferença faz? Podemos bani-las da existência. A Oceânia é o mundo.

– Mas o mundo em si é só um grãozinho de poeira. E o homem é minúsculo, impotente! Há quanto tempo existimos? A Terra passou milhões de anos desabitada.

– Bobagem. A Terra tem a mesma idade que nós, não mais do que isso. Como poderia ser mais velha? As coisas só existem por meio da consciência humana.

– Mas as rochas estão cheias de ossos de animais extintos… Mamutes, mastodontes e enormes répteis que viveram aqui muito antes de se ouvir falar no homem.

– Você já viu esses ossos, Winston? É claro que não. Os biólogos do século XIX inventaram tudo. Antes do homem não havia nada. Depois do homem, se ele for extinto, não haverá nada. Fora do homem, não há nada.

– Mas todo o universo está fora da gente. Olhe as estrelas! Algumas estão a milhões de anos-luz. Estão para sempre fora do nosso alcance.

– E o que são as estrelas? – perguntou O'Brien, com indiferença. – São partículas de fogo a poucos quilômetros de distância. Poderíamos alcançá-las se quiséssemos. Ou apagá-las. A Terra é o centro do universo. O Sol e as estrelas giram em torno dela.

Winston fez outro movimento convulsivo. Dessa vez, não disse nada. O'Brien continuou, como se respondesse a uma objeção dele:

– É claro que, para certos propósitos, isso não é válido. Quando navegamos no oceano, ou quando prevemos um eclipse, às vezes é conveniente presumir que a Terra gira em torno do Sol e que as estrelas estão a milhões e milhões de quilômetros de distância. Mas e daí? Você por acaso acha que não poderíamos produzir um sistema dual de astronomia? As estrelas podem estar perto ou longe, a depender da nossa necessidade. Você acha que os nossos matemáticos não seriam capazes disso? Já se esqueceu do duplipensar?

Winston voltou a se encolher na cama. Diante de qualquer coisa que dissesse, a pronta resposta o esmagava como um soco. Porém sabia, *sabia*, que estava certo. Quanto à ideia de que não existia nada fora da própria mente, será que não havia um jeito de demonstrar que era mentira? Essa falácia já não ficara comprovada muito tempo antes? Havia inclusive um nome para isso, que ele esquecera. O'Brien esboçou um leve sorriso enquanto olhava para Winston.

– Eu lhe disse, Winston, que a metafísica não é o seu forte. A palavra que quer lembrar é solipsismo. Mas você está enganado. Não se trata de solipsismo. Um solipsismo coletivo, se quiser. Mas é diferente; na verdade, o oposto. Isso tudo é digressão – acrescentou, num tom diferente. – O verdadeiro poder, aquele pelo qual temos de lutar dia e noite, não é o poder sobre as coisas, e sim sobre os homens. – O'Brien fez uma pausa e por um instante assumiu outra vez o ar de professor que interroga um aluno com grande potencial. – Como um homem consegue impor seu poder sobre outro, Winston?

Winston pôs-se a pensar.

– Fazendo-o sofrer – respondeu.

– Exatamente. Fazendo-o sofrer. A obediência não é suficiente. A pessoa precisa estar sofrendo para garantirmos que obedeça à nossa vontade, e não à dela própria. O poder consiste em infligir dor e humilhação. Consiste em destroçar a mente humana em pedacinhos, para depois reuni-los em novos formatos, a nosso bel prazer. Você já consegue enxergar o mundo que estamos criando? É o exato oposto das estúpidas utopias hedonistas imaginadas pelos antigos reformistas. Um mundo de medo, traição e tortura, um mundo em que se esmaga e se é esmagado, que não vai ficar *menos* e sim mais impiedoso conforme for se refinando. No nosso mundo, o progresso será o progresso em direção a mais dor. As antigas civilizações diziam que se baseavam no amor ou na justiça. A nossa se baseia no ódio. No nosso mundo, os únicos sentimentos serão o medo, a raiva, o triunfo e a humilhação. Todo o resto será destruído… tudo, tudo. Já estamos eliminando os hábitos de pensamento que vinham desde antes da Revolução. Cortamos os laços entre pais e filhos, entre homem e homem e entre homem e mulher. Ninguém mais se atreve a confiar na esposa, num filho ou num amigo. Mas no futuro não haverá esposas nem amigos. As crianças serão tiradas das mães logo ao nascer, como tiramos os ovos das galinhas. O instinto sexual será erradicado. A procriação será uma mera formalidade anual, como a renovação do cartão de racionamento. Aboliremos o orgasmo. Nossos neurologistas já estão trabalhando nisso. Não haverá mais lealdade, exceto a lealdade ao Partido. Não haverá mais amor, exceto o amor pelo Grande Irmão. Não haverá mais risadas, exceto a risada de triunfo sobre um inimigo derrotado. Não haverá mais arte, literatura ou ciência. Quando formos onipotentes, a ciência não será mais necessária. Não haverá distinção entre o belo e o feio. Não haverá curiosidade nem prazer pela vida. Todos os prazeres serão destruídos. Mas sempre, não se esqueça, Winston, sempre vai haver a embriaguez pelo poder, cada vez maior e mais sutil. Sempre, a cada instante, haverá a excitação com a vitória, a sensação de esmagar um inimigo indefeso. Se quiser uma imagem do futuro, imagine uma bota esmagando para sempre o rosto de alguém.

Ele fez outra pausa, como se esperasse que Winston fosse falar. Winston tinha tentado se encolher na cama de novo. Não conseguia dizer nada. Seu coração parecia congelado. O'Brien então prosseguiu:

– E lembre-se de que é para sempre. O rosto vai estar sempre ali, para ser esmagado. O herege, o inimigo da sociedade, estará sempre ali, pronto para ser derrotado e humilhado infinitas vezes. Tudo que você vem enfrentando desde que está em nossas mãos, tudo isso continuará, ainda pior. A espionagem, as traições, detenções, torturas, execuções e os desaparecimentos nunca terão fim. Será um mundo de terror e triunfo ao mesmo tempo. Quanto mais poderoso for o Partido, menos tolerante ele será; quanto mais fraca a oposição, mais severo o despotismo. Goldstein e suas heresias existirão sempre. Todos os dias, em todos os momentos, serão derrotadas, desacreditadas, ridicularizadas e desprezadas, mas ainda assim sobreviverão. Essa encenação que representei com você durante sete anos continuará sendo representada, geração após geração, sempre de formas mais sutis. Sempre teremos o herege aqui, à nossa mercê, gritando de dor, destroçado e desprezível... e, no fim, totalmente arrependido, a salvo de si mesmo e rastejando a nossos pés por vontade própria. Esse é o mundo que estamos preparando, Winston. Um mundo de vitória após vitória, de triunfo depois de triunfo depois de triunfo: uma infinita pressão, pressão e pressão sobre o nervo do poder. Consigo ver que você está começando a se dar conta de como será esse mundo. Mas vai acabar fazendo mais do que simplesmente entender. Vai aceitá-lo, acolhê-lo e se tornar parte dele.

Winston havia se recuperado o suficiente para falar.

– Não vão conseguir! – disse, com a voz fraca.

– O que quer dizer com isso, Winston?

– Nunca vão conseguir criar um mundo como esse que você acabou de descrever. É um sonho. É impossível.

– Por quê?

– É impossível fundar uma civilização baseada no medo, no ódio e na crueldade. Isso não tem como durar.

– Por que não?

– Não teria vitalidade. Se desintegraria. Cometeria suicídio.

– Bobagem. Você tem a impressão de que o ódio é mais exaustivo do que o amor. Por que seria assim? E mesmo se fosse, que diferença faria? Suponha que optássemos por nos deteriorar mais rápido. Suponha que optássemos por acelerar o ritmo da vida, até que os homens ficassem senis aos trinta anos de idade. Ainda assim, que diferença faria? Você não entende que a morte do indivíduo não é morte? O Partido é imortal.

Como de hábito, aquela voz deixou Winston desamparado. Além disso, temia que se continuasse discordando, O'Brien acionaria a alavanca mais uma vez. Porém, não conseguiu ficar quieto. Fragilizado, sem argumentos, sem nada em que se apoiar, exceto o horror indistinto que sentia diante da fala de O'Brien, voltou ao ataque.

– Eu não sei, pouco me importa. De um jeito ou de outro, vocês acabarão fracassando. Serão derrotados por alguma coisa. A vida vai derrotar vocês.

– Nós controlamos a vida, Winston, em todos os níveis. Você está supondo que existe uma tal natureza humana que será afrontada pelo que fazemos e se voltará contra nós. Mas somos nós que criamos a natureza humana. As pessoas são infinitamente maleáveis. Ou talvez você tenha retomado a sua antiga ideia de que os proletários ou escravos vão se rebelar e nos derrubar. Tire isso da cabeça. Eles são tão impotentes quanto os animais. A humanidade é o Partido. Os outros estão fora, são irrelevantes.

– Não me importa. No fim eles derrotarão vocês. Mais cedo ou mais tarde, enxergarão quem vocês são de verdade, e aí vocês serão destroçados.

– Você vê alguma prova de que isso esteja acontecendo? Ou algum motivo para que aconteça?

– Não, mas acredito nisso. Eu *sei* que vocês vão fracassar. Existe alguma coisa no universo, não sei o quê, mas um espírito, um princípio, que vocês nunca vão derrotar.

– Você acredita em Deus, Winston?

– Não.

– Então que princípio é esse que vai nos derrotar?

– Não sei. O espírito do homem.

– E você se considera um homem?

– Sim.

– Se é verdade, Winston, então você é o último dos homens. Sua espécie está extinta; nós somos os herdeiros. Você compreende que está *sozinho*? Está fora da história, não existe. – O'Brien mudou de atitude e disse, mais ríspido: – E você se considera moralmente superior a nós, por conta de nossas mentiras e nossa crueldade?

– Sim, eu me considero superior.

O'Brien não rebateu. Havia duas outras vozes falando. Passado um instante, Winston reconheceu que uma das vozes era a sua. Era a gravação da conversa que tivera com O'Brien, na noite em que havia se alistado na Irmandade. Ouviu suas promessas de mentir, roubar, falsificar, assassinar, incentivar o uso de drogas e a prostituição, disseminar doenças venéreas e jogar ácido no rosto de crianças. O'Brien fez um pequeno gesto de impaciência, como para dizer que não valia a pena seguir com a demonstração. Então girou um botão e as vozes foram interrompidas.

– Levante-se dessa cama – ordenou.

As tiras tinham sido afrouxadas. Winston apoiou os pés no chão e se levantou, vacilante.

– Você é o último dos homens – disse O'Brien. – É o guardião do espírito humano. Agora vai se enxergar como de fato é. Tire a roupa.

Winston desamarrou o barbante que segurava seu macacão. O zíper já tinha sido arrancado havia muito tempo. Não conseguia lembrar se em algum momento desde que fora preso tinha tirado toda a roupa de uma vez. Debaixo do macacão, seu corpo estava enrolado em trapos imundos e amarelados, meros vestígios de roupas de baixo. No momento em que os largava no chão, viu que havia um espelho de três faces nos fundos da sala. Aproximou-se dele e então parou de repente. Soltou um grito involuntário.

– Continue – disse O'Brien. – Fique no meio deles. Assim terá também a visão de perfil.

Winston havia parado porque estava com medo. Uma figura encurvada e acinzentada, que mais parecia um esqueleto, vinha em sua direção. A aparência era assustadora, e não só o fato de reconhecer a si próprio. Chegou mais perto do espelho. O rosto da criatura parecia projetado à frente, por conta da postura arqueada. Um rosto triste de presidiário, com uma testa protuberante que desembocava num couro cabeludo calvo, um nariz torto, as faces encovadas e olhos ferozes e vigilantes. As bochechas estavam vincadas, e quase não se viam os lábios. Sem dúvida era o seu rosto, mas a sensação era de que tinha mudado mais por fora do que por dentro. As emoções registradas nele eram diferentes das que sentia. Tinha ficado um pouco calvo. No primeiro instante, pensou que também ficara grisalho, mas era apenas o couro cabeludo que estava cinza. Salvo pelas mãos e por um círculo no rosto, o corpo inteiro estava cinza, coberto por uma sujeira entranhada. Em um ou outro ponto, sob a sujeira, havia cicatrizes avermelhadas de ferimentos, e perto do tornozelo a úlcera varicosa tinha se tornado uma massa inflamada, com lascas de pele que se desprendiam. Porém, o mais assustador de tudo era a emaciação do corpo. A caixa torácica era tão estreita quanto a de um esqueleto; as pernas tinham se atrofiado, de modo que os joelhos estavam mais grossos do que as coxas. Agora entendia por que O'Brien o encorajara a se olhar de perfil. A curvatura da coluna era espantosa. Os ombros franzinos estavam tão curvados à frente que criavam uma cavidade no peito, e o pescoço descarnado parecia ceder sob o peso do crânio. Se tivesse de adivinhar, diria que era o corpo de um homem de sessenta anos acometido por uma doença terminal.

– Já passou por sua cabeça – disse O'Brien – que o meu rosto, que o rosto de um membro do Partido Interno, parece velho e desgastado. Agora, o que me diz do seu? – Segurou o ombro de Winston e o virou, para que ficassem frente a frente. – Olhe o seu estado! Veja só essa fuligem imunda que cobre todo o seu corpo. A sujeira entre os dedos dos pés. Essa ferida purulenta na perna. Você faz ideia de que está fedendo feito um bode? Provavelmente já nem sente mais. E essa magreza toda? Está vendo só? Eu consigo envolver seu bíceps com o polegar e o indicador. Podia quebrar seu pescoço como se fosse uma cenoura. Você sabia que já perdeu vinte e cinco quilos desde que chegou aqui? Até seu cabelo está caindo aos chumaços. Olhe! – Puxou a cabeça de Winston, arrancando-lhe um tufo de cabelo. – Abra a boca. Nove, dez, ainda restam onze dentes. Quantos você tinha quando chegou aqui? E os poucos que ainda tem estão para cair. Veja!

Pegou um dos que ainda restavam, da frente, entre o polegar e o indicador. Uma pontada de dor percorreu o maxilar de Winston. O'Brien tinha arrancado à força, pela raiz, o dente que estava mole. Atirou-o longe, no chão da cela.

– Você está apodrecendo – disse ele. – Está se desintegrando. Não passa de um saco de lixo. Agora se vire e olhe no espelho de novo. Está vendo essa figura diante de você? É o último dos homens. Se você é humano, então isso é a humanidade. Agora se vista.

Winston começou a se vestir com movimentos lentos e firmes. Até aquele momento, parecia não ter se dado conta da própria esqualidez e fraqueza. Apenas um pensamento agitava-lhe a mente: que devia estar ali havia mais tempo do que imaginara. De repente, conforme observava os trapos deploráveis que o cobriam, foi tomado por um sentimento de pena pelo corpo devastado. Antes mesmo de saber o que fazia, desabou num banquinho que ficava ao lado da cama e desatou a chorar. Tinha consciência da própria feiura e estranheza, um bando de ossos envoltos em andrajos, sentado choramingando sob a luz branca implacável; mas não conseguia se conter. O'Brien pôs a mão no ombro dele, quase com delicadeza.

– Não vai durar para sempre – disse ele. – Você pode escapar quando quiser. Só depende de você.

– Vocês que fizeram isso! – exclamou Winston, soluçando. – Me reduziram a este estado.

– Não, Winston, *você* que se reduziu a isso. Foi o que aceitou ao se voltar contra o Partido. Estava tudo contido naquele primeiro ato. Não aconteceu nada que você não tenha previsto. – O'Brien fez uma pausa e então continuou: – Nós o espancamos, Winston, o destruímos. Você viu como está seu corpo. Sua mente está do mesmo jeito. Não é possível que ainda tenha sobrado muito orgulho aí dentro. Você recebeu chutes, chibatadas e insultos, gritou de dor, rolou no chão por cima do próprio sangue e do próprio vômito. Implorou por misericórdia e traiu a tudo e a todos. Consegue pensar numa única humilhação que não tenha sofrido?

Winston tinha parado de chorar, embora as lágrimas continuassem escorrendo. Ergueu os olhos para O'Brien.

– Eu não traí Julia.

O'Brien baixou os olhos e o encarou, reflexivo.

– Não – disse. – Não, isso é verdade. Você não traiu Julia.

A peculiar reverência a O'Brien, que nada parecia capaz de destruir, inundou de novo o coração de Winston. Tão inteligente, pensou ele, tão inteligente! O'Brien sempre entendia o que lhe diziam. Qualquer outro teria rebatido na mesma hora que Winston traíra, *sim*, Julia. O que ainda não haviam lhe arrancado sob tortura? Dissera tudo que sabia sobre ela: seus hábitos, seu caráter, sua vida pregressa. Confessara tudo que tinha acontecido em seus encontros, nos menores detalhes, tudo que disseram um para o outro, os produtos comprados no mercado clandestino, o adultério, as vagas conspirações contra o Partido... tudo, tudo. Ainda assim, no sentido usado por ele, não a traíra. Não deixara de amá-la; seu sentimento por ela continuava intacto. O'Brien tinha entendido o que ele queria dizer, sem precisar de maiores explicações.

– Quando é que vão me matar?

– Pode ser que demore bastante – respondeu O'Brien. – Seu caso é difícil. Mas não perca as esperanças. Mais cedo ou mais tarde, todo mundo fica curado. E, por fim, nós o mataremos.

4.

Winston se sentia muito melhor. Estava mais gordo e forte a cada dia, se é que era possível falar em dias.

A luz branca e o ruído constante continuavam iguais, mas a cela era um pouco mais confortável do que as anteriores. Havia travesseiro e colchão na cama de tábuas e um banquinho para se sentar. Tinham lhe dado banho e deixavam que se lavasse com frequência numa bacia de metal. Forneciam inclusive água morna para a ablução. Recebera novas roupas de baixo e um macacão limpo. Tinham aplicado uma pomada calmante em sua úlcera varicosa. Haviam extraído os dentes remanescentes e lhe providenciado uma dentadura.

Deviam ter se passado semanas ou meses. Agora conseguiria medir a passagem do tempo, se tivesse algum interesse nisso, pois recebia as refeições a intervalos que pareciam regulares. Pelos seus cálculos, ganhava três refeições ao longo de vinte e quatro horas; às vezes se punha a pensar se as recebia à noite ou durante o dia. A comida era surpreendentemente boa, com carne a cada três refeições. Certa vez, surgiu até um maço de cigarros. Não tinha fósforos, mas o guardinha mudo que trazia sua comida sempre lhe oferecia fogo. Na primeira vez em que tentou fumar, ficou enjoado, mas persistiu e fez com que o maço durasse muito tempo, pois fumava meio cigarro após cada refeição.

Tinha recebido uma lousa branca, com um toco de lápis preso num dos cantos. No começo, deixou-a de lado. Mesmo acordado, passava o tempo todo entorpecido. Entre as refeições, costumava ficar deitado, quase sem se mexer, às vezes dormindo, às vezes imerso em devaneios vagos, durante os quais era difícil abrir os olhos. Já fazia tempo que havia se habituado a dormir com a luz forte na cara. Parecia não fazer diferença, exceto que os sonhos ficavam mais coerentes. Sonhava muito ao longo desse período, e eram sempre sonhos felizes. Estava no País Dourado, ou sentado em meio a ruínas enormes e gloriosas, banhadas pelo sol, acompanhado da mãe, de Julia e de O'Brien. Não faziam nada, só ficavam sentados ao sol, falando de assuntos tranquilos. Quando estava acordado, pensava sobretudo em seus sonhos. Agora que o estímulo da dor fora removido, parecia ter perdido a capacidade intelectual. Não estava entediado; não tinha interesse de conversar nem de se distrair. Já se sentia plenamente satisfeito só de ficar sozinho, sem ser espancado ou interrogado, com comida suficiente e o corpo limpo.

Aos poucos, começou a passar menos tempo dormindo, mas ainda não sentia vontade de sair da cama. Tudo que queria era ficar deitado, quieto, sentindo que o corpo recuperava a força. Beliscava-se num e noutro ponto, para ter certeza de que não era ilusão o fato de que os músculos vinham crescendo e que a pele ganhava firmeza. Por fim, não teve dúvidas de que estava engordando; as coxas voltaram a ser mais grossas que os joelhos. Depois, superada a relutância inicial, começou a se exercitar com regularidade. Em pouco tempo, já conseguia caminhar três quilômetros, indo e vindo dentro da cela, e os ombros encurvados começaram a se endireitar. Tentou lançar mão de exercícios mais elaborados, mas ficou surpreso e humilhado ao se dar conta das próprias limitações. Não conseguia correr, não conseguia erguer o banquinho na altura do braço, não conseguia nem se sustentar numa perna só. Ficou de cócoras e descobriu que o ato de se levantar lhe causava uma dor atroz nas coxas e panturrilhas. Deitava de bruços e tentava levantar o corpo usando as mãos. Era impossível; não conseguia se erguer um centímetro sequer. Porém, passados alguns dias – e algumas refeições –, até esse feito ele conseguiu. Chegou um momento em que já repetia o exercício seis vezes seguidas. Começou na verdade a sentir orgulho do próprio corpo e a acalentar a crença intermitente de que seu rosto também voltava ao normal. Foi só quando arriscou pôr a mão na cabeça calva que se lembrou do rosto vincado e devastado que vira diante do espelho.

Sua mente ficou mais ativa. Sentava-se na cama de tábuas, com as costas na parede e a lousa sobre os joelhos, e punha-se a trabalhar deliberadamente na tarefa de reeducar a si mesmo.

Winston havia se rendido; era um fato. Agora enxergava a verdade: já estava disposto a se render muito antes de tomar a decisão. Desde o momento em que pusera os pés no Ministério do Amor – e, sim, mesmo naqueles minutos em que ele e Julia ficaram imóveis e impotentes enquanto a voz férrea da teletela lhes dizia o que fazer –, entendera o caráter pueril e inútil de sua tentativa de se voltar contra o poder do Partido. Agora sabia que a Polícia do Pensamento o vigiara durante sete anos como a um besouro através de uma lupa. Não havia um ato físico ou palavra dita em voz alta que não tivessem captado, nenhuma linha de raciocínio que não tivessem sido capazes de inferir. Haviam, inclusive, substituído cuidadosamente o grãozinho de poeira esbranquiçada da capa de seu diário. Puseram-no para ouvir gravações e lhe mostraram algumas fotografias. Havia umas dele com Julia. Sim, inclusive… Não conseguia mais lutar contra o Partido. Além disso, o Partido tinha razão. E não podia ser diferente: como o cérebro imortal, coletivo, estaria enganado? Com que parâmetro externo seria possível examinar seus juízos? A saúde mental era uma questão de estatística. Tratava-se apenas de aprender a pensar como eles pensavam. Só que…!

O lápis lhe parecia grosso e esquisito entre os dedos. Começou a anotar o que estava passando por sua cabeça. Primeiro escreveu com letras maiúsculas garrafais e desajeitadas:

LIBERDADE É ESCRAVIDÃO

Depois, quase sem pausa, escreveu logo embaixo:

DOIS E DOIS SÃO CINCO

Porém, logo surgiu uma espécie de entrave. Sua mente, como se temesse alguma coisa, parecia incapaz de se concentrar. Ele sabia que sabia o que vinha em seguida, mas por um instante não conseguia lembrar. Só lembrou porque usou a lógica para imaginar o que devia ser; não surgiu de forma espontânea. Então escreveu:

DEUS É PODER

Aceitou tudo. O passado era alterável. O passado nunca tinha sido alterado. A Oceânia estava em guerra contra a Lestásia. A Oceânia sempre estivera em guerra contra a Lestásia. Jones, Aaronson e Rutherford eram culpados dos crimes atribuídos a eles. Winston nunca vira a fotografia que os inocentava. Nunca existira; ele a inventara. Lembrava-se de se lembrar de fatos contrários, mas eram falsas lembranças, produtos de autoengano. Era tudo tão simples! Bastava se render, que todo o resto vinha a reboque. Era como quem nada contra uma corrente e vai sempre sendo arrastado para trás, por mais que se esforce, mas de repente decide se virar e se deixar levar pela corrente, em vez de resistir a ela. Nada tinha mudado, exceto sua atitude; o que estava predestinado aconteceria de um jeito ou de outro. Mal sabia explicar por que um dia havia se rebelado. Era tudo simples, exceto...!

Qualquer coisa podia ser verdade. As chamadas leis da natureza eram um disparate. A lei da gravidade também. "Se quisesse", tinha dito O'Brien, "eu poderia sair flutuando agora, feito uma bolha de sabão". Winston refletiu. "Se ele *pensa* que está flutuando, e se ao mesmo tempo eu *penso* que o vejo flutuar, então a coisa acontece." De súbito, feito restos submersos de um naufrágio que rompem a superfície da água, o pensamento lhe veio à mente: "Não é que aconteça de verdade. Nós só imaginamos. É uma alucinação". Na mesma hora, fez o pensamento submergir. A falácia era óbvia. Pressupunha que em algum lugar, fora da própria pessoa, houvesse um mundo "real", onde coisas "reais" aconteciam. Mas como poderia existir tal mundo? Que conhecimento nós temos, do que quer que seja, se não for através da mente? Todos os acontecimentos estão na mente. E o que acontece em todas as mentes acontece de verdade.

Winston não teve dificuldade para se livrar da falácia e tampouco corria o risco de sucumbir a ela. Percebeu, contudo, que nunca devia ter lhe ocorrido. A mente devia desenvolver um ponto cego sempre que um pensamento perigoso se apresentasse. O processo precisava ser automático, instintivo. *Cessacrime*, como chamavam em neolíngua.

Pôs-se a exercitar o *cessacrime*. Apresentava a si mesmo algumas afirmações – "o Partido diz que a Terra é plana"; "o Partido diz que o gelo é mais pesado do que a água" – e se treinava para não enxergar ou não entender os argumentos que as contradiziam. Não era fácil. Exigia um grande poder de argumentação e improvisação. Os problemas aritméticos levantados, por exemplo, por uma enunciação do tipo "dois e dois são cinco" estavam para além de sua capacidade intelectual. Exigiam, ainda, uma espécie de malabarismo mental: a habilidade de em certo momento fazer um sofisticado uso da lógica e, no momento seguinte, fechar os olhos para os erros lógicos mais rudimentares. A estupidez era tão necessária quanto a inteligência, e igualmente difícil de alcançar.

Ao mesmo tempo, com uma parte do cérebro, Winston pensava quando o matariam. "Só depende de você", dissera O'Brien, mas ele sabia que nenhum ato consciente poderia adiantar a data. Podia ser dali a dez minutos ou uma década. Podiam mantê-lo em confinamento solitário por muitos anos; podiam mandá-lo para um campo de trabalhos forçados; podiam soltá-lo por um tempo, como às vezes faziam. Era perfeitamente possível que antes de ser morto o drama da detenção e do interrogatório fosse encenado todo de novo. A única certeza era que a morte nunca chegava com hora marcada. Pela tradição – uma tradição tácita, conhecida de certa forma por todos, embora nunca fosse declarada –, matavam a pessoa pelas costas, sempre na nuca e sem aviso prévio, enquanto ela percorria o corredor, indo de uma cela a outra.

Certo dia – mas "certo dia" não era a expressão correta; também podia ter sido no meio da noite –, ou certa vez, ele mergulhou num devaneio estranho e feliz. Caminhava por um corredor, à espera da bala. Tinha certeza de que chegaria a qualquer momento. Tudo fora combinado, aplainado, sanado. Não havia mais dúvidas, discussões, dor ou medo. Seu corpo estava forte e saudável. Andava tranquilamente, com alegria nos movimentos e a sensação de caminhar sob a luz do sol. Não estava mais nos corredores brancos e estreitos do Ministério do Amor, mas num amplo caminho banhado de sol, com um quilômetro de largura, que parecia percorrer sob um estado de delírio induzido por drogas. Estava no País Dourado, seguindo a trilha que passava pelo antigo pasto carcomido pelos coelhos. Conseguia sentir a relva curta e macia a seus pés e o sol agradável no rosto. Na extremidade do campo, estavam os olmos, que se agitavam bem de leve, e em algum lugar ali perto corria o riacho onde os leuciscos nadavam nas poças sob os salgueiros.

De repente, estremeceu, aterrorizado. O suor lhe escorria pela coluna. Ouvira a si mesmo gritando:

– Julia! Julia! Julia, meu amor! Julia!

Por um instante, foi arrebatado pela alucinação de que ela estava ali. Parecia estar não apenas com ele, mas também dentro dele. Era como se houvesse penetrado a textura de sua pele. Nesse instante, sentira um amor por ela muito maior do que quando estavam juntos e livres. Ao mesmo tempo, soube que continuava viva em algum lugar e precisava de sua ajuda.

Ficou deitado na cama, tentando se recompor. O que tinha feito? Quantos anos teria acrescentado à própria servidão só por conta desse momento de fraqueza?

Dali a pouco, ouviria o tropel de botas do lado de fora. Não poderiam deixar que um acesso daqueles passasse impune. Saberiam agora, se já não soubessem, que Winston estava rompendo o acordo que fizera com eles. Obedecia ao Partido, mas ainda o odiava. Nos velhos tempos, tinha ocultado a mente herética sob uma aparência de conformidade. Agora retrocedera mais um passo: na mente havia se rendido, com a esperança, porém, de manter o coração intacto. Sabia que estava equivocado, mas preferia assim. Eles saberiam; O'Brien saberia. Confessara tudo naquele grito insensato.

Teria de recomeçar do zero. Talvez levasse alguns anos. Correu uma das mãos pelo rosto, na tentativa de se familiarizar com a nova forma. Havia sulcos profundos nas bochechas, as maçãs do rosto estavam mais salientes e o nariz parecia achatado. Sem contar que tinha ganhado uma nova dentição desde a última vez em que se vira no espelho. Não era fácil conservar a impenetrabilidade quando a pessoa não conhecia mais a própria aparência. De todo modo, o simples controle das feições não era suficiente. Pela primeira vez, compreendia que se quisesse guardar um segredo teria também de escondê-lo de si mesmo. Precisava saber que estava lá, mas até que fosse necessário, nunca deveria deixar que emergisse à consciência em qualquer formato capaz de ser nomeado. Dali em diante, não tinha apenas de pensar direito; tinha também de sentir direito e sonhar direito. Ao mesmo tempo, precisava manter o ódio encerrado dentro de si, feito uma esfera de matéria que faria parte dele, mas não teria ligação com o restante do corpo, como uma espécie de cisto.

Um dia decidiriam matá-lo. Não dava para saber quando seria, mas alguns segundos antes talvez fosse possível adivinhar. Era sempre pelas costas, durante um trajeto pelo corredor. Dez segundos seriam o bastante. Nessa hora, seu mundo interior poderia virar do avesso. Então de repente, sem qualquer palavra, sem qualquer pausa no passo, sem mudar uma linha sequer do rosto, de repente se despiria da camuflagem e, bum!, explodiriam as baterias de seu ódio. O ódio logo o inundaria, feito uma enorme chama estrondosa. E quase no mesmo instante, bum!, viria a bala, tarde ou cedo demais. Explodiriam seu cérebro antes de conseguir regenerá-lo. O pensamento herético passaria sem punição, sem arrependimento e estaria para sempre fora de alcance. Abririam um buraco na própria perfeição. Morrer sentindo ódio por eles, isso é que era a liberdade.

Fechou os olhos. Era mais difícil do que aceitar uma disciplina intelectual. Era uma questão de se degradar, se mutilar. Tinha de mergulhar na maior das imundícies. O que era o mais terrível e repugnante de tudo? Pensou no Grande Irmão. Aquele rosto enorme (como o via constantemente nos cartazes, sempre pensava nele como um rosto de um metro de largura), com o espesso bigode preto e os olhos que vigiavam as pessoas para cima e para baixo, parecia flutuar em sua mente por vontade própria. Quais eram seus verdadeiros sentimentos pelo Grande Irmão?

Ouviu-se o pesado tropel de botas no corredor. A porta de aço se abriu com estrondo. O'Brien entrou na cela. Atrás dele estavam o oficial com rosto de cera e os guardas uniformizados de preto.

– Levante-se – ordenou O'Brien. – Venha até aqui.

Winston ficou de frente para ele. O'Brien o agarrou pelos ombros, com as mãos fortes, e o encarou de perto.

– Você achou que podia me ludibriar. Que estupidez! Endireite a postura. Olhe para mim. – Fez uma pausa e então continuou, num tom mais ameno. – Você está melhorando. Em termos intelectuais, até que está se saindo bem. É apenas no campo das emoções que não conseguiu progredir. Me diga, Winston... mas lembre-se: nada de mentir; já sabe que eu sempre detecto qualquer mentira... me diga o seguinte: quais são seus verdadeiros sentimentos pelo Grande Irmão?

– Eu o odeio.

– Você o odeia. Bom. Então chegou a hora de dar o último passo. Você precisa amar o Grande Irmão. Não basta obedecer a ele; tem de amá-lo.

O'Brien soltou Winston, empurrando-o para os guardas.

– Sala 101 – ordenou.

5.

A cada estágio do encarceramento, Winston sabia ou parecia saber onde se situava dentro do prédio desprovido de janelas. Devia haver uma ligeira diferença na pressão atmosférica. As celas onde fora espancado pelos guardas ficavam no subsolo. A sala onde fora interrogado por O'Brien localizava-se bem no alto, perto do telhado. O lugar onde estava agora ficava muitos metros abaixo da terra, no ponto mais profundo.

Era uma cela maior do que as anteriores. Porém, ele mal se importava com o que havia em volta. Só tinha olhos para as duas mesinhas bem à sua frente, ambas forradas com feltro verde. Uma estava a um ou dois metros de distância dele, e a outra se situava mais longe, perto da porta. Tinham-no amarrado com tanta força a uma cadeira, que não conseguia mexer nada, nem mesmo a cabeça. Uma espécie de almofada prendia sua nuca, obrigando-o a olhar para a frente.

Ficou sozinho por um tempo, até que a porta se abriu e O'Brien entrou.

– Certa vez você me perguntou o que havia na sala 101. Eu disse que você já sabia a resposta. Todos sabem. A sala 101 comporta o que há de pior no mundo.

A porta se abriu de novo. Dessa vez entrou um guarda, carregando uma caixa ou cesta de arame. Apoiou-a na mesa mais afastada. Por conta da posição de O'Brien, Winston não conseguia ver o que era.

– A pior coisa no mundo varia de pessoa a pessoa. Ser enterrada viva, morrer queimada, afogada, morrer por empalação, ou outros cinquenta tipos de morte. Existem casos em que a coisa é mais corriqueira, nem fatal é.

Ele se afastou um pouco para o lado, de modo que Winston pudesse ver melhor o que estava sobre a mesa. Era uma gaiola comprida de arame, com uma alça em cima. Fixado à frente, havia algo que parecia uma máscara de esgrima, com o lado côncavo voltado para fora. Embora estivesse a uns três ou quatro metros de distância, Winston conseguiu ver que a gaiola era dividida em dois compartimentos e que em cada um deles havia algum bicho. Eram ratos.

– Para você – disse O'Brien –, o que há de pior no mundo são os ratos.

Assim que Winston entreviu a gaiola pela primeira vez, sentiu um tremor premonitório, um medo indistinto do que estava por vir. Porém, só agora entendia o que significava aquela espécie de máscara presa na frente. Suas entranhas pareciam ter virado água.

– Você não pode fazer isso! – gritou, com uma voz rouca. – Não pode, não pode! Não é possível.

– Você se lembra – disse O'Brien – do momento de pânico que costumava ser recorrente nos seus sonhos? Havia um muro de escuridão à sua frente e um rugido em seus ouvidos. Tinha algo terrível do outro lado do muro. Você sabia que sabia o que era, mas não se atrevia a deixar que viesse à tona. Eram ratos.

– O'Brien! – exclamou Winston, se esforçando para controlar a voz. – Você sabe que isso não é necessário. O que quer que eu faça?

O'Brien não deu uma resposta direta. Quando falou, foi com os trejeitos professorais que às vezes adotava. Olhou ao longe, reflexivo, como se discursasse a uma plateia localizada atrás de Winston.

– Por si só – disse ele –, a dor nem sempre é suficiente. Há ocasiões em que o indivíduo resiste muito à dor, a ponto de se deixar morrer. Mas para cada pessoa existe algo insuportável, que ela não consegue nem cogitar. Não se trata de coragem ou covardia. Se você está caindo de uma certa altura, não é covardia se agarrar a uma corda. Se acabou de emergir de águas profundas, encher os pulmões de ar não é um ato de covardia. É apenas um instinto que não pode ser desobedecido. Com os ratos é a mesma coisa. Para você, eles são insuportáveis. É um tipo de pressão que você não consegue aguentar, mesmo se quisesse. Portanto, fará tudo que lhe pedirem.

– Tudo o quê? Como posso fazer alguma coisa que nem sei o que é?

O'Brien pegou a gaiola e trouxe-a para a mesa mais próxima. Depositou-a com cuidado sobre o tecido de feltro. Winston conseguia ouvir o sangue cantando em seus ouvidos. Tinha a sensação de estar completamente sozinho. Encontrava-se no meio de uma enorme planície vazia, um deserto encharcado de luz solar, onde os sons lhe chegavam de distâncias longínquas. Porém, a gaiola com os ratos não estava nem a dois metros dele. Eram ratos enormes. Estavam na idade em que o focinho ficava mais grosseiro e feroz e o pelo ganhava uma tonalidade marrom em vez de cinza.

– Embora seja um roedor, o rato é carnívoro – disse O'Brien, ainda se dirigindo a uma plateia invisível. – Você sabe disso. Já deve ter ouvido falar do que acontece nos bairros mais miseráveis da cidade. Em algumas ruas, as mulheres não arriscam deixar seus bebês sozinhos em casa nem por cinco minutos. Os ratos partem para o ataque. Em pouco tempo, sobram apenas os ossos. Também atacam pessoas doentes ou à beira da morte. Demonstram uma inteligência assombrosa para farejar um ser humano indefeso.

Ouviu-se uma explosão de guinchos vindos da gaiola. Pareciam chegar a Winston de uma longa distância. Os ratos estavam brigando; tentavam se atacar através da divisória. Ele ouviu ainda um profundo gemido desesperado, que também parecia vir de fora.

O'Brien pegou a gaiola e, assim que o fez, apertou alguma coisa que havia nela. Produziu-se um estalido. Winston fez um esforço desesperado para se soltar da cadeira. Era inútil: estava completamente amarrado, inclusive pela cabeça. O'Brien aproximou a gaiola. Estava a menos de um metro do rosto de Winston.

– Eu apertei a primeira alavanca – disse O'Brien. – Você já entendeu como funciona essa gaiola. A máscara vai se acoplar na sua cabeça, não deixando nenhuma saída. Quando eu apertar a outra alavanca, a porta da gaiola vai se abrir. Esses bichos famintos sairão em disparada, feito projéteis. Você já viu um rato pulando no ar? Pois eles vão saltar no seu rosto e começar a atacá-lo. Às vezes, começam pelos olhos. Em outras, furam as bochechas e devoram a língua.

A gaiola estava mais perto; o cerco ia se fechando. Winston ouviu uma série de guinchos agudos que pareciam vir de algum lugar acima de sua cabeça, mas lutou furiosamente contra o próprio pânico. Pensar, pensar, mesmo que só lhe restasse uma fração de segundo, pensar era a única esperança. De repente, o cheiro abominável e rançoso dos bichos atingiu em cheio suas narinas. Sentiu uma náusea violenta e quase desmaiou. Tudo ficara preto. Por um momento, tornou-se um louco, um animal esbravejante. Porém, ressurgiu das trevas com uma ideia. Só havia um único jeito de se salvar. Tinha de interpor outra pessoa, o *corpo* de outra pessoa, entre o seu corpo e os ratos.

A circunferência da máscara agora já tampava a visão de qualquer outra coisa. A portinhola de arame estava a poucos palmos de seu rosto. Os ratos sabiam o que os esperava. Um deles se mostrava saltitante; o outro, um escamoso veterano dos esgotos, ficou de pé, com as patas cor-de-rosa agarradas às grades, e não parava de farejar ferozmente o ar. Winston conseguia ver os bigodes e os dentes amarelos. Foi de novo arrebatado pelo pânico mais absoluto. Estava cego, impotente e enlouquecido.

– Essa era uma punição comum na China Imperial – disse O'Brien, com o didatismo de sempre.

A máscara estava a ponto de se acoplar ao rosto de Winston. O arame roçava sua bochecha. E então... Não, não sentiu alívio, apenas esperança, um minúsculo fiapo de esperança. Tarde demais, talvez fosse tarde demais. Mas tinha entendido de repente que no mundo inteiro só havia *uma* pessoa para quem poderia transferir sua punição – *um* corpo que poderia entregar aos ratos, no lugar do seu. Pôs-se a gritar desesperado, sem parar.

– Faça isso com a Julia! Faça com a Julia! Comigo, não! Com a Julia! Não me importa o que façam com ela. Pode deixar que estraçalhem sua cara, que a roam até os ossos. Mas comigo, não! Julia! Comigo, não.

Winston estava caindo para trás, numa profundidade abissal, para longe dos ratos. Continuava amarrado à cadeira, mas era como se houvesse caído e atravessado o chão, as paredes do prédio, a terra, os oceanos e a atmosfera, penetrando o espaço, o vácuo entre as estrelas... Sempre para longe, cada vez mais longe dos ratos. Estava a anos-luz de distância, porém O'Brien continuava a seu lado. Ainda sentia o toque gelado do arame contra o rosto. Contudo, em meio à escuridão que o envolvia, ouviu outro estalido metálico e entendeu que a portinhola tinha sido fechada e não aberta.

6.

O Café Castanheira estava praticamente vazio. Um raio de sol entrava oblíquo pela janela, tingindo de amarelo os tampos de mesa empoeirados. Era o período solitário das quinze horas. Um som metálico escoava das teletelas.

Sentado no canto de sempre, Winston observava o copo vazio. De tempos em tempos, erguia os olhos para ver o enorme rosto que o encarava da parede oposta. O GRANDE IRMÃO ESTÁ VIGIANDO VOCÊ, dizia a legenda. Sem que fosse solicitado, um garçom se aproximou e encheu o copo dele com Gim da Vitória, adicionando algumas gotas de outra garrafa com uma haste atravessada na rolha. Era sacarina aromatizada com cravo, uma especialidade do café.

Winston prestava atenção à teletela. Por ora, só se ouvia música, mas era provável que a qualquer momento surgisse um boletim especial do Ministério da Paz. As notícias do front africano eram muito inquietantes. Ao longo do dia, ele teve seus momentos de preocupação. O exército eurasiano (a Oceânia estava em guerra contra a Eurásia; a Oceânia sempre estivera em guerra contra a Eurásia) se deslocava para o sul a uma velocidade assustadora. O boletim do meio-dia não havia mencionado nenhuma área específica, mas tudo levava a crer que a foz do Congo já tivesse se transformado em campo de batalha. Brazzaville e Leopoldville estavam sob ameaça. Nem era preciso olhar o mapa para saber o que isso significava. Não era uma questão apenas de perder a África central; pela primeira vez durante toda a guerra, o próprio território da Oceânia estava em risco.

Acendeu-se nele uma emoção violenta, não exatamente medo, mas um entusiasmo indistinto, que logo se apagou. Parou de pensar na guerra. Vinha enfrentando uma certa dificuldade para se concentrar no mesmo assunto por muito tempo. Pegou o copo e o esvaziou de um gole só. Como de hábito, sentiu um calafrio e chegou a ter ânsia de vômito. Era terrível. Os cravos-da-índia e a sacarina, já bem repugnantes por si só, não disfarçavam o cheiro oleoso da bebida; e o pior de tudo era que o cheiro do gim, com o qual convivia dia e noite, misturava-se em seu cérebro, de forma inseparável, com o fedor daqueles...

Winston nunca os nomeava, nem mesmo em pensamento, e na medida em que era possível, não os visualizava. Era vaga a consciência que tinha deles: a proximidade em relação ao rosto, o cheiro grudado nas narinas. Quando o gim fez efeito, arrotou por entre lábios rubros. Tinha engordado desde que fora solto e retomara a antiga cor – na verdade, estava mais intensa do que antes. As feições engrossaram, a pele do nariz e das bochechas ganhou um rústico tom de vermelho e até o couro cabeludo calvo trazia um escuro tom de rosa. De novo sem ser solicitado, um garçom se aproximou, dessa vez trazendo um tabuleiro e a edição do dia do *Times* com a página aberta no problema de xadrez. Em seguida, ao ver que o copo de Winston estava vazio, apareceu com uma garrafa de gim para enchê-lo. Winston não precisava pedir nada. Já conheciam seus hábitos. O tabuleiro de xadrez ficava à sua espera e a mesa de canto estava sempre reservada; mesmo com o lugar cheio, a mesa continuava livre, pois ninguém queria ser visto muito perto dele. Nunca se preocupava em contar as doses que tomava. A intervalos regulares, apresentavam-lhe um pedaço sujo de papel que diziam ser a conta, mas Winston tinha a impressão de que sempre cobravam menos. Não faria diferença se fosse o contrário. Agora o que não faltava era dinheiro. Inclusive tinha um emprego, uma sinecura pela qual recebia mais do que no trabalho anterior.

A música da teletela foi interrompida e em seu lugar surgiu uma voz. Winston ergueu a cabeça para ouvir. Contudo, não era um boletim do front. Era um simples anúncio do Ministério da Fartura. No trimestre anterior, ao que parecia, a meta do Décimo Plano Trienal para cadarços tinha sido superada em noventa e oito por cento.

Ele examinou o problema de xadrez e arrumou as peças. Era um final complicado, envolvendo dois cavalos. "As brancas jogam e o xeque-mate é em duas jogadas." Winston olhou para o retrato do Grande Irmão. As brancas sempre dão o xeque-mate, pensou com certo misticismo turvo. É sempre assim, sem exceção. Desde o início dos tempos, nos problemas de xadrez, as pretas nunca venceram. Não seria um símbolo do eterno e invariável triunfo do Bem sobre o

Mal? O rosto enorme o encarou de volta, dono de um poder tranquilo. As brancas sempre vencem.

A voz da teletela fez uma pausa e acrescentou num tom diferente, muito mais sério:

– Estejam a postos para um anúncio importante às quinze e trinta. Às quinze e trinta! É uma notícia da mais alta relevância. Fiquem atentos, para não perder. Anúncio importante às quinze e trinta!

A música tilintante voltou a tocar.

O coração de Winston se alvoroçou. Era o boletim do front; seu instinto lhe dizia que viriam más notícias. Ao longo do dia, com breves acessos de entusiasmo, vinha pensando com intermitência na ideia de uma derrota esmagadora na África. Parecia de fato ver o exército eurasiano se aglomerando junto à fronteira nunca antes rompida e invadindo a extremidade africana, feito uma fileira de formigas. Por que não tinha sido possível flanqueá-lo de alguma forma? O contorno da costa oeste africana se destacava vivamente em sua cabeça. Pegou o cavalo branco e o deslocou pelo tabuleiro. *Aquela* era a casa certa. Ao mesmo tempo em que notava a horda preta avançando rumo ao sul, via também outro exército, misteriosamente reunido, de repente instalado na retaguarda, cortando as comunicações do rival por terra e mar. Sentiu que só de desejá-lo fazia esse outro exército ganhar vida. Mas era preciso agir rápido. Se conseguissem controlar toda a África, se tivessem aeródromos e bases submarinas no Cabo, dividiriam a Oceânia em dois, o que poderia significar qualquer coisa: derrota, colapso, uma nova divisão do mundo, a destruição do Partido! Winston respirou fundo. Debatia-se dentro dele um extraordinário emaranhado de sensações – não um emaranhado, a bem da verdade, mas sucessivas camadas de sensações, sem que fosse possível distinguir qual era a camada inferior.

O espasmo passou. Ele reposicionou o cavalo branco no lugar, mas por um tempo não conseguiu se concentrar no problema de xadrez. Seus pensamentos vagaram de novo. De modo quase inconsciente, traçou com o dedo na mesa empoeirada:

$$2 + 2 = 5$$

"Eles não conseguem entrar dentro da gente", Julia havia dito. Mas o fato é que conseguiam. "O que lhe acontecer aqui é *para sempre*", dissera O'Brien. Era

300 1984

verdade. Para algumas coisas, como os atos individuais, não havia recuperação possível. Algo morria internamente, queimado, cauterizado.

Winston tinha visto Julia; inclusive falara com ela. Não havia perigo nisso. Sabia, como por instinto, que agora quase não se interessavam pelo que ele fazia. Podia ter combinado de encontrá-la uma segunda vez, se assim quisessem. Na verdade, os dois haviam se esbarrado por acaso. Foi no Parque, num dia de frio cortante em março, quando a terra lembrava ferro, de tão dura, e toda a relva parecia morta; não havia brotos em lugar algum, exceto uns poucos de açafrão que tinham despontado, mas acabaram arrancados pelo vento. Winston caminhava apressado, com as mãos congeladas e os olhos lacrimejantes, quando a viu a uma distância de menos de dez metros. Notou na mesma hora que tinha mudado, mas de forma difusa. Quase se cruzaram sem trocar qualquer sinal, mas ele se virou e a seguiu, sem muita avidez. Sabia que não havia risco, que ninguém se interessava por eles. Julia não disse nada. Continuou caminhando na diagonal, pela relva, como se tentasse se desvencilhar dele, e depois deu a impressão de se conformar em tê-lo ao lado. Estavam em meio a um amontoado de arbustos desfolhados, que não serviam nem como esconderijo nem como proteção contra o vento. Os dois pararam. Fazia um frio abjeto. O vento assobiava por entre os galhos, perturbando os esporádicos brotos de açafrão de aspecto sujo. Ele a envolveu pela cintura.

Não havia teletelas, mas devia haver microfones escondidos; além disso, podiam vê-los. Não importava, nada importava. Poderiam inclusive ter se deitado no chão e feito *aquilo* se quisessem. Winston sentiu a carne congelar de pânico, só de pensar. Julia não esboçou reação diante do braço que a envolveu pela cintura; nem tentou se desprender. Agora ele identificava o que tinha mudado nela. O rosto estava mais pálido, e havia uma longa cicatriz que ia da testa à têmpora, parcialmente escondida pelo cabelo; mas não era essa a mudança. A cintura ficara mais larga e, de modo surpreendente, mais rígida. Ele se lembrou do dia em que, depois da explosão de uma bomba-foguete, tinha ajudado a tirar um corpo dos escombros e ficara impressionado não só pelo incrível peso, mas também por sua rigidez e pela dificuldade que sentiu para manuseá-lo, como se fosse de pedra em vez de carne. Agora o corpo de Julia transmitia a mesma sensação. Winston imaginou que a textura da pele dela estaria bem diferente do que já fora um dia.

Não tentou beijá-la, nem se falaram. Quando estavam voltando pela relva, ela o encarou pela primeira vez. Foi um olhar fugaz, cheio de desprezo e repulsa. Winston ficou pensando se seria uma repulsa que vinha apenas do passado ou se tinha como inspiração seu rosto inchado e as lágrimas que o vento insistia em lhe extrair dos olhos. Sentaram-se em cadeiras de ferro, lado a lado, mas não muito perto um do outro. Viu que Julia estava prestes a falar. Ela arrastou um pouco o sapato esquisito e esmagou de propósito um graveto. Winston notou que os pés dela pareciam mais largos do que antes.

– Eu traí você – disse Julia, sem rodeios.

– Eu traí você – disse ele.

Ela lhe lançou outro olhar de repulsa.

– Às vezes – continuou ela –, eles vêm com uma ameaça que a gente não consegue suportar, que não dá nem para cogitar. Aí dissemos: "Não faça isso comigo, faça com outra pessoa, faça isso com fulano ou beltrano". E talvez a gente finja, depois, que não passou de um truque, que só falamos aquilo para que parassem, embora não quiséssemos de verdade. Só que isso é mentira. Quando acontece, é o que queremos, sim. Achamos que não existe outra opção e estamos dispostos a nos salvar dessa forma. Queremos *mesmo* que aquilo aconteça a outra pessoa. Não estamos nem aí para o sofrimento do outro. Só pensamos na gente.

– Só pensamos na gente – ecoou ele.

– E depois disso, nosso sentimento pela pessoa já não é o mesmo.

– Não, não é o mesmo.

Parecia não haver mais nada o que falar. O vento colava-lhes ao corpo o macacão fino. De súbito, tornou-se constrangedor ficarem sentados ali, em silêncio; também estava frio demais para permanecerem parados. Julia disse alguma coisa sobre pegar o metrô e se levantou para ir embora.

– A gente precisa se encontrar de novo – disse ele.

– Sim – disse ela –, precisamos.

Hesitante, ele a seguiu por algum tempo, meio passo atrás. Não voltaram a se falar. Ela não tentou se livrar dele, mas caminhava a passos rápidos, para evitar que ficassem lado a lado. Winston tinha se convencido de que a acompanharia até a estação de metrô, mas de repente a ideia de segui-la naquele frio lhe pareceu sem sentido e intolerável. Estava tomado não tanto pelo desejo de se livrar de Julia, mas sobretudo de voltar ao Café Castanheira, que nunca lhe parecera tão interessante quanto agora. Teve uma visão nostálgica da mesa do canto, com o jornal, o tabuleiro de xadrez e o gim abundante. O melhor de tudo é que estaria quente lá dentro. No momento seguinte, não exatamente por acaso, permitiu-se afastar dela, deixando um pequeno grupo de gente se interpor entre eles. Tentou sem muita vontade alcançá-la, mas logo diminuiu o passo, virou-se e seguiu na direção contrária. Depois de andar cinquenta metros, olhou para trás. A rua não estava lotada, mas já não era possível distingui-la. Podia ser qualquer uma das dezenas de figuras apressadas. Olhando-a assim, de costas, talvez não conseguisse mais reconhecer seu corpo alargado e enrijecido.

"Quando acontece", dissera Julia, "é o que queremos, sim". Era o que ele queria. Não tinha falado da boca para fora; de fato era seu desejo. Tinha desejado que ela, e não ele, fosse entregue aos…

Algo mudou na música que escoava da teletela. Surgiu uma nota desafinada, zombeteira, a nota amarela. E então – talvez não estivesse acontecendo, talvez fosse apenas uma lembrança que assumia o aspecto de um som – uma voz passou a cantar:

"À sombra da castanheira frondosa
Eu vendi você e você me vendeu também…"

As lágrimas brotaram-lhe dos olhos. Um garçom que passava notou que o copo dele estava vazio e voltou trazendo a garrafa de gim.

Winston pegou o copo e o cheirou. A bebida só fazia piorar a cada gole. Porém, tinha se tornado o elemento em que ele nadava. Era sua vida, morte e ressurreição. Era o gim que o afundava em estupor todas as noites, e o gim que o fazia reviver a cada manhã. Quando acordava, raras vezes antes das onze, com as pálpebras coladas, a boca seca e as costas arrebentadas, era impossível sair da horizontal se não fosse pela garrafa e pela xícara que ficavam ao lado da cama. Passava um longo período sentado, de olhos vidrados e garrafa à mão, ouvindo a teletela. Das quinze até a hora de fechar, era uma peça fixa no Café Castanheira. Ninguém se preocupava mais com o que ele fazia, nenhum assobio o despertava, nenhuma teletela o repreendia. De vez em quando, cerca de duas vezes por semana, comparecia a um escritório tomado de poeira e com cara de abandonado, no Ministério da Verdade, onde se dedicava a trabalhar um pouco, ou fingir que trabalhava. Tinha sido nomeado para um subcomitê de um subcomitê derivado de um dos inúmeros comitês que tratavam das dificuldades de importância secundária na compilação da décima primeira edição do *Dicionário de neolíngua*. Estavam empenhados em produzir o que chamavam de Relatório Interino, mas ele nunca chegou a descobrir ao certo o que pretendiam relatar. Tinha alguma relação com o posicionamento das vírgulas: se deviam ficar dentro ou fora dos parêntesis. Havia outras quatro pessoas no comitê, todas parecidas com ele. Alguns dias, reuniam-se para logo se dispersarem de novo, admitindo abertamente uns aos outros que não havia de fato nada para fazer. Em outros dias, punham-se a trabalhar quase com avidez, preparando atas e rascunhando longos memorandos que nunca terminavam – era quando a discussão sobre o que estariam supostamente discutindo se tornava extremamente confusa e obscura, com sutis barganhas sobre definições, extensas digressões, brigas e até ameaças de apelar a autoridades superiores. E então de repente perdiam o ânimo e ficavam sentados em volta da mesa, olhando uns para os outros com olhos apagados, feito fantasmas que se dissipavam assim que o galo começava a cantar.

A teletela manteve o silêncio por um instante. Winston ergueu a cabeça mais uma vez. O boletim! Mas não, estavam apenas trocando a música. Ele enxergava o mapa da África por trás das pálpebras. O movimento dos exércitos era um diagrama: uma seta preta que avançava verticalmente para o sul, e uma seta branca que avançava na horizontal rumo ao leste, atravessando a outra por trás. Como se quisesse se tranquilizar, observou o rosto impassível do retrato. Seria possível que a segunda seta nem sequer existisse?

Seu interesse esmoreceu de novo. Tomou mais um gole de gim, pegou o cavalo branco e fez um movimento hesitante. Xeque. Mas evidente que não era o movimento certo, porque…

Sem ser convocada, uma lembrança lhe veio à mente. Viu um quarto iluminado por velas, uma enorme cama forrada por uma colcha branca, e ele, um garoto de nove ou dez anos, sentado no chão, sacudindo uma caixinha de dados e rindo animado. A mãe, sentada à sua frente, também ria.

Devia ter sido cerca de um mês antes de ela desaparecer. Foi um momento de reconciliação, em que havia esquecido a fome que atormentava seu ventre e tinha recuperado a antiga afeição pela mãe. Lembrava-se bem daquele dia, um dia de chuva torrencial, quando a água escorria pelas vidraças e mal dava para ler ali dentro, pela pouca luz que entrava. O tédio das duas crianças no quarto escuro e apertado se tornou insuportável. Winston se queixava e choramingava, implorava inutilmente por comida e vagava pelo quarto, tirando tudo do lugar e chutando o lambri, até que os vizinhos começaram a esmurrar a parede, enquanto sua irmã chorava de modo intermitente. Por fim, a mãe disse: "Agora seja um bom garoto, que eu vou comprar um brinquedo para você. Um ótimo brinquedo, você vai adorar". Em seguida, ela saiu no meio da chuva, foi até uma lojinha ali perto

304 1984

que ainda costumava ficar aberta e voltou com um jogo de tabuleiro chamado Serpentes e Escadas, dentro de uma caixa de papelão. Ele ainda conseguia sentir o cheiro do papelão molhado. Era um jogo precário. O tabuleiro estava rachado e os dadinhos de madeira eram tão malfeitos que mal ficavam de pé. Winston olhou para o jogo com mau humor e desinteresse, mas a mãe logo acendeu um resto de vela e eles se sentaram no chão para jogar. Em pouco tempo ele ficou animadíssimo, passando a gritar e gargalhar conforme as peças subiam as escadas cheias de esperança, e então eram comidas pelas cobras, tendo de voltar várias casas, até quase o início do jogo. Jogaram oito partidas, e cada um venceu quatro. Sua irmãzinha, pequena demais para entender as regras do jogo, tinha se encostado num almofadão e ria só de ver os dois rindo. Por uma tarde inteira, foram muito felizes juntos, como em sua primeira infância.

Winston espantou aquelas imagens da cabeça. Era uma lembrança falsa. De vez em quando, atormentava-se com falsas recordações. Não tinham importância, desde que as tomasse pelo que eram de fato. Algumas coisas tinham acontecido e outras, não. Voltou ao tabuleiro de xadrez e pegou o cavalo branco de novo. Quase na mesma hora, a peça caiu no tabuleiro, fazendo barulho. Ele estremeceu, como se tivesse sido espetado por um alfinete.

Um estridente chamado de trombeta cortara o ar. Era o boletim! Vitória! Era sempre sinal de vitória quando o chamado de trombeta precedia as notícias. Uma espécie de comoção elétrica percorreu o café. Até os garçons tinham se sobressaltado e ficado em estado de alerta.

O chamado de trombeta desencadeara uma algazarra tremenda. Uma voz entusiasmada já tagarelava na teletela, mas assim que começou seu falatório foi quase abafada pelos brados eufóricos que chegavam do lado de fora. As notícias tinham se espalhado pelas ruas como se por mágica. Winston conseguiu ouvir da teletela apenas o suficiente para perceber que tudo acontecera conforme suas previsões: uma vasta armada marítima reunida em segredo, um golpe repentino na retaguarda inimiga, a seta branca que cortava a preta por trás. Em meio à barulheira, ouviam-se fragmentos de frases triunfantes: "Vasta manobra estratégica; coordenação perfeita; derrota acachapante; meio milhão de prisioneiros; desmoralização total; controle de toda a África; pôr fim à guerra em pouco tempo; vitória; maior vitória da história da humanidade; vitória, vitória, vitória!"

Debaixo da mesa, os pés de Winston se mexiam agitados. Não tinha saído do lugar, mas em sua imaginação corria apressado, em meio à turba do lado de fora, que quase o ensurdecia. Olhou mais uma vez para o retrato do Grande Irmão. O colosso que dominava o mundo! A rocha contra a qual as hordas asiáticas se atiravam em vão! Pensou que dez minutos antes – apenas dez minutos – ainda não tinha certeza se as notícias do front seriam de vitória ou derrota. Ah, não fora apenas um exército eurasiano que tinha perecido! Muita coisa havia mudado nele desde aquele primeiro dia no Ministério do Amor, mas a transformação final, indispensável e capaz de curá-lo, ainda não acontecera até aquele momento.

A voz da teletela continuava jorrando sua narrativa sobre prisioneiros, saques e massacres, mas a gritaria do lado de fora tinha diminuído um pouco. Os garçons voltavam ao trabalho. Um deles se aproximou, trazendo a garrafa de gim. Winston, perdido num devaneio feliz, nem percebeu quando encheram seu copo. Já não corria nem comemorava. Estava de volta ao Ministério do Amor, com tudo perdoado e a alma branca como a neve. Sentado no banco dos réus, confessava tudo e entregava todo mundo. Percorria o corredor de ladrilhos brancos, com a sensação de caminhar à luz do sol e ter um guarda armado em seu encalço. A tão esperada bala perfurava seu cérebro.

Fixou o olhar no rosto enorme. Levara quarenta anos para compreender o sorriso que se escondia por trás daquele bigode preto. Que mal-entendido cruel e desnecessário! Que autoexílio obstinado, para longe daquele peito amoroso! Duas lágrimas perfumadas a gim lhe escorreram pelas laterais do nariz. Mas agora tudo ia bem, muito bem, e a batalha estava encerrada. Vencera a si mesmo. Amava o Grande Irmão.

APÊNDICE
Os princípios da neolíngua

A neolíngua era o idioma oficial da Oceânia e tinha sido concebida para atender às necessidades ideológicas do Socing, ou socialismo inglês. Em 1984, ainda não havia ninguém que a usasse como única forma de comunicação, fosse no registro oral, fosse no escrito. Os principais artigos do *Times* eram redigidos em neolíngua, mas tratava-se de um *tour de force* encarado apenas por especialistas. A expectativa era de que a neolíngua só conseguiria substituir a protolíngua (ou o inglês padrão) por volta do ano 2050. Nesse ínterim, enquanto o idioma ganhava terreno aos poucos, os membros do Partido tendiam a usar cada vez mais suas palavras e construções gramaticais na linguagem cotidiana. A versão corrente em 1984, incorporada à nona e décima edições do *Dicionário de neolíngua*, era provisória e continha muitas palavras supérfluas e formas arcaicas que seriam suprimidas mais adiante. Trataremos aqui da versão final e completa, estabelecida pela décima primeira edição do dicionário.

O objetivo da neolíngua era não apenas proporcionar uma forma de expressão para a visão de mundo e os hábitos mentais dos devotos do Socing, mas também impossibilitar todos os outros modos de pensamento. A intenção era que, quando a neolíngua fosse adotada de vez e a protolíngua caísse no esquecimento, o pensamento herético – ou seja, que divergisse dos princípios do Socing – se tornasse literalmente inconcebível, pelo menos na medida em que o pensamento depende das palavras. O vocabulário da neolíngua foi construído de modo a dar a expressão exata e muitas vezes sutil a todos os significados que os membros do Partido desejassem expressar, excluindo ao mesmo tempo os demais significados e também a possibilidade de chegar a eles por métodos indiretos. Em parte, isso foi alcançado com a invenção de novas palavras, mas principalmente com a eliminação de palavras indesejadas, despojando as remanescentes de seus significados heterodoxos e, na medida do possível, de todos seus significados secundários. Para dar um exemplo, a palavra *livre* ainda existia em neolíngua, mas só podia ser usada em declarações como "O cachorro está livre das pulgas" ou "O campo está livre das ervas daninhas". Não se podia empregá-la no antigo sentido de "politicamente livre" ou "intelectualmente livre", uma vez que as liberdades políticas e intelectuais já não existiam nem mesmo como conceitos e, portanto, não era necessário nomeá-las. À parte a supressão de palavras definitivamente heréticas, a redução do vocabulário era vista como um fim em si mesmo, e não se permitia a sobrevivência de nenhuma palavra que pudesse ser dispensada. A neolíngua não foi concebida para ampliar, e sim *diminuir* a amplitude de pensamento, e tal propósito era indiretamente sustentado pela redução da oferta de palavras a uma quantidade mínima.

Embora a neolíngua tivesse por base a língua inglesa tal como a conhecemos hoje, os anglófonos de nosso tempo teriam dificuldade para compreender muitas de suas frases, mesmo que não apresentassem palavras recém-criadas. As palavras em neolíngua eram divididas em três categorias distintas: vocabulário A, vocabulário B (que continha palavras compostas) e vocabulário C. Será mais simples explicar cada categoria em separado, mas as peculiaridades gramaticais da língua serão abordadas na seção dedicada ao vocabulário A, pois as mesmas regras se aplicam às três categorias.

VOCABULÁRIO A

Consistia nas palavras necessárias às tarefas do cotidiano, como comer, beber, trabalhar, se vestir, subir e descer escadas, conduzir veículos, cuidar do jardim, cozinhar e coisas do gênero. Compunha-se quase na totalidade por palavras que já usávamos – como *bater*, *correr*, *cachorro*, *árvore*, *açúcar*, *casa*, *campo* –, mas em comparação ao vocabulário do inglês atual, o número de termos era muito reduzido e os significados muito mais rígidos. As ambiguidades e nuances de sentido tinham sido expurgadas. Na medida do possível, as palavras desta categoria eram apenas um som em *staccato* que expressava um único conceito, de nítida compreensão. Teria

308 1984

sido quase impossível usar o vocabulário A para fins literários ou debates políticos e filosóficos. A ideia era que expressasse pensamentos simples e pragmáticos, em geral envolvendo objetos concretos ou ações físicas.

A gramática da neolíngua apresentava duas peculiaridades notáveis. A primeira era que as diferentes partes do discurso eram quase completamente intercambiáveis. Qualquer palavra (a princípio, isso se aplicava inclusive a termos muito abstratos, como *se* e *quando*) podia ser usada como verbo, substantivo, adjetivo ou advérbio. Entre o verbo e o substantivo, quando tinham a mesma raiz, nunca havia qualquer variação, regra que em si já envolvia a destruição de muitas formas arcaicas. A palavra *pensamento*, por exemplo, não existia em neolíngua. Em seu lugar, havia *pensar*, que servia tanto de substantivo quanto de verbo. A regra não seguia nenhum princípio etimológico; em alguns casos, escolhia-se o substantivo original para permanecer, e em outros, o verbo. Mesmo quando um substantivo e um verbo de significados semelhantes não estavam conectados etimologicamente, um dos dois acabava eliminado. Não existia, por exemplo, a palavra *cortar*, pois seu significado já era coberto pelo substantivo-verbo *faca*. Para formar os adjetivos, bastava acrescentar o sufixo *-ento* ao substantivo-verbo; no caso dos advérbios, acrescentava-se o sufixo *-mente*. Portanto, *ligeirento* era o mesmo que "rápido" e *ligeiramente* significava "com rapidez". Alguns adjetivos de hoje, como *bom*, *forte*, *grande*, *preto* e *macio*, foram conservados, mas seu número ficou bem reduzido. Não eram muito necessários, uma vez que bastava acrescentar *-ento* a um substantivo-verbo para formar praticamente qualquer adjetivo. Nenhum dos advérbios atuais foi conservado, exceto os pouquíssimos que já terminavam em *-mente*; essa terminação era invariável. O advérbio *devagar*, por exemplo, foi substituído pela forma regular *vagarmente*.

Além disso, qualquer palavra – de novo, isso se aplicava a princípio a todas as palavras da língua – podia ganhar sentido negativo com o acréscimo do prefixo *des-*, podia ser reforçada pelo prefixo *mais-* ou, para uma ênfase ainda maior, por *duplomais-*. Assim, por exemplo, *desfrio* significava "quente", enquanto *maisfrio* e *duplomaisfrio* significavam, respectivamente, "muito frio" e "extremamente frio". Também era possível, como no inglês de hoje, modificar o significado de quase todas as palavras com o uso de prefixos preposicionais, como *ante-*, *pós-*, *sobre-*, *sob-* etc. Com a adoção desses métodos, empreendia-se uma enorme redução de vocabulário. Considerando, por exemplo, a palavra *bom*, não havia necessidade de uma palavra como *ruim*, pois o significado desejado já poderia ser muito bem expresso – ou até melhor – por *desbom*. Nos casos em que duas palavras formavam um par natural de opostos, bastava decidir qual delas seria eliminada. *Escuro*, por exemplo, podia ser substituída por *desclaro*, ou claro, por *desescuro*, de acordo com a preferência.

A segunda peculiaridade da gramática da neolíngua era sua regularidade. Com algumas exceções mencionadas a seguir, todas as flexões seguiam as mesmas regras. Portanto, no caso dos verbos, o pretérito e o particípio sempre terminavam da mesma forma. Todas as formas irregulares foram abolidas. Os plurais eram formados acrescentando-se *-s* ou *-es*, conforme o caso, de modo que os plurais de *igual*, *pão* e *item* passaram a ser, respectivamente, *iguals*, *pãos* e *items*. Para a comparação entre os adjetivos, adicionava-se o prefixo *mais-* ou *duplomais-*, e as formas irregulares também foram eliminadas.

As únicas categorias de palavras que ainda podiam apresentar as formas irregulares eram os pronomes relativos, demonstrativos e os verbos auxiliares. Todos seguiam seu uso antigo, exceto "o qual", descartado por ser desnecessário. Também havia certas irregularidades decorrentes da necessidade de uma linguagem rápida e fácil. Palavras difíceis de pronunciar, ou que podiam gerar equívocos de entendimento, eram consideradas, *ipso facto*, palavras ruins. Portanto, por uma questão de eufonia, algumas palavras recebiam mais letras ou mantinham-se nas formas arcaicas. Porém, essa necessidade se conectava sobretudo ao vocabulário B. Mais à frente ficará claro *por que* atribuía-se tanta importância à facilitação da pronúncia.

Vocabulário B

Consistia em palavras que tinham sido criadas deliberadamente para fins políticos: palavras, por assim dizer, que não só carregavam uma implicação política, mas também serviam para impor a atitude mental desejada sobre quem fosse usá-las. Sem uma compreensão completa dos princípios do Socing, era difícil empregar essas palavras da forma correta. Em alguns casos, podiam ser traduzidas para a protolíngua, ou até em palavras tiradas do vocabulário A, mas em geral isso exigia uma longa paráfrase e sempre envolvia a perda de certas conotações. As palavras B eram uma espécie de taquigrafia verbal, agrupando toda uma série de ideias em poucas sílabas, e ao mesmo tempo eram mais precisas e incisivas do que a linguagem comum.

As palavras B eram sempre compostas.* Consistiam em duas ou mais palavras, ou pedaços de palavras, que se uniam numa forma fácil de pronunciar. O amálgama resultante era sempre um substantivo-verbo, flexionado de acordo com as regras usuais. Para dar um exemplo: a palavra *bempensar*, que significava, de maneira geral, "ortodoxia", ou, se encarada como verbo, "pensar de forma ortodoxa". As flexões eram as seguintes: substantivo-verbo, *bempensar*; passado e particípio, *bempensado*; gerúndio, *bempensando*; adjetivo, *bempensento*; advérbio, *bempensamente*; substantivo verbal, *bempensador*.

As palavras B não seguiam nenhum plano etimológico. Podiam se basear em termos de qualquer classe gramatical, podiam ser organizadas em qualquer ordem e mutiladas da forma que fosse mais conveniente para facilitar a pronúncia e, ao mesmo tempo, indicar sua derivação. Na palavra *crimepensar* (neurocrime), por exemplo, o *pensar* vinha no final, enquanto em *pensarpol* (Polícia do Pensamento) vinha no começo e a palavra polícia era abreviada. Por conta da enorme dificuldade para garantir a eufonia, as formas irregulares eram mais comuns no vocabulário B do que no A. A princípio, no entanto, todas as palavras B podiam ser flexionadas, e todas flexionavam da mesma forma.

Algumas palavras B tinham significados muito sutis, quase ininteligíveis para quem não tivesse pleno domínio da língua. Consideremos, por exemplo, uma frase típica de uma matéria de capa do *Times*, como "Protopensadores desventresentir Socing". A tradução mais curta em protolíngua poderia ser: "Aqueles que formaram suas ideias antes da Revolução não conseguem ter uma compreensão emocional completa dos princípios do socialismo inglês". Mas não se trata de uma tradução adequada. Em primeiro lugar, para compreender o significado dessa frase em neolíngua, a pessoa precisaria ter uma ideia muito clara sobre o *Socing*. Além disso, só os verdadeiros iniciados no Socing conseguiriam apreciar toda a força da palavra *ventresentir*, que implicava uma aceitação cega e entusiástica, difícil de imaginar hoje em dia, ou da palavra *protopensar*, que se misturava de forma indissociável à ideia de perversidade e decadência. Porém, a função específica de certas palavras em neolíngua, como *protopensar*, por exemplo, não era tanto expressar algum significado e sim destruí-lo. Essas palavras, de número necessariamente reduzido, tinham sofrido uma tal ampliação de significados, que passaram a guardar em si listas inteiras de palavras que, como já eram contempladas por um único termo

---

* No vocabulário A também havia palavras compostas, como *falescreve*, mas não passavam de abreviações convenientes, sem qualquer caráter ideológico em especial.

abrangente, puderam então ser descartadas e esquecidas. A maior dificuldade dos compiladores do *Dicionário de neolíngua* não era inventar novas palavras, mas garantir o que significavam depois de inventá-las: ou, trocando em miúdos, estabelecer que séries de palavras elas eliminavam com sua existência.

Como vimos no caso de *livre*, palavras que no passado já haviam carregado um significado herético eram às vezes conservadas por questões de conveniência, mas só depois do expurgo de seus significados indesejados. Inúmeras outras, como *honra*, *justiça*, *moral*, *internacionalismo*, *democracia*, *ciência* e *religião* tinham simplesmente deixado de existir. Alguns hiperônimos davam conta delas e, ao fazê-lo, também as aboliam. Todas as palavras que giravam em torno dos conceitos de liberdade e igualdade, por exemplo, estavam contidas num único termo: *crimepensar*, enquanto as que giravam em torno dos conceitos de objetividade e racionalismo eram contempladas pelo termo *protopensar*. Maior precisão do que isso teria sido perigoso. Exigia-se dos membros do Partido uma perspectiva similar àquela do antigo hebreu, que sabia, sem conhecer muito mais coisa, que todas as outras nações adoravam "falsos deuses". Não precisava saber que se chamavam Baal, Osíris, Moloch e Astaroth, por exemplo; provavelmente, quanto menos soubesse sobre eles, melhor para sua ortodoxia. Conhecia Jeová e seus mandamentos e sabia, portanto, que os deuses com outros nomes e atributos eram falsos deuses. De forma mais ou menos análoga, os membros do Partido sabiam quais eram as condutas corretas e, em termos bem vagos e genéricos, também sabiam o tanto que era possível se desviar delas. Toda a vida sexual, por exemplo, era regulada por duas palavras em neolíngua: *sexocrime* (devassidão sexual) e *bemsexo* (castidade). *Sexocrime* abrangia tudo que representasse má conduta sexual, incluindo fornicação, adultério, homossexualidade e outras perversões, além de relações sexuais praticadas somente por prazer. Não havia necessidade de enumerá-las em separado, pois todas eram igualmente condenáveis e, a princípio, passíveis de serem punidas com a morte. No vocabulário C, que consistia em termos técnicos e científicos, talvez fosse necessário dar nomes específicos a certas aberrações sexuais, mas o cidadão comum não precisava disso. Ele sabia o que significava *bemsexo*: relações sexuais normais entre marido e esposa, com o único fim de procriar, e sem prazer físico por parte da mulher. Todo o resto era *sexocrime*. Em neolíngua, raras vezes era possível prosseguir com um pensamento herético para além da percepção da heresia em si; ultrapassado esse ponto, faltavam as palavras necessárias.

Nenhuma palavra do vocabulário B era ideologicamente neutra. Muitas delas não passavam de eufemismos. Palavras como *campoalegre* (campo de trabalhos forçados) ou *Minipax* (Ministério da Paz, ou seja, da Guerra), por exemplo, significavam quase o exato oposto do que aparentavam significar. Por outro lado, algumas palavras ostentavam uma franca e desdenhosa compreensão sobre a verdadeira natureza da sociedade oceânica. Um exemplo era *pastoprole*, que se referia ao entretenimento de quinta categoria e às notícias espúrias que o Partido distribuía às massas. Outras palavras eram ambivalentes: tinham uma conotação "boa" quando aplicadas ao Partido e "ruim" quando aplicadas aos inimigos. Além disso, havia muitas palavras que à primeira vista aparentavam ser simples abreviações e que extraíam sua tinta ideológica não de seu significado, mas de sua estrutura.

Na medida do possível, tudo que tinha ou pudesse ter algum significado político entrava para o vocabulário B. Os nomes das organizações, associações, doutrinas, países, instituições e prédios públicos eram sempre reduzidos à forma usual, ou seja, uma única palavra de pronúncia fácil, com o menor número de sílabas para preservar a derivação original. No Ministério da Verdade, por exemplo, o Departamento de Arquivos, onde Winston trabalhava, era chamado de *Deparq*; o Departamento de Ficção era chamado de *Depfic*, o de Teleprogramas era o *Deptele*, e assim por diante. Não se tratava apenas de uma questão de poupar tempo. Já nas primeiras décadas do século XX, as abreviaturas tinham sido um dos elementos característicos da linguagem política, e essa tendência acontecia mais nos países e organizações que adotavam o totalitarismo. Alguns exemplos eram *nazi*, *Gestapo*, *Comintern*, *Inprecor* e *Agitprop*. De início, a prática fora adotada de forma instintiva, mas na neolíngua ela era usada com um propósito consciente. Entendia-se que, ao abreviar um nome, se estreitava e alterava de forma sutil seu significado, eliminando a maioria das associações que podiam acontecer de outro modo. As palavras *Internacional Comunista*, por exemplo, evocam todo um quadro complexo de fraternidade humana universal, bandeiras vermelhas, barricadas, Karl Marx e Comuna de Paris. Por outro lado, *Comintern* alude apenas a uma organização muito bem estruturada e a um corpo doutrinário bem definido. Refere-se a algo quase tão fácil de reconhecer, e limitado em seu propósito, quanto uma cadeira ou uma mesa. *Comintern* é uma palavra que a pessoa pode pronunciar quase sem pensar, enquanto *Internacional Comunista* a obriga a se deter pelo menos um pouco. Da mesma forma, as associações evocadas por uma palavra como *Miniver* são menos numerosas e mais controláveis do que aquelas evocadas por *Ministério da Verdade*.

Isso explica não somente o hábito de abreviar sempre que possível, mas também o cuidado quase exagerado para que todas as palavras fossem fáceis de pronunciar.

Em neolíngua, a eufonia só não era mais importante do que a exatidão de significado, de modo que a regularidade gramatical era sacrificada em prol da pronúncia fácil, sempre que necessário. Fazia todo sentido, pois o que se exigia, sobretudo por questões políticas, eram palavras curtas, de significado inequívoco, que pudessem ser pronunciadas com rapidez e despertassem o mínimo de eco na cabeça dos falantes. As palavras do vocabulário B ganhavam ainda mais força pelo fato de quase todas serem muito parecidas. Invariavelmente, essas palavras – *bempensar, Minipax, pastoprole, sexocrime, Socing, ventresentir, pensarpol* e inúmeras outras – tinham no máximo quatro sílabas, com a ênfase distribuída de forma igual entre a primeira e a última sílaba. Seu uso incentivava uma fala verborrágica, ao mesmo tempo marcada e monótona. E esse era de fato o objetivo: a intenção era fazer com que o discurso, sobretudo relacionado a assuntos que não fossem neutros em termos ideológicos, se tornasse o mais independente possível da consciência. Na vida cotidiana, sem dúvida era sempre – ou às vezes – necessário refletir antes de falar, mas os membros do Partido convocados a fazer um juízo político ou ético deveriam ser capazes de disparar as opiniões corretas com o automatismo próprio de uma metralhadora ao disparar suas balas. O treinamento os preparava para isso, a linguagem lhes dava um arsenal quase infalível, e a textura das palavras, com a sonoridade rascante e uma certa feiura intencional alinhada ao espírito do Socing, contribuía um pouco mais nesse processo.

Também contribuía o fato de haver uma exígua variedade de palavras. Em relação ao nosso, o vocabulário da neolíngua era minúsculo, e estavam sempre imaginando novas formas de reduzi-lo ainda mais. A neolíngua, portanto, diferia de quase todas as outras línguas no tocante ao vocabulário, que, em vez de aumentar, só diminuía com o passar dos anos. Cada redução era um ganho, pois quanto menor a área de escolha, menor a tentação de pensar. No fim das contas, a pretensão era fazer com que o discurso articulado saísse direto da laringe, sem envolver os centros cerebrais superiores. Esse objetivo estava bem claro na palavra *patofalar*, que significava "grasnar que nem pato". Como várias outras palavras do vocabulário B, seu significado era ambivalente. Quando as opiniões emitidas nesse grasnado eram ortodoxas, só se fazia louvá-las, e quando o *Times* se referia a algum dos oradores do Partido como *patofalador duplomaisbom*, tratava-se de um elogio caloroso.

VOCABULÁRIO C

Complementar aos outros dois, compunha-se apenas de termos **técnicos e científi-** cos. Semelhantes aos termos científicos usados ainda hoje, os do **vocabulário C** eram criados a partir das mesmas raízes, mas com o cuidado de **sempre para** defini-los com rigidez e despojá-los de significados indesejados. Seguiam **as mesmas regras** gramaticais dos outros dois vocabulários. Pouquíssimas palavras C eram usadas na fala cotidiana ou no discurso político. Qualquer trabalhador técnico ou científico podia encontrar todas as palavras de que precisava na lista **dedicada** à sua especiali- dade, mas só conhecia superficialmente as palavras das demais listas. Eram poucas as palavras comuns a todas as listas, e não havia um vocabulário que expressasse a função da ciência como hábito mental ou método de raciocínio, independentemente de suas subdivisões específicas. Não havia, portanto, uma palavra para "ciência", pois o termo *Socing* já abrangia todos seus possíveis significados.

Com base na descrição precedente, veremos que em neolíngua a **manifestação de** opiniões heterodoxas, para além de um nível ínfimo, era quase impossível. Claro que era possível proferir heresias grosseiras que beiravam a blasfêmia. Alguém poderia dizer, por exemplo, que o Grande Irmão era *desbom*, mas essa declaração, que para um ouvido ortodoxo apenas transmitia um absurdo evidente, não se sustentava por uma argumentação racional, pois as palavras necessárias não estavam **disponíveis.** Ideias inimigas ao Socing só podiam ser cogitadas em formas **vagas** e silenciosas e só eram nomeadas com termos muito amplos que se agrupavam e condenavam grupos inteiros de heresias sem defini-las ao fazer isso. A pessoa só conseguia usar a neolíngua para propósitos heterodoxos se retraduzisse de forma ilegítima algumas das palavras para a protolíngua. Por exemplo, "Todos os homens são iguals" era uma frase possível em neolíngua, mas apenas no mesmo sentido que "Todos os homens têm cabelo ruivo" era uma construção possível em **protolíngua.** A frase não continha um erro gramatical, mas expressava uma inverdade **concreta,** ou seja, que todos os homens têm o mesmo tamanho, peso ou força. O **conceito de igualdade** política já não existia, e esse significado secundário tinha sido, **portanto,** expurgado da palavra *igual*. Em 1984, quando a protolíngua ainda era a forma de comunicação mais utilizada, em tese havia o perigo de que ao usar palavras em neolíngua a pessoa pudesse recordar seus significados originais. Na prática, qualquer um versado no *duplipensar* não tinha dificuldades de evitar isso, mas dali a poucas gerações até a possibilidade desse tipo de lapso teria desaparecido. Alguém que tivesse crescido com a neolíngua como sua única língua já não saberia que um dia a palavra *igual* tivera o significado secundário de "politicamente igual", ou que *livre* já significara "intelectualmente livre", da mesma forma que uma pessoa que nunca tivesse ouvido falar no jogo de xadrez jamais saberia do significado secundário atribuído às palavras *rainha* e *torre*. Haveria muitos crimes e equívocos que os indivíduos seriam incapazes de cometer, pelo simples fato de que não tinham nome e eram, portanto, inimagináveis. E era previsível que, com o passar do tempo, os elementos característicos da neolíngua se tornassem ainda mais marcantes: haveria cada vez menos palavras, com significados cada vez mais rígidos, e a chance de usá-las de forma imprópria seria sempre menor.

Quando a protolíngua fosse suplantada de vez, o último elo com o passado teria se rompido. A história já fora reescrita, mas fragmentos da literatura do passado sobreviviam num ou noutro lugar, por conta de uma censura imperfeita, e enquanto ainda houvesse pessoas com algum conhecimento da protolíngua, esses fragmentos poderiam ser lidos. No futuro, mesmo que sobrevivessem, tais fragmentos acabariam sendo ininteligíveis e intraduzíveis. Era impossível traduzir qualquer trecho em protolíngua para a neolíngua, a menos que se referisse a algum processo técnico, a uma ação muito simples do cotidiano, ou então se já apresentasse uma tendência ortodoxa (*bempensento* seria a expressão em neolíngua). Em termos práticos, significava que nenhum livro escrito antes de 1960 poderia ser traduzido por inteiro. A literatura pré-revolucionária só podia ser alvo de tradução ideológica – ou seja, de alteração de sentido e também de linguagem. Tomemos como exemplo a conhecidíssima passagem da Declaração de Independência dos Estados Unidos:

> *Consideramos estas verdades evidentes por si mesmas, que todos os homens são criados iguais, que são dotados pelo Criador de certos direitos inalienáveis, que entre estes estão a vida, a liberdade e a busca da felicidade. Que para garantir esses direitos são instituídos entre os homens Governos que derivam os seus justos poderes do consentimento dos governados. Que toda vez que uma forma qualquer de Governo ameace destruir esses fins, cabe ao Povo o direito de alterá-la ou aboli-la e instituir um novo Governo...*

Teria sido impossível traduzir esse trecho para a neolíngua mantendo o sentido original. Para chegar o mais próximo, seria preciso transformar a passagem inteira numa única palavra: *crimepensar*. Uma tradução completa só poderia ser ideológica, de modo que as palavras de Jefferson se transformariam num panegírico do governo absolutista.

Boa parte da literatura do passado já estava de fato sendo transformada nesse sentido. Por questões de prestígio, era desejável preservar a memória de certas figuras históricas, mas ao mesmo tempo alinhando suas proezas à filosofia do Socing. Vários escritores, como Shakespeare, Milton, Swift, Byron, Dickens e alguns outros estavam em processo de tradução; quando a tarefa fosse finalizada, seus escritos originais seriam destruídos, junto com todo o resto que tinha sobrevivido da literatura do passado. O trabalho de tradução era lento e complicado, e a expectativa era de que o processo só fosse concluído na primeira ou segunda década do século XXI. Havia também um manancial de literatura meramente utilitária – manuais técnicos indispensáveis e coisas do gênero – que precisava receber o mesmo tratamento. Foi sobretudo para reservar um tempo ao trabalho preliminar de tradução que a adoção definitiva da neolíngua havia sido fixada para o remoto ano de 2050.

GEORGE ORWELL: UMA VIDA EM LIVROS

"Desde muito pequeno, provavelmente desde uns cinco ou seis anos, eu soube que quando crescesse eu me tornaria escritor. Tentei abandonar essa ideia (…), mas fiz isso com a consciência nítida de que estava agredindo minha própria natureza e que, cedo ou tarde, deveria me estabelecer e escrever livros."

– George Orwell, *Tamanhas eram as alegrias*

Eric Arthur Blair nasceu em Motihari, no estado de Biar, na Índia Britânica, em 25 de junho de 1903, filho de um oficial britânico no serviço da Polícia Imperial da Índia e da filha de um comerciante francês. Sua família pertencia ao que mais tarde chamaria em *A flor da Inglaterra* de a "mais funesta de todas as classes sociais, a classe média-média, a pequena nobreza sem terra", pessoas cujo status social não correspondia a seus ganhos ou bens. Tendo crescido numa "pobreza esnobe", Eric cultivou uma análise bem fria do sistema de classes capitalista. Em 1911, com apenas oito anos, foi enviado para uma escola preparatória na costa de Sussex. Sobre essa experiência ele escreveria, em 1946, *Tamanhas eram as alegrias*, um relato cuidadoso e tocante dos seus anos escolares e de sua relação precoce com a literatura.

Se na escola se destacava pelo que chamava de "maneirismos desagradáveis", também se destacava por sua inteligência e brilhantismo. Foi selecionado para duas bolsas de estudo, uma para o Wellington College e a outra para o Eton College, frequentando o primeiro brevemente e encerrando seus estudos no último, entre 1917 e 1921. No Eton foi aluno de Aldous Huxley, autor de *Admirável mundo novo*, e teve o primeiro contato com a publicação escrevendo para periódicos escolares.

318 1984

Em 1922, Eric seguiu a tradição familiar e foi servir na Polícia Imperial da Índia em Burma. Enquanto aparentava ser um oficial modelo, remoía suas experiências com o imperialismo e via com cada vez mais repulsa a atuação da Inglaterra na Índia. Sobre esse período ele escreveria dois textos especialmente tocantes em *Dias na Birmânia*, um romance com muito de relato pessoal. O primeiro, "Atirando num elefante", desmascara a hipocrisia da postura dos oficiais britânicos. O segundo, "Um enforcamento", é um relato repulsivo e desesperador de uma execução. A conclusão desse relato, enquanto o protagonista está assistindo à execução, é:

> "É curioso, mas até então eu nunca havia percebido o que significa matar um homem saudável e consciente. Quando vi o prisioneiro dar um passo para o lado para evitar uma poça, entendi o mistério, o erro indizível de encurtar uma vida quando ela está em sua plenitude. (…) Nós fazíamos parte do mesmo grupo de homens caminhando, vendo, ouvindo, sentindo e compreendendo o mesmo mundo; e em minutos, com um súbito estalo, um de nós partiria – uma mente a menos, um mundo a menos."

Em 1927, de volta à Inglaterra durante uma licença, Eric decidiu não retornar à Burma e, um ano depois, pediu dispensa da Polícia Imperial.

Afogado pela culpa e atordoado por toda a desigualdade de classes que presenciou durante os anos de serviço militar, tentou expiar seus erros mergulhando na vida das classes mais pobres europeias. Das hospedarias em Londres aos cortiços de Paris, do contato com operários, mendicantes e camponeses, nasce *Na pior em Paris e Londres*. Publicado em 1933, agora sob o pseudônimo de George Orwell, o livro narra e discute as muitas diferenças entre as classes sociais, desde moradia e dieta até a linguagem, ao recontar suas experiências durante essa época.

A partir de então ele se tornaria escritor e jornalista, denunciando a pobreza e a guerra através de novelas, romances e ensaios.

De sua viagem a Wigan, entre janeiro e março de 1936, nasceu *O caminho para Wigan Pier*, publicado no ano seguinte, depois de Orwell ter se mudado para a Espanha. Parte diário de viagem, parte ensaio jornalístico, o livro foi descrito pelo autor como um "livro político", uma reportagem com uma pitada de autobiografia. Em 1936, motivado pelo desejo de lutar na Guerra Civil espanhola, ele se alistou no Partido Operário da Unificação Marxista (POUM), um movimento revolucionário de luta armada, comunista e anti-stalinista que surgiu em Barcelona.

Após ser alvejado no pescoço, Orwell voltou para a Inglaterra e escreveu *Lutando na Espanha*, uma crítica direta e ácida ao stalinismo – que segundo ele havia traído os ideais da Revolução Russa – e um relato romanceado do que vivenciou na Espanha. A obra só foi publicada em 1938.

Em 1939, Orwell publicou *Um pouco de ar, por favor!*. O romance, escrito entre 1938 e 1939, captura perfeitamente a tensão pré-guerra e é paradoxalmente conservador ao apresentar as expectativas e os medos quanto aos avanços tecnológicos, temas que mais tarde ele voltaria a abordar em sua obra-prima.

Quando a Segunda Guerra Mundial explodiu, alistou-se no serviço militar, mas foi rejeitado. Em 1943, virou editor literário no *Tribune*, um jornal da esquerda socialista, e, a partir de 1939, tornou-se um jornalista extremamente prolífico, escrevendo ensaios, reportagens e críticas, entre os quais o famoso *O Leão e o Unicórnio: o socialismo e o gênio inglês*, um ensaio nacionalista defendendo um socialismo descentralizado, muito diferente do praticado pelo Partido dos Trabalhadores britânico.

Em 1944 Orwell finalizou o manuscrito de *A revolução dos bichos*, a primeira obra a finalmente lhe trazer reconhecimento e retorno financeiro ao ser publicada, em 1945. No livro, ele usa animais de fazenda como analogia à Revolução Russa de 1917 e ao que ele acreditava ser a traição de Stalin. *A revolução dos bichos* é considerada uma das obras mais brilhantes, perspicazes e impactantes de todos os tempos, mas foi muito utilizada para defender o capitalismo e falar *contra* o socialismo, algo que ia totalmente contra os ideais de Orwell. Em *Por que escrevo*, ele afirma:

> "Cada linha de texto sério que escrevi desde 1936 foi escrita, direta ou indiretamente, contra o totalitarismo e em defesa do socialismo democrático tal como o entendo."

Por fim, chegamos à obra em suas mãos.

1984 logo ofuscou o sucesso de *A revolução dos bichos*. O livro, publicado pela primeira vez em 1949, se passa num futuro distópico não tão distante e dialoga com as ameaças do nazismo e do stalinismo ao apresentar um mundo no qual o Estado controla cada aspecto da vida dos seus cidadãos. A trama continua pertinente nos dias de hoje, talvez mais pertinente do que nunca.

George Orwell escreveu as últimas páginas de *1984* refugiado em Jura, uma ilha remota na Escócia, debilitado por uma severa tuberculose que causou sua morte em 21 de janeiro de 1950.

Em www.leyabrasil.com.br você tem acesso a novidades e conteúdo exclusivo. Visite o site e faça seu cadastro!

A LeYa Brasil também está presente em:

 facebook.com/leyabrasil

 @leyabrasil

 instagram.com/editoraleyabrasil

 LeYa Brasil

ESTE LIVRO FOI COMPOSTO EM DANTE MT STD,
CORPO 11 PT, PARA A EDITORA LEYA BRASIL